John Boyne

Toen de wereld brak

Het vervolg op de bestseller *De jongen in de gestreepte pyjama*

ROMAN

Vertaald door Anke Frerichs
en Ton Heuvelmans

MEULENHOFF

ISBN 978-90-290-9687-4
ISBN 978-94-023-1980-4 (e-book)
NUR 302

Oorspronkelijke titel: *All the Broken Places*
Omslagontwerp: DPS Design & Prepress Studio
Auteursfoto: © Chris Close
Zetwerk: Mat-Zet bv, Huizen

Toen de wereld brak

John Boyne bij Meulenhoff Boekerij:

Dief van de tijd
De jongen in de gestreepte pyjama
De scheepsjongen
Het winterpaleis
Noah Barleywater gaat ervandoor
De witte veer
De vreselijke belevenissen van Barnaby Brocket
Het victoriaanse huis
De jongen die zijn vader zocht
De grote stilte
De jongen op de berg
Wat het hart verwoest
Een ladder naar de hemel
Mijn broer heet Jessica
Toen de wereld brak

meulenhoff.nl

Voor Markus Zusak

DEEL 1

DE DOCHTER VAN DE DUIVEL

LONDEN 2022 / PARIJS 1946

1

Als ieder mens schuldig is aan al het goede dat hij niet heeft gedaan, zoals Voltaire stelde, dan heb ik mezelf mijn hele leven wijsgemaakt dat ik onschuldig was aan al het slechte. Dat was heel praktisch, want zodoende kon ik tientallen jaren lang overeind blijven terwijl ik mezelf de toegang tot het verleden ontzegde, en kon ik geloven dat ik aan historisch geheugenverlies leed, vrijgesproken van medeplichtigheid en gezuiverd van blaam.

Mijn laatste verhaal begint en eindigt echter met iets heel triviaals, te weten een breekmesje. Ik had zo'n mesje, maar dat was een paar dagen geleden kapotgegaan en omdat ik het toch handig vond er eentje in de keukenla te hebben, ging ik naar de ijzerwarenzaak om de hoek voor een nieuw exemplaar. Bij thuiskomst vond ik een brief in de bus die alle bewoners van Winterville Court hadden gekregen. De brief was afkomstig van een makelaar, die ons beleefd liet weten dat de flat onder de mijne te koop werd gezet. De vorige bewoner, Mr Richardson, had zo'n dertig jaar op nummer 1 gewoond. Hij was vlak voor Kerstmis overleden en sindsdien stond de woning leeg. Zijn dochter, een logopediste, woonde in New York en had voor zover ik wist geen plannen om naar Londen terug te komen, dus ik had me erbij neergelegd dat ik binnen afzienbare tijd in de hal met een onbekende zou moeten praten, misschien zelfs belangstelling voor zijn of haar leven zou moeten veinzen of details van mijn eigen leven zou moeten prijsgeven.

Mr Richardson en ik hadden als buren de ideale verstandhouding gehad, we hadden namelijk sinds 2008 geen woord met elkaar gewisseld. De eerste jaren dat hij er woonde hadden we wel contact. Hij kwam af en toe naar boven voor een potje schaak met Edgar, mijn inmiddels overleden echtgenoot, maar tussen hem en mij bleef het op een of andere manier formeel. Hij sprak mij altijd aan als 'Mrs Fernsby' en ik hem als 'Mr Richardson'. Vier maanden na Edgars overlijden was ik voor de laatste keer in zijn flat geweest. Hij had me uitgenodigd om te komen eten en ik had geaccepteerd, maar toen deed hij een amoureuze toenaderingspoging en daar bedankte ik voor. De afwijzing kwam hard aan en vanaf dat moment waren we vreemden voor elkaar, voor zover dat mogelijk is als je allebei in hetzelfde gebouw woont.

Mijn luxe appartement in Mayfair staat geregistreerd als flat, maar dat is een beetje alsof je Windsor Castle aanduidt als het weekendhuisje van de Queen. Elke woning in ons gebouw – in totaal vijf, eentje op de begane grond, twee op de eerste verdieping en twee op de tweede – beslaat zo'n honderdveertig vierkante meter, heeft drie slaapkamers en tweeënhalve badkamer, op de meest gewilde plek in Londen. Ze kijken allemaal uit op Hyde Park en daarmee komen ze volgens een betrouwbare bron op een waarde van twee à drie miljoen Britse pond per stuk. Edgar kreeg een paar jaar na ons trouwen de beschikking over een aanzienlijk geldbedrag, een onverwacht legaat van een vrijgezelle tante. Hij was liever op een rustigere plek buiten het centrum van Londen gaan wonen, maar ik had ook wat zoekwerk gedaan en had mijn zinnen niet alleen op Mayfair gezet, maar ook nog op dit specifieke gebouw, als dat ooit zou kunnen. Dat had financieel niet erg waarschijnlijk geleken, maar toen, op een dag, totaal onverwacht, overleed tante Belinda en dat veranderde alles. Ik was steeds van plan geweest Edgar te vertellen waarom ik er zo op gebrand was daar te wonen, maar het is er nooit van gekomen en daar heb ik nu spijt van.

Mijn man was dol op kinderen, maar ik wilde maar één kind en in 1961 beviel ik van onze zoon, Caden. De laatste paar jaar is de woning in waarde gestegen en Caden raadt me geregeld aan het appartement te verkopen en iets kleiners te kopen in een minder duur deel van de stad, maar ik vermoed dat hij bang is dat ik de honderd ga halen en dat hij graag een deel van zijn erfenis wil hebben nu hij nog jong genoeg is om ervan te genieten. Hij heeft drie huwelijken achter de rug en is nu voor de vierde keer verloofd, dus ik doe geen moeite meer om kennis te maken met de vrouwen in zijn leven. Zodra je er eentje een beetje leert kennen, wordt ze afgevoerd en vervangen door een nieuw model, en dan moet je weer tijd maken om te ontdekken hoe deze in elkaar zit, net als bij een nieuwe wasmachine of televisie. Als kind ging hij net zo genadeloos met vriendjes om. We bellen regelmatig en hij komt elke twee weken bij me eten, maar we hebben een ingewikkelde relatie. Dat is deels te wijten aan het feit dat ik een heel jaar uit zijn leven verdween toen hij negen jaar was. Eerlijk gezegd ben ik gewoon niet zo goed met kinderen, en jongetjes vind ik het moeilijkst.

De reden dat ik me zorgen maakte over de komst van een nieuwe buur was niet dat ik bang was voor geluidsoverlast, want deze appartementen zijn heel goed geïsoleerd. Nou ja, hier en daar zitten er wat zwakke plekken in, maar ik was in de loop der jaren gewend geraakt aan de verschillende vreemde geluiden die door het plafond van Mr Richardson heen drongen. Mijn grootste zorg was dat mijn geordende leven zou worden verstoord. Ik hoopte dat het iemand zou zijn die totaal niet geïnteresseerd was in de bovenbuurvrouw. Misschien een oudere met een beperking, die zelden naar buiten ging en elke ochtend bezoek kreeg van de thuiszorg. Een jonge vrouw met een goede baan die elke vrijdagmiddag naar haar weekendverblijf verdween en zondag laat thuiskwam, en de rest van haar tijd op kantoor of in de sportschool doorbracht. Er ging een gerucht door het gebouw dat een bekende popartiest die in de jaren tachtig zijn hoogtepunt had bereikt de woning had bezichtigd, op zoek naar een plek om zijn oude dag te slijten, maar dat ging gelukkig niet door.

Telkens als de makelaar voorreed met een cliënt die de flat kwam bezichtigen, gluurde ik van achter de vitrage om me een beeld te vormen van iedere potentiële nieuwe onderbuur. Er was een veelbelovend echtpaar van in de zeventig; ze hadden beschaafde stemmen, liepen hand in hand en vroegen of ze in dit gebouw huisdieren mochten houden – ik stond op de trap te luisteren – en leken teleurgesteld dat dat niet mocht. Een homoseksueel stel van in de dertig. Gezien de deplorabele staat van hun kleding en hun algehele onverzorgde uitstraling waren ze ongetwijfeld schandalig rijk, maar ik hoorde ze zeggen dat het 'object' waarschijnlijk toch iets te klein voor ze was en dat ze geen affiniteit hadden met het 'narratief' van de woning. Een jonge vrouw met een doorsnee uiterlijk, die niets weggaf van haar bedoelingen behalve de opmerking dat ene Steven helemaal weg zou zijn van de hoge plafonds. Ik hoopte uiteraard op de homo's – dat zijn goede buren en de kans op voortplanting is verwaarloosbaar – maar die bleken het minst geïnteresseerd.

En na een paar weken kwam de makelaar niet meer langs met kijkers, de advertentie verdween van internet en ik vermoedde dat de koop rond was. Of ik het leuk vond of niet, op een ochtend zou er als ik wakker werd een verhuiswagen voor de deur staan en zou iemand, of een meervoud daarvan, de sleutel in het slot steken en de woning onder de mijne in gebruik nemen.

O, ik moest er niet aan denken!

2

Moeder en ik ontvluchtten Duitsland begin 1946, een paar maanden na het eind van de oorlog. We namen de trein van Berlijn, of wat daarvan over was, naar wat er over was van Parijs. Ik was vijftien, ik wist nog niet veel van het leven en kon maar niet bevatten dat de As verslagen was. Vader had met zoveel vertrouwen over de genetische superioriteit van ons ras en de unieke talenten van de Führer als militair strateeg gesproken dat de overwinning vanaf het begin leek vast te staan. En nu hadden we op een of andere manier toch verloren.

De reis van ruim elfhonderd kilometer dwars door Europa gaf weinig reden tot optimisme voor de toekomst. De steden op onze route droegen de sporen van de vernietiging van de afgelopen jaren en op de gezichten van de mensen op de stations en in de trein zag ik geen vreugde omdat de oorlog ten einde was, maar het leed dat de oorlog had aangericht. Overal was de uitputting voelbaar, een groeiend besef dat Europa niet kon terugkeren naar hoe het in 1938 was geweest, maar helemaal opnieuw zou moeten worden opgebouwd, net als het moreel van zijn inwoners.

Van mijn geboortestad was weinig meer over dan puin, en de buit was verdeeld over vier van de veroveraars van ons land. Veiligheidshalve hielden we ons schuil in de kelders van die paar ware gelovigen wier huizen nog overeind stonden, totdat we valse papieren konden krijgen waarmee we Duitsland veilig zouden kunnen verlaten. Volgens onze paspoorten was onze achternaam nu Guéymard. Ik oefende geregeld op de uitspraak om maar zo authentiek mogelijk te klinken. Moeder heette nu Nathalie – de voornaam van mijn grootmoeder –, maar ik was nog steeds Gretel.

Elke dag kwamen nieuwe details aan het licht over de dingen die in de kampen hadden plaatsgevonden en Vaders naam werd geleidelijk synoniem met de gruwelijkste misdaden. Ook al zei niemand met zoveel woorden dat wij net zo schuldig waren als hij, toch dacht Moeder dat we rampspoed over onszelf zouden afroepen als we onze identiteit onthulden tegenover de autoriteiten. Ik was het met haar eens, want ik was bang – net als zij – maar ook geschokt door het idee dat iemand zou kunnen denken dat ik medeplichtig was aan die gruwelijkheden. Het is een feit dat ik vanaf mijn tiende verjaardag lid was geweest van de *Jungmädelbund*, maar dat gold voor ieder meisje in Duitsland. Dat was verplicht, zoals jongens vanaf tien jaar lid moesten zijn van het *Deutsches Jungvolk*. Maar ik was niet zo geïnteresseerd in het bestuderen van de partij-ideologie, ik vond het belangrijker samen met mijn vriendinnen aan de sportactiviteiten mee te doen. En toen we op die andere plek kwamen, was ik maar één keer achter dat hek geweest, die ene dag toen Vader me had meegenomen naar het kamp om me te laten zien wat voor werk hij deed. Ik hield mezelf voor dat ik een toeschouwer was geweest, niet meer dan dat, en dat ik een zuiver geweten had. Maar intussen begon ik me af te vragen of ik een aandeel had gehad in de gebeurtenissen waar ik getuige van was geweest.

Toen de trein Frankrijk binnenreed begon ik me zorgen te maken dat ons accent ons zou verraden. Het lag toch voor de hand, zo redeneerde ik, dat de onlangs bevrijde burgers van Parijs, beschaamd over hun snelle capitulatie in 1940, agressief zouden reageren op iedereen die zo praatte als wij? En mijn zorgen bleken terecht, want hoewel we konden aantonen dat we meer dan genoeg geld hadden voor een langdurig verblijf werden we bij vijf pensions achter elkaar geweigerd. We vonden uiteindelijk onderdak doordat een vrouw op de Place Vendôme met ons te doen had en ons een adres in de buurt gaf waar we een kamer zouden kunnen krijgen, en waar de hospita volgens haar geen vragen stelde. Als zij er niet was geweest, waren we misschien wel de rijkste zwervers van de stad geworden.

De kamer die we huurden was in het oostelijk deel van het Île de la Cité. De eerste tijd bleef ik het liefst dicht bij huis, ik beperkte me tot de korte wandeling van de Pont de Sully naar de Pont Neuf en terug, talloze malen, omdat ik de bruggen naar onbekend terrein niet over durfde te steken. Soms moest ik aan mijn broertje denken, die ontdekkingsreiziger had willen worden, en aan het plezier dat hij erin zou hebben gehad die onbekende straten te verkennen, maar op zulke momenten duwde ik die herinnering altijd snel weer weg.

Moeder en ik woonden al twee maanden op het Île toen ik eindelijk de moed verzamelde om naar de Jardin du Luxembourg te gaan. Daar was zo'n overvloed aan groen gebladerte dat het voelde alsof ik per ongeluk in het paradijs was beland. Wat een contrast met die andere plek, dacht ik, waar we bij aankomst werden getroffen door de dorheid en troosteloosheid ervan. Hier ademde je het parfum van het leven, daar werd je verstikt door de stank des doods. Als in een roes wandelde ik van het Palais naar de Fontaine Médicis, en van daar in de richting van de vijver. Maar bij de aanblik van een paar jongetjes die houten bootjes in het water legden, die door de zachte wind werden meegenomen naar hun vriendjes aan de overkant, keerde ik om. Het geluid van hun gelach en hun drukke gepraat klonk me als storende muziek in de oren na het stille verdriet dat deel van mijn leven was geworden en ik kon niet bevatten dat een en hetzelfde werelddeel het decor kon zijn van zulke uitersten van schoonheid en lelijkheid.

Op een middag zat ik op een bankje in de schaduw in de buurt van de Boulodrome en werd ik overmand door verdriet en schuldgevoel. De tranen stroomden me over de wangen. Een knappe jongen, misschien twee jaar ouder dan ik, kwam met een bezorgde blik naar me toe en vroeg wat er aan de hand was. Ik keek op en voelde een zindering van verlangen, ik wilde dat hij zijn armen om me heen zou slaan of me zou toestaan mijn hoofd op zijn schouder te leggen, maar toen ik mijn mond opendeed verviel ik in mijn oude manier van praten; mijn Duitse accent overheerste mijn Frans. Hij deed een stap achteruit, staarde me met onverholen minachting aan en verzamelde uiteindelijk alle boosheid die hij jegens mijn soort koesterde. Hij spuugde me fel in het gezicht en beende weg. Vreemd genoeg nam mijn honger naar zijn aanraking door zijn reactie niet af maar juist toe. Ik veegde de tranen van mijn wangen, rende hem achterna, pakte zijn arm beet en zei dat we achter de bomen konden gaan zitten, en dat hij daar met me kon doen wat hij wilde zonder dat iemand het zag.

'Je mag me pijn doen als je wilt,' fluisterde ik en ik deed mijn ogen dicht, want ik verwachtte dat hij me hard zou slaan, met een vuist in de maagstreek, en dan mijn neus zou breken.

'Waarom wil je dat?' vroeg hij en zijn stem verraadde een onschuld die je bij zo'n mooie jongen niet zou vermoeden.

'Omdat ik wil voelen dat ik leef.'

Hij leek dat zowel opwindend als aanstootgevend te vinden. Hij spiedde eerst om zich heen om te zien of iemand naar ons keek en wierp toen een blik op de bomen waar ik op doelde. Hij ging met zijn tong over zijn lippen en keek naar de zwelling van mijn borsten, maar toen ik zijn hand pakte was hij beledigd door mijn aanraking en hij rukte zich los. Hij zei dat ik een hoer was, *une putain*, en sprintte ervandoor, de hoek om naar Rue Guynemer.

Als het mooi weer was zwierf ik 's ochtends vroeg al door de straten en ging pas terug naar onze kamer als Moeder al te dronken was om te vragen hoe ik de tijd had doorgebracht. De elegantie van haar jongere jaren was aan verval onderhevig, maar ze was nog steeds een mooie vrouw en ik vroeg me af of ze misschien op zoek zou gaan naar een nieuwe echtgenoot, iemand die voor ons zou kunnen zorgen, maar ze leek niet uit te zijn op kameraadschap of liefde, ze was liever alleen met haar gedachten terwijl ze van de ene bar naar de andere zwalkte. Ze was een stiekeme drinker. Ze ging altijd in een donker hoekje zitten en deed zo lang mogelijk met een fles wijn, krabde denkbeeldige vlekken van het tafelblad en paste wel op dat ze nooit aanleiding gaf om de kroeg uit te worden gegooid. Op een avond kruisten onze paden elkaar terwijl de zon onderging boven het Bois de Boulogne. Ze kwam wankelend op me af, pakte mijn arm vast en vroeg me hoe laat het was. Ze had kennelijk niet door dat ze haar eigen dochter aansprak. Toen ik antwoordde glimlachte ze opgelucht – het werd wel donker, maar de bars zouden nog uren openblijven – en vervolgde haar weg in de richting van de vrolijk lonkende lichtjes van het Île. Als ik volledig zou verdwijnen, zo vroeg ik me af, zou ze dan vergeten dat ik ooit had bestaan?

We deelden een bed en ik vond het vreselijk naast haar wakker te worden in de stank van slaap vermengd met drank die haar adem vergiftigde. Als ze haar ogen opendeed ging ze even rechtop zitten met een verwarde blik, maar dan kwamen de herinneringen terug en deed ze haar ogen weer dicht in een poging terug te glijden in de vergetelheid. Uiteindelijk aanvaardde ze de vulgariteit van het daglicht en kwam ze met moeite tussen de lakens vandaan, deed een kattenwasje bij de wastafel, trok een jurk aan en ging naar buiten. Zonder nadenken herhaalde ze elk moment van de voorafgaande dag, en de dag daarvoor en de dag daarvoor.

Ze bewaarde ons geld en waardevolle spullen in een oude schooltas achter in de kledingkast en ik zag dat ons kleine fortuin begon te slinken. Relatief gezien hadden we het goed – daar hadden de ware gelovigen wel voor gezorgd – maar Moeder weigerde meer geld uit te geven aan onderdak. Ze schudde haar hoofd als ik opperde dat we een flatje voor onszelf zouden kunnen huren in een goedkoper deel van de stad. Blijkbaar had ze een simpel plan voor het hier en nu: de nachtmerries wegspoelen met wijn. Zolang ze een volle fles had en een bed om in te slapen deed de rest er niet toe. Zo totaal anders dan de vrouw in wier warmte ik me in mijn eerste jaren had gekoesterd, de betoverende society-echtgenote die zich gedroeg als een filmster, met de nieuwste kapsels en de prachtigste jurken.

Het verschil tussen die twee vrouwen had niet groter kunnen zijn en allebei zouden ze de ander hebben geminacht.

3

Elke dinsdagochtend ga ik naar mijn buurvrouw Heidi Hargrave. Ze woont op nummer 3, aan de andere kant van de gang. Heidi wordt eind dit jaar negenenzestig en haar verjaardag valt samen met het Feest van de Onbevlekte Ontvangenis, wat enigszins ironisch is, want ze werd meteen na haar geboorte geadopteerd en heeft haar biologische ouders nooit gekend. Heidi is de enige bewoner van Winterville Court die er haar hele leven al woont. Ze werd van de kraamafdeling rechtstreeks naar Mayfair gebracht en groeide op met Hyde Park als haar speelplaats. Als tiener raakte ze zwanger, maar ze is nooit getrouwd, en toen haar adoptieouders overleden erfde ze alles, dus ook het appartement.

Ze is dan wel zo'n drieëntwintig jaar jonger dan ik, maar ze is zowel lichamelijk als geestelijk minder fit. Ze heeft dertig keer meegedaan aan de jaarlijkse marathon van Londen, maar moest stoppen met hardlopen toen ze een ernstige vorm van plantaire fasciitis aan haar linkerhiel kreeg, en vanwege die kwaal moet ze nu een nachtspalk dragen en krijgt ze regelmatig een injectie met steroïden in haar voet. Dat was een enorme tegenvaller voor zo'n actieve vrouw en ik vraag me af of dat heeft bijgedragen aan de geleidelijke achteruitgang van haar geestelijke vermogens, want ze was ooit een heel vitaal iemand, een zeer gerespecteerd oftalmoloog, maar tegenwoordig raakt ze in een gesprek wel eens de weg kwijt. Het is gelukkig niet zo erg als dementie of alzheimer, je zou kunnen zeggen dat ze soms wat wazig wordt en de draad van waar we het over hadden kwijtraakt, dan haalt ze namen en plaatsen door elkaar, of ze verandert zo abrupt van onderwerp dat ze moeilijk te volgen is.

Deze ochtend zat ze wat oude fotoboeken te bekijken toen ik binnenkwam en ik hoopte dat ik die niet samen met haar hoefde door te nemen. Zelf doe ik niet aan dat soort boeken en ik heb ook nooit begrepen waarom mensen hun huis vol zetten met familieportretten. Ik heb er dan ook maar twee in mijn woning, eentje van Edgar en mij op onze trouwdag in een zilveren lijstje en een van Caden ter gelegenheid van zijn afstuderen aan de universiteit. En die staan daar niet om emotionele redenen, voor alle duidelijkheid, maar omdat het van me wordt verwacht.

Dat zeg ik nu wel, maar op een plank in mijn kledingkast, een beetje achterin weggestopt, staat een antiek juwelenkistje van Seugnot, dat ik in 1946 bij een marktkraampje in Montparnasse heb gekocht. Het is gemaakt van fruitbomenhout, de randen zijn afgewerkt met gepolijst messing en op de voorkant zit een sleutelrozet met een sleutel die het nog altijd doet. Daarin bewaar ik één foto, en hoewel ik daar al meer dan vijfenzeventig jaar niet meer naar heb durven kijken, denk ik dat ik nog wel weet wat erop te zien is. Ik ben twaalf jaar, ik kijk naar de fotograaf en ik doe mijn best om er koket uit te zien, want Kurt staat achter de camera, zijn vinger op de sluiter. Zijn blik is geheel op mij gericht en ik probeer mijn hartstochtelijke verliefdheid te verbergen. Hij staat fier rechtop in zijn uniform en ik ben gebiologeerd door zijn slanke gespierde gestalte, blonde haar en lichtblauwe ogen. Ik voel dat hij een beetje geïnteresseerd raakt en wil niets liever dan die interesse voeden.

'Zie je die man, Gretel?' vroeg Heidi en ze wees naar een foto van een intelligent ogende man die op het strand staat met zijn handen in zijn zij en een pijp in zijn mondhoek. 'Hij heette Billy Sprat. Hij was danser en een Russische spion.'

'Echt waar?' zei ik, terwijl ik de thee inschonk en me afvroeg of dit een van haar verzinsels was – misschien had ze gisteravond een oude James Bond-film gezien en zat haar hoofd nog vol met spionage – maar gezien de periode waarin de foto was genomen, zou het ook kunnen kloppen wat ze zei. Het schijnt dat er in die tijd nogal wat Russische spionnen in Engeland rondhingen.

'Billy was een vriend van mijn vader en hij werd betrapt toen hij geheimen aan de KGB verkocht,' ging ze ademloos verder. 'De veiligheidsdiensten stonden op het punt hem op te pakken, maar hij kwam erachter dat ze hem door hadden en hij vluchtte naar Moskou. Reuze spannend, vind je niet?'

'Jazeker,' zei ik instemmend. 'Heel spannend.'

'Ze hadden hem terug moeten halen, dan hadden ze hem kunnen berechten. Er is niets zo ergerlijk als mensen die schuldig zijn en hun straf ontlopen.'

Ik zei niets, ik keek naar de reisklok op de schoorsteenmantel en de porseleinen beeldjes die ernaast stonden en die ze tot haar schatten rekende.

'Heb jij ooit met de Russen gesympathiseerd?' vroeg ze en ze nam een slok thee. 'In de jaren zestig dacht ik dat ze misschien een punt hadden met hun filosofie van eerlijk zullen we alles delen. Maar toen ze kernwapens onze kant op begonnen te richten was ik er wel klaar mee. Niemand zit toch op een nieuwe oorlog te wachten?'

'Ik hou me niet bezig met politiek,' zei ik. Ik smeerde wat boter op twee warme scones en gaf haar er een. 'Ik heb gezien wat politiek met mensen doet.'

'Ja natuurlijk, jij hebt die tijd meegemaakt, toch?' vroeg ze.

'De jaren zestig?' zei ik. 'Ja, maar jij toch ook, Heidi.'

'Nee, ik bedoel daarvoor. De oorlog. De... Hoe heet het ook weer...?'

'De Tweede Wereldoorlog,' zei ik.

'Ja, die.'

'Ja,' zei ik. We hadden dit gesprek al eerder gehad, al heel vaak, maar ik had zelden iets over mijn verleden losgelaten en wat ik wel had verteld was grotendeels verzonnen. 'Maar toen was ik nog maar een kind.'

Heidi legde het album neer en keek me aan met een ondeugende blik in haar ogen.

'Nog nieuws van beneden?' vroeg ze en ik schudde nee. Dit was zo'n moment waarop ik blij was dat ze zo gemakkelijk van onderwerp veranderde.

'Nog niet,' antwoordde ik. Ik pakte mijn servetje en veegde wat kruimels van mijn mond. 'Van het zuidelijk front geen nieuws.'

Ze vroeg: 'Het zullen toch geen zwartjes zijn, wat denk jij?' Ik fronste mijn wenkbrauwen. Een van de lastigste kanten van de toenemende verwarring in Heidi's bovenkamer is haar neiging uitdrukkingen te bezigen die, helemaal terecht, niet meer door de beugel kunnen en die ze in haar beste jaren zelf ook nooit zou hebben gebruikt. Ik vermoed dat zulk taalgebruik uit haar jeugd stamt, en dat het nu de boel overneemt in de delen van haar hersenen die aan het verweken zijn. Het is zo raar, verhalen uit haar jeugd kan ze tot in de kleinste details vertellen, maar als ik haar vraag wat er afgelopen woensdag tussen zes en negen uur is gebeurd, daalt de mist neer.

'Ik heb geen idee wie het gaat worden,' antwoordde ik. 'We zullen het pas weten als het zover is.'

'Er heeft daar beneden jarenlang toch zo'n leuke man gewoond,' zei ze en nu fleurde haar gezicht op. 'Een historicus. Hij was docent aan de Universiteit van Londen.'

'Nee, Heidi, dat was Edgar. Mijn man,' zei ik tegen haar. 'Hij woonde samen met mij aan de overkant van de gang.'

'O ja,' zei ze en ze knipoogde naar me alsof we samen een geheimpje hadden. 'Dat is ook zo. Edgar was een echte heer. Altijd zo goed gekleed. Ik denk dat ik hem nooit zonder overhemd en das heb gezien.'

Ik glimlachte. Het klopte dat Edgar veel zorg aan zijn uiterlijk besteedde en zelfs op vakantie niet graag 'casual' gekleed ging, zoals ze dat tegenwoordig noemen. Hij had een Clark Gable-snor en sommige mensen zeiden dat hij een beetje op Ronald Colman leek. Daar zat wel wat in.

'Weet je, ik heb een keer geprobeerd hem te zoenen,' vervolgde ze. Haar blik dwaalde af naar het raam en aan de manier waarop ze het zei kon ik horen dat ze niet meer wist tegen wie ze het had. 'Hij was natuurlijk veel ouder dan ik, maar daar zat ik niet mee. Maar hij was niet geïnteresseerd, hij poeierde me af. Zei tegen me dat hij zielsveel van zijn vrouw hield.'

'O ja?' zei ik zacht en ik probeerde me het scenario voor te stellen. Het verbaasde me niet dat Edgar het niet nodig had gevonden me over dit minischandaal te vertellen.

'Hij liet me heel vriendelijk een blauwtje lopen en daar was ik hem dankbaar voor. Het was schaamteloos wat ik deed.'

'Is Oberon deze week al op bezoek geweest?' vroeg ik. Nu was het mijn beurt om van onderwerp te veranderen. Oberon is Heidi's kleinzoon. Hij is rond de dertig en ziet er goed uit, hij is alleen behept met een belachelijke naam. (Heidi's dochter, die een paar jaar geleden helaas is overleden aan kanker, was een groot bewonderaar van Shakespeare.) Hij werkt in de buurt – hij is iets leidinggevends bij Selfridges, geloof ik – en hij is lief voor zijn grootmoeder. Hij heeft alleen een irritant trekje: als ik er ben, praat hij zo hard tegen me als hij kan en hij articuleert elke lettergreep, want hij denkt kennelijk dat ik doof ben. Maar ik ben niet doof. Er is eigenlijk heel weinig mis met me, wat zowel verbazingwekkend als verontrustend is, gezien mijn gevorderde leeftijd.

‘Hij komt morgenavond langs,’ antwoordde ze. ‘Met zijn vriendin. En hij zegt dat hij een nieuwtje voor me heeft.’

‘Misschien gaan ze wel trouwen,’ opperde ik.

Ze knikte instemmend. ‘Ja, misschien. Ik hoop het. Het is wel tijd dat hij zijn draai eens vindt. Net als jouw Caden.’

Ik trok een wenkbrauw op. Caden had zijn draai al zo vaak gevonden dat hij waarschijnlijk een van de meest doorgedraaide mannen in Engeland was. Maar ik besloot haar niet lastig te vallen met het gemak waarmee mijn zoon verbintenissen aanging en beëindigde.

Ze leunde naar voren en vroeg: ‘Als je het hoort, laat je het me weten, goed?’ Ik ging snel in mijn geheugen door ons gesprek heen, op zoek naar het punt waar zij was blijven steken.

‘Als ik waar iets over hoor, lieverd?’ vroeg ik.

‘Over de nieuwe buren. Misschien moeten we een feestje voor ze geven.’

‘Ik denk niet dat ze dat fijn vinden.’

‘Of een taart voor ze bakken, dat is toch het minste.’

‘Dat zullen ze misschien meer waarderen.’

‘En Joden?’ vroeg ze na een lange stilte. ‘Er was een tijd dat Joden in dit soort gebouwen niet werden geaccepteerd. Zelf heb ik er geen moeite mee. Van mij mag iedereen hier wonen. Ik vind het een heel vriendelijk volk, eerlijk gezegd. En zo vrolijk, als je bedenkt wat ze allemaal hebben meegemaakt.’

Ik hield mijn mond. Toen haar ogen even later dichtvielen pakte ik het kopje uit haar handen en waste het servies dat we hadden gebruikt af in de gootsteen. Voordat ik wegging gaf ik haar voorzichtig een zoen op haar voorhoofd en toen trok ik de deur achter me dicht. In de gang bleef ik even staan bij de trap naar de flat onder me. Het was er vooralsnog oorverdovend stil.

4

De man heette Rémy Toussaint. Hij was aantrekkelijk, met dik zwart haar en een grijns die voor een glimlach moest doorgaan. Hij was zo'n acht jaar jonger dan Moeder en had iedere vrouw kunnen krijgen maar hij koos haar, en voor het eerst sinds de dood van mijn broertje leek ze open te staan voor wat het leven nog te bieden had. Ze ging minder drinken en begon meer aandacht aan haar uiterlijk te besteden. Ik zie haar nog voor die gespikkelde spiegel in onze kamer zitten terwijl ze een borstel door haar haar haalde. Op een dag zei ze dat God haar met deze nieuwe romance wilde laten weten dat Hij haar niet verantwoordelijk hield voor de misdaden die op die andere plek waren gepleegd. Zelf was ik daar niet zo zeker van.

Ze zei: 'Je moet weten dat Monsieur Toussaint' – ze sprak zijn naam heel zorgvuldig uit, alsof ze solliciteerde om lid te worden van de Académie Française – 'een zeer verfijnd man is. Zijn stamboom wemelt van de burggraven en de markiezen, al heeft hij als overtuigd *égalitariste* uiteraard niets dan minachting voor zulke titels. Hij speelt piano en hij zingt, heeft de meeste werken uit de wereldliteratuur gelezen en afgelopen zomer hingen een paar van zijn schilderijen op een expositie in Montmartre.'

'En wat wil hij van u?' vroeg ik.

'Hij "wil" helemaal niks, Gretel,' antwoordde ze, geïrriteerd door mijn toon. 'Hij is verliefd op me. Vind je dat zo moeilijk te geloven? Franse mannen hebben liever een vrouw van een zekere leeftijd dan een onnozel groen blaadje, zo zijn ze altijd geweest. Ze weten levenservaring en wijsheid op waarde te schatten. Je moet niet jaloers zijn. Over twintig jaar zul je er dankbaar voor zijn.'

Ze draaide zich weer naar de spiegel. Vanaf mijn plek op het bed kon ik haar goed bekijken en ik vroeg me af of het klopte wat ze zei. In mijn beleving vielen mannen in de eerste plaats voor een aantrekkelijk uiterlijk. En Moeder was altijd een opvallende schoonheid geweest, maar sinds het einde van de oorlog was haar uitstraling een stuk matter geworden. Dat gold ook voor haar haar, waar grijze spoortjes als ongevraagde gasten tussen het zwart door kropen. En ze kreeg steeds meer adertjes op haar wangen, als sproeten, het gevolg van haar innige relatie met wijn. Alleen haar ogen waren nog steeds onweerstaanbaar, vooral door de bijzondere kleur: ze waren pauwblauw en betoverden iedereen die tegenover haar zat. Ik moest toegeven dat het niet ondenkbaar was dat een man nog van haar gecharmeerd zou zijn. Maar ze had gelijk toen ze zei dat ik jaloers was. Als er ergens een romance moest opbloeien, dan wilde ik zelf de hoofdpersoon in dat verhaal zijn.

'Is hij rijk?' vroeg ik.

Ze antwoordde: 'Hij kleedt zich keurig en eet in goede restaurants. Hij heeft een wandelstok van Fayet met zijn familiewapen op het handvat. Dus ja, ik ga ervan uit dat hij bemiddeld is.'

'En wat heeft hij in de oorlog gedaan?'

Ze negeerde de vraag, alsof ik niets had gezegd, en liep naar de kledingkast. Ze haalde er een rode zijden jurk uit, die ze van mijn vader cadeau had gekregen op de avond waarop hij ons had verteld dat we uit Duitsland weg zouden gaan. Ze trok hem aan. In het verleden sloot hij nauw om haar lichaam en accentueerde iedere welving, maar nu was het effect niet meer zo flatteus.

'Daar moet een ceintuur omheen,' zei ze met een kritische blik in de spiegel. Ze rommelde wat in een lade en vond er eentje die qua kleur goed contrasteerde met het scharlakenrood.

'En wanneer ga ik hem ontmoeten?' vroeg ik. Ik keek uit het raam naar de mensen die op straat liepen. Tegenover ons zat een fourniturenzaak en daar werkte een jongen, niet veel ouder dan ik, die mijn interesse had gewekt. Ik keek vaak toe terwijl hij met zijn werkzaamheden bezig was. Hij had blond haar, net als Kurt, maar bij hem viel het over zijn voorhoofd en hij leek altijd wel ergens over te struikelen, als een onhandig kind, wat ik aandoenlijk vond. Hij was geen danser, maar hij was wel mooi.

'Als hij je uitnodigt,' zei mijn moeder.

'Maar hij weet wel dat u een dochter hebt?'

'Dat heb ik vermeld.'

'Hebt u ook mijn leeftijd erbij verteld?"

Ze aarzelde. 'En wat zou dat voor hem uitmaken, Gretel?' vroeg ze met een frons. 'Hij heeft trouwens zelf ook een dochter. Natuurlijk een stuk jonger dan jij. Ze is pas vier. Ze woont bij haar moeder in Angoulême.'

'Dus hij is getrouwd?'

'Het kind is buitenechtelijk. Maar als man van eer zorgt hij uiteraard wel voor haar.'

'Nou, misschien kan ik op een avond met jullie mee,' opperde ik. Intussen deed ze wat parfum op haar hals en polsen uit haar laatste flesje Guerlain Shalimar. Dat had ze ongeveer zeven jaar eerder van mijn grootmoeder gekregen voor haar verjaardag en nu was het zo goed als leeg. De geur voerde me terug naar ons afscheidsfeest in Berlijn. De overwinning leek toen onvermijdelijk en het Reich leek voorbestemd om nog duizend jaar voort te bestaan. Ik zag mijn broertje bij de balustrade staan. Hij keek toe terwijl de officieren en hun vrouwen bijeenkwamen in de salons en we waren allebei betoverd door de uniforms en de galajurken die door de gang zwierden in een orgie van kleuren. Was dit echt pas vier jaar geleden? Het voelde zo veel mensenlevens geleden en de tweehonderd weken die dat moment scheidden van het nu waren kleverig van het bloed.

‘Dat denk ik niet,’ antwoordde ze. Ze keek nog een keer in de spiegel voordat ze de kamer uit ging, klaar voor de avonturen die deze avond voor haar in petto had.

Ik keek weer uit het raam. Monsieur Vannier, de eigenaar van de fournituurenzaak, kwam naar buiten en bleef op de stoep staan. Er was een auto gestopt en de chauffeur opende de kofferbak, terwijl de jongen die ik leuk vond de deur uit kwam met een paar dozen die scheef op elkaar waren gestapeld. Natuurlijk struikelde hij over een stoeptegel en toen de eerste doos viel, volgde de rest snel. Gelukkig was het een droge avond, dus het was niet zo erg, maar Monsieur Vannier was wel kwaad op hem en gaf hem een oorvijg. De jongen hield een hand tegen zijn oor om de pijn van de klap te verzachten. Misschien voelde hij dat er iemand keek, want hij richtte zijn blik naar boven en zag mij. Hij liep rood aan, draaide zich heel snel om en liep net terug de winkel in toen Moeder over een van de gevallen pakketjes heen stapte en in een zijstraat verdween.

5

Ik ga vaak naar de bibliotheek in Mayfair, aan South Audley Street. Het is een aardig wandelingetje, zo'n tien minuten vanaf mijn flat, en ik kom er al jaren om boeken te lenen. Edgar was een fervent lezer en er staan nog veel boeken van hem in een kast in een logeerkamer, zijn vroegere kantoor. Maar we hadden beslist niet dezelfde smaak. Overdag was hij de historicus, maar in zijn vrije tijd las hij liever hedendaagse fictie. Ik lees over het algemeen liever non-fictie en als ik tussen de boekenrekken loop kom ik altijd weer in die hoek terecht. Boeken over de tijd waarin ik nog een kind was laat ik consequent links liggen, maar de Grieken en de Romeinen intrigeren me. En ik lees eigenaardig genoeg graag autobiografieën van astronauten. Hun drang om de planeet te ontvluchten en het feit dat ze dat ook daadwerkelijk voor elkaar krijgen, vind ik zowel excentriek als prijzenswaardig. Het is niet zo dat ik boeken verslind, zoals Edgar deed, maar lezen is wel een gewoonte die Vader – ook zo'n boekenwurm – allebei zijn kinderen met de paplepel heeft ingegeven.

Mijn broertje hield uiteraard van boeken over ontdekkingsreizigers, want hij was stellig van plan er zelf later ook een te worden. Ik hoorde hem een keer toevallig met Pavel, een van onze bedienden op die andere plek, over ons huis in Berlijn praten. Hij vertelde dat hij met zijn vriendjes uren bezig kon zijn de enorme zolder te verkennen, waar in de loop der jaren allerhande spulletjes waren opgeslagen. Ze doolden ook door de donkere gangen in de kelder en over de bovenverdiepingen, waar de architect zich had uitgeleefd met zijn passie voor verborgen hoekjes en gaatjes. Waarschijnlijk was Pavel helemaal niet geïnteresseerd in zijn verhalen, maar daar had mijn broertje geen boodschap aan en hij ratelde maar door.

'Misschien zou je hier ook wat kunnen verkennen,' zei Pavel. Hij sprak zachtjes, want Kurt zat buiten in de zon zijn laarzen te poetsen en had hem uitdrukkelijk verboden met mij of mijn broertje te praten. *Je praat toch niet met een rat, wel?* had Kurt me gevraagd en behaagziek als ik was had ik er hartelijk om gelachen en hem geprezen om zijn humor.

'Dat mag ik niet,' antwoordde mijn broertje verdrietig.

'Dus dan doe je het ook niet, omdat het niet mag?' vroeg Pavel en er klonk vermoeidheid en berusting in zijn stem. 'Misschien ben je wel bang voor wat je ontdekt als je aan de andere kant van het hek gaat kijken.'

'Ik ben helemaal nergens bang voor,' zei mijn broertje verontwaardigd en hij ging rechtop zitten.

'Er is anders alle reden om wel bang te zijn.'

Er viel een lange stilte en toen zag ik mijn broertje terug naar boven gaan, naar zijn slaapkamer, terwijl hij nadacht over de opmerkingen van Pavel. Vanaf de ochtend dat we waren aangekomen, hadden Vader en Moeder erop gehamerd dat hij dicht bij huis moest blijven. Ze hadden kunnen weten dat hij niet zou luisteren. Jongetjes luisteren zelden.

Toen ik die bewuste ochtend terugkwam van de bibliotheek met een recente biografie van Marie Antoinette onder mijn arm, zag ik een onbekende auto voor de deur van Winterville Court staan en dat vond ik verontrustend. Er zijn maar heel weinig parkeerplaatsen in onze straat en die zijn zo duur dat niemand er ooit gebruik van maakt. Bewoners hebben parkeerabonnementen voor een garage in de buurt en alleen een idioot of een miljonair – of iemand die allebei is – gaat tegenwoordig nog met de auto Londen in. Ik liep de hal in, bleef bij nummer 1 staan en hield mijn oor tegen de deur. Ik hoorde wel beweging binnen, maar geen stemmen.

Ik tikte voorzichtig op het houtwerk, een dubbelzinnig gebaar, want enerzijds wilde ik worden gehoord en anderzijds wilde ik niemand storen. De deur ging open en ik stond oog in oog met een jonge vrouw, vijfendertig op z'n hoogst. Haar kledingkeuze riep het woord 'eclectisch' bij me op en ze had een roze streep in haar platinablonde haar. Ik moet zeggen: ze had pit, en dat kon ik wel waarderen.

'Hallo,' zei ze en ze keek me vriendelijk aan. Ik keek net zo vriendelijk terug en stak mijn hand uit.

'Gretel Fernsby,' zei ik, 'de bovenbuurvrouw. Ik zie dat u uw verhuizing aan het voorbereiden bent.'

'O, nee hoor,' zei ze en ze schudde haar hoofd. 'Ik ben de binnenhuisarchitect maar. Ik kom het object opmeten.'

Daar was dat woord weer. Het 'object'. Konden we dingen niet meer bij hun naam noemen? Het leek wel of de taal stukje bij beetje werd uitgehold. De gewoonste woorden werden tegenwoordig afgedankt omdat ze aanstootgevend zouden zijn. Misschien was 'flat' nu te burgerlijk. Of te volks. Serieus, je zou denken dat je maar beter helemaal niets meer kon zeggen. En in dat geval was de wereld misschien niet eens zo heel erg veranderd.

Toen stelde ze zich voor: 'Alison Small, van Small Interiors.'

Ik knikte. Intussen probeerde ik mijn gevoelens op een rijtje te krijgen: vond ik dit nu teleurstellend of juist niet? Ik heb aardig wat mensenkennis en ze leek me een prettig type. Ik had het helemaal niet erg gevonden als ze onder me was komen wonen. Alleen al aan haar kledingcombinaties had ik veel genoegen kunnen beleven. 'Ik neem aan dat u de maten opneemt in verband met gordijnen en banken enzovoorts?'

'Inderdaad.' Ze stapte terug de flat in en maakte een uitnodigend gebaar naar mij. 'Komt u gerust binnen.'

Ik bedankte haar en ging naar binnen. Ze had waarschijnlijk niet iedereen zomaar binnengevraagd, maar mensen zijn geneigd ouderen te vertrouwen. En hoe gevaarlijk kon ik per slot van rekening zijn? Toch voelde het raar om in de flat van Mr Richardson te zijn, nu al zijn spullen waren weggehaald. Deze woning was exact hetzelfde ingedeeld als de mijne en daardoor kon ik me ineens voorstellen hoe mijn flat eruit zou zien als ik er niet meer was, en dat was wel schrikken. Ik zag voor me hoe alles wat ik in de loop der jaren als bewijs van mijn bestaan had verzameld in een container of bij een kringloopwinkel zou belanden, van het schilderij dat ik van Edgar als huwelijkscadeau had gekregen tot de siliconen spatel die ik in de koekenpan gebruikte. Ik was ervan overtuigd dat Caden de flat te koop zou zetten nog voordat de lijkstijfheid was ingetreden.

'Woont u al lang hierboven?' wilde Mrs Small weten en ik knikte. Het was verbazend hoe onze stemmen echoden nu het geluid niet werd gedempt door gordijnen, vloerkleden of meubilair.

'Meer dan zestig jaar,' antwoordde ik.

'U bent een geluksvogel!' riep ze uit. 'Ik zou er heel wat voor overhebben om in dit gedeelte van Londen te wonen.'

'Mag ik vragen ...' Ik aarzelde even omdat ik niet wist hoeveel ze bereid zou zijn prijs te geven. 'Uw cliënt. Of cliënten. Trekken ze binnenkort hier in?'

'Ja, vrij snel, zeiden ze tegen me.' Ze richtte een elektronisch apparaat op een van de muren. Daar verscheen een rood stipje op en toen wierp ze een blik op het beeldschermpje. Ik had geen idee wat dat rode stipje betekende of wat voor informatie daardoor werd ontsloten, maar gezien de rimpels die op haar voorhoofd verschenen was het van groot belang. 'Dus mijn team en ik mogen wel opschieten. Gelukkig weet ik precies wat ze mooi vinden. Ik heb al eerder voor ze gewerkt.'

'Ze, meervoud,' zei ik. Ik klampte me aan dat woordje vast als een drenkeling aan een boei. 'Een stel, dus?'

Ze aarzelde. Het viel me op dat haar lipstick vrij dik was opgebracht. Als ze haar lippen sloot hoorde je een smakkend geluidje.

'Daar ga ik liever niet op in, Mrs Fernsby,' zei ze. 'De privacy van mijn cliënten, u weet wel.'

'O, maar dat vinden ze vast niet erg,' zei ik en ik deed mijn best niet te klinken als de bemoeial van de buurt. 'Ze komen tenslotte direct onder me te wonen.'

'Jawel, maar ze hechten nogal aan hun privacy. Zoals ik al zei, ze komen toch binnenkort en dan zult u ze ontmoeten.'

Ik knikte teleurgesteld.

Blijkbaar had ze wel door dat ik het spannend vond. Ze zei: 'Ik weet het, het is zenuwslopend. Met nieuwe buren te maken krijgen als je al zo lang ergens woont. De vorige bewoner heeft hier ook heel wat jaren gewoond, toch?'

'Nou nee,' zei ik. 'Hij is hier pas in 1992 komen wonen.'

Ze moest lachen, maar ik snapte niet waarom.

'Maakt u zich geen zorgen, van mijn cliënten zult u geen last hebben. Ze zijn erg...' Ze zweeg even, op zoek naar de juiste woorden. 'Hoe zal ik het zeggen? Ze zijn... Dus u bent geïnteresseerd in de Franse Revolutie?'

Ik staarde haar aan, verbijsterd door deze vreemde wending. De verwarring was blijkbaar op mijn gezicht te lezen, want toen knikte ze in de richting van het boek dat ik bij me had.

'Marie Antoinette,' verduidelijkte ze.

'O, dat.' Ik haalde mijn schouders op. 'Machtige mannen en vrouwen vind ik fascinerend, mijn hele leven al. Wat me bezighoudt is hoe ze hun macht aanwenden, ten goede of ten kwade, en hoe ze zelf veranderen door wat ze ermee doen.'

Ze keek een beetje gegeneerd. Misschien was het antwoord gedetailleerder dan ze had verwacht. Ze pakte haar mysterieuze apparaat weer op en richtte het op de muur bij het raam. Het rode stipje verscheen nu op het kozijn en deed daar zijn werk, wat dat ook mocht zijn. Ik vroeg me af of ze dat ding op mij zou richten als ik te lang bleef rondhangen.

'Nou, ik moet maar eens verder met m'n werk,' zei ze. Tijd om te gaan dus.

Ik knikte en liep naar de deur. Maar voordat ik wegging deed ik nog een poging. 'Nog een laatste vraag.' Ik hoopte dat ze me in elk geval op dit punt gerust kon stellen. 'Uw cliënten. Die hebben toch geen kinderen?'

Ze leek die vraag lastig te vinden. 'Het spijt me, Mrs Fernsby,' zei ze.

Uit het veld geslagen zwaaide ik nog even naar haar en ging terug naar boven. Pas toen ik een paar minuten later thee aan het zetten was drong tot me door dat haar antwoord verschillende dingen kon betekenen. Speet het haar dat ze geen antwoord op mijn vraag kon geven? Speet het haar dat er inderdaad een kind in de flat zou komen wonen? Of speet het haar dat er geen kinderen meekwamen, omdat een lief oud dametje zoals ik zich misschien had verheugd op een beetje jeugdige energie in haar nabije omgeving? Ik kwam er niet uit.

6

Het was een zonnige ochtend en de volle loofbomen van het Île wierpen gevlekte schaduwen op de grond. Ik liep van de Pont Marie naar de Place des Vosges, waar ik wel eens met een boek ging zitten om de rijkere Parijzenaars te observeren die daar in hun elegante kleren flaneerden. Eigenlijk bewonderde ik de schaamteloze hypocrisie van die kudde voormalige notabelen die zogenaamd in *égalité* geloofden maar met hun kleding en sieraden uiting gaven aan hun aangeboren *supériorité*.

Door de oorlog was de gelijkheid onder de Fransen sterk toegenomen, maar tegelijkertijd heerste het gevoel dat de lagere klassen meer hadden gedaan om het werk van de Vichy-regering te dwarsbomen dan de hogere, en daarmee werd een periode ingeluid waarin mensen ter verantwoording werden geroepen. Een enkel woord – collaborateur – kon het volk net zoveel angst inboezemen als een ander woord – aristocraat – anderhalve eeuw geleden had gedaan. Ik zag de bezorgdheid op de gezichten van de rijken en stelde me voor dat hun voorouders diezelfde uitdrukking op hun gezicht hadden gehad als de États Généraux werden bijeengeroepen. En nu was het natuurlijk de *épuration légale* die ervoor zorgde dat zulke mensen werden berecht, en daarop volgden executies of de minder zware straf die *dégradation nationale* heette.

Op zulke momenten, alleen met mijn gedachten, worstelde ik het meest met mijn getroebleerde geweten. Het was nu drie jaar geleden dat mijn broertje was overleden en zes maanden geleden dat Vader was opgehangen, en ik miste ze allebei op een andere manier. Het verlies van mijn broertje, daar moest ik niet te veel bij stilstaan, dat kon ik niet aan. Maar het verlies van Vader hield me elke dag bezig. Ik begon nog maar net te begrijpen waar hij deel van had uitgemaakt – waar *wíj* deel van hadden uitgemaakt – en de onmenselijkheid van zijn daden stond in zo'n schril contrast met de man die ik had gedacht te kennen dat ze net zo goed twee verschillende mensen konden zijn geweest. Ik hield mezelf voor dat ik me nergens schuldig aan had gemaakt, dat ik nog maar een kind was geweest, maar ergens in mijn hoofd zat een stemmetje dat vroeg waarom ik, als ik dan zo onschuldig was, onder een verzonnen naam door het leven ging.

Terwijl ik daar zat kwam een grote mannengedaante mijn kant op vanaf de andere kant van de fontein. Toen hij dichterbij kwam herkende ik Moeders vrijer, Monsieur Toussaint. Ik keek de andere kant op in de hoop dat hij niet zou stoppen om met me te praten. Ik had hem alleen maar gezien door de ramen van de bars waar hij met Moeder zat te drinken. We waren nog niet aan elkaar voorgesteld en ik had helemaal geen zin in een kennismaking. Maar helaas, hij stond al voor mijn neus en nam zijn hoed af, terwijl hij een gracieuze buiging maakte. Ik ergerde me aan zijn idiote gedrag. Was hij zo ijdel dat hij zichzelf een moderne musketier waande en was ik dan een jonkvrouw in nood op weg naar Versailles?

'Heb ik de eer met Mademoiselle Gretel Guéymard te spreken?' vroeg hij. Ik keek omhoog. Onze fictieve achternaam klonk me nog steeds vreemd in de oren.

'Inderdaad,' zei ik. 'En u bent Monsieur Toussaint als ik het goed heb.'

Hij glimlachte en ik begreep waarom vrouwen zo gemakkelijk voor hem konden vallen. Hij had geen rimpels in zijn gezicht en zijn wangen waren glad, maar de dunne snor op zijn bovenlip gaf hem iets ondeugends en vestigde de aandacht op zijn volle lippen. Zijn indringend blauwe ogen waren ook opvallend en ik vroeg me af of het prettig of juist verontrustend zou zijn als hij die op me zou richten. Maar ook al was ik een puber die dagelijks tientallen knappe jongens op straat nakeek, toch was er in Monsieur Toussaints blik iets wat me schrik aanjoeg. Hij was knap, zeker, maar ik moest aan de mythologische figuren Medusa en Perseus denken maar dan andersom, want ik was bang dat het gevaarlijk voor me zou kunnen zijn als ik te lang naar zijn gezicht keek.

'Dus uw moeder heeft het over me gehad,' zei hij.

'Ja, een enkele keer,' gaf ik toe. Ik vond het wel jammer dat ik zijn ijdelheid had gestreeld.

'Madame Guéymard is een voortreffelijke dame en het doet me deugd eindelijk haar dochter te ontmoeten. Ze praat vaak over u.'

Ik vroeg me af of hij loog, want ik kon me niet voorstellen dat mijn moeder überhaupt over me had gepraat. Het feit dat ze een kind van vijftien had zou haar in de ogen van mannen een stuk ouder maken, en ik had geen bijzondere prestaties op mijn naam waarmee ze zou kunnen pronken.

'Dat waag ik te betwijfelen,' zei ik uitdagend. En toen zag ik iets in zijn ogen, een glimp van interesse, hij leek een tikje verrast dat zijn complimenten me geen onnozel lachje ontlokten. Ik dacht dat ik hem een beetje zou kunnen bespelen door niet te reageren zoals hij verwachtte, en ik begon te beseffen dat de macht die me vanaf mijn kindertijd was ontzegd nu tot bloei kwam.

'Hoe wist u dat ik het was?' vroeg ik en hij haalde zijn schouders op alsof ik beroemd was in heel Parijs.

'U lijkt op haar,' antwoordde hij. 'En ik heb u wel gezien, als u laat op de avond stiekem naar ons keek omdat u bang was dat haar op straat iets zou overkomen. U speelt moedertje voor haar, denk ik. U wilt zeker weten dat ze veilig thuiskomt. Of ben ik degene naar wie u kijkt?'

Ik vond het vervelend dat hij mij had gezien zonder dat ik het had gemerkt.

Ik negeerde zijn vraag en ging tegen hem in: 'Ik lijk helemaal niet op haar. Ik lijk op mijn grootmoeder van mijn vaders kant, toen ze jong was. Dat zegt iedereen.'

'Dan moet zij wel een bijzondere schoonheid zijn geweest,' opperde hij.

Ik wierp hem een vernietigende blik toe. 'Treffen dit soort pijlen wel eens doel?' vroeg ik. 'U denkt blijkbaar dat ik vreselijk naïef ben.'

Nu raakte hij uit het lood; hij was blijkbaar niet gewend dat iemand de draak met hem stak. En ik genoot er zo intens van dat ik van geen ophouden wist.

'Een vraag als het mag, Monsieur Toussaint, bent u schrijver?'

'Nee,' antwoordde hij met gefronste wenkbrauwen. 'Waarom vraagt u dat?'

'U praat als een schrijver. En dan bedoel ik een slechte schrijver. Een schrijver van stuiverromans.'

Ik stond op, vastbesloten om weg te lopen, maar hij pakte mijn pols, niet teder en ook niet agressief.

'Mademoiselle Gretel, u bent een ongelooflijk onbeschofte jonge vrouw,' verkondigde hij en hij leek nogal ingenomen met zijn eigen commentaar. 'Voelt u zich niet schuldig?'

Ik keek hem recht aan. 'Schuldig?' vroeg ik. 'Hoezo schuldig?'

'Omdat u wreed bent.'

De stilte tussen ons leek een eeuwigheid te duren.

'Ik weet niet waar u het over hebt,' zei ik uiteindelijk. 'Wreed tegen wie?'

'Tegen mij. Wie dacht u dan dat ik bedoelde?'

Ik zei niets. Ik wilde alleen maar wegrennen, zo ver mogelijk bij hem vandaan.

'U bent anders dan de meeste meisjes van uw leeftijd,' zei hij. 'Ik stel me zo voor dat het een interessante ervaring zou zijn u wat persoonlijker te leren kennen. Er is een groot verschil tussen jongens en mannen, en ik zou u dat graag laten zien.' Hij tilde zijn andere hand op en zijn vingers streelden mijn wang zo zachtjes dat ik onwillekeurig mijn ogen sloot, alsof hij me hypnotiseerde. Met al zijn ervaring was hij veel beter in dit spel dan ik.

Toen hij zijn overwicht voldoende had laten gelden, liet hij me los, draaide zich om en liep weg. Ik vervloekte mezelf omdat ik de overwinning zo gemakkelijk uit handen had gegeven. Een eind verderop keek hij om en lachte toen hij zag dat ik nog steeds naar hem keek.

7

Caden kwam begin van de avond onverwachts langs en toen hij binnenkwam zag ik dat hij wat zwaarder was geworden. Hij was als kind nooit slank geweest, maar toen hij volwassen werd en een baan in de bouw vond, bleef hij redelijk in vorm door de lichamelijke inspanningen op zijn werk. Kort na zijn dertigste verjaardag had hij echter een eigen bedrijf opgezet met geld dat Edgar en ik hem hadden gegeven, en vanaf dat moment ging het bergafwaarts, misschien doordat hij altijd achter zijn bureau zat en de fysieke arbeid aan anderen overliet. Ik zag met lede ogen aan hoe ongezond strak zijn overhemd om zijn buik spande.

'Ik heb een telefoontje gehad,' zei hij. Hij plofte in een leunstoel en ik hoorde hem kreunen. Ik vroeg of hij een kopje thee wilde, maar hij had liever een glas whisky, Macallan graag.

'Wat voor telefoontje?' vroeg ik.

'Over de flat.'

'Welke flat?'

'Jouw flat. Deze flat.' Hij keek om zich heen, spreidde zijn armen uit alsof hij de koning was van alles wat hij overzag en niet enkel de kroonprins. 'We hebben een bod.'

Ik moest even rustig nadenken, want ik wilde niet dat de woede die ik voelde opkomen me de baas zou worden.

'Hoe kunnen we in hemelsnaam een bod op de flat krijgen terwijl die niet eens te koop staat?' vroeg ik.

'Mensen vragen wel eens om informatie,' antwoordde hij alsof het heel gewoon was, maar hij durfde me niet aan te kijken. 'Er is veel vraag naar woningen in dit deel van Londen. Ze bieden drie komma een.'

'Drie komma een wat?'

'Drie komma een miljoen.'

'Geen haar op m'n hoofd,' antwoorde ik. Ik liep naar de wandkast en schonk nog een whisky in, nu voor mezelf. Die kon ik wel gebruiken als we dit gesprek gingen voortzetten.

'Het is veel meer dan ik had verwacht,' zei hij. 'Het zou dom zijn als we het er niet ten minste over hadden.'

'We hebben het er toch over?' zei ik koppig. 'We zitten er nu over te praten.'

Hij praatte gewoon door: 'Ik heb eens een beetje om me heen gekeken. We zouden iets heel geschikts voor je kunnen vinden van rond de een komma vijf en dan houden we een komma zes over om mee te spelen.'

'We?' vroeg ik. 'Ik, zul je bedoelen. En wat moet ik met een komma zes miljoen pond? Bij de paardenraces inzetten?'

'Je zou het kunnen beleggen,' opperde hij. 'Ik ken een paar mensen die je daar prima bij zouden kunnen adviseren.'

'Ik ben eenennegentig, Caden,' antwoordde ik. 'Ik hoef echt geen plannen te maken voor een fijn leven na mijn pensioen. Hoe dan ook, je weet dat ik graag in Winterville Court woon.'

'Ben je niet eens toe aan een verandering?'

'Nee, helemaal niet.'

Hij zuchtte. 'Papa vond het hier niet fijn,' sputterde hij fluisterend, maar wel zo dat ik het kon horen.

Ik was even uit het veld geslagen, want Edgar had nooit iets van onvrede over onze woning laten merken. In elk geval niet tegenover mij. 'Daar klopt helemaal niets van,' zei ik met klem.

'Nou ja, hij zat hier natuurlijk prima,' gaf hij toe en hij wuifde mijn protest weg. 'Maar hij had niet gedacht dat hij hier ook zijn oude dag zou slijten en zou doodgaan. Hij droomde van een huisje op het platteland, een dorp met een gezellige pub en een historisch genootschap, maar jij wilde er niets van weten.'

'Je doet net of ik een soort cipier was. En je vader mijn gevangene.'

'Toen hij die erfenis kreeg was jij degene die per se deze flat wilde kopen, toch?'

'Ja, dat is waar,' gaf ik toe.

'Waarom?'

'Ik had mijn redenen.'

'En als ik het goed heb, weigerde je in de jaren daarna zelfs maar na te denken over een andere plek om te wonen.'

'Ook waar.'

'Waarom?'

'Hetzelfde. Ik had mijn redenen.'

Hij zuchtte. 'Ik maak me zorgen over je op die trappen,' zei hij met weinig overtuigingskracht.

'En ik ben bang dat jij me eraf gaat duwen,' zei ik en daar moest hij om lachen.

'Luister, Caden, het enige wat ik wil in de tijd die me nog rest, is genieten van de rust en de zekerheid die het me geeft als ik kan blijven wonen op de plek die ik al meer dan zestig jaar "thuis" noem. Is dat te veel gevraagd?'

'Het punt is...' Hij leek ineens minder op zijn gemak.

Ik nam me voor voet bij stuk te houden, hoeveel druk hij ook op me zou uitoefenen.

'Eerlijk gezegd heeft de zaak wel betere tijden gekend,' zei hij uiteindelijk. 'Het is een beetje krap op het moment.'

'Hoe krap?'

'Heel krap. Ik heb allerlei problemen gehad. Eerst kwam de Brexit en net toen ik dacht dat ik daar goed uit ging komen, hadden we ineens een pandemie. Ik had nieuwe mensen aangenomen om alle douanekwesties met Europa goed te regelen, maar toen moest ik ze naar huis sturen en doorbetalen, en intussen probeerde ik de zaak drijvend te houden. Ik hoef geen alimentatie meer te betalen voor Amanda, ook niet voor Beatrice, maar Charlotte... Elke maand een rib uit mijn lijf.'

Een van de eigenaardigste dingen in het wisselvallige liefdesleven van mijn zoon is wel dat hij zijn echtgenotes kennelijk op strikt alfabetische volgorde selecteert, zoals de moordenaar in *The ABC Murders*. Maar ja, zijn huidige verloofde heet Eleanor, dus of hij is zoals ze zeggen 'de weg kwijt', of ik ben op mijn ouwe dag een Deirdre, Deborah of Dawn vergeten.

'Hoe maakt Amanda het?' vroeg ik, want zijn eerste vrouw was de enige met wie ik het goed had kunnen vinden en het had me verdriet gedaan toen ze uit elkaar waren gegaan.

'Prima,' zei hij. 'Nou ja, ze heeft kanker, maar verder gaat het goed met haar.'

'Wat?' Ik ging geschrokken rechtop in mijn stoel zitten. 'Wat bedoel je, "ze heeft kanker"?'

'Precies wat ik zeg. Aan haar eierstokken, geloof ik.'

'En dat vertel je me nu pas?'

'Mam, Amanda en ik zijn al dertig jaar gescheiden. Ik zou niet weten waarom ik jou op de hoogte zou moeten houden van haar kwaaltjes. Het is al vreemd genoeg dat ik die verhalen zelf nog steeds moet aanhoren.'

'Kanker is geen kwaaltje,' protesteerde ik. Ik was geschokt door zijn gevoelloosheid. 'Het is veel ernstiger.'

'Het komt heus wel goed met haar.'

'Hoe kun je dat weten? Ben jij soms arts?'

Hij zei niets.

'Ik begrijp niet dat je zo gevoelloos kunt zijn,' zei ik, luider nu. 'Je huwelijk was misschien niet wat je ervan had verwacht, maar er was een tijd dat je van haar hield, neem ik aan. Je beloofde niet voor niets je hele leven bij haar te blijven, voordat je die belofte verbrak en dezelfde belofte aan een ander deed. En toen weer een ander. En nu weer een ander.'

Caden zei niets. Hij vond het vreselijk als iets hem niet lukte en daarom praatte hij liever niet met mij over zijn ex-vrouwen. Een paar maanden geleden, toen hij me over zijn aanstaande bruiloft informeerde, had hij ten minste het fatsoen gehad om er bedremmeld bij te kijken. En heel eerlijk gezegd had ik al overwogen deze bruiloft helemaal over te slaan en af te wachten of er nog een zou komen.

'Wil je over een woongemeenschap voor senioren nadenken? Meer vraag ik niet,' zei hij uiteindelijk. We waren weer terug waar het gesprek begonnen was. 'Er zijn tegenwoordig echt prachtige plekken. Hele dorpjes met oudere mensen die daar met veel plezier samen wonen, maar wel hun eigen leven hebben. Er worden dansavonden en dagtripjes georganiseerd, en...'

'En elke maandag en donderdag een begrafenis, gevolgd door een goed verzorgde lunch, ik weet het. Ik mag dan een oude vrouw zijn, maar dat wil niet zeggen dat ik ook als een oude vrouw moet leven. Ik verkeer in uitstekende gezondheid voor mijn leeftijd en als ik naar een verzorgingshuis zou gaan...'

'Woongemeenschap voor senioren.'

'Dan geef ik je op een briefje dat ik binnen een jaar dood ben.'

'Welnee, mam,' antwoordde hij, maar het klonk alsof hij zich ergere scenario's kon voorstellen. 'Jij overleeft ons allemaal.'

'Als ik in Winterville Court blijf, maak ik misschien een kans.' Ik keek naar zijn glas. Het was bijna leeg en ik hoopte dat hij niet om een tweede zou vragen. Ik was moe en wilde rustig gaan zitten en een film kijken. Ik dronk mijn glas leeg en hoopte dat hij de hint zou snappen.

'Die hieronder heeft precies drie opgebracht,' zei hij na een tijdje en ik keek hem vragend aan. 'De flat van Mr Richardson,' verduidelijkte hij. 'Drie miljoen pond.'

'Hoe weet je dat?'

'Ik zit in de aannemerswereld, mam. Ik heb mijn bronnen.'

'Weet je ook wie zijn flat gekocht heeft?' vroeg ik. Tot mijn teleurstelling schudde hij nee. 'Ik weet niet hoe hij heet.'

'Dus het is een man?'

'Nou, nee, ik nam gewoon aan...'

'Waarom zou je dat aannemen?'

Hij keek me geïrriteerd aan.

'Goed dan. Ik heb geen naam voor je en weet ook niet of het een man of een vrouw is,' zei hij. 'Maar wie het ook is, het moet wel iemand met aardig wat geld zijn, als je drie miljoen kunt opbrengen.'

'Kun je erachter komen?'

'Waarachter?'

'Wie het is.'

'Dat kan ik proberen,' zei hij. 'Goh, functioneert de buurt-tamtam niet meer? Woont hier niemand die even flink aan de boom kan schudden?'

'Ik wil het gewoon graag weten, meer niet,' zei ik. 'Een paar dagen geleden was er een binnenhuisarchitect in die flat en nu lopen er van vroeg tot laat schilders in en uit. Ik wil graag weten wat me te wachten staat. Dat is toch niet onredelijk?'

'Heb je het al aan de werklui gevraagd?'

'Jawel.'

'En?'

'Die weten het niet. Of wel, maar dan zeggen ze het niet.'

'Heb je ze geld aangeboden?'

'Natuurlijk. Maar ze laten zich niet omkopen.'

'Oké.'

'Dus kijk gewoon eens wat je te weten kunt komen, goed?' vroeg ik.

Ik stond op. Hij begreep de hint en dronk zijn laatste slok whisky op. Toen hij opstond legde hij een hand op de onderkant van zijn rug en kreunde weer. Het voelde raar een zoon met ouderdomsklachten te hebben. Zijn vader was zijn hele leven kerngezond geweest en had tot aan zijn dood een slank figuur gehad. Ik liep met Caden mee naar de deur en hij zoende me op de wang voordat hij naar buiten stapte. Hij keek me opnieuw aan en zei. 'Denk er eens over, dat is het enige wat ik vraag. Drie komma een is...'

'Een heleboel geld. Ik weet het. Dat heb je gezegd.'

De deur aan de overkant van de gang ging open en Heidi Hargrave keek naar buiten. Ik zag aan haar kapsel dat dit niet een van haar betere dagen was.

'Je bent dik geworden,' zei ze tegen Caden en ze wees op zijn buik. 'Domme dikzak.'

En ze verdween weer naar binnen. Mijn zoon en ik keken elkaar aan. Er viel eigenlijk niets meer te zeggen.

8

De fourniturenwinkel ging elke ochtend om tien uur open, maar ik wachtte tot het middaguur. Dan ging Monsieur Vannier altijd weg en zijn lunchpauze duurde elke dag twee uur. Ik ging naar beneden en stak de straat over.

Door de etalageruit, waarachter een paar etalagepoppen stonden met kleding van vooroorlogs tweed, zag ik dat het voor dit uur van de dag vrij rustig was in de winkel. De jongen stond achter de toonbank een overhemd in te pakken voor een gezette heer van middelbare leeftijd die hem met een wellustige blik stond te bekijken. Toen de jongen klaar was met inpakken haalde de man een kaartje uit zijn zak en gaf het over de toonbank aan de jongen. Die keek er even naar, maar begreep pas wat er van hem werd verwacht toen de man voorover leunde, zijn buik tegen de toonbank aangedrukt, en iets in zijn oor fluisterde. De jongen fronste zijn wenkbrauwen en schudde zijn hoofd. Misschien een uitnodiging voor een rendez-vous? Zo ja, dan kon je wel aan de jongen zien dat hij niet van plan was de uitnodiging aan te nemen. De man gaf geen blijk van gêne. Hij haalde nonchalant zijn schouders op, nam het pakje onder zijn arm en verliet de winkel.

Ik wachtte even voordat ik naar binnen ging. Het was mijn eerste bezoek aan de winkel van Vannier. Er hing een aangename geur in de grote ruimte, een frisse mengeling van sandelhout en limoen. Ik zag voor me hoe de jongen elke morgen met een verstuiver door de winkel ging voordat hij de deur van het slot deed.

Hij keek op toen hij mijn stap op de hardhouten vloer hoorde en leek verbaasd dat hij een meisje van mijn leeftijd in het pand zag, maar hij wendde zijn blik niet af. Hij keek zelfs iets langer dan nodig was.

'Waarmee kan ik u van dienst zijn, Mademoiselle?' vroeg hij. Zo zelfverzekerd mogelijk ging ik naar hem toe.

'Knopen,' zei ik, harder dan ik eigenlijk wilde. 'Ik heb knopen nodig. Ben ik hier aan het juiste adres?'

Hij knikte en dook onder de toonbank. Met twee handen haalde hij een grote houten bak tevoorschijn, die hij tussen ons in zette. Toen hij het deksel optilde slaakte ik een kreet van verrukking. In de bak zaten wel duizend knopen, met allemaal verschillende vormen, maten en kleuren, en de collectie flonkerde in het licht van de lampen, dat op de glasachtige randjes weerkaatste.

'Nu nog knopen vinden die bij elkaar horen, dat is de uitdaging,' zei hij. 'Maar geef een seintje als u er eentje vindt die u aanstaat, dan kom ik u helpen er nog meer te vinden.'

Ik begroef mijn handen in de bak. Het was een heerlijk gevoel, de knopen koud en hard tegen mijn huid, en als ik mijn vingers bewoog, bewogen ze mee als kleine zeewezens die mijn aanraking tot leven had gewekt.

'Dat doe ik ook wel eens,' bekende de jongen glimlachend. 'Voelt lekker, hè?'

'Klopt.'

'Ik vind het ontspannend. Soms, als ik geïrriteerd ben of van streek, dan...'

Hij stopte met praten en keek een beetje gegeneerd.

'Ja, het is ook ontspannend,' stemde ik in. 'Dat snap ik wel. Ik heet trouwens Gretel. Gretel Guéymard.' Tot mijn verbazing bloosde hij toen ik mijn naam noemde, en het rood op zijn wangen contrasteerde hevig met zijn goudkleurige lokken.

'Émile Vannier,' zei hij.

'*Emiel en zijn detectives*,' zei ik, want ik zag het omslag van een kinderboek voor me, een van de lievelingsboeken van mijn broertje toen we op die andere plek woonden.

'Maar dan Émile met een e,' vulde hij aan, 'Aan het eind, bedoel ik. Nou ja, ook aan het begin. Voor- en achteraan.' Hij begon een beetje nerveus te worden.

'Ken je dat boek dan?'

'Ik heb het gelezen toen ik klein was. Voordat mijn vader het weggooide.'

'Waarom deed hij dat?' vroeg ik verbaasd.

'Kun je dat niet raden?'

Ik dacht even na, maar had het snel door.

'Omdat hij geen boeken van Duitse schrijvers in huis wilde hebben,' zei ik, en toen hij knikte begon ik ongerust te worden. Sinds we in Parijs waren had ik hard gewerkt aan het verbergen van mijn accent, en dat ging me eigenlijk heel goed af, maar af en toe kwam de tongval van mijn verleden er ineens doorheen, en dat kon me mijn veiligheid kosten, zoals met die jongen in de Jardin du Luxembourg. De taal zelf had ik snel genoeg onder de knie gekregen. Moeder vond het de taal van ontwikkelde mensen en daarom moesten mijn broertje en ik al jong op Franse les. En toen we op die andere plek woonden had Herr Liszt die lessen voortgezet.

'De oorlog is voorbij. We moeten die dingen achter ons laten,' zei ik en ik hoopte dat hij het daarmee eens zou zijn. Niet dat ik hier zelf zo zeker van was. In mijn gedachten was de oorlog nog wel aanwezig, want de vraag hoeveel schuld ikzelf had aan de dingen die waren gebeurd liet me niet los. Zijn stropdas hing een beetje scheef en daaronder was het tweede knoopje van zijn overhemd losgegaan. Zo ving ik een glimp van zijn huid op en ik voelde diep in mijn lijf een zucht opkomen. Ik wilde hem aanraken op een manier waarop ik nog nooit een jongen had aangeraakt.

'Op den duur misschien,' zei hij. 'Maar nu nog niet, denk ik. De schuldigen moeten worden gestraft.'

Hij liep naar een rek met bretels, die hij heel nauwgezet opnieuw rangschikte, terwijl ik verder rommelde tussen de knopen en me afvroeg hoe ik zijn interesse verder kon aanwakkeren. Ik had dit spel nooit gespeeld en wist nog niet hoe het moest. Mijn enige eerdere verleidingspogingen waren met Kurt geweest, toen ik nog een kind was, en onlangs met Monsieur Toussaint, wat meer een flirt was geweest, en die waren allebei slecht afgelopen.

Uiteindelijk zei ik: 'Ik heb je al eerder gezien.' Ik liep naar hem toe en hij keek weer op.

'Hoezo, gezien?'

'Vanuit mijn raam.' Ik knikte naar de straat en wees omhoog naar het raam van onze kamer. 'Daar slaap ik. Ik zie je af en toe komen en gaan. Je valt best vaak.'

'Mijn vader noemt me een kluns. Hij vindt het irritant dat ik zo onhandig ben. Maar ik ben ook niet gemaakt om in een winkel te werken.'

'Waar ben je dan wel voor gemaakt?'

Hij haalde zijn schouders op. Hij had er duidelijk nog niet echt over nagedacht. 'Dat weet ik nog niet,' zei hij. 'Ik ben pas zestien.'

'Ik word binnenkort ook zestien,' zei ik. 'Over een paar weken al.'

Hij keek nu iets geïnteresseerder naar me, met de punt van zijn tong tegen zijn bovenlip. Ik vroeg me af of hij ooit een meisje had gezoend, maar ik dacht van niet. Hij had iets onschuldigs, maar ik had ook het vermoeden dat hij, als een hond aan een ketting, heel graag losgelaten wilde worden.

'Misschien kunnen we eens iets samen doen,' ging ik na een ongemakkelijke stilte verder. 'Ik ben nog niet zo lang in Parijs en ken hier niet veel mensen. In elk geval niemand van mijn eigen leeftijd.'

‘En waar woonde je voordat je hier kwam?’

‘Nantes,’ antwoordde ik.

‘Dan ken je Madame Aubertin vast wel,’ zei hij. ‘De kleermaakster. Ze was een vriendin van mijn moeder, die niet meer leeft. Mijn moeder had een winkel in Nantes voordat ik geboren werd.’

Ik aarzelde, want ik kende die vrouw niet en die stad evenmin, en ik vroeg me af of dit misschien een soort test was.

‘Ik ben bang dat onze financiële situatie het de laatste jaren niet mogelijk maakte naar een kleermaker te gaan,’ antwoordde ik ontwijkend. ‘Maar zijn er plekken waar je wel eens naartoe gaat, Émile? Als je niet moet werken, bedoel ik.’

‘Ik ken een leuk koffietentje,’ zei hij. ‘Daar ga ik wel eens heen om te lezen.’

‘En lees je dan Duitse schrijvers? Of ben je daarvoor te gehoorzaam aan je vader?’

‘Ik neem er wel eens stiekem eentje mee,’ gaf hij toe. Hij haalde diep adem en ik wachtte op de uitnodiging. ‘Ik kan het je wel een keer laten zien, als je wilt,’ zei hij. Het aanbod leek uit zijn tenen te komen. ‘Die koffietent, bedoel ik. Het is hier niet ver vandaan. Ze hebben ook heerlijk gebak.’

‘Dat lijkt me leuk,’ zei ik. ‘Morgenavond misschien?’

Hij knikte. ‘Dat is goed. Ik ben om vier uur klaar hier.’

‘Dan zien we elkaar bij de voordeur.’

In mijn overmoed zette ik alles op het spel. Ik leunde naar voren totdat mijn lippen zijn wang raakten. Zijn huid was zacht en zijn lichaam had een bedwelmende jongensgeur. Ik stapte achteruit en zag dat hij stomverbaasd was over mijn brutaliteit, maar tegelijkertijd gevleid. En in zijn ogen zag ik een onmiskenbaar verlangen.

Maar ik draaide me glimlachend om, liep naar de deur en zwaaide naar hem met mijn hand boven mijn hoofd. Dat had ik Marlène

Dietrich een keer in een film zien doen en dat had indruk op me gemaakt.

'Tot morgen dan!' riep ik.

'Gretel!' riep hij op zijn beurt. 'En je knopen dan?'

'Mallerd,' zei ik met een lachje. 'Dacht je nu echt dat ik daarvoor kwam?'

9

Toen, eindelijk, verscheen Madelyn ten tonele.

Het was op een dinsdagochtend, misschien een week na het bezoek van Caden. De dag daarvoor hadden de schilders en andere werklui voor de lunch hun werk afgerond en was de rust eindelijk weergekeerd in Winterville Court. Toen ik wakker werd was de akoestiek anders dan anders en ik vermoedde dat er beneden minstens één persoon was die nieuw was in ons midden. Als je zo lang ergens woont ontwikkel je een antenne voor de kleinste veranderingen in je omgeving.

Een paar uur later zat ik in de woonkamer met het boek over Marie Antoinette. Ik probeerde me erop te concentreren, maar werd afgeleid door de vraag wat er een verdieping onder me gebeurde. Ik verwachtte het geluid van meubels te horen die iets meer naar links of rechts werden geschoven of de vage echo van muziek terwijl iemand kopjes, glazen en borden inruimde. Deuren die open- en dichtgingen terwijl de nieuwe bewoners de kamers naar hun smaak inrichtten.

Uiteindelijk kon ik mijn nieuwsgierigheid niet langer bedwingen. Ik wist dat ik nu eenmaal geen rust zou hebben voordat ik hun gezichten persoonlijk had gezien. Daarom borstelde ik mijn haar en deed een beetje parfum op mijn polsen en hals. Ik legde wat scones die ik die ochtend had gebakken op een bord, ging de trap af en klopte op de deur van nummer 1. Na een stilte van enkele ogenblikken hoorde ik het geluid van blote voeten op een houten vloer.

'Goedemiddag,' zei ik en ik glimlachte naar de vrouw tegenover me. 'Ik ben Gretel Fernsby, uw bovenbuurvrouw. Ik wilde me even voorstellen. En u dit geven.'

Ik hield het bord naar voren met twee handen, als een offerande, en de vrouw keek er onzeker naar. Ik zag aan haar gezicht wat ze dacht. Ze wist dat ze de scones moest aannemen, maar aangezien ze geen idee had waar ze vandaan kwamen, welke ingrediënten en hoeveel calorieën erin zaten, had ze geen andere keus dan ze later op de dag onaangeroerd weg te gooien.

Mijn nieuwe benedenbuurvrouw was begin dertig, schatte ik, vrij lang en ze had een markant uiterlijk. Ze droeg haar dikke blonde haar hoog opgestoken, zoals Dusty Springfield, een kapsel dat uit de tijd was en haar tegelijkertijd vreemd modieus stond. Ze had grote lichtblauwe ogen, in het linkeroog een vleugje groen, lange vingers waar een pianist jaloers op zou zijn en het slanke, jongensachtige figuur waar mannen tegenwoordig op vallen. Ze had fotomodel kunnen zijn, dacht ik. Misschien was ze dat ook wel. Zelfs op een dag als vandaag, tijdens haar verhuizing naar een nieuwe plek, was ze gekleed alsof ze dacht dat ze vanuit verschillende hoeken gefotografeerd zou gaan worden.

'O,' zei ze uiteindelijk. Ze pakte het bord aan en keek langs me heen alsof ze hoopte dat er op de achtergrond iemand van de thuiszorg stond te wachten om mij terug naar boven te dirigeren en me daar in een stoel voor de televisie te parkeren. 'Heel vriendelijk van u.'

'Ach, een kleine moeite.'

We stonden elkaar aan te kijken. Ik wachtte opzettelijk tot zij iets zou doen of zeggen.

'Wilt u niet even binnenkomen?' vroeg ze ten slotte, en zo hoorde het.

'Heel graag,' antwoordde ik. Ik stond immers al met één voet over de drempel. 'Maar heel even, want u hebt vast heel veel te doen. Ik kwam alleen maar even kennismaken.'

Ze sloot de deur achter me en ik keek om me heen, nieuwsgierig naar de nieuwe inrichting. Alison Small was er uitstekend in geslaagd de flat, die in de tijd van Mr Richardson wat sjofel oogde, om te toveren in iets wat – zoals Caden zou zeggen – zeker drie komma een waard was. Het meubilair leek heel onprettig om op te zitten, maar ik wist dat dit de stijl van nu was en het was op z'n minst opvallend. Het geheel zag er niet zozeer uit als een thuis, een plek om te wonen, maar meer als een appartement in een tijdschrift of weekendbijlage, bedoeld om mensen het waanidee te geven dat ze met zuinigheid en vlijt zoiets zelf ook zouden kunnen kopen. Ik had graag een half uur rondgedwaald om te zien wat er nog meer voor schatten aanwezig waren, maar verwachtte niet verder te komen dan de woonkamer.

'Mrs ... Fernsby, toch?' zei de vrouw. Ze stond achter me en ik draaide me om om haar een hand te geven. Ze zette de scones op een sidetable uit het zicht.

'Zeg maar gewoon Gretel,' drong ik aan. 'En jij bent?'

'Madelyn,' zei ze. 'Madelyn Darcy-Witt.'

Ik knikte, maar haar antwoord irriteerde me. Omdat ik zelf geen Britse ben, heb ik een merkwaardige allergie voor namen die klinken alsof ze kant en klaar uit Debrett's adelsboek komen.

Ze vroeg of ik wilde gaan zitten en dat deed ik, en zei er nogmaals bij dat ik niet lang bleef. De bank, die eruitzag of hij van graniet gemaakt was, zat heel prettig.

'Schitterend, vind je niet?' vroeg ze en ze nam plaats in de leunstoel tegenover me. Omdat ze ging zitten nam ik aan dat ze me geen thee ging aanbieden. 'De bank is een ontwerp van Signorini & Coco. Deze stoel van Dom Edizioni.'

'Mijn zithoek is ontworpen door John Lewis,' zei ik, in de hoop dat ze zou lachen, maar dat deed ze niet. Die zithoek kwam trouwens niet echt uit een warenhuis. Edgar, die van mooie dingen hield, had onze meubels in de loop der jaren bij een bedrijf in Brighton laten maken en daar hadden we nooit spijt van gehad.

'Natuurlijk,' zei ze en ik vroeg me af wat ze daarmee bedoelde.

'Ik dacht dat hij niet lekker zou zitten,' zei ik, terwijl ik de bank streelde alsof hij een kat was die onder mijn aanraking zou gaan spinnen. 'Maar hij zit juist heerlijk, hè?'

'Hij is bedrieglijk,' zei Madelyn. Het klonk een beetje boosaardig, alsof zij en de bank ruzie met elkaar hadden gehad en het nog niet helemaal hadden bijgelegd.

'Zeker,' antwoordde ik. Ik keek rond en zag de kleinere kunstvoorwerpen, die ze zo te zien in de kast aan het uitstallen was geweest toen ik aanklopte. Er waren ook foto's in lijstjes die met de foto naar beneden op een tafeltje lagen. Ik had maar wat graag willen zien wat erop stond. 'Je hebt hier een mooie lichtinval op dit uur van de dag,' merkte ik op, want het zonlicht stroomde door het erkerraam aan de voorkant en gaf de hele kamer een gouden gloed. Toen keek ik omhoog naar het plafond. Ik was er natuurlijk al jaren aan gewend, maar de hoogte van de plafonds in Winterville Court bleef indrukwekkend. Er hing een nieuwe kroonluchter aan het plafond die straaltjes licht weerkaatste, alsof hij net wakker werd en met zijn ogen naar me knipperde. Hoewel er geen zuchtje wind was, want er stond geen raam open, bewogen enkele prisma's en kristalkettinkjes als dwaallichtjes heen en weer, alsof ze me wilden waarschuwen dat ik daar niet thuishoorde.

'Licht is heel belangrijk voor me,' antwoordde Madelyn dromerig. 'Dat heb ik ook meteen tegen de makelaar gezegd. Licht en hoogte. Toen ik nog klein was hield mijn moeder overdag de gordijnen gesloten om te voorkomen dat de meubels zouden verbleken. Ik werd er knettergek van. Als mijn vriendinnetjes bij ons kwamen zeiden ze: "Madelyn, waarom is het hier zo donker, waarom is het altijd zo donker?" En op een gegeven moment kwamen ze helemaal niet meer.

Mijn moeder was een leuke vrouw. Ze heeft zich alleen nooit echt ontplooid en ze maakte zich te druk om wat andere mensen van haar zouden vinden.' Ze was even stil, alsof ze opging in een pijnlijke herinnering. 'Weet je, mijn vader was gemeen tegen haar. Net als zijn vader tegen zijn moeder. En zijn grootvader tegen zijn vrouw, enzovoorts. Het wordt van generatie op generatie doorgegeven, denk je ook niet?'

'Dat weet ik niet,' zei ik. Ik vond het een beetje gênant dat ze zo veel blootgaf terwijl we pas een paar minuten geleden hadden kennisgemaakt. 'Veel mensen worden totaal anders dan hun ouders als ze volwassen zijn.'

'Dat wil iedereen graag geloven.' Ze klonk stellig en schudde haar hoofd. 'Maar diep vanbinnen zijn we allemaal slappe aftreksels.'

Ik zei niets. Ik dacht aan mijn eigen ouders. Ik leek totaal niet op hen, zei ik tegen mezelf. Ik had nooit kunnen doen wat zij hadden gedaan. Deze vrouw, deze vreemde vrouw, kraamde complete onzin uit. Ik vroeg me af of ze een klap van de molen had gehad.

'Woon je hier al lang?' vroeg Madelyn en ik knikte.

'Sinds 1960,' zei ik.

Ze barstte in lachen uit en ik keek haar verbaasd aan.

'O, sorry,' zei ze snel en ze sloeg een hand voor haar mond. 'Ik dacht dat je een grapje maakte.'

'In het grotere geheel is dat nu ook weer niet zó ontzettend lang geleden,' zei ik.

'Je moet het me maar niet kwalijk nemen,' zei ze. 'Soms schiet ik in de lach op de verkeerde momenten. Vorige week nog, toen een vriendin van me vertelde dat haar hond onder een vrachtwagen was gekomen; ik lag in een deuk.'

Ik vroeg me af of ik een dokter moest bellen en haar moest laten opnemen.

'Sorry,' zei ze nog een keer. Er verscheen een rimpel in haar voorhoofd en ze keek naar haar voeten alsof ze besefte dat ze een fatsoensnorm had overschreden. 'Ik weet niet goed waarom ik...'

'Wijlen mijn man kocht onze flat toen we een jaar of zes getrouwd waren,' ging ik verder alsof er niets onbetamelijks was gezegd. 'Het is nu... bijna veertien jaar geleden dat hij overleed.'

'En sindsdien woon je alleen?'

'Ja, dat klopt.'

'Tweeënzestig jaar,' zei ze en ze tikte met haar wijsvinger op haar onderlip. 'Dat is wel lang om op een en dezelfde plek te wonen.'

'Niet als je daar een goede reden voor hebt,' zei ik.

'En die heb je?' vroeg ze. 'Een goede reden?'

'Die heb ik inderdaad,' antwoordde ik en ik keek haar aan. Ik daagde haar uit me te vragen wat die reden was. Die zou ik haar natuurlijk nooit hebben verteld, maar ik vond het leuk haar even onzeker te maken. De manier waarop ze had gezegd dat het 'wel lang' was 'om op een en dezelfde plek te wonen' beviel me niet, alsof ze me in een hokje stopte als iemand met een gebrek aan ambitie of nieuwsgierigheid. Want dat zou niet terecht zijn, Edgar en ik hadden immers tijdens ons huwelijk veel gereisd, naar alle continenten behalve Afrika, dat nog op ons lijstje stond toen hij overleed.

'Oké, ik ben blij dat te horen,' zei ze. 'Maar ik denk niet dat ik hier zo lang ga wonen.'

'Misschien niet, maar je zult hier vast nog wel wonen als ik er niet meer ben,' zei ik met een lachje.

Ze schudde haar hoofd, leunde naar voren en nam mijn hand in de hare. Ze zei tegen me dat ik zoiets niet moest zeggen, nooit.

'Maar ik heb hier altijd met plezier gewoond,' zei ik en ik trok mijn hand terug. 'Het is een fantastisch gebouw. We lopen de deur niet bij elkaar plat, maar houden wel rekening met elkaar. Als je bijvoorbeeld een probleem zou hebben, dan kun je bij iedereen aankloppen.'

'Rust vind ik ook heel belangrijk,' zei ze. Het viel me op dat ze nerveus slikte terwijl ze dit zei en rondkeek alsof haar rust elk moment door een harde knal kon worden verstoord. 'Eerlijk gezegd, Gretel, was ik liever naar het platteland verhuisd, met veel ruimte om me heen en alleen loeiende koeien als gezelschap, maar Alex wilde daar niets van weten. Hij moet voor zijn werk in de stad zijn, snap je. Ik werk niet. Ik heb natuurlijk wel gewerkt, ooit. Maar nu niet meer. Ik zou het wel weer willen, misschien, ooit.'

Het klonk alsof ze haar situatie wilde rechtvaardigen, ook al had ik daar niet om gevraagd. Maar die naam, daar ging ik natuurlijk direct op in.

'Alex,' zei ik. 'Dat is...?'

'Mijn man.'

Kijk aan. Er was een man. Ze was niet alleen.

10

Ik ging pas naar beneden toen ik Émile uit de fourniturenwinkel zag komen. Toen hij me naar buiten zag komen, maakte hij op zijn onhandige manier een buiging en zijn blonde lokken, die hij naar achteren had gekamd en met pommade had willen beteugelen, vielen over zijn ogen. Hij duwde ze met zijn vingers terug en lachte.

'Wat zie je er knap uit,' zei ik, want dat was ook zo. Hij bloosde licht, gaf me het compliment letterlijk terug en corrigeerde zichzelf.

'Mooi, bedoel ik,' zei hij. 'Je ziet er heel mooi uit.'

Door het raam zag ik dat Monsieur Vannier vijandig naar ons stond te kijken, met een combinatie van bezorgdheid en minachting in zijn blik waar ik onzeker van werd. Was hij zo bang dat zijn zoon iets zou overkomen dat hij het niet kon aanzien dat hij met een meisje optrok? We keken elkaar aan en ik verwachtte dat hij zijn blik zou afwenden, maar nee. Hij bleef me recht aankijken en ik hield het even vol, maar toen moest ik me gewonnen geven. Op die andere plek waar ik had gewoond, had geen man het in zijn hoofd gehaald zelfs maar in mijn richting te kijken, laat staan met zo'n minachtende houding.

Toen we in het koffiezaakje kwamen begreep ik wel waarom Émile zich daar thuis voelde. In de meeste Parijse theesalons was de sfeer sinds het eind van de oorlog nog steeds sober en stijfjes, maar dit tentje ademde een bohemienachtige sfeer, het leek een bewuste keuze om terug te keren naar hoe het voor de oorlog was geweest. Aan veel tafeltjes zaten goed uitziende jongemannen te lezen, te roken of met knappe meisjes te flirten. We gingen in de hoek bij het raam zitten en bestelden koffie en iets zoets erbij. Omdat ik wist dat Émile verlegen was nam ik de leiding in het gesprek. Ik vroeg of het hem voldoening gaf om in de winkel van zijn vader te werken.

'Daar denk ik niet zo over na,' zei hij. 'Maar op een dag is de winkel van mij, dus moet ik het vak onder de knie krijgen. Want als de winkel het niet redt, red ik het ook niet.'

'Je bent toch zeker niet van plan daar altijd te blijven werken?' vroeg ik.

'Ik denk van wel.'

Ik probeerde het me voor te stellen. Zou ik de rest van mijn leven boven een fourniturenzaak willen slijten? Ik dacht het niet.

'Maar je bent toch veel te jong voor zulke onherroepelijke plannen,' zei ik. 'Zou je niet willen reizen? Iets van de wereld zien? Er is nog een leven buiten deze stad, hoor.'

'Dan zou ik mijn vader teleurstellen, en dat zou ik nooit willen,' zei hij.

'Waarom niet? Zij stellen ons doorlopend teleur.'

'Eigenlijk,' ging hij verder, 'zou de winkel naar Louis gaan. Hij was vier jaar ouder dan ik en mijn vader was van plan hem de zaak na te laten.'

'Dus je hebt een broer?'

'Ik hád een broer. Maar nu niet meer. Hij is dood. De oorlog, uiteraard.'

Dit antwoord had ik moeten zien aankomen. Ik keek uit het raam, nam een slok koffie en liet een stilte vallen uit respect voor zijn nagedachtenis. Ik voelde de zeurende steken van verdriet om het verlies van mijn eigen broertje. Ik deed mijn ogen even dicht om ze weg te duwen, naar een plek waar ik de pijn niet kon voelen.

'Hij zat bij de *Résistance*,' zei hij en hij ging rechtop zitten, als om te bewijzen hoeveel eerbied hij voor deze bijna heilige organisatie had. 'De eerste keer dat hij een Duitser doodschoot was op de dag waarop de nazi's met hun tanks Parijs binnendenderden. Daarna heeft hij geholpen hier in het vierde arrondissement een verzetsgroep op te zetten. Hij werd gevangengenomen en gemarteld, wist te ontsnappen en werd opnieuw gepakt. Maar hij bleef trouw tot het eind, hij heeft nooit namen genoemd, wat ze hem ook aandeden.'

'En wat hebben ze hem aangedaan?' vroeg ik, maar hij schudde zijn hoofd, niet in staat te antwoorden. Tranen welden op in zijn ogen en hij veegde ze weg met zijn zakdoek.

'Verschrikkelijke dingen,' zei hij uiteindelijk, en de woorden bleven bijna in zijn keel steken. 'Nadat ze hem hadden doodgeschoten gooiden ze zijn lichaam op straat, zodat de honden erom konden vechten. Soldaten met geweren hielden de wacht zodat wij er niet tussen konden komen. Het duurde een week voordat we zijn lichaam, of wat ervan over was, mochten meenemen en hem een fatsoenlijke begrafenis konden geven. Was ik maar ouder geweest, dan had ik ook gevochten. Ik had ze allemaal afgemaakt, tot de laatste man. Ik had iedere Duitse soldaat een mes in z'n nek gestoken en het langzaam rondgedraaid.'

'Ik vraag me af of er iets bestaat wat het waard is je leven ervoor op te offeren,' zei ik, geschrokken van zijn harde woorden.

'Natuurlijk wel,' zei hij vol overtuiging.

We waren allebei even stil.

Uiteindelijk reikte ik over de tafel en legde mijn hand op de zijne. 'Ik ben gewoon blij dat je nog leeft,' zei ik.

'Soms weet ik niet zeker of ik nog wel leef.'

'Natuurlijk wel,' zei ik. Ik kneep nu zacht in zijn vingers. 'Ik voel je toch. En het is nu voorbij. De oorlog, bedoel ik. Je moet er niet aan blijven denken.'

'Het is niet voorbij,' antwoordde hij en hij trok zijn hand terug.

'Dat gaat nog jaren duren. De krantenartikelen zijn zo schokkend. Heb je niet gelezen wat ze allemaal beweren?'

'Die lees ik niet,' zei ik. 'Ik weiger in het verleden te leven.'

'Het kan toch niet waar zijn,' ging hij verder, fronsend en met de wanhoop op zijn gezicht. 'Wat ze over die kampen schrijven, wat daar allemaal is gebeurd.' Hij zweeg even en zocht naar woorden. 'Dat kan toch niet waar zijn,' herhaalde hij. 'Wie zou zoiets ooit kunnen bedenken? En dan zulke kampen bouwen? Zoiets organiseren, daar werken, zo veel mensen vermoorden? Zo'n collectieve gewetenloosheid, hoe kan dat?'

Ik duwde mijn stoel naar achteren, het metaal schraapte over de tegels, en ik verontschuldigde me. Terwijl ik mijn weg naar de wc zocht ontweek ik de blikken van de jongemannen die me van top tot teen opnamen. Toen was ik veilig. Ik deed de deur op slot, zette mijn handen op de rand van de marmeren wastafel en keek naar mijn spiegelbeeld. Ik merkte dat ik het benauwd had gekregen en maakte de ceintuur en de kraag van mijn jurk wat losser.

Toen ik naar mijn eigen gezicht keek zag ik een schaduw van Vader, een gezicht waar geen mededogen uit sprak, maar wel onwankelbare trouw aan de dingen waar hij zijn hele volwassen leven in had geloofd. Er kwam een herinnering naar boven. Ik stond bij zijn kantoor en luisterde een gesprek af tussen hem en mijn broertje, die had gevraagd wie die mensen waren die we elke dag uit het raam zagen. De mensen aan de andere kant van het hek.

'Die mensen,' zei Vader en hij klonk bijna geamuseerd door de vraag, 'ach, dat zijn eigenlijk helemaal geen mensen.'

Mijn broertje vond dat geen bevredigend antwoord en later stelde hij mij diezelfde vraag. Ik legde uit dat het een boerderij was. Dat het een plek was waar dieren werden gehouden.

Ik deed mijn ogen even dicht, gooide wat water in mijn gezicht en droogde het af met de vieze handdoek. Ik had gehoopt mijn verleidingspogingen voort te zetten, maar het gesprek had een wending genomen waar ik niet blij van werd. Voor het eerst besefte ik dat ik voortaan over alles zou moeten liegen, elke dag, de rest van mijn leven, om te overleven.

Toen ik weer bij ons tafeltje kwam had Émile besloten over luchtiger onderwerpen te praten. Hij vertelde over de excentrieke figuren die af en toe in de winkel kwamen. Hij maakte me aan het lachen, dus verzon ik ook van alles om hem mee te vermaken, rare snuiters die ik op straat was tegengekomen, een hond die op zijn achterpoten liep, een tweeling van wie ieder de zinnen van de ander afmaakte. Ik kwam uit Nantes, loog ik. Mijn vader was overleden toen ik nog klein was, loog ik. Mijn moeder had in Nantes als naaister gewerkt, loog ik. We waren alleen maar naar Parijs gekomen omdat ze vond dat ze te jong was om de rest van haar leven te slijten op dezelfde plek als waar ze geboren was, loog ik. Ik had drie goede vriendinnen achtergelaten, Suzanne, Adèle en Arlette, maar die schreven me geregeld, loog ik. Ik had mijn kat, Lucille, bij Arlette ondergebracht, en ze miste me nog elke dag, loog ik.

Nu was het zijn beurt om met zijn hand over de tafel heen te reiken, en met iedere vinger raakte hij een van mijn vingers aan. Zijn aanraking wond me op.

'Toen je me van de week kuste,' begon hij en hij keek naar de tafel en bloosde een beetje.

'Dat was brutaal van me, dat weet ik,' zei ik.

'Maar ik was er wel blij om.' Hij keek even om zich heen om te zien of iemand ons in de gaten hield en toen leunde hij over de tafel naar me toe en kuste me weer. Maar nu op mijn lippen. We lieten elkaar weer los en hij leek diep in gedachten.

'Schaamteloos,' zei hij en ik verwachtte dat hij zou lachen, maar nee. Hij keek me zonder een spoor van genegenheid aan, bijna alsof hij me minachtte. Zouden alle jongens dit voelen bij meisjes met wie ze kusten? Dat ze ons graag wilden, maar op ons neerkeken zodra hun verlangen werd beantwoord?

'En je hebt geen broers of zussen?' vroeg Émile even later, toen we langs Quai Voltaire naar huis liepen en over de bruggen heen keken naar de Jardin aan de overkant.

'Nee,' zei ik.

'Prijs jezelf gelukkig,' zei hij. 'Een ouder verliezen, dat hoort bij het leven. Dat hebben we allebei meegemaakt en toch ging het leven verder. Maar een broer verliezen? Daar zal ik nooit overheen komen. Je hebt geluk dat je zo'n verlies niet hebt hoeven meemaken.'

Er kwam ons een mimespeler tegemoet. Kennelijk was hij klaar met zijn werk, want hij had het traditionele zwart-wit gestreepte T-shirt nog aan, bretels erover, de donkere baret op zijn hoofd en de witte schmink op zijn gezicht, maar hij rookte een sigaret en liep zich zo te zien op te winden over zijn geringe positie in de samenleving. In het voorbijgaan gooide hij zijn sigaret op de grond, precies voor mijn voeten, en hij wierp me een blik vol minachting toe, alsof hij wilde zeggen dat hij dan wel geen tekst had, maar precies wist hoeveel leugens ik die dag had verteld.

11

'Dus je bent getrouwd,' zei ik, eigenlijk vooral om het hardop te horen. 'Wat fijn. Al lang?'

'Elf jaar,' antwoordde ze en terwijl ze dit zei duwde ze haar tong tegen de binnenkant van haar wang en haar gezichtsuitdrukking veranderde, alsof ze zelf nauwelijks kon geloven dat het al zo lang was. 'Ja,' vervolgde ze na een korte stilte, 'elf jaar nu.'

'Grote goedheid! Maar je bent nog zo jong!'

'O nee hoor, ik ben stokoud,' antwoordde ze. 'Volgende maand word ik tweeëndertig. Ik was natuurlijk heel jong toen ik trouwde,' gaf ze toe. 'Alex was aan vastigheid toe, want hij is tien jaar ouder dan ik, en hij zegt altijd dat ik gewoon geluk heb gehad dat hij op dat moment met mij aan het daten was.' Ze barstte in lachen uit alsof het op een of andere manier humoristisch was. 'Vind je dat niet grappig?' vroeg ze.

'Niet echt,' zei ik. 'Bedoelt hij dat als grap?'

'O nee,' antwoordde ze en er verscheen een rimpel in haar voorhoofd. 'Nee, mijn man maakt geen grapjes.'

'En mag ik vragen wat hij doet?'

'Hij is filmproducent,' zei ze.

'Wat interessant!'

'Dat zal wel. Dat vinden de meeste mensen tenminste.'

'Wat voor films maakt hij?'

'Van alles.'

Ze noemde een handvol titels op en hoewel ik de laatste jaren bijna nooit meer naar de film ga, herkende ik er wel een paar. Het waren van die films waar grote sterren in speelden en waar prijzen mee werden gewonnen. Ik dacht na over zijn naam. Alex Darcy-Witt. Had ik die eerder gehoord? Er ging geen belletje rinkelen. Maar ja, als de meeste regisseurs al anoniem blijven voor het publiek, dan ligt het niet voor de hand dat producers vaak de kans krijgen te schitteren.

'Sorry, ik ben onbeleefd,' zei ik even later. 'Ik vraag wel naar het werk van je man, maar ik had natuurlijk eerst naar jouw leven moeten vragen. Je zei dat je wel hebt gewerkt. Wat voor werk deed je?'

'Ik was actrice,' antwoordde ze. 'Zo heb ik mijn man leren kennen. Ik speelde in een van zijn films. Hij liet al snel merken dat hij me leuk vond en ik kon geen nee tegen hem zeggen. Ik was vreselijk onschuldig toen, moet ik erbij zeggen. Vreselijk naïef. Wil je wel geloven dat ik nog maagd was? Nou ja, niet echt, maar zo goed als.'

Ik wist niet goed hoe ik moest reageren op deze intieme ontboezeming.

'Maar goed, elf jaar.' Ik ontweek haar vraag, die hopelijk retorisch was. 'Dat is tegenwoordig best lang. Dan was het voorbestemd.'

Er verscheen nog een rimpel en ze boog het hoofd voorover.

'Ik moet maar eens gaan,' zei ik. Ik legde mijn handen op mijn knieën en wilde opstaan, maar ze schudde haar hoofd.

'Nee, blijf nog even,' zei ze. 'Als je weggaat moet ik weer verhuisdozen openmaken en dingen opbergen, en daar heb ik eerlijk gezegd geen puf meer voor.'

'Goed dan,' zei ik, want ik wilde best nog even blijven. Ik had wel zin in thee, maar had niet de indruk dat ze me iets ging aanbieden.

'Je bent niet Brits, toch?' vroeg ze en ik voelde mezelf licht verstijven. Het was tientallen jaren geleden dat iemand me die vraag had gesteld. Ik woonde al zo lang in Londen dat ik aannam dat ik niet anders praatte dan iedereen hier.

'Hoe weet je dat?' vroeg ik.

'Toen ik nog acteerde,' zei ze, 'ik bedoel toen ik nog op de toneelschool zat, deed ik veel rollen met accenten. Mijn docenten zeiden dat ik er talent voor had. Ik merk nog steeds dat ik iets kan herkennen aan de uitspraak van mensen, iets wat hun herkomst verraadt. Ik hoor in jouw uitspraak een vleugje Centraal-Europa. Als ik moest raden, zou ik zeggen Duits.'

Ik glimlachte naar haar. Ze intrigeerde me. 'Dat klopt,' zei ik. 'Ik ben in Berlijn geboren.'

'Ik ben dol op Berlijn,' zei ze enthousiast. 'Ik heb er een keer opgetreden, als Sally Bowles. De perfecte stad ervoor.'

'Zeker.'

'De mensen die het hebben gezien, vonden dat ik heel goed was,' voegde ze eraan toe. Ik begon me af te vragen of ze misschien medicijnen gebruikte. Het leek of ze wegzweefde op haar gedachten, zich naar binnen keerde en vergat dat ze niet alleen was.

'Mijn man en ik gingen vaak naar het theater,' zei ik. Madelyn keek me geschokt aan. 'Vaker dan naar de bioscoop. Ik ga liever naar het theater, jij ook?'

'Zeg dat maar niet tegen mijn man. Hij zou je voor het vuurpeloton zetten.'

'In de schouwburg gedragen mensen zich beter, is mijn ervaring. Ze komen niet binnen met ladingen eten en drinken alsof ze bang zijn dat ze voor het einde van de voorstelling zullen verhongeren of uitdrogen.'

'Ik was graag aan het toneel gebleven,' antwoordde ze. 'Maar mijn man vond dat ik me op de film moest richten. Niet dat het me uiteindelijk iets heeft opgeleverd.'

'Ben je dan gestopt met acteren?' vroeg ik.

'Zoiets,' zei ze, een antwoord dat helemaal geen antwoord was.

'Zou je het weer willen oppakken?'

Ze keek naar me alsof ze verbaasd was me te zien. 'Dat kan niet meer,' zei ze. 'Daar is het te laat voor. Ik ben te oud.'

Ik schoot in de lach. 'Je bent eenendertig,' zei ik. 'Een kind nog! Tegenwoordig hakken mensen toch geen knopen meer door voordat ze tegen de veertig lopen?'

'Nee,' zei ze. 'Nee, dat zou niet meer lukken. Hoe is hij overleden? Je man, bedoel ik.'

Ik staarde haar verbaasd aan. Dit was wel een uiterst merkwaardige verandering van onderwerp; Heidi Hargrave had het niet beter gedaan.

'Hij had vreselijk last van astma,' antwoordde ik. 'Hij had er al een paar keer mee in het ziekenhuis gelegen. Op een dag in 2008, tijdens het hooikoortsseizoen, kwamen we terug van een wandeling in Hyde Park. Hij ging zitten en wilde gaan lezen, maar toen hij zijn boek oppakte begon hij te niezen. Het hield maar niet op en ik maakte er eerst nog een grapje over, maar toen drong tot me door dat hij geen lucht kreeg. Ik haalde zijn puffer, maar dat hielp niet. Hij was aan het stikken. Zijn longen liepen namelijk vol met vocht. Ik belde een ambulance en die was er binnen een paar minuten. Maar reanimeren lukte niet meer en hij overleed in de woonkamer. Ik denk dat er hooguit twintig minuten zaten tussen onze thuiskomst en het moment waarop de ambulance hem meenam. Maar in die twintig minuten veranderde mijn hele leven.' Ik viel stil en keek naar de vloer. 'En dat was dat,' zei ik. 'Zo is het leven. Zo is de dood.'

'Wat verschrikkelijk,' zei ze en ik zag dat ze het meende. Ze zat me recht aan te kijken, alsof ze op mijn gezicht zocht naar een teken dat ik gelogen had. Ik vroeg me af of ze dat op de toneelschool had geleerd. 'Hield je van hem?'

'Natuurlijk hield ik van hem,' zei ik gepikeerd. Wat een brutale vraag. Ik was nu wel lang genoeg gebleven. Ik wilde weg. 'Natuurlijk hield ik van hem,' herhaalde ik nu iets luider, kwaad dat iemand het tegendeel zou suggereren. 'Hij was mijn man.'

'Sorry, ik bedoelde er niets mee.'

Ik had mezelf weer in bedwang. Ze zag er uitgeput uit, het arme kind. 'Nee, het spijt mij,' zei ik. 'Hoe dan ook, je wilt vast verder met je werk. Je zit echt niet op al mijn verhalen te wachten.'

Ik stond op en was nu vast van plan te gaan, zelfs als ze me zou smeken te blijven, maar ze leek het prima te vinden. Ze liep met me mee naar de deur.

'En je man,' zei ik. 'Komt hij vanavond ook naar jullie nieuwe woning?'

'Nee, hij zit in LA,' zei ze. 'Hij blijft nog een week weg.'

'Dus je bent helemaal alleen,' antwoordde ik. 'Nou, dan heb je alle tijd om je hier te installeren. Dat kan heel prettig zijn.'

Ik bleef nog even staan, want nu zou ik mijn antwoord krijgen. Maar ik wist het al op het moment dat ze nee schudde. 'Ik ben niet alleen,' zei ze. 'Mijn zoon komt straks.'

'Je zoon,' herhaalde ik zacht.

'Ja, Henry. Hij is vandaag op zijn nieuwe school begonnen.' Hij komt rond half vier thuis.'

Ik knikte. Een jongen. 'Hoe oud is hij?' vroeg ik, terwijl ze de deur openhield. Ik liep de flat uit, terug de hal in.

'Negen,' antwoordde ze. 'Heel fijn je te leren kennen, Gretel,' zei ze, 'ik hoop dat we vriendinnen worden.'

'Ja, ik ook,' zei ik, terwijl ze de deur dichtdeed. Maar toen realiseerde ik me dat ik dat helemaal niet had gezegd, ik had het alleen maar gedacht. Ik kon namelijk geen woord uitbrengen. En ik vroeg me af of Edgar zich ook zo had gevoeld tijdens die laatste minuten van zijn leven. Hij wist dat hij moest ademhalen om in leven te blijven, maar besefte dat hij geen lucht meer in zijn longen kon krijgen. De paniek. De spanning. De angst voor wat er ging komen.

12

Toen Moeder aankondigde dat Monsieur Toussaint had voorgesteld een middagje te gaan roeien op de Seine was ik verbaasd dat die uitnodiging ook voor mij gold. 'Weet u zeker dat hij ons allebei bedoelde?' vroeg ik.

'Heel zeker,' zei ze. Ze zat haar gezicht te poederen voor de spiegel. Vervolgens borstelde ze haar haar. Moeder zei altijd dat het haar van een vrouw haar belangrijkste uiterlijke kenmerk was, niet zomaar een attribuut maar het handelsmerk van haar vrouwelijkheid. 'Hij wil je heel graag ontmoeten. Hij zegt dat hij me nu zo vaak over je heeft horen praten dat hij het gevoel heeft dat hij je al kent.'

Deze opmerking verbaasde me natuurlijk. Monsieur Toussaint had haar dus niet verteld dat we een paar weken geleden al kennis hadden gemaakt, toen onze wegen elkaar bij de Place des Vosges hadden gekruist. Maar ja, ik had er zelf ook niets over gezegd.

Ik stond op, deed de gordijnen open en zei: 'Ik denk dat het te koud is om te roeien,' want ik had een voorgevoel dat ik beter niet kon meegaan op dit uitje. Ik keek naar beneden, naar de straat en de fourniturenwinkel van Monsieur Vannier en zag tot mijn verrassing dat Émile buiten stond en omhoogkeek, alsof hij had staan wachten tot hij me zou zien. Ik zwaaide, maar hij draaide zich om en ging de donkere winkel weer in. Had hij me niet gezien?

'Onzin,' zei Moeder. 'De zon schijnt. Het is een beetje fris, dat wel, maar we trekken gewoon warme kleren aan. Kom op, Gretel, ga even in bad en kleed je aan. Ik wil Rémy niet laten wachten.'

Terwijl ik in bad zat, vroeg ik me af wat de bedoeling van dit uitje zou zijn. Kon het zijn dat Monsieur Toussaint me beter wilde leren kennen voordat hij besloot of hij Moeder ten huwelijk zou vragen? Hij zou per slot van rekening niet alleen haar in huis nemen, maar ook een minderjarig kind.

Later, toen we ons aan het aankleden waren, vroeg ik aan Moeder wat volgens haar de bedoelingen van Monsieur Toussaint ten opzichte van haar waren. Haar gezicht lichtte hoopvol op en deed me even denken aan de vrouw die ze ooit was geweest. De Moeder uit Berlijn, de Moeder van wie ik had gehouden, de Moeder die voor mijn broertje en mij had gezorgd en had beloofd dat geen van ons beiden iets zou overkomen.

'Ik denk,' begon ze, maar toen deed ze even haar ogen dicht en daarna corrigeerde ze zichzelf. 'Ik hóóp dat hij van plan is met me te trouwen.'

'Heeft hij dat ook gezegd?'

'Niet letterlijk, dat niet. Maar ik denk wel dat we gelijkgezind zijn. We delen zo veel interesses en...' Ze aarzelde. 'Ach, je bent nu oud genoeg om te begrijpen dat we met elkaar naar bed gaan. En ik denk dat we goed bij elkaar passen.'

Ik bloosde een beetje en draaide me om terwijl ik mijn schoenen vastmaakte, want ik wilde niet dat ze de onschuld op mijn gezicht zag.

Maar Moeder had wel door dat ik me geneerde. Ze stond op en kwam naast me op het bed zitten, alsof ik weer een kind was en getroost moest worden. 'Je moet weten, Gretel,' zei ze zacht, 'dat er nooit een andere man in mijn leven is geweest dan je vader. Niet vóór en ook niet na hem. Tot nu toe in elk geval. Ik wil niet dat je slecht over me denkt. Ik heb in het verleden misschien fouten gemaakt, maar niet als het om mijn deugdzaamheid gaat.'

Ik draaide me om, keek naar haar en begreep de nederigheid in haar blik. Maar wat ik niet kon bevatten was dat ze dacht dat mijn geloof in haar – van alle dingen die we hadden meegemaakt – zou afhangen van de vraag of ze minnaars had gehad.

'Toen we daar waren,' zei ik. 'Op die andere plek.'

'Ja?'

'Luitenant Kotler?'

Nu was het haar beurt om te blozen. Ze wendde haar blik af, ze kon me niet in de ogen kijken.

'Kurt was nog maar een kind,' zei ze. 'Hij was knap, zeker, maar een kind.'

'Jullie hadden dus niet stiekem iets met elkaar?'

Mijn broertje had een vermoeden gehad, en had mij dat ingefluisterd. En ik wilde hem pijn doen, hoe durfde hij het zelfs maar te suggereren? Ik wilde hem straffen. En ik héb hem ook gestraft.

'Dat zeg ik toch,' antwoordde ze. 'Hij was nog maar een kind.'

Ik zei niets. Dit was geen antwoord.

'Ik hield heel veel van je vader,' ging ze verder. 'Ik wilde niet dat hij die baan aannam. Ik heb hem zelfs gesmeekt het niet te doen.'

'Niet waar, u vond het geweldig,' sprak ik haar tegen. 'Het feest bij ons thuis. Voordat we uit Berlijn vertrokken. U was...'

'Toneel aan het spelen,' antwoordde ze. 'Weet je nog wie er allemaal waren? Zo veel belangrijke figuren. Ik kon absoluut niet laten merken dat ik twijfels had. Dat zou voor ons allemaal rampzalig zijn geweest, vooral voor je vader.'

'Maar toch,' zei ik. Ik liep naar de spiegel en bekeek mezelf van top tot teen. Ik zag er goed uit, maar er lag een matheid over mijn gezicht omdat ik me zorgen maakte over wat er ging komen. 'U bent er wel in meegegaan. En u hebt ons meegenomen daarheen, mij en...'

'Niet doen,' zei ze heel zacht. Ze brak bijna van verdriet. 'Alsjeblieft, Gretel,' smeekte ze. 'Zeg zijn naam niet.'

Ik ging weer naast haar zitten.

'Het spijt me,' zei ik en ik pakte haar hand.

'Ik verdraag het niet zijn naam te horen.'

'Weet ik.'

'Ik ben bang,' zei ze. Ze keek me nu aan en ik zag tranen in haar ogen. 'Ik ben bang voor mezelf, voor jou, voor onze toekomst. Ja, we hebben nog wel geld maar hoelang nog? Een jaar op z'n hoogst? En dan? Wat moet er van ons worden?'

'We zouden werk kunnen zoeken,' zei ik alsof het de normaalste zaak van de wereld was.

'Ik ben niet opgevoed om te werken,' zei ze en ze schudde haar hoofd. 'Ik heb geen vak geleerd, het is niet anders. Nee, om te overleven moet ik hertrouwen. Rémy is rijk. Hij heeft status. Hij gaat voor ons zorgen.'

'We zouden toch ook voor onszelf kunnen zorgen?' opperde ik. 'Ik kan een vak leren, een baan zoeken en mijn eigen geld verdienen.'

'Nee, jij moet ook trouwen,' zei ze vastberaden. 'Nu natuurlijk nog niet. Maar over een paar jaar, als je negentien of twintig bent, dan zoeken we een goede partij voor je. Met de steun van Monsieur Toussaint zullen de jongemannen zich om je verdringen.' Ze nam mijn hand in de hare en pakte hem stevig vast. 'Een vriendin vertelde me dat ze je heeft zien lopen met die jongen die in de winkel aan de overkant werkt,' zei ze. 'Ik hoop dat ze het verkeerd heeft gezien...'

'Hij werkt daar niet alleen,' wierp ik tegen. 'Hij is de zoon van de eigenaar. Op een dag is de winkel van hem.'

'Hij is geen geschikte partij,' antwoordde ze. Ze stond op en pakte de voordeursleutel van het tafeltje. 'Hij mag er zijn, dat geef ik toe, maar een toekomst voor jou als winkelbediende is niet wat ik voor ogen heb. Flirt met hem als je dat per se wilt. Ik besef dat de dagen hier lang kunnen duren, zonder bezigheden en zonder vrienden, maar niet meer dan dat. Ben ik duidelijk? Gooi je goede naam niet te grabbel. Doe vandaag je uiterste best om een goede indruk te maken,' ging ze verder. Ze pakte me bij mijn schouders en keek me recht in de ogen. 'Laat zien dat je humor hebt en houd het gesprek op gang, maar voer niet de boventoon. Lach om zijn grapjes en maak hem een compliment over zijn roeitechniek. Stel geen persoonlijke vragen, maar geef wel eerlijk antwoord als hij jou een persoonlijke vraag stelt.'

'Hoe eerlijk?' vroeg ik haar. 'Hoeveel weet hij eigenlijk?'

'Hij weet wat ik hem heb verteld.'

'Dat we uit Nantes komen.'

'Precies.'

'En stel dat u inderdaad gaat trouwen, moeten we die verzinsels dan ons leven lang volhouden?'

Ze draaide zich van me af. 'Het zijn geen verzinsels meer, Gretel. Als je een verhaal vaak genoeg vertelt wordt het vanzelf waar.'

Ik hoorde wat barstjes in haar Franse uitspraak, er kwamen wat Duitse klanken doorheen.

Ze hoorde het zelf ook en ging verder met meer overtuiging. 'Het gaat niet alleen om geld, dat begrijp je toch wel?' vroeg ze.

'Waar dan wel om?' vroeg ik, want als het daar niet om ging, waar ging dit dan in vredesnaam wél om?

'Het gaat om ons lijfsbehoud,' zei ze. 'Een foutje, maar één foutje, Gretel, en dan zijn wij tweeën er misschien wel geweest. Vergeet dat niet. Die lui kennen geen vergeving.'

'Vindt u het gek?' vroeg ik.

'Wat?' zei ze met een vragende blik.

Ik lachte bitter. 'Ik bedoel, vindt u serieus dat we allebei recht op vergeving hebben?'

Ze staarde me aan. Ik kon niet in haar hart kijken en vroeg me af of ze zich net zo schuldig voelde als ik. Ik wist wel dat ze net zo veel verdriet had. Toen ze weer iets zei, was haar stem zacht en stellig.

'Ik heb recht op geluk,' zei ze. 'Ik heb niets verkeerd gedaan. En jij ook niet.'

We gingen de trap af en ik zag onze hospita in haar leunstoel zitten. Ze was een krant aan het lezen, *Le Monde*. Ze sloeg een bladzijde om en in een flits zag ik een woord in grote letters op de voorpagina. Ik had het vaker uit mijn vaders mond gehoord in gesprekken met Kurt en ik herinnerde me dat hij die plek minstens twee keer had bezocht.

Sobibór.

Daar gaan we, zei ik bij mezelf terwijl we de deur uit gingen. Nu schrijven ze over alle vernietigingskampen, groot en klein. Wat een wereld hadden we gecreëerd, gezinnen zoals dat van mij.

13

Ik was bij Fortnum & Mason geweest en wilde net een taxi aanhouden toen ik iemand mijn naam hoorde roepen. Ik keek verbaasd om, maar het was nogal druk op Piccadilly en ik zag niemand die ik kende. Maar toen zag ik een man die gehaast naderbij kwam. Ik verstijfde; zou ik op klaarlichte dag worden beroofd? Of nog erger: had iemand me herkend? Dat was in al die ruim zeventig jaar nooit gebeurd, maar het was wel een schrikbeeld dat ik altijd bij me droeg. De angst dat ik op straat een bejaarde man of vrouw zou tegenkomen die me vol afschuw zou aanstaren, naar me zou wijzen en me publiekelijk zou beschuldigen.

'Mrs Fernsby!'

Toen hij dichterbij kwam vertraagde hij zijn pas. Hij boog een beetje voorover met zijn handen in zijn zij om op adem te komen en toen besefte ik dat ik hem wel degelijk kende.

'Oberon,' zei ik, want het was de kleinzoon van Heidi, de drager van de shakespeareaanse naam. 'Ik schrok me rot! Waar kom jij ineens vandaan?'

'Ik was op weg naar mijn oma,' zei hij, 'en toen zag ik u de winkel uit komen. Zal ik die tassen voor u dragen?'

'Ik was van plan een taxi te nemen,' zei ik. 'Maar als jij deze wilt dragen, zullen we dan gaan lopen?'

'Prima.'

Dankbaar gaf ik hem mijn inkopen en we liepen samen verder. We waren elkaar al een paar maanden niet tegengekomen, maar ik vond het altijd leuk hem te zien. Hij had het uiterlijk en de charme van een filmster.

'Hoe gaat het met je?' vroeg ik, terwijl we door de smalle straten wandelden.

'Wel goed,' zei hij. 'Druk. Heeft oma u mijn nieuwtje al verteld?'

Ik dacht even terug aan dat gesprek met Heidi waarin we hadden gespeculeerd dat hij misschien binnenkort zou gaan trouwen. Maar daarna was ik vergeten haar te vragen of we het bij het rechte eind hadden gehad.

'Wat voor nieuwtje heb je dan?' vroeg ik.

'Ik ga naar Australië verhuizen,' zei hij.

Ik haalde diep adem voordat ik weer iets zei. Ooit was ik zelf in dat deel van de wereld geweest en als ik die ene pub op Circular Quay in Sydney nooit had bezocht, dan was ik er misschien mijn hele leven gebleven. Maar mijn verblijf daar was op een ellendige manier geëindigd, tientallen jaren geleden, en sindsdien veranderde ik altijd onmiddellijk van kanaal als ik die stad op tv zag. Nog steeds, want ik wilde er niet aan worden herinnerd. En ook niet aan hem. Waarschijnlijk was hij inmiddels wel dood, maar toch.

'Tjonge, echt waar?' vroeg ik. 'En hoe is dat zo gekomen?'

'Eerlijk gezegd wilde ik dat al heel lang,' legde hij uit. 'Ik heb mijn tussenjaar daar doorgebracht en ben er sindsdien nog een paar keer geweest. Ik vind de mensen prettig, het klimaat, de stranden. Ik zag een vacature, een goede baan ook nog, adjunct-manager van het grootste warenhuis daar. Dus ik heb gesolliciteerd, en nou ja, ik ben aangenomen.'

'Gefeliciteerd,' zei ik. 'Je hebt er vast heel veel zin in. Maar je oma gaat je wel missen. Ze is ontzettend dol op je.'

Hij was even stil, alsof hij diep in gedachten was, en verplaatste mijn tassen van de ene hand naar de andere.

'Hoe komt ze de laatste tijd op u over?' vroeg hij.

'Redelijk helder,' zei ik. 'Ligt het aan mij of heeft ze op het moment meer goede dan slechte dagen? Zou het kunnen dat haar ziekte... hoe noem je dat... een plateau heeft bereikt? Misschien wordt het niet zo slopend als we vreesden.'

'Maar dan nog,' zei hij. 'Beter wordt ze niet, toch? Of ze blijft zoals ze nu is, of ze gaat verder achteruit.'

'Ja, daar zul je wel gelijk in hebben,' zei ik, maar ik vond het jammer dat hij zo pessimistisch was. 'Kun je vaak terugkomen om haar op te zoeken? Australië is zo'n eind weg.'

'Dat is nu net een van de dingen waar ik het met u over wilde hebben.'

Ik keek hem van opzij aan en vroeg me af of we elkaar wel toevallig waren tegengekomen, zoals ik eerst dacht, of dat hij me ergens had opgewacht. Ik had per slot van rekening nogal vaste gewoonten.

'Waar het om gaat,' zei hij, 'is dat ik oma eigenlijk graag wil meenemen.'

'Naar Australië?'

'Ja.'

Ik schoot in de lach. Het idee alleen al, Heidi die de Sydney Harbour Bridge beklom of over de stranden van Manly dwaalde: te gek voor woorden. Ze was tenslotte bijna zeventig en een verhuizing naar een vreemd land aan de andere kant van de wereld, waar ze zelfs de bankbiljetten niet zou herkennen, zou haar verwarring alleen maar groter maken.

'Ik meen het serieus,' zei Oberon met een glimlach.

'Maar is dat wel een goed idee?' vroeg ik. 'Alles wat ze kent is immers hier. Ze heeft nooit verre reizen gemaakt.'

'Dan is het de hoogste tijd dat ze iets van de wereld gaat zien, vindt u niet?'

'Als ze twintig jaar jonger was, misschien,' zei ik, niet overtuigd.

'Eigenlijk hoopte ik,' ging hij verder, 'dat u het voor mij met haar zou willen bespreken.'

'Bespreken? Wat bedoel je?'

'Wat ik namelijk graag zou willen, is de flat verkopen...'

'Wiens flat? Jouw flat?'

'Nee, haar flat.'

'Aha.'

'En dan zou ze met me meegaan als ik wegga. Met óns meegaan, bedoel ik. Mijn vriendin gaat mee. Die heeft het ook wel gezien hier. Eerst de Brexit, toen de pandemie...'

'Je weet toch dat ze al haar hele leven op nummer 3 woont? Haar adoptieouders namen haar daar in huis toen ze nog een baby was. En dat ze nooit ergens anders heeft gewoond?'

'Ja, natuurlijk. Dan zal ze er onderhand schoon genoeg van hebben, nietwaar?' vroeg hij met een grijns.

Maar ik kon zijn humor niet waarderen. Ik wist precies waar dit gesprek heenging, tot mijn ergernis. Zaten al die mannen alleen maar op het moment te wachten waarop ze geld konden slaan uit de dood van hun ouders of grootouders?

'Deze flats zijn een vermogen waard,' ging hij door. 'Maar dat wist u natuurlijk al van Caden.'

'Caden...' begon ik, maar ik wist niet goed hoe die zin verder moest gaan. Hadden Caden en Oberon achter mijn rug om met elkaar gepraat? Uitgewisseld wat het ze zou opleveren als Heidi en ik geen belemmering meer waren?

'Ik wil graag een woning kopen in Mosman, en het is daar vrij prijzig,' zei hij. 'Aan de noordkant van Sydney, aan de kust, vlakbij...'

'Ik weet waar Mosman is,' zei ik.

'Echt waar?'

'Ik heb in Sydney gewoond,' zei ik. 'Lang geleden inmiddels. Maar ik ken het wel.'

'Een vrouw met geheimen.'

'Meer dan je weet. Maar serieus, ik zie Heidi nog niet ergens in een huis zo ver weg wonen.'

'O nee, u begrijpt me verkeerd,' zei hij. 'Het is niet mijn bedoeling dat ze bij Lizzie en mij intrekt. Nee, ik heb wat onderzoek gedaan en heb een geweldige woongemeenschap voor senioren in de buurt gevonden. Ze zou veel nieuwe vrienden maken, er zijn volop activiteiten en het weer is natuurlijk –'

'Het weer, het weer, het weer,' zei ik met een afwijzend handgebaar. Ik had me vanaf het begin geërgerd aan die dwangmatige Britse neiging om ieder gesprek te laten uitdraaien op het saaiste onderwerp dat er was. 'Dat is niet het enige wat telt in het leven, hoor.'

'Nee, maar...'

'En wat vindt je grootmoeder van je grote plannen?'

'Ze is niet enthousiast,' gaf hij toe.

'Dat dacht ik al.'

'En daarom hoopte ik op uw steun.'

'Waarvoor?' vroeg ik. 'Je hoopte dat ik haar zou kunnen overhalen?'

'U ziet de logica er toch wel van in? Als ik straks zeventienduizend kilometer hier vandaan zit...'

'Ik doe niet aan kilometers,' zei ik. 'Hoeveel mijl is dat?'

Hij moest even nadenken. 'Misschien tienduizend?'

'Goed. Ga verder.'

'Als ik tienduizend mijl verderop ga wonen, dan is het toch logisch dat ze met me meegaat? Ik ben per slot van rekening het enige familielid dat ze nog heeft.'

'Dat zou voor jou ook een reden kunnen zijn om hier te blijven.'

'Dat kan ik niet, Mrs Fernsby,' zei hij en hij schudde zijn hoofd. 'Dit is een prachtkans voor me. Ik ben toe aan een nieuwe uitdaging. Ik ben te jong om bij Selfridges te blijven en elke dag hetzelfde werk te doen, week in week uit, jaar in jaar uit, tot aan mijn pensioen.'

Dat was niet onredelijk, en ik knikte, iets milder gestemd. We waren inmiddels bij Winterville Court aangekomen en stopten even bij de trap naar de voordeur.

'Ik ben niet van plan van haar te profiteren, voor het geval u daar bang voor bent,' zei Oberon. 'Ik wil de flat niet verkopen om het geld in mijn eigen zak te steken. Al zal ik niet ontkennen dat het goed zou uitkomen nu al een deel van mijn erfenis te krijgen, nu ik het echt nodig heb. Ik zou mijn oma nooit in de steek laten. Maar ik wil zo'n kans als deze niet laten lopen alleen om haar. Ik probeer een oplossing te vinden die voor iedereen goed is.'

'Wanneer heb je Caden gesproken?' vroeg ik.

'Wat zegt u?'

'Wanneer heb je Caden gesproken?' herhaalde ik. Hij had me de eerste keer heus wel goed gehoord, maar hij probeerde wat tijd te winnen.

'We hebben elkaar inderdaad gesproken,' gaf hij toe. 'Maar dat was puur toeval. Die twee zaken staan los van elkaar.'

'Welke twee zaken?'

'Mijn plannen en...' Hij had het fatsoen er een beetje beschaamd bij te kijken. 'En zijn plannen, ik bedoel uw plannen, u weet wel, met uw flat.'

Ik keek van hem weg, naar de erker die op de straat uitkeek en waar Madelyn Darcy-Witt achter het raam zat, tenminste, ik nam aan dat zij het was. Een kleine schaduw verscheen achter het gordijn. Een kindergezicht. Een jongen. Dus hij was thuis. Ik had hem nog niet in levenden lijve ontmoet, ik had alleen af en toe zijn stem gehoord als hij met zijn moeder het gebouw in of uit ging. Het leek een rustig kind en ik wist niet zeker of dat goed of slecht was.

'Gaat u met haar praten?' vroeg Oberon. Ik nam mijn tassen van hem over, maar was met mijn gedachten heel ergens anders.

'Dat is goed,' stemde ik in. 'Maar alleen om erachter te komen wat ze wil en waar ze het liefst zou wonen. Ik ga niet proberen haar van het een of het ander te overtuigen. Dat is niet aan mij. Maar ik ben blij voor je, Oberon, heel blij. Je hebt gelijk, dit klinkt als een prachtige kans en het siert je dat je in je plannen rekening houdt met je grootmoeder.'

Hij leek tevreden met mijn antwoord. Ik ging het gebouw binnen en sloot de deur achter me. Ik bleef even rustig in de hal staan in de hoop geluiden op te vangen van nummer 1, maar het bleef stil. En toch, om een onverklaarbare reden, wist ik zeker dat de jongen aan de andere kant van de deur met zijn oor tegen het houtwerk stond. Of misschien stond hij op een stoel en keek hij naar me door het spionnetje.

Ik was al op weg naar boven toen het tot me doordrong dat Oberon helemaal niet was binnengekomen om zijn grootmoeder te bezoeken. Hij had me gewoon voor zijn karretje gespannen en was vervolgens doorgelopen.

14

Monsieur Toussaint haalde ons op met een opzichtige rode auto, een Saoutchik, die door iedereen op straat werd nagekeken. Ik had geen idee hoe hij rijk was geworden, maar ik nam aan dat het Oud Geld was dat hij tijdens de oorlog veilig had opgeborgen en nu, na de bevrijding, eindelijk weer mocht uitgeven. En ook al vertrouwde ik hem niet, toch vond ik wel het spannend om in zo'n voertuig te klimmen. Ik zag Émile uit de fourniturenwinkel komen. Hij stak de straat over met een jaloerse blik in zijn ogen.

'Je gaat toch niet weg?' vroeg hij, terwijl hij over het portier leunde en de lederen stoelen en het glanzende interieur in zich opnam. Moeder stapte in en keek hem aan, zichtbaar geïrriteerd dat we met elkaar praatten.

'Een dagje uit,' zei ik tegen hem. 'Kennelijk gaan we roeien.' Ik rolde met mijn ogen alsof ik er helemaal geen zin in had, maar intussen verheugde ik me nu wel op het uitje. 'Het was niet mijn idee.'

'Émile, als jij met je groezelige handen mijn lak bezoedelt, dan mag je straks de auto wassen,' zei Monsieur Toussaint en hij ging achter het stuur zitten. Émile poetste op een overdreven manier het portier schoon met zijn zakdoek, maakte een beleefde buiging en liep terug de winkel in. Toen we optrokken keek ik even om. Ik hoopte dat hij zou blijven kijken tot we uit het zicht waren verdwenen, maar nee, hij was tot mijn teleurstelling alweer naar binnen gegaan.

Monsieur Toussaint liet de kap van de auto naar beneden en het was heerlijk de wind op mijn gezicht te voelen onder het rijden. Het was zo lang geleden dat ik met iemand in een auto was meegegaan. Natuurlijk had Vader wel een auto gehad toen we op die andere plek woonden, en meestal wees hij Kurt aan als zijn chauffeur. Ik had zinderingen van verlangen naar de jonge luitenant gevoeld als ik achter hem in de auto zat, in de ban van zijn volle blonde haar en de lijnen die de kam erin had getrokken als in een pas geploegd veld. Ik zag hem nog in de zon bij de wagen van Vader staan. Over zijn broek droeg hij een mouwloos wit hemd, waardoor de aandacht op zijn gebruinde en gespierde armen werd gevestigd. Ik had als een bakvis met hem staan flirten toen mijn broertje ons onderbrak. Hij zei bazig dat ik pas twaalf was en moest ophouden me ouder voor te doen dan ik was. Daarop was Kurt bij me vandaan gestapt en ik vroeg me af waarom; was hij geschrokken van mijn leeftijd of was hij bang dat Vader ontstemd zou raken? Ik was op dat moment ontzettend kwaad op mijn broertje. Het was de eerste keer dat ik hem echt iets ergs had toegewenst.

'Waar gaan we eigenlijk heen?' vroeg ik, maar Monsieur Toussaint en Moeder reageerden geen van beiden. Ze lachten en praatten en hadden alleen aandacht voor elkaar. Ik probeerde het nog eens, maar nu wat harder. 'Monsieur Toussaint?' riep ik, tegen de wind in. 'Waar brengt u ons naartoe?'

'We gaan naar Saint-Ouen,' zei hij zonder zich om te draaien, zijn ogen op de weg gericht. Ik zag dat zijn rechterhand op Moeders bovenbeen lag. 'Het is niet ver, misschien een half uurtje rijden. Er is een park vlakbij waar we kunnen lunchen en daarna gaan we met een bootje het water op.'

'Is dat wel veilig?' vroeg ik.

'O Gretel,' zei Moeder met een heel gemaakt lachje. 'Rémy zou ons nooit meenemen naar een gevaarlijke plek, toch, schat?'

'Ik zou nog eerder een arm of een been afstaan,' antwoordde hij en ik besloot er niet verder op in te gaan. Ik was liever alleen met mijn gedachten. Mijn haar wapperde in de wind, ik maakte de bovenste twee knoopjes van mijn jurk los om de lucht op mijn huid te voelen, boog mijn hoofd achterover en sloot mijn ogen. Toen ik ze weer opende zag ik dat Monsieur Toussaint in zijn achteruitkijkspiegel naar me keek en onze ogen ontmoetten elkaar. Ik wilde mijn blik afwenden, maar ik kon het niet. Moeder keek even opzij en zag dat we naar elkaar zaten te kijken. Ze legde zachtjes een hand op zijn arm. Hij keek naar haar en glimlachte. Toen legde hij allebei zijn handen weer op het stuur.

Rémy had een picknickmand meegenomen. We gingen op het droge gras in het Grand Parc des Docks zitten en aten kleine baguettes, gedroogde vleeswaren, Tomme de Savoie en een hartige taart die ik nooit eerder had geproefd, met zongedroogde tomaten en olijven erin, en spoelden alles weg met glazen wijn. Het was er niet heel druk, maar ik zag wel wat verliefde jonge stelletjes slenteren en een paar gezinnen met kleine kinderen en nog kleinere hondjes. Ik vroeg me af hoe het er hier een jaar of twee eerder uit had gezien. Had het in het park gewemeld van de soldaten of waren de mensen zo goed en zo kwaad als het ging doorgegaan met het dagelijks leven van voor de invasie?

'U gaat zeer elegant gekleed, Monsieur Toussaint,' zei ik. Moeder keek me afkeurend aan en dat begreep ik niet helemaal, want ze had me toch gezegd dat ik beleefd tegen hem moest zijn, en was een compliment dan niet het toppunt van beleefdheid?

'Dank je wel, Gretel,' antwoordde hij. 'Wat aardig dat je dat zegt.'

'U laat uw kleding zeker op maat maken?'

'Ja, dat klopt,' bevestigde hij.

'Door Monsieur Vannier?'

Hij zweeg even. 'Wie is Monsieur Vannier?' vroeg hij.

‘Hij heeft die fourniturenzaak bij ons aan de overkant. Ik dacht dat u daar misschien uw kleding kocht.’

‘Nee hoor,’ antwoordde hij. ‘Mijn kleermaker zit in Faubourg Saint-Germain.’

‘Dus u bent nooit in de zaak van Monsieur Vannier geweest?’

‘Ik ben bang van niet,’ zei hij en hij schudde zijn hoofd. ‘Zou je het aanbevelen?’

‘Ik vrees dat Gretel verliefd aan het worden is op de jongen die daar werkt,’ zei Moeder. Naarmate de alcohol meer vat op haar kreeg werd haar toon gemener. ‘Hij is totaal ongeschikt, uiteraard.’

‘Hoezo ongeschikt?’

‘Nou ja, hij zit in de verkoop. Gewoon een winkelbediende.’

‘Ziet hij er goed uit?’ vroeg Monsieur Toussaint.

‘Maar u kent hem toch wel?’ vroeg ik.

‘Nee hoor,’ zei hij en het klonk heel geloofwaardig. ‘Zoals ik zei, ik ben nog nooit in die winkel geweest.’

Ik besloot het erbij te laten. Had ik hem eerder niet goed gehoord? Jawel, ik wist nog precies wat hij had gezegd. *Émile, als jij met je groezelige handen mijn lak bezoedelt, dan mag je straks de auto wassen.* Als hij de winkel en de eigenaars niet kende, hoe kon hij dan Émiles naam weten?

‘Goed, ik denk dat we genoeg hebben gegeten en gedronken,’ zei hij. Hij stond op en veegde wat kruimels van zijn broek. ‘Tijd om een van die boten te huren, vinden jullie ook niet?’

‘Ja, leuk!’ riep mijn moeder uit. Ze raapte de picknickbordjes en het bestek bij elkaar en deed alles terug in de mand. ‘Kom, Gretel, help me even met opruimen.’

Ik vouwde de dekens dubbel en nog eens dubbel en raapte de lege wijnflessen op.

‘Lees je graag, Gretel?’ vroeg Monsieur Toussaint, terwijl we naar de auto terugliepen om de mand op te bergen. Moeder was op zoek naar een openbaar toilet, dus we waren even met ons tweeën.

'Ja, ik ben dol op boeken,' antwoordde ik.

'Heb je *Thérèse Raquin* gelezen?'

Ik schudde nee. Ik had natuurlijk wel van Zola gehoord, maar had nog niets van hem gelezen.

'Een interessant verhaal,' zei hij. 'De drie hoofdpersonen gaan uitgerekend naar deze plek, Saint-Ouen, om een dagje te roeien. Thérèse, haar ziekelijke echtgenoot Camille en haar minnaar Laurent, de beste vriend van Camille. Wat de zieke jongeman niet weet, is dat de twee minnaars van plan zijn hem uit het bootje de rivier in te duwen. Ze willen hem verdrinken zodat ze met elkaar kunnen trouwen.'

'Wat wreed,' zei ik en ik vroeg me intussen af waarom hij me dit vertelde. 'En slagen ze in hun opzet?'

'Jazeker,' antwoordde hij. 'Maar ze leefden niet lang en gelukkig. Camille komt elke nacht in hun dromen terug om te spoken. Zijn ziel kan geen rust vinden vanwege hun lafhartige misdaad en is vastberaden hen te laten boeten.'

'En hoe loopt hun verhaal af?'

'Dat ga ik je niet verklappen, zei hij. Hij lachte zijn scherpe witte tanden bloot. 'Maar laten we het erop houden dat het recht zegeviert.'

'Gelooft u daarin?' vroeg ik. 'Dat de zielen van degenen die we onrecht hebben aangedaan, naar ons kijken en wachten tot ze wraak kunnen nemen?'

'Zo zeker als ik geloof dat de wereld rond is en de dag op de nacht volgt,' zei hij. 'Maar jij hoeft je nergens zorgen over te maken, toch, Gretel? Een meisje van jouw leeftijd kan toch niemand onrecht hebben aangedaan. Jij hebt een zuiver geweten, toch?'

'Waar staan jullie over te kletsen?' Moeder had zich weer bij ons gevoegd. Ze keek een beetje wantrouwig van de een naar de ander.

'Moord,' zei Monsieur Toussaint en hij bleef me recht aankijken. 'Bedrog. Wraak.'

'Veel te filosofisch voor een dag als vandaag,' zei ze en ze rilde een beetje. 'Kom, Rémy,' zei ze en ze stak haar arm door de zijne. 'Dan gaan we een bootje zoeken. Het gaat niet lang duren voordat die wolken voor de zon schuiven.'

Ze liepen door in de richting van de kade, maar ik bleef nog even bij de auto staan. Pas toen mijn moeder zich omdraaide en mijn naam riep, liep ik achter ze aan.

15

Het was natuurlijk een kwestie van tijd voordat ik Henry zou ontmoeten.

Winterville Court heeft een diepe achtertuin, zo'n tien bij vijftien meter, omsloten door bomen, een idyllische enclave met een paar houten banken tegenover elkaar aan de oost- en de westkant en helemaal achterin een picknicktafel. Edgar en ik hadden in de zomermaanden vaak buiten gezeten om rustig te lezen of gewoon van het zonnetje te genieten, en toen Caden nog een kind was, ravotte hij er met zijn vriendjes. Maar naarmate ik ouder word breng ik er minder tijd door. Op de dag waarop onze paden elkaar voor het eerst kruisten was het misschien wel vier maanden geleden dat ik voor het laatst in de tuin was geweest.

Het was een warme ochtend en ik had alle ramen opengezet om de flat te luchten, maar ik had het toch wat benauwd. Daarom pakte ik mijn zonnebril uit een la, ging naar beneden met Marie Antoinette en streek neer op een bankje met een flesje water naast me. Dankzij de overhangende bomen zat ik uit de zon en ik ging verder waar ik gebleven was. De jonge avonturierster werd *Dauphine* van Frankrijk door haar huwelijk met Louis-Auguste; een sterk staaltje als je bedenkt dat de bruidegom zelfs niet de beleefdheid had om op zijn eigen bruiloft te verschijnen.

Ik had hooguit twintig minuten zitten lezen toen ik het gevoel kreeg dat er iemand naar me keek. Ik keek om me heen, maar er was niemand te zien, dus ik ging verder met mijn boek. Maar even later ging dan toch de achterdeur van het gebouw open en een klein hoofd werd zichtbaar. Ik zette me schrap, in het besef dat het onvermijdelijke nu ging gebeuren, en bereidde me voor op de kennismaking met de jongen.

Toen Caden werd geboren, was mijn grootste angst dat hij me aan mijn broertje zou doen denken – dat was een van de redenen waarom ik op een meisje had gehoopt – maar tot mijn opluchting leek hij helemaal niet op hem, integendeel, hij had vooral trekken van zijn vaders kant van de familie. Bij de aanblik van Henry daarentegen werd ik tachtig jaar terug in de tijd geslingerd en moest ik houvast zoeken bij de armleuning van de houten bank.

Net als mijn broertje was de jongen klein voor zijn leeftijd en had hij een volle bos donker haar, een fris gezicht en een mooie gladde huid. Hij droeg een felgekleurde korte broek en een poloshirt, en zelfs op meters afstand kon ik zien hoe blauw zijn ogen waren. We namen elkaar op, allebei als versteend op onze eigen plek. Het kwam me voor alsof er een geest uit de as was herrezen om mij met het verleden te confronteren.

Uiteindelijk kwam hij heel voorzichtig mijn kant op lopen.

'Hallo,' zei hij toen hij dichterbij kwam.

'Hallo,' antwoordde ik.

Zijn linkerarm was van zijn pols tot zijn elleboog ingepakt in kunststofgips en zat in een mitella. Hij keek even naar boven, naar de bomen en ik vroeg me af of hij graag in bomen klom en misschien iets had gebroken door een val op zijn vorige adres.

'Ik heet Henry,' zei de jongen.

'Ik ben Gretel.'

Dat leek hem te verbazen. Hij moest een beetje lachen.

'Zo kan ik u niet noemen,' zei hij.

'Waarom niet?'

'Omdat ik u Mrs Hoe-u-dan-ook-heet moet noemen. Dat is beleefd.'

'Nou ja, in dat geval moet je me maar Mrs Fernsby noemen,' zei ik tegen hem. 'Maar ik vind het niet erg als je me Gretel wilt noemen. Dat heb ik eigenlijk liever. Ik ben niet zo formeel.'

'Gretel, dat lijkt op Grietje, van Hans en Grietje,' zei hij.

'Ja, daar heb je wel gelijk in. Ken je dat sprookje?'

Hij knikte. 'Ze worden gevangengenomen en opgesloten door een vreselijke oude heks. Ze mest ze vet en wil ze braden in de oven.'

'Ja precies,' zei ik. 'Maar haar plan mislukt.'

'Hebt u een broer die Hans heet?'

'Nee,' zei ik.

'Hebt u helemaal geen broer, of geen broer die Hans heet?'

Ik zei niets terug. Het kwam misschien door het gepraat over verhalen dat hij naar het boek op mijn schoot keek. Hij wees ernaar. 'Wat bent u aan het lezen?' vroeg hij.

'Een biografie van Marie Antoinette,' zei ik en ik hield het boek omhoog zodat hij het omslag kon zien.

'Wie is dat?'

'Wie wás dat,' corrigeerde ik hem. 'Ze was de koningin van Frankrijk, maar dat is zeker tweehonderd jaar geleden.'

'En wat is er met haar gebeurd?'

'Haar hoofd werd afgehakt,' zei ik.

Henry zette grote ogen op en zijn mond maakte een o-vorm. Ik hoopte dat ik hem niet bang had gemaakt.

'Waarom?' vroeg hij ademloos.

'Het volk kwam in opstand,' legde ik uit. 'De burgers, bedoel ik. Ze vonden dat de koning en de koningin hen niet goed behandelden, en daarom hebben ze toen een revolutie op touw gezet.'

Hij zat geboeid te luisteren en iets zei me dat hij waarschijnlijk goed kon leren, dat hij belangstelling had voor de wereld om hem heen, de dingen die in het verleden waren gebeurd en de dingen die nog moesten komen.

'Hoe hebben ze haar hoofd eraf gehakt?' vroeg hij en nu glimlachte ik. Jongetjes vonden het nu eenmaal erg leuk de bloederige details te horen.

'Ze hadden een apparaat dat ze de guillotine noemden,' zei ik. 'Heb je daar ooit van gehoord?'

Hij schudde nee.

'Dat was een groot gevaarte van hout, en bovenin hing een groot mes met een schuine hoek. De opstandelingen legden hun vijanden in dat apparaat en dan lieten ze dat mes naar beneden vallen. Het mes sneed de nek door en het hoofd viel in een mand. Het schijnt dat vrouwen die op de eerste rij zaten gewoon doorgingen met hun breiwerk terwijl ze ernaar keken. Ik weet niet of dat klopt, of dat ze dat in Hollywood hebben bedacht.'

'Wat afschuwelijk,' zei hij, maar ik merkte wel dat hij die vreselijke dingen tegelijkertijd heel opwindend vond.

'Jazeker,' zei ik bevestigend. 'Hoewel ze zeggen dat het een pijnloze dood was. In die tijd vonden ze dat humanitair.'

Hij trok zijn wenkbrauwen op. 'Wat betekent dat?' vroeg hij.

'Dat betekent: vriendelijk voor mensen,' zei ik.

Hij dacht er even over na en toen draaide hij zich om en schraapte met zijn gympen over het gras, als een stier die zich opmaakte om aan te vallen. En voor ik het wist rende hij naar de andere kant van de tuin en terug, voorzichtig vanwege zijn gewonde arm, alsof hij ineens even wat energie kwijt moest. Toen praatte hij verder, en het leek alsof het nooit was gebeurd.

'Woont u hier ook?' vroeg hij.

Ik knikte en wees naar het raam op de eerste verdieping. 'Ik woon boven jullie,' zei ik. 'Op nummer 2.'

'Ik woon op nummer 1.'

'Dat weet ik. En hoe vind je het hier?'

Hij haalde zijn schouders op, alsof het hem weinig uitmaakte waar hij woonde.

'Heb je een fijne slaapkamer?' vroeg ik.

'Ik heb een poster van Harry Potter aan de muur,' zei hij. 'En ik heb alle boeken en elf actiefiguren.'

'Heb je ze gelezen?'

'Twee keer,' zei hij. 'Maar nu ben ik dit aan het lezen.'

Tot dan toe was het me helemaal ontgaan dat hij ook een boek bij zich had, onder zijn goede arm. Maar nu zag ik het, en hij gaf het me aan. 'Mama zegt dat ik eerst iets anders moet lezen voordat ik *Harry Potter* weer mag lezen.'

Het was alsof ik een klap in mijn gezicht kreeg. Toen Caden nog klein was mocht hij het boek dat Henry bij zich had niet uit de bibliotheek halen, hoewel de titel hem intrigeerde. Hij mocht elk boek uitkiezen, had ik gezegd, ook boeken voor andere leeftijdsgroepen, maar dit boek niet.

'Wat is er?' vroeg Henry.

'Niets,' zei ik.

'Uw gezicht ziet er ineens een beetje vreemd uit.'

'Ik ben oud,' gaf ik als verklaring.

'Hoe oud bent u?' vroeg hij.

'Ik ben honderdzesentwintig,' zei ik en dat vond hij blijkbaar een heel plausibel antwoord.

'Ik ben pas negen,' zei hij.

Aan de andere kant van de tuin ging de deur open. Madelyn kwam naar buiten en ze keek erg bezorgd. Toen ze ons zag praten, of beter gezegd toen ze zag dat Henry in orde was, legde ze een hand op haar borst. Kennelijk had ze zich de vreselijkste scenario's in het hoofd gehaald omdat hij weg was, maar was ze nu gerustgesteld. 'Daar zit je!' riep ze en de jongen draaide zich snel om.

'Dat is mijn mama,' zei hij en ik knikte.

'Ja, dat weet ik,' zei ik. 'Ik heb haar al ontmoet.'

'Henry, hou eens op Mrs Fernsby lastig te vallen!' riep ze. 'Kom terug naar binnen.'

Hij deed zonder zeuren wat ze hem opdroeg en ik was onder de indruk van zijn gehoorzaamheid.

'Tot ziens, Gretel,' zei hij en hij liep weg.

'Tot ziens, Henry,' antwoordde ik. En toen, voordat hij buiten gehoorsafstand was, riep ik hem achterna: 'O, Henry!'

Hij draaide zich om en keek me niet-begrijpend aan. De deur was nog open, maar Madelyn was al uit het zicht verdwenen, terug naar haar eigen flat naar ik aannam.

'Wat is er met je arm gebeurd?' vroeg ik.

Hij keek naar mij en toen naar de bewuste arm. Ik zag dat hij naar een antwoord zocht, zijn ogen half dichtgeknepen, alsof hij zich niet goed kon herinneren wat hij ook alweer werd geacht te zeggen. En toen, zonder een woord, draaide hij zich weer om en rende terug naar binnen. Hij trok de deur met een klap achter zich dicht.

Pas toen besefte ik dat hij het boek, *Schateiland*, op de bank had laten liggen.

16

Een paar dagen na de roei-expeditie ging ik de winkel van Monsieur Vannier binnen op zoek naar Émile, maar daar trof ik alleen zijn vader en die ontving me niet bepaald beleefd. Het was voor het eerst dat we elkaar spraken en ik kon aan zijn gezichtsuitdrukking zien dat hij het er niet mee eens was dat zijn zoon met me omging.

'Hij zou om twee uur terug zijn,' zei hij. Hij haalde een zakhorloge tevoorschijn en tikte op het glas. Zijn vingernagels waren te lang voor een man en ik keek er met lichte weerzin naar. 'Zie je wel, het is al tien over. Hij is ook niet te vertrouwen.'

'Maar hij werkt zo hard,' verdedigde ik Émile. 'Hij heeft alles over voor zijn werk en voor u.'

Monsieur Vannier mompelde iets onverstaanbaars. Met zo'n humeur zou het lastig worden hem gunstig te stemmen.

'Gretel, toch?' vroeg hij uiteindelijk en ik knikte.

'Ja, Gretel Guéymard,' zei ik.

'Guéymard,' herhaalde hij langzaam, terwijl hij me recht aankeek. Ik wendde mijn blik af, want ik was bang dat mijn gezicht zou verraden dat het nog niet zo lang mijn naam was.

'En vertel me eens, wat wilt u van mijn zoon, Mademoiselle Guéymard?'

'Gewoon, zijn vriendschap,' antwoordde ik, overrompeld door de vraag.

'Jongens en meisjes van jullie leeftijd kunnen niet gewoon vrienden zijn. Er komen altijd andere gevoelens om de hoek kijken. U wilt vast wel meer met hem, toch?'

Ik schudde mijn hoofd, geërgerd dat hij zo neerbuigend tegen me durfde te spreken, op een toon die mijn moeder misschien tegen Maria, ons dienstmeisje, zou hebben gebruikt toen we nog in Berlijn of op die andere plek woonden. Ik was nog steeds arrogant genoeg om te geloven dat ik met bijzonder respect behandeld diende te worden. 'We leren elkaar pas net een beetje kennen, meer niet.'

'Ik wil niet dat hij wordt afgeleid van zijn werk,' zei Monsieur Vannier.

'Iedereen heeft van tijd tot tijd wat afleiding nodig,' zei ik. Ik begon me nu iets zekerder te voelen. Monsieur Vannier deed zijn mond open om me tegen te spreken, maar op dat moment ging de winkelbel en zagen we Émile binnenkomen. Hij veegde het haar van zijn voorhoofd en bleef midden in de winkel staan. Hij keek van zijn vader naar mij en weer terug, onzeker vanwege het feit dat we met elkaar aan het praten waren.

'Papa,' zei hij en hij knikte naar zijn vader. 'Gretel.'

'Je bent laat,' was de reactie van Monsieur Vannier. Hij liep naar de andere kant van de toonbank en pakte zijn jas van de kapstok.

'Ik werd opgehouden. Het spijt me.'

Zijn vader gromde iets en zonder nog een woord tegen een van ons te zeggen ging hij de winkel uit om te lunchen.

Émile keek me aan met een verlegen glimlach. 'Trek het je niet aan,' zei hij. 'Hij wordt altijd narrig als hij honger heeft.'

'Dat geeft niet,' zei ik. 'Maar ik denk niet dat hij me graag mag.'

'Ach, zo doet hij altijd. Hij is bezorgd om me.'

'Hij denkt dat ik je op het slechte pad breng.'

'Nee, daar gaat het niet om.'

Ik wachtte gespannen op zijn uitleg, maar in plaats daarvan kwam hij naar me toe. We kusten elkaar wat onhandig.

'Ik heb je sinds zondag niet meer gezien,' zei ik. 'Toen Monsieur Toussaint mij en mijn moeder meenam naar Saint-Ouen.'

'Het spijt me,' antwoordde hij. 'Ik had mijn handen vol hier. Had je een leuke dag?'

'Niet echt. Hij deed alsof hij alles van boten wist, maar we zijn meer dan eens bijna omgeslagen, echt waar. Misschien omdat hij te veel wijn op had. Mijn moeder zat te gillen en iedereen op de rivier draaide zich naar ons om. Ik schaamde me dood.'

Émile moest lachen. 'Dat had ik graag willen zien,' zei hij.

'Was je er maar bij geweest. Ik ben bang…' Ik zweeg even en hij kwam dichter bij me staan. Toen keek ik naar de grond, want ik hoopte stiekem dat hij dan zijn vingers onder mijn kin zou leggen. En toen hij dat deed keek ik op, recht in zijn ogen.

'Waar ben je bang voor?'

'Dat Monsieur Toussaint misschien verliefd op me is.'

Zijn gezichtsuitdrukking liet niets te raden over: hij vond het grappig.

Ik was beledigd, sterker nog, ik was woedend. 'Denk je dat ik een grapje maak?'

'Hij is een oude man,' wierp Émile tegen. 'Minstens vijfendertig. En jij bent nog maar een meisje.'

'Mannen van die leeftijd vallen op meisjes van mijn leeftijd,' zei ik. 'Op onze onschuld.'

'Dat is nou niet het eerste woord dat bij me opkomt in jouw geval,' zei hij.

'Waarom niet?' vroeg ik, verbaasd over de vijandige toon waarop hij dat zei. Maar hij zei niets terug. Ik bleef hem aankijken. Was ik te vrijpostig geweest met mijn geflirt? 'Dat is gemeen van je,' zei ik tegen hem.

'Ik maakte een geintje,' zei hij. Hij legde zachtjes een hand op mijn onderarm. 'Je moet niet zo gevoelig doen.'

Hij liep naar een doos die naast de toonbank stond, zette de doos op het werkblad en sneed de verzegeling door met een scherp mes. De doos bleek een flinke verzameling sokken in uiteenlopende kleuren te bevatten. Ik kon me niet voorstellen dat mannen zulke flamboyante dingen zouden dragen en het stoorde me dat Émile weer aan het werk ging terwijl ik daar nog stond. Ik wilde zijn aandacht. De volle honderd procent. Ik vond dat ik daar recht op had. 'Goed,' zei ik uiteindelijk. 'Wanneer zien we elkaar weer?'

'We zien elkaar nu toch,' antwoordde hij.

'Je snapt best wat ik bedoel,' zei ik. 'Misschien kun je me nog eens meenemen naar dat koffietentje. Of we gaan een keer wandelen. Of misschien kunnen we op een avond...'

Ik maakte mijn zin niet af en hij keek op vanwege de suggestieve klank in mijn stem. 'Kunnen we... wat?' vroeg hij.

'Nou, je vader is toch niet de hele dag en de hele avond thuis? We kunnen misschien wat tijd met elkaar doorbrengen. Boven.' Ik keek even naar de deur achter in de winkel. Ik nam aan dat daarachter de trap naar hun woning was, en naar zijn slaapkamer. Hij volgde mijn blik en toen hij me weer aankeek zag ik het verlangen op zijn gezicht. Het was ook zo simpel, dacht ik, de aandacht van een jongen terug te winnen.

'Echt waar?' vroeg hij een beetje hees.

'Echt waar,' zei ik met een voorzichtige glimlach. Het kon me niet schelen of ik daardoor in zijn achting zou dalen. Het ging mij erom dat ik zijn aandacht vasthield en ik wilde hoe dan ook deze *rite de passage* met hem beleven. Dat wilde ik al vanaf de eerste keer dat ik hem had gezien.

Hij kwam weer naar me toe en zoende me nu met meer overgave. Toen hij zijn lichaam tegen het mijne duwde, kon ik voelen dat hij opgewonden raakte. Ik legde een hand op zijn borstkas. 'Ik bedoelde niet nu,' zei ik.

'Wanneer dan wel?'

'Een andere keer. Volgende week. Wat zou een goed moment zijn?'

Hij dacht even na. 'Donderdag,' zei hij. 'Mijn vader gaat elke donderdagavond naar een kennis en dan blijft hij uren weg.'

'Wat voor kennis?'

'Een vriendin,' antwoordde hij, en zo te zien vond hij de gedachte gênant en stuitend. 'Ze hebben een vaste afspraak. Als hij weggaat ruikt hij naar aftershave en als hij thuiskomt stinkt hij naar parfum.'

'Dan kan hij ons moeilijk iets kwalijk nemen, toch?' vroeg ik. 'Heb jij...' Ik aarzelde, want ik vond het lastig hem naar zijn ervaring te vragen terwijl ik mijn eigen verleden geheimhield. 'Heb je het ooit met een meisje gedaan?'

Hij knikte. 'Eén keer,' zei hij. 'De avond dat de oorlog afliep. Ze was ouder dan ik. Ik weet niet of ik het in haar ogen goed heb gedaan. En jij? Met een jongen?'

Ik schudde nee. Dat had hij blijkbaar niet verwacht. Hij legde een hand op mijn gezicht en trok zachtjes een lijn over mijn wang met zijn duim. Ik had hem zo mee naar boven willen sleuren, maar ik hield me in. Ik wilde met hem naar bed, jazeker, maar ik wilde meer. Hij moest verliefd op me worden en met me trouwen, me weghalen bij Moeder en me helpen een nieuw leven op te bouwen dat mijn verleden zou kunnen uitwissen. Pakte ik het verkeerd aan, vroeg ik me af, door mezelf zo snel aan hem te geven, terwijl ik misschien meer zou bereiken als ik hem zou laten wachten? Maar ik was al akkoord gegaan met donderdag en daar zou ik me aan houden. Je kon veel van me zeggen, maar ik hield jongens niet aan het lijntje.

We zoenden nog wat en ik stond al bij de deur van de winkel toen er nog een gedachte in me opkwam. 'Denk je dat ik het mis heb, over Monsieur Toussaint?' vroeg ik. 'Dat hij verliefd op me is?'

Émile haalde zijn schouders op. 'Hij wordt verliefd op iedere vrouw die hij tegenkomt,' zei hij. 'Jong of oud. Ze zeggen dat hij onverzadigbaar is als het om vrouwen gaat.'

'Dus je kent hem goed?'

'Sinds ik heel klein was. Hij was dikke maatjes met mijn broer, ook al was hij ouder. Louis keek tegen hem op. Rémy was een held, in zijn ogen. Hij was de reden waarom Louis bij de Résistance ging.'

Ik dacht na over zijn woorden toen ik weer buiten liep, met een felle ijskoude wind op mijn gezicht. Dus hij kende hem wel degelijk. Of beter gezegd, ze kenden elkaar. Waarom had Monsieur Toussaint dan tegen me gelogen?

17

Heidi Hargrave had een van haar goede ochtenden.

We zaten in haar flat aan de koffie. Er was een monteur bezig haar fornuis te repareren. Ze had me gebeld zodra hij aankwam, want ze was niet graag alleen met vreemde mannen. Dat kwam door een voorval van zo'n tien jaar eerder. Een man die beweerde dat hij van het gasbedrijf was, had zich met een mooi praatje toegang tot de huiskamer verschaft en tweehonderd pond van haar gestolen. Sindsdien was ze niet meer zo goed van vertrouwen.

'Heb je de nieuwe buren al ontmoet?' vroeg ze zachtjes, alsof het vertrouwelijk was.

Ik knikte. 'Ik heb de vrouw ontmoet,' zei ik. 'En het jongetje. De echtgenoot heb ik nog niet gezien. Het schijnt dat hij filmproducent is.'

'Ik heb hem gisteravond ontmoet,' zei ze.

Ik wist niet dat Mr Darcy-Witt terug was uit Los Angeles. Ik had ook niets gezien of gehoord dat op zijn aanwezigheid in Winterville Court wees.

'Echt waar,' zei ze met klem, want ze zag dat ik twijfelde. 'Ik heb het niet verzonnen. Wacht maar tot je hem ziet.'

'Hoezo?' vroeg ik.

Ze glimlachte, legde een hand op haar borst en fladderde zo bevallig met haar wimpers dat ik wel moest lachen. 'Ken je Richard Gere?' vroeg ze.

‘Die acteur? Jawel.’

‘Nou, daar lijkt hij een beetje op,’ zei ze. ‘Maar dan knapper. Ik was even beneden om de post op te halen en toen kwam hij naar buiten voor de zijne. We hebben heel leuk staan praten.’

‘Waarover?’

‘Over Winterville Court. Over films. Hij ruikt alsof ze hem hebben ondergedompeld in een bad met sandelhoutolie. Ik wist niet dat een man zo lekker kon ruiken. En zijn tanden! Gretel, ik weet niet of ze echt zijn of vals, maar ze zijn hagelwit.’

‘Dat zullen wel facings zijn.’

‘De gemiddelde Engelsman heeft in elk geval niet zo’n gebit. Je ziet meteen dat hij in de filmbusiness zit. O, was ik maar twintig jaar jonger!’

‘En de jongen?’ vroeg ik. ‘Heb je hem al gesproken?’

‘Nee, maar ik heb hem wel buiten zien spelen.’ Ze knikte naar het raam, dat net als het mijne uitkeek over de tuin. ‘Ik heb niet zoveel op met jongens,’ zei ze achteloos.

‘Mevrouw,’ zei de monteur. Hij kwam de kamer binnen en zwaaide vervaarlijk met een grote schroevendraaier. ‘Ik moet niet alleen nieuwe kookplaat zetten, maar ook stopcontact en draden. Vindt u goed?’

‘Ja, doe maar,’ zei ze met een ongeduldig handgebaar. ‘Als ik maar een ei kan koken, verder vind ik alles best.’

Hij knikte en ging de kamer weer uit.

Ik keek hem na. ‘Waar komt hij vandaan?’ vroeg ik zachtjes, zodat hij me niet kon horen.

‘Weet ik veel, dat heb ik niet gevraagd. Ergens in Europa denk ik. Waarom?’

‘Ach, zomaar,’ zei ik. ‘Maar je mocht hem dus wel? Maakte hij een prettige indruk?’

‘Wie? De man die mijn fornuis repareert?’

‘Nee, Mr Darcy-Witt. Van beneden.’

‘O jazeker. Hij heet Alex.’

‘Ja, dat zei ze.’

‘Alexander, neem ik aan.’

‘Waarschijnlijk.’

‘En hoe is zijn vrouw?’

Ik moest even nadenken. ‘Moeilijk te zeggen,’ zei ik. ‘Ze leek me wat doelloos. Een beetje afwezig. Of misschien was de opwinding van het verhuizen naar een nieuwe plek te veel voor haar.’

‘Denk je dat ze gelukkig is?’

‘Nee, niet bijzonder. Ze heeft geen baan. Ze liet doorschemeren dat haar man dat niet wil. Ze is actrice van huis uit. Zo hebben ze elkaar ontmoet.’

‘Ik moet zeggen,’ zei Heidi, ‘ze is wel mooi.’

‘Ik dacht dat je haar nog niet had ontmoet?’

‘Klopt, maar ik heb haar wel gezien. Ik kijk altijd uit het voorraam als ik beneden de deur hoor. Ik wil graag weten wie er in en uit gaan.’

Verbaasd vroeg ik me af of ze een schrift had waarin ze bijhield wie wanneer het pand verliet of binnenkwam. Misschien was ze daar na die diefstal mee begonnen.

‘Ze is wel wat jong om thuis te zitten en niets omhanden te hebben, vind je niet?’ vroeg ik. ‘Zo’n jonge vrouw zou midden in het leven moeten staan en haar eigen geld moeten verdienen. In plaats van afhankelijk te zijn van haar man.’

‘Ze zit heus niet een beetje duimen te draaien,’ sputterde Heidi tegen. Zij had meer plezier in het huishouden gehad dan ik en wilde daar geen lelijk woord over horen. ‘Om te beginnen heeft ze een kind waar ze voor moet zorgen.’

‘Hij is negen,’ zei ik. ‘Hij zal overdag vooral op school zijn. Misschien is zij het type dat elke ochtend op de sportschool doorbrengt, daarna met vriendinnen luncht en nog voor het avondeten straalbezopen is van de cocktails.' Dat was niet erg aardig van me, maar ik was ook niet in een aardige bui.

'De jongen heb ik nog niet gezien,' herhaalde ze.

Ik nam een slok koffie en zweeg. Ik bleef het wonderlijk vinden hoe Heidi van de hak op de tak kon springen, het ene moment heel helder en een moment later net ernaast. Net als wanneer je een foto van iemand maakt, en een fractie van een seconde voordat je afdrukt, beweegt diegene zich. Niet helemaal ernaast, alleen een tikkeltje vaag.

'Maar vertel eens,' zei ik, en ik sneed het onderwerp aan waarover ik eigenlijk met haar wilde praten. 'Wat hoor ik allemaal over Australië?'

'Australië?' vroeg ze verbaasd. 'Wat is er aan de hand in Australië?'

'Nou, ik liep Oberon tegen het lijf,' zei ik. 'En hij vertelde me dat hij van plan is daarheen te verhuizen en jou mee te nemen.'

Ze keek me aan alsof ik gek was geworden. 'Hij vertelde je wát?' vroeg ze, op het puntje van haar stoel.

'Dat is wat hij zei,' antwoordde ik schouderophalend. 'Dus het is niet waar?'

'Hij heeft me verteld over die nieuwe baan, dat wel,' bevestigde ze. 'En hij heeft wel iets laten vallen over dat ik met hem mee zou gaan, maar ik heb hem klip en klaar te verstaan gegeven dat ik hier alleen maar wegga tussen zes planken. Ik? In Australië? Zie je het voor je?'

'O, mooi zo,' antwoordde ik en er viel een last van mijn schouders. 'Ik was al bang dat we je gingen kwijtraken.'

'Gretel, ik ben bijna zeventig,' zei ze en nu lachte ze. 'Zie je me al helemaal in Nieuw-Zeeland, aan het spelen met kangoeroes en wallaby's en dat soort beesten?'

'Australië,' corrigeerde ik haar.

'Het is een belachelijk idee.'

Voordat ik nog iets kon zeggen, hoorde ik het geluid van een deur die beneden openging, en we keken allebei uit het raam. Henry was de tuin in gelopen. Hij ging op een bankje zitten, sloeg zijn boek open – ik had *Schateiland* bij de deur van nummer 1 neergelegd in de veronderstelling dat hij het daar wel zou vinden – en begon te lezen. Misschien voelde hij dat er naar hem werd gekeken, want hij keek onze kant op en we draaiden ons allebei snel weg, alsof we waren betrapt bij iets wat eigenlijk niet mocht.

'Oberon leek heel graag te willen dat je meegaat,' vervolgde ik. Ik koos mijn woorden zorgvuldig. Ik wilde haar niet van streek maken en wilde geen problemen tussen grootmoeder en kleinzoon veroorzaken. Maar ik wilde ook niet dat iemand van haar zou profiteren. 'Ik geloof dat hij denkt dat het in financieel opzicht zou helpen als je meeging.'

'Je bedoelt dat hij achter mijn geld aan zit.'

'Nou, nee. Het is een goeie knul, dat weet ik. Hij is altijd heel zorgzaam. Hij denkt waarschijnlijk met jouw hulp een betere start te kunnen maken dan zonder jou.'

'Daar kan hij naar fluiten,' zei Heidi resoluut. 'Ik hou van Oberon, geloof me, en het zal me veel verdriet doen als hij weggaat, maar het antwoord is nee. Als ik naar Australië zou gaan, zou ik binnen een maand dood zijn. Ik zou de mensen niet begrijpen, het geld, de taal...'

'Ze spreken er Engels hoor, Heidi.'

'Maar weet je dat zeker, Gretel?' vroeg ze met twijfel op haar gezicht. 'Weet je dat zeker?'

'Ja hoor, dat weet ik zeker.'

'Maar dan nog. Ik zou net zo goed naar Mars kunnen verhuizen. Nee, ik blijf zitten waar ik zit. Op een dag erft Oberon deze flat en daar kan hij zijn voordeel mee doen, maar als het aan mij ligt duurt dat nog wel een paar jaar.'

Mijn slechte humeur verdween als sneeuw voor de zon. Dit was maar voor één uitleg vatbaar, ze had het niet duidelijker onder woorden kunnen brengen.

De monteur kwam weer tevoorschijn en liet haar weten dat hij de klus had geklaard. Haar fornuis deed het weer, dus ze kon weer eieren koken, bakken of pocheren. Hij vroeg haar een bon te ondertekenen. Ze bedankte hem en stond op om hem naar de deur te brengen.

Toen ze terugkwam stond ik ook op en zei: 'Tot binnenkort maar weer.' Zonder zoenen, want dat doen we niet. We zijn geen Fransen.

In de gang zag ik dat de monteur er nog was. Hij stond met zijn rug tegen de trapleuning op zijn telefoon te kijken. Hij keek even op, knikte naar me en richtte zijn aandacht weer op het beeldschermpje.

'Mag ik vragen waar u vandaan komt?' vroeg ik. Ik stond al bij mijn deur met de sleutel in mijn hand. Zijn accent was me bekend voorgekomen, maar ik kon het niet helemaal plaatsen.

'Holborn,' zei hij.

'Ja, maar daarvoor?'

Hij aarzelde. Misschien was hij bang dat ik een vervelende opmerking zou maken over immigranten. 'Polen,' zei hij.

'Waar in Polen?'

'Plaatsje heet Mikolów, in het zuiden. Vlak bij Katowice. U kent Polen?'

Ik schudde nee. Ik ging hem echt niet vertellen dat ik daar als kind had gewoond. Hij keek even naar mijn arm, maar ik droeg een blouse met lange mouwen. Ik legde onwillekeurig mijn linkerhand op mijn rechterarm, op de plek waar een nummer zou hebben gestaan als ik getatoeëerd was.

'Mijn grootmoeder,' begon hij, maar ik schudde mijn hoofd en kapte hem snel af.

'Nee, nee, dat niet,' zei ik. Was ik maar nooit aan dit gesprek begonnen. Ik schaamde me dat ik de suggestie had gewekt dat ik in het kamp had gezeten, ook al was dat helemaal niet mijn bedoeling geweest. 'Nee, u begrijpt me verkeerd.'

Ik duwde de sleutel in het slot en viel zowat naar binnen. Ik was buiten adem en had het gevoel dat de muren op me afkwamen. Ik liep naar de erker, opende beide ramen en inhaleerde de bries die binnenkwam. Beneden zat Henry. Hij keek op van zijn boek en staarde me aan.

En toen, tot mijn ontzetting, tilde hij langzaam zijn rechterarm op en wees met zijn wijsvinger in mijn richting. Zijn lippen bewogen niet, maar hij bleef naar me wijzen, totdat ik me bang omdraaide.

18

Die donderdagavond ging ik uitgebreid in bad. Ik gebruikte zo veel warm water dat onze hospita op de deur bonsde en riep dat ze mij en Moeder allebei op straat zou gooien als ze de kraan nog één keer hoorde. Maar ik wilde schoon zijn voor Émile, ik wilde me zo zuiver mogelijk voelen.

Daarna ging ik aan onze toilettafel zitten en deed wat crème en parfum van Moeder op. Ik haalde een borstel door mijn haar en bekeek mezelf in de spiegel. Ik wist dat ik mooi was – ik ontving heel wat goedkeurende blikken op straat – maar ik zag dat het leven in mijn ogen was uitgedoofd. Toen ik nog een klein meisje was in Berlijn had mijn grootmoeder me eens verteld dat ze mijn grootste troef waren. Ze zei dat mannen vanwege die ogen verliefd op me zouden worden, en ijdel als ik was had ik altijd naar dat moment uitgekeken. Maar nu hadden ze de kleur van prikkeldraad, van roestige ovens, van rook en as.

Ik was al dagen aan het piekeren. Had ik mezelf te vroeg aan Émile aangeboden? Moeder had me gewaarschuwd dat mannen geen 'bedorven waar' wilden, zoals zij het noemde. Een echtgenoot verwachtte dat zijn vrouw in de huwelijksnacht nog maagd was, ook al gold dat uiteraard niet voor mannen. Vanaf het moment dat ik Émile voor het eerst had gezien, was hij een pion geweest in mijn plan om me los te maken van wat ik nog aan familie over had, maar als ik hem toestond de liefde met me te bedrijven, zou hij me dan daarna aan de kant zetten en inruilen voor iemand die in zijn ogen deugdzamer was?

Maar het was te laat om nog van gedachten te veranderen. Ik wilde niet zo'n meisje zijn dat verwachtingen bij een jongen wekte en hem vervolgens liet zitten.

Ik deed mijn mooiste jurk aan, het enige goede kledingstuk dat ik had meegenomen toen we die andere plek verlieten. Toen legde ik een hand op mijn maag om mijn zenuwen te kalmeren. Ik was misselijk van de spanning, maar ook een tikkeltje opgewonden. Ik keek naar buiten en zag Monsieur Vannier de deur uitgaan naar zijn wekelijkse afspraak. Ik ging zachtjes de trap af, stak de straat over en klopte op de deur van de fourniturenwinkel.

'Je bent er,' zei Émile, die bij de etalagepoppen had rondgehangen in afwachting van mijn komst. Toen hij de grendel eraf haalde om me binnen te laten leek zijn hand licht te trillen. Het kostte hem ook meerdere pogingen om de deur op slot te doen, want hij stak de sleutel niet met vaste hand in het slot.

'Dat had ik toch gezegd,' antwoordde ik en ik probeerde te klinken als een vrouw van de wereld.

Ik merkte dat hij blij was dat ik er was, maar de uitdrukking op zijn gezicht bracht me in verwarring en ik deed een stap achteruit. Wilde hij me zoenen of ging hij me vermoorden?

'Gaan we naar boven?' vroeg ik toch maar, en hij knikte. Hij ging me voor door de winkel en deed onderweg de verlichting uit. Hij pakte mijn hand terwijl we de trap op gingen naar het kleine appartement dat hij met zijn vader deelde. Ik keek rond, nieuwsgierig hoe netjes het huishouden van de twee mannen eruit zou zien. Het was meer dan netjes, net zo opgeruimd als de winkel beneden en dat verbaasde me niet. Monsieur Vannier leek me een kieskeurig man, zo eentje die geen rommel duldde.

Op een bijzettafeltje stond een ingelijste foto van Émiles ouders

– ik nam aan dat de vrouw zijn moeder was – op hun trouwdag. Ze zagen er doodongelukkig uit.

Émile moest een beetje lachen toen hij me ernaar zag kijken en hij zei: 'Erg hè? Je zou denken dat ze naar een begrafenis moesten.'

'Waren ze ongelukkig met elkaar?' vroeg ik, terwijl ik me naar hem omdraaide.

Hij schoot in de verdediging. 'Helemaal niet. Ze hielden heel veel van elkaar.'

'Misschien waren ze gewoon zenuwachtig,' opperde ik.

'Of ze hadden een voorgevoel van wat de toekomst hun zou brengen. Mijn vader heeft natuurlijk in de eerste oorlog gevochten. En toen kreeg hij een zoon die sneuvelde in de tweede.'

Ik wendde mijn blik af. Ik had een hekel aan gesprekken over de oorlog.

'Geef je me even een paar minuten, Gretel?' vroeg hij na een ongemakkelijke stilte. 'Ik heb de hele dag gewerkt en moet eigenlijk even in bad.'

'Natuurlijk,' zei ik, al wilde ik diep vanbinnen liever dat hij zo zou blijven als hij was, met de zweetlucht van een hele dag werken in zijn poriën. Hij verdween achter een andere deur en ik hoorde het water in het bad stromen, en daarna het geluid van kleren die op de badkamervloer vielen. Ik zag hem voor me, naakt, bezig zichzelf te wassen om met mij samen te kunnen zijn, en ik raakte opgewonden.

Er waren nog een paar foto's op verschillende plekken in de kamer en ik liep van de ene naar de andere om ze te bekijken. De eerste was van Émile als kind. Hij lachte naar de camera. De volgende was van een oudere jongen, naar ik aannam zijn broer, Louis. Hij was opvallend knap, met donker haar en vastberaden ogen. Hij duwde zijn kin naar voren alsof hij daarmee zijn mannelijkheid wilde onderstrepen. Hij droeg een arbeiderspet, niet van het type dat je in de winkel van Monsieur Vannier kon kopen, maar van het soort dat een fabrieksarbeider op zijn werk droeg. Hij had zich een paar dagen niet geschoren en de stoppels maakten hem alleen maar aantrekkelijker. Dit was een sterke man. Een man die zijn land tot de dood zou verdedigen. Terwijl ik de foto terugzette zag ik voor me hoe hij voor het vuurpeloton moest hebben gestaan, een arm in de lucht, terwijl de kogels zijn jonge lichaam doorzeefden.

Toen ik het badwater hoorde weglopen, ging ik de huiskamer uit en haastte me door de gang. Er waren twee slaapkamers, een met een tweepersoonsbed en een met twee eenpersoonsbedden, en in die laatste ging ik naar binnen. Een van de bedden was afgehaald en er lag zelfs geen matras meer op. Het was niet meer dan een ijzeren frame met springveren. Het andere bed was zorgvuldig opgemaakt. Ik vroeg me af of Émile dat elke dag met zo veel zorg deed of dat hij het speciaal voor mij had gedaan. Tussen de bedden paste nog net een smalle ladekast en daar stond nog een foto op, maar nu van de twee broers samen. Ze hadden hun armen om elkaars schouders geslagen. Louis lachte recht in de camera, maar Émile keek op naar zijn broer met een blik die op aanbidding leek. Er sprak zo veel toewijding uit dat ik me afvroeg hoe hij zonder hem verder kon leven. Ik had ook van mijn broertje gehouden, natuurlijk, maar we waren allebei nog kinderen toen ik hem verloor. Als hij was blijven leven zou onze relatie mettertijd zijn gegroeid en hechter zijn geworden. Maar dat zou nu niet meer gebeuren. Hij was weg. Louis was weg. Miljoenen mensen waren weg.

Ik schrok op door een geluid achter mijn rug. Ik draaide me om en daar stond Émile in de deuropening met een handdoek om zijn heupen, maar verder naakt. Ik was er niet op voorbereid hem zo schaars gekleed te zien en bloosde ervan.

Zijn bovenlijf was slank en niet behaard, en zijn spieren tekenden zich duidelijk af. Ik verlangde naar het gevoel van zijn huid onder mijn vingers. Hij voelde dat aan, lachte naar me en was met één stap bij me. We kusten elkaar en ik voelde dat hij opgewonden raakte.

'Voordat we dit gaan doen...' zei hij en hij trok zich even terug.

Ik ademde de muskusachtige geur van zijn vochtige huid in en sloot mijn ogen. Nog nooit had ik me bij iemand anders zo kwetsbaar gevoeld. Op dat moment had hij me alles kunnen vragen, door een ruit te springen, mezelf in brand te steken, en ik had het gedaan.

'Voordat we dit gaan doen,' herhaalde hij, 'moet ik je iets vragen.'

'Ja?' zei ik en nu keek ik hem aan.

'Komende zondag, over drie dagen, kunnen we dan 's avonds afspreken?'

'Natuurlijk,' zei ik en ik boog naar voren om hem weer te zoenen, maar hij hield me tegen.

'Je moet het beloven,' zei hij. 'Zondag om zes uur. Ongeacht wat er in de tussentijd gebeurt, kan ik op je rekenen?'

Ik fronste mijn voorhoofd, want ik vond het raar dat hij op zo'n moment als dit bezig was met zoiets onbelangrijks. 'Beloofd,' zei ik. 'Zondag om zes uur. Ik zie je dan voor de winkel. Maar waarom, waar neem je me dan mee naar toe?'

Hij glimlachte en schudde zijn hoofd. 'Dat is een verrassing,' zei hij. 'Vertrouw me maar.'

'Natuurlijk vertrouw ik je,' zei ik. 'Ik vertrouw je in alle opzichten.'

Blijkbaar was hij tevreden met mijn antwoord en hij begon de bovenste knoopjes van mijn jurk los te maken. Met trillende handen maakte ik zijn handdoek los. Hij trapte met zijn blote voet de kamerdeur dicht en leidde me naar zijn smalle bed, met een zelfverzekerdheid die ik niet achter hem had gezocht.

Maar toen hij boven op me lag, zijn gezicht in mijn hals, zijn lijf dat op en neer ging in het mijne, voelde ik niet de liefdevolle bevrediging waarop ik had gehoopt. Het lege bed naast ons leek een vonnis over mijn verleden uit te spreken. Ik kon de stem van zijn broer horen, of de geest van zijn broer, die Émile aanspoorde, hem aanmoedigde mij niet te ontzien, zelf zo veel mogelijk genot te hebben, maar mij dat te onthouden.

Me pijn te doen, als hij dat wilde.

19

Ik wist meteen dat er iets mis was toen ik wakker werd.

Ik heb een heel vast slaappatroon, anders dan de meeste mensen van mijn leeftijd. Normaal gesproken ga ik na het nieuws van tien uur naar bed. En dan staat de wekker wel op zeven uur, maar mijn hersens zijn zo getraind op dat tijdstip dat ik altijd een paar minuten voor de wekker wakker word. En dan zet ik hem gauw uit, zodat mijn dag niet begint met gepiep.

Maar die nacht was het nog donker in mijn slaapkamer toen ik ineens rechtop in bed zat. Ik deed het nachtlampje aan en keek op de klok. Net na enen. Ik zuchtte, want ik had geen slaap meer en zag ertegen op nog uren wakker te liggen. Misschien moest ik een kopje kamillethee maken, dat zou me kunnen helpen weer onder zeil te gaan, maar nog voordat ik dat kon besluiten hoorde ik een vreemd geluid in het gebouw, dus ik stapte uit bed om nader onderzoek te doen. Het was heel ongebruikelijk dat op dit uur de rust in Winterville Court werd verstoord en dit geluid was zo hard dat ik vast niet de enige was die het had gehoord. Iemand had zo hard met een deur geslagen dat die waarschijnlijk niet meer in zijn scharnieren hing. Ik trok mijn ochtendjas aan en ging naar de huiskamer, en ik wilde al op het lichtknopje drukken, maar bedacht me. Misschien was het beter om even in het donker te blijven.

Ik bleef heel stil staan en wachtte af wat er zou gebeuren. Toen hoorde ik een stem in de flat onder de mijne. Het was Henry, dat kon niet missen, en hij klonk wanhopig. Ik liep naar het raam aan de straatkant en keek voorzichtig tussen de gordijnen door. Twee straatlantaarns wierpen een vredige gele gloed over de straat, maar tot mijn stomme verbazing zag ik daar een buitengewoon tafereel.

Madelyn Darcy-Witt zat op de stoeprand met haar hoofd tussen haar knieën. Haar lange haar viel over haar benen. Ze had alleen een beha en een bijpassend slipje aan. Uit de wiegende beweging van haar bovenlichaam leidde ik af dat ze zat te huilen. Ik draaide me om en keek mijn huiskamer rond, alsof ik daar een verklaring zou vinden voor wat ze daarbuiten zat te doen.

Ik wist niet hoe ik moest reageren, dus ik deed het gordijn weer een klein stukje open en tuurde naar buiten. Ze stond nu op de stoep, haar armen in de lucht, tilde haar linkerbeen op en nam een soort yogahouding aan, met de handpalmen boven haar hoofd tegen elkaar. Ze hield deze pose een paar ogenblikken vast en toen leek haar lichaam in te storten. Ze struikelde en viel bijna voorover. Zou ze dronken zijn?

Ze keek om zich heen. Er was niemand anders op straat. Toen pakte ze een steen op uit een bloemenperk. Ze hield de steen in haar rechterhand en keek er even naar. En plotseling, zonder aanleiding, sloeg ze met die steen tegen haar voorhoofd. Hard genoeg om een blauwe plek te krijgen, maar niet hard genoeg om een wond te veroorzaken. Ik slaakte onwillekeurig een gilletje en draaide me om, klaar om naar beneden te rennen en naar buiten te gaan voordat ze zichzelf erger zou verwonden. Maar toen hoorde ik dat de voordeur werd opengegooid en een man op luide en boze toon een schunnig scheldwoord riep en naar haar toe beende. Ik stapte een stukje weg van het raam toen hij bij Madelyn aankwam, want ik wilde beslist niet dat hij me zag. Maar ik kon hem wel zien. Hij legde een arm om haar smalle middel en tilde haar op. Ze gilde, vloekte en jammerde, ze trapte met haar benen in de lucht, maar zodra ze weer in het gebouw was viel ze stil. Ik vroeg me af of hij een hand over haar mond had gelegd.

De deur van nummer 1 werd dichtgeslagen, de knal echode in het trappenhuis, en toen was alles stil.

Even stond ik nog als aan de vloer genageld, geschokt door wat ik had gezien, en toen liep ik naar de drankenkast om een kalmerend glaasje whisky in te schenken. Ik was nog enigszins van de kaart.

Een minuut of twintig later dacht ik dat ik misschien wel weer zou kunnen slapen, maar op het moment dat ik opstond hoorde ik de voordeur beneden weer opengaan en ik hoorde die man schreeuwen. Nu werd ik boos en ik overwoog naar beneden te gaan en hem beleefd te vragen rekening te houden met de andere bewoners van Winterville Court, maar daar had ik de moed niet voor. Dus ik bleef luisteren en toen hoorde ik lichtere voetstappen door een gang rennen en naar buiten, naar de achterkant van het gebouw. Ik ging terug naar mijn slaapkamer en ging bij het raam staan om in de tuin te kijken.

Een paar jaar geleden waren er wat inbraken in de buurt geweest en daarom was er een bewegingssensor in de tuin geplaatst. Die reageerde gelukkig niet op nachtelijke bezoekers uit het dierenrijk, er ging alleen een flinke lichtstraal aan als er een mens in de tuin liep. En die lamp was nu aan. Ik zag iets bewegen tussen de bomen. Het was Henry. Hij liep op zijn blote voeten en had een gestreepte pyjama aan. Zijn witte mitella reflecteerde het licht. Zo te zien was hij doodsbang en ik was net zo bang, voor wat hem zou kunnen gebeuren. En toen riep een stem: 'Henry!'

Toen zag ik ook een man buiten, dezelfde man die zojuist Madelyn naar binnen had gesleurd. Hij droeg een spijkerbroek en een wit overhemd met opgerolde mouwen, waardoor zijn sterke onderarmen zichtbaar waren. Zelfs van een afstandje kon ik zien dat hij gespierd was en andere mensen gemakkelijk zou kunnen intimideren, en zeker een kind.

Henry trok zich verder terug in het gebladerte en de man bleef hem roepen, buiten zinnen van woede. Ik zag de kleine gestalte weer bewegen, op zoek naar een betere schuilplaats. Ik ging tegen het raam aan staan en waarschijnlijk had hij gezien dat ik bewoog, want hij keek naar boven en zag me. Het licht van de sensor viel op zijn gezicht en ik kon de angst en de wanhoop in zijn ogen zien. Hij legde de wijsvinger van zijn goede hand op zijn lippen, als waarschuwing dat ik me stil moest houden, maar zijn vader had het opgemerkt en liep met grote stappen naar hem toe. De jongen veerde naar achteren, maar zijn vader tilde hem op alsof hij niet meer woog dan een zak meel.

Mr Darcy-Witt tilde hem echter onhandig op, hij duwde de gewonde arm van zijn zoon te hard tegen zich aan en Henry gilde het uit van de pijn, waarop zijn vader hem op de grond liet vallen. Hij stond in dubio naast de jongen en heel even dacht ik serieus dat hij hem zou schoppen, maar dat gebeurde niet. Vader en zoon bleven een paar tellen gevangen in dit angstaanjagende tableau vivant. Toen tilde Alex hem opnieuw op en hij hield hem weliswaar voorzichtiger vast, maar hij had een woeste uitdrukking op zijn gezicht.

Ik wilde niet blijven kijken, maar ik moest wel. Het hele gebeuren had me danig van streek gemaakt en als ik onzichtbaar wilde blijven, kon ik niet anders dan heel stil blijven staan. Toch was er misschien iets waardoor Mr Darcy-Witt voelde dat iemand naar hem keek, want hij stopte even voordat hij naar binnen ging, bleef heel stil staan en keek naar boven, recht in mijn ogen. De uitdrukking op zijn gezicht had ik vaker gezien, toen ik nog een kind was en op die andere plek woonde. Op de gezichten van soldaten, vrijwel zonder uitzondering. Het verlangen anderen pijn te doen. Het besef dat niemand iets kon doen om hen te stoppen. Het was hypnotiserend en ik kon niet wegkijken, en kennelijk kon hij dat evenmin. We hielden elkaars blik misschien wel twintig seconden vast. Uiteindelijk stommelde ik achteruit en plofte onhandig op mijn bed. Ik hoorde dat er beneden een deur dichtging en van de binnenkant op slot werd gedaan. Daarna hoorde ik iemand teruglopen naar de flat onder de mijne. Vermoedelijk werd het kind bij de moeder teruggebracht. Een stem zei: 'Zorg dat hij hier blijft.'

Even was het helemaal stil, maar toen hoorde ik tot mijn afgrijzen de voetstappen de trap op komen. Ik ging zo zachtjes mogelijk via de huiskamer naar mijn voordeur en controleerde of die op slot en vergrendeld was. De voetstappen kwamen dichterbij en ik voelde mijn hart in mijn borst bonzen. Ik duwde mijn oog tegen het spionnetje en zag een vervormd beeld van de gang.

Daar stond Alex Darcy-Witt en hij keek me weer recht aan. Ik durfde geen vin te verroeren. Ik vroeg me af of hij de flauwe schaduw van mijn voeten onder de deur door kon zien. Toen deed hij een stap naar voren, tilde zijn rechterhand op, duwde zijn duim tegen het spionnetje en hield die daar een hele tijd, zodat ik er niets meer door kon zien. Ik stapte naar achteren en ging terug naar de huiskamer. Ik wist niet goed wat ik moest doen, moest ik de politie bellen? Of Caden? Maar die woonde een heel eind weg. Ik had het nummer van Oberon in mijn telefoon en hij woonde dichterbij, maar ik kon niet helder nadenken. Tot op dat moment was ik nog niet echt bang geweest, maar die emotie zou snel genoeg komen.

Uiteindelijk, nadat ik me zeker tien minuten stil had gehouden, ging ik langzaam terug naar de voordeur. Op het ergste voorbereid keek ik opnieuw door het spionnetje. De gang was leeg en het enige wat ik zag was het vertrouwde beeld van Heidi's deur aan de overkant.

De rest van die nacht bleef het godzijdank heel erg stil. Dat weet ik zeker, want ik deed geen oog meer dicht.

20

Voelde ik me anders nadat ik met Émile naar bed was geweest? Ik had er geen spijt van, dat niet, maar ik kon niet zeggen dat ik van de ervaring had genoten. Tijdens de seks was hij bruut en agressief geweest, het was duidelijk dat hij me pijn deed, maar daar trok hij zich niets van aan. Ik had hem twee keer gevraagd het wat rustiger aan te doen en toen had hij even gas teruggenomen, maar binnen de kortste keren was hij weer in hetzelfde meedogenloze ritme doorgegaan. Ik wist dat ik een beetje zou bloeden, dat hoorde erbij, maar door de bijna gewelddadige manier waarop hij de liefde met me had bedreven, als je het zo kon noemen, zat er veel meer bloed op het laken dan je zou verwachten. Ik had daarna heel veel pijn. En toen hij klaar was liet ik hem kennelijk koud, tot mijn ontsteltenis. Hij leek compleet het tegenovergestelde van de gevoelige, tedere jongen die ik in hem had gezien. En terwijl ik mijn kleren bij elkaar raapte om naar huis te gaan, begon hij weer te drammen over onze plannen voor die zondagavond. Terug in onze kamer lag ik in mijn eentje te huilen in het bed dat ik met Moeder deelde. Ik had me sinds mijn aankomst in Parijs nog niet zo ongelukkig gevoeld.

De volgende drie dagen ontliep ik hem. Maar daarna overtuigde ik mezelf ervan dat hij vast niet de bedoeling had gehad zo genadeloos met me om te gaan. Hij had per slot van rekening ook nauwelijks ervaring en misschien hadden jongens tijd nodig om te leren hoe belangrijk tederheid was. Ik zou bij Moeder te rade kunnen gaan, maar was bang voor haar reactie. Ze was veel te druk met haar eigen voorbereidingen voor die avond om naar mijn zorgen te luisteren. Monsieur Toussaint zou haar mee uit eten nemen.

'Hij zei dat dit een avond wordt die ik mijn hele leven niet zal vergeten,' zei ze, stralend van opwinding. 'Ik denk dat hij me gaat vragen zijn vrouw te worden, Gretel. Eigenlijk weet ik het wel zeker. En dan zijn al onze problemen voorbij.'

Ik wist niet zeker wat ik daarvan vond. Het zou natuurlijk heerlijk zijn deze kleine kamer te verlaten en te verhuizen naar een plek waar ik meer ruimte voor mezelf zou hebben. Maar het idee van een stiefvader stond me niet aan, en al helemaal niet deze stiefvader. 'En gaat u dan "ja" zeggen?' vroeg ik en mijn stem verraadde mijn spanning.

'Natuurlijk,' antwoordde ze. 'En dan hoef ik niet langer net te doen alsof ik de weduwe Madame Guéymard ben, dan ben ik Madame Toussaint, dan ben ik weer een getrouwde vrouw met een respectabele maatschappelijke positie.'

'En wat heeft dat ons in het verleden gebracht?' vroeg ik.

'We leven nog, toch?'

'Ja, wij nog wel.'

Ze keek me aan alsof ze iedere vezel in haar lijf nodig had om me niet te slaan. 'Wat is er mis met jou?' snauwde ze. 'Wil je dan niet in een groot huis wonen en mooie jurken dragen en een betere huwelijkskandidaat hebben dan die winkelbediende aan de overkant?'

Wat moest ik daarop zeggen? Ja, een deel van me wilde al die dingen wel. Ik kon niet ontkennen dat het fijn was geweest de dochter van Vader te zijn. Maar het maakte me ook bang. Ik wist hoe snel je zulke dingen weer kon kwijtraken. 'We kunnen altijd weggaan,' zei ik.

'Weggaan?' vroeg Moeder met een frons. 'Hoe bedoel je, weggaan? Weg uit Parijs?'

'Ja.'

Ze keek me aan alsof ik gek was geworden. 'Weg uit Parijs net nu we alles zouden kunnen krijgen waarvoor we gekomen zijn? Kraam niet zo'n onzin uit, Gretel! Waar zouden we heen moeten?'

'Overal. We zouden opnieuw kunnen beginnen. Met onze oude namen.'

Nu werd ze echt kwaad en ze riep: 'Wil je naar de gevangenis? Want dat is wat er dan gebeurt. Wil je dat we allebei naar Neurenberg worden afgevoerd? Om verantwoording af te leggen over de misdaden van je vader? Voor het oog van de wereld, iedereen die ons veroordeelt en ons de vreselijkste dingen naar het hoofd gooit?'

'Van Vader...?' begon ik, want ik kon niet geloven dat ze haar eigen aandeel in wat er was gebeurd zo gemakkelijk kon wegwuiven. En het mijne.

'Ja, de misdaden van je vader,' schreeuwde ze. 'Van hem. Alleen van hem. Niet van mij. En ook niet van jou.'

'Maar wij zijn...' zei ik. Ik schudde mijn hoofd en ging onthutst op bed zitten.

'Wát zijn wij?'

'Wij zijn ook schuldig,' zei ik en nu aarzelde ze geen moment. Ik zag niet eens dat ze haar hand bewoog voordat ze me sloeg. Het duurde even voordat ik de pijn van de klap voelde, maar ik raakte die plek niet aan. Ik wilde dat ze de afdruk van haar hand zou zien.

'Wij zijn nérgens schuldig aan.' Ze spuugde de woorden uit.

'Maar dat zijn we wel,' antwoordde ik. Ineens liepen de tranen me over de wangen, ook al probeerde ik ze weg te vegen. 'U wist het toch.'

'Ik heb het niet geweten,' zei ze stellig. 'En jij ook niet.'

'Maar ik ben daar geweest,' zei ik. 'Ik ben daar binnen geweest, weet u nog? Met Vader en Kurt.'

'Hou je mond, stom wicht,' siste ze en ze keek rond alsof ze bang was dat er een of andere geest in de kamer was die het gesprek afluisterde en ieder woord kon horen. 'Ik was een echtgenote die deed wat haar man haar opdroeg, zoals ik had beloofd op de dag dat we trouwden. En jij was een kind. En wat die Joden betreft... Die smerige Joden...'

'Zeg dat niet, alstublieft,' smeekte ik haar.

'Al die problemen die ze voor de oorlog veroorzaakten. En alle ellende die ze nu veroorzaken sinds de oorlog is afgelopen. Politiek interesseert me niet, dat weet je, maar in godsnaam, als je ziet wat er nu gebeurt, de wraak die ze nemen, denk je dan niet dat de Führer toch gelijk had? Dat soort mensen! Je vader had ook gelijk. Dat zijn helemaal geen mensen.'

Ik keek haar vol ongeloof aan. Haar ogen spuwden vuur en haar wangen waren rood van woede. Ik slaakte een zucht. En toen ontsnapte er een zin aan mijn lippen die ik nooit van plan was geweest te zeggen, die ik tot nu toe zelfs nog nooit had gedacht. En toch meende ik elk woord. 'Was ik het maar geweest, was ik maar doodgegaan.'

Ze zweeg. De stilte die tussen ons in hing duurde zo lang dat ik me afvroeg of we ooit nog met elkaar zouden praten. Uiteindelijk glimlachte ze, en ze draaide zich om en wierp nog een laatste blik op zichzelf in de spiegel. Alsof dit hele gesprek nooit had plaatsgevonden. 'Misschien wil je vanavond opblijven tot ik terugkom,' zei te tenslotte, haar stem volmaakt onder controle. 'Hopelijk breng ik straks goed nieuws mee. En dan, mijn lieve dochter, kunnen we opnieuw beginnen. Dan telt het verleden niet meer. Alsof we allebei zijn herboren.'

Bijna een uur later klopte ik op de deur van de winkel van Monsieur Vannier. Émile kwam naar buiten en ik rekte me uit om hem te zoenen, maar hij ontweek mijn lippen. Hij maakte een afwezige indruk, meer dan dat, hij leek zenuwachtig. Ik vroeg of er iets aan de hand was.

'Nee hoor,' zei hij en hij liep voor me uit door de straten, een kant op die ik nog niet kende.

'Maar je bent zo stil.'

'Ik heb wat dingen aan mijn hoofd, dat is alles.'

'Wat voor dingen? Je kunt het mij toch wel vertellen?'

Hij schudde zijn hoofd. We liepen door de Rue des Carmes, langs het Panthéon, en kwamen in een doolhof van straatjes terecht die ik tijdens mijn verblijf in de stad nog niet had verkend. Ik voelde me niet op mijn gemak, maar hij leek precies te weten waar hij heen ging. Ik moest flink doorlopen om hem bij te houden. 'Waar gaan we naartoe?' vroeg ik.

'Een bijzondere plek,' antwoordde hij. 'Geloof me, dit wordt een avond die je je hele leven niet zult vergeten.'

Ik fronste mijn voorhoofd. Dat waren precies dezelfde woorden die Monsieur Toussaint had gebruikt toen hij het met mijn moeder over deze avond had gehad. Kon het toeval zijn of was er meer aan de hand? Ik greep hem bij zijn arm en hij stond abrupt stil.

'Wat?' vroeg hij. Met een gefrustreerde blik veegde hij het haar uit zijn ogen.

'Ik moet je iets vragen,' zei ik.

'Goed dan.'

'Monsieur Toussaint noemde jou bij je naam, die dag bij de auto, toen hij mij en mijn moeder meenam naar Saint-Ouen. Hij zei dat hij jou niet kende, maar jij zei dat je hem al jaren kende. Waarom loog hij?'

Hij glimlachte, maar zijn glimlach was lastig te duiden. Er zat iets bitters in, iets wreeds. 'Dat kan ik je wel uitleggen,' zei hij en intussen wees hij naar een deur links van ons, 'maar we zijn er al. Dus dat moet maar even wachten, oké? Laten we naar binnen gaan. Dan wordt alles duidelijk en dan zul je het begrijpen.'

'Nee, ik wil het nu weten,' drong ik aan. 'Waarom hebben jullie gelogen?'

Hij keek naar links en naar rechts de straat uit en leek te aarzelen hoeveel hij me zou vertellen. Toen liep hij naar de deur, een onopvallende deur van grijs ijzer, die toegang bood tot iets wat op een pakhuis leek. Ik liep achter hem aan en herhaalde mijn vraag.

Hij haalde zijn schouders op en keek me recht aan. 'Jij denkt dat wij hebben gelogen?' vroeg hij en hij klonk nu volmaakt kalm.

'Dat weet ik zeker.'

'Vertel jij mij dan eens, Gretel,' zei hij. Hij leunde voorover en hij pakte mijn arm zo hard vast dat ik schreeuwde van de pijn. 'Waarom zou ik eerlijk moeten zijn tegen een *putain* zoals jij?'

Ik verstijfde. Had ik hem wel goed gehoord? Had hij echt zulke woorden tegen me gezegd? Maar voordat ik iets terug kon zeggen, trok hij de deur open en duwde hij me hard naar binnen. Hij trok de deur stevig achter ons dicht en duwde me verder het gebouw in. Ik struikelde, had geen idee waar ik was of waarom, en ik draaide om mijn as, vastberaden hier weg te gaan. Maar hij negeerde mijn verzet en deed de grendel op de deur zodat niemand anders zou kunnen binnenkomen. Ik dacht dat ik stemmen had gehoord toen we het gebouw binnenkwamen, maar nu waren ze stil. Émile pakte me weer bij mijn arm en sleurde me naar voren, uit de duisternis. Toen hij me losliet bleef ik roerloos staan, niet begrijpend wat zich voor mijn ogen afspeelde.

Er waren ongeveer veertig mensen bij elkaar. Mannen, vrouwen, oud en jong door elkaar. Aan hun kleding te zien waren ze afkomstig uit alle lagen van de bevolking, arm en rijk, werklui en adel. Ze keken allemaal vol walging naar mij. Midden in de ruimte hadden ze twee stoelen naast elkaar gezet. De ene was leeg en op de andere zat Moeder.

Ik keek Émile onthutst aan, maar hij sleurde me zonder pardon naar voren. Ik probeerde me los te trekken, maar een andere man greep me bij mijn arm. Ik zag dat het Monsieur Vannier was, de vader van Émile. Toen keek ik rond en zag nog een paar andere gezichten die ik herkende. De slager met zijn eigen winkel op de hoek van onze straat, waar we ons vlees kochten. Het barmeisje van een van Moeders stamcafés. En daar in de hoek, zelfs onze hospita, die niet geïnteresseerd was in de herkomst van haar huurders zolang ze de huur maar betaalden, zo had men ons verzekerd. Ik keek van de een naar de ander. Ik had het gevoel dat ik in een afschuwelijke surrealistische nachtmerrie was beland. Pas toen Moeder langzaam haar hoofd optilde en me aankeek durfde ik iets te zeggen. 'Wat is dit?' schreeuwde ik. 'Wat gaat er gebeuren?'

Moeder keek naar me met doodsangst in haar ogen en ik zag dat zij nog hardere klappen had gehad dan de klap die ik eerder die dag van haar had gekregen. Er zat opgedroogd bloed rechts naast haar mond, een straaltje bloed liep naar haar kin en op haar wang zag ik de kleuren van wat een blauwe plek zou worden. Ze had ook een opgezwollen oog. 'Gretel,' zei ze. Ze schudde haar hoofd, haar stem werd zwakker en ze kreunde: 'Nee, nee, nee. Niet mijn dochter, alstublieft. Zij heeft er niets mee te maken.'

Een man die ik niet kende greep me ruw bij mijn nek en smeet me op de stoel naast Moeder. Hij bond een touw om mijn middel zodat ik niet weg kon en ik zag dat zij ook zo was vastgebonden. Toen ik probeerde op te staan gaf een andere man me een trap met zijn laars, zodat ik op de stoel terugviel en geen adem kreeg. Ik was nog nooit in mijn leven zo mishandeld.

En toen, vanuit het duister, verscheen Rémy Toussaint. Hij keek van Moeder naar mij en weer terug met een enorme afkeer op zijn gezicht, alsof hij naar een paar demonen keek. Toen richtte hij zijn blik op de andere aanwezigen, die onmiddellijk stilvielen. 'Mijn naam is Rémy Toussaint,' verklaarde hij. Hij sprak duidelijk en straalde een natuurlijk gezag uit. 'De naam van mijn broer was Victor Toussaint. Hij werd aan een boom opgehangen nadat hij het vuur had geopend op een Duits bataljon buiten Brussel. De nazi's deden een lus om zijn nek en staken hem vervolgens met hun bajonetten, zoals de Romeinen deden met Christus toen hij aan het kruis hing.'

Mijn blik zocht die van Émile, mijn ogen smeekten hem me uit te leggen wat er gebeurde, maar op het moment dat we elkaar aankeken stapte hij ook naar voren en begon te praten.

'Ik ben Émile Vannier,' zei hij, 'de broer van Louis Vannier, die is vermoord. Hij werd opgepakt en gemarteld door de nazi's. Zijn lichaam werd op straat gegooid als hondenvoer.'

'En ik ben Marcel Vannier,' verklaarde zijn vader, en zijn stem brak van verdriet. 'Louis was mijn zoon.'

Een voor een noemde iedereen die aanwezig was zijn of haar naam en ze vertelden over de dierbaren die ze hadden verloren. Sommigen waren als soldaten gesneuveld, anderen waren als leden van de Résistance opgepakt en mishandeld voordat ze stierven, en natuurlijk waren er ook dierbaren geweest die in de kampen aan hun eind waren gekomen.

'Maar daar hadden wij niets mee te maken,' kreunde Moeder. 'Jullie hebben de verkeerde mensen te pakken.'

'Jij bent...' zei Monsieur Toussaint en hij noemde haar echte naam, terwijl hij beschuldigend naar haar wees. 'Jouw echtgenoot was de duivel van...' en hij noemde die andere plek, waar we na Berlijn hadden gewoond. 'En jij bent Gretel,' ging hij verder. 'De dochter van de duivel.'

'Nee, dat is niet waar!' riep Moeder.

'Dat is wel waar!' schreeuwde een vrouw die over haar twee zonen had verteld, die van hun bewakers Russische roulette hadden moeten spelen. Ze stormde op ons af en probeerde Moeder in het gezicht te krabben, maar ze werd weggetrokken.

Monsieur Toussaint sloeg zijn armen om de gebroken vrouw heen en troostte haar zachtjes. 'Nee, Marguérite, zo doen we het niet. We hebben onze eigen manier om met die monsters af te rekenen, dat weet je. Ze zullen boeten voor hun misdaden.'

Terwijl ik naar hem keek wist ik zeker dat ik vanavond zou sterven. Moeder hield vol dat ze onschuldig was, maar ik voelde een vreemde rust over me neerdalen, ik zou elke straf die ze voor me in petto hadden gewillig ondergaan, als het maar snel was. Ik sloot mijn ogen en bad dat ik de kogel zou krijgen. Een kogel zou vast geen pijn doen. Zo zou ik nog hier zijn, en zo zou ik weg zijn.

Maar nee.

Toen ik mijn ogen weer opendeed kwamen er twee grote kerels op ons af en voordat we het wisten scheurden ze onze jurken kapot, trokken de stof aan flarden totdat we in ons ondergoed zaten. Die vernedering alleen al was meer dan ik kon verdragen.

'Geloofden jullie nou echt dat we het niet doorhadden?' vroeg Rémy. Zijn onverstoorbare houding was bijna nog beangstigender dan de fysieke agressie die we ondergingen. 'Dachten jullie echt dat wij niet altijd op zoek zijn naar vreemdelingen met rammelende levensverhalen, die misschien banden met de duivels hebben? Dat we geen netwerk van spionnen zouden hebben die alles in het werk stellen om de ware identiteit te achterhalen van mensen die we niet vertrouwen? Jij,' zei hij en hij keek Moeder aan. 'Jij met je ordinaire jurken en je zielige pogingen je accent te verbloemen. Een actrice ben je niet, dat kan ik je wel vertellen. En je bent ook nog dom. Zo dom. Weet je hoe vaak je Nantes en Nice door elkaar hebt gehaald?' Hij lachte.

Moeder zei niets. Ze wist net zo goed als ik dat er geen ontkomen was aan wat ze dan ook van plan waren.

'En jij,' ging Monsieur Toussaint verder, en nu had hij het tegen mij. 'Een beetje met me flirten toen we elkaar tegenkwamen op de Place des Vosges. Idioot wicht. Walgelijke snotaap. Deed je dat misschien ook bij je vader? Met je wimpers knipperen en je beter voordoen dan je bent? Je wilt bij hem zijn, toch? Voor altijd branden, in de eeuwigheid?'

Ik knikte. 'Ja,' zei ik zo rustig als ik kon. 'Ja, dat wil ik.'

Hij fronste, dit antwoord had hij blijkbaar niet verwacht, maar ik zag geen mededogen op zijn gezicht. Het werd stil in de ruimte en toen ik opkeek kwamen twee oudere vrouwen naar Monsieur Toussaint en Émile toe, ieder met een barbiersmes in de hand. Ze knipten ze open en de scherpe zilveren messen sprongen tevoorschijn. Ik hoorde mijn moeder heel lang inademen voordat ze heel hard begon te schreeuwen.

'Nee, wij vermoorden geen vrouwen,' zei Émile, want hij snapte wat we dachten.

Ik draaide mijn blik naar hem toe. Hij was nu een vreemde voor me.

'Dit is wat we wel doen.' Hij liep langzaam naar een van de twee vrouwen, nam een scheermes aan en kwam vastberaden op me af. Bij het vooruitzicht dat hij mijn huid ging opensnijden raakte ik in paniek. Ik verloor alle controle en de inhoud van mijn blaas liep tussen mijn benen door en vormde een plasje rondom mijn voeten. Émile deed een stap naar achteren, vol afschuw. Dezelfde jongen die een paar avonden geleden nog met me naar bed was geweest.

Maar het mes sneed niet door mijn keel. In plaats daarvan duwde Émile het tegen mijn voorhoofd, precies op de haargrens, en toen trok hij het genadeloos naar achteren, zodat hij mijn haar eraf sneed en tegelijkertijd een stukje huid meenam. Ik gilde harder dan ik ooit voor mogelijk had gehouden en ik hoorde Moeder ook krijsen terwijl Monsieur Toussaint haar op dezelfde manier bewerkte. Met een zwierig gebaar liet mijn kapper de eerste lokken haar op de grond vallen, in de pis, als zwarte spinnenpoten in het geel. En toen begon hij van voren af aan: hij trok het mes weer over mijn hoofd en scheurde de huid op mijn schedel met nietsontziende halen. Ik voelde het bloed in mijn ogen sijpelen terwijl hij me schoor, en hij zorgde er wel voor dat ik alles voelde, het moest wel genoeg pijn doen. Ik gaf over in mijn schoot en zag dat Moeder naast me was flauwgevallen. Een vrouw stapte naar voren en gaf haar een harde klap om haar weer bij te brengen, en Rémy hervatte zijn scheerwerk pas toen ze weer bij bewustzijn was. We zouden tijdens deze hele beproeving bij kennis blijven. Ik keek naar haar. Van haar schoonheid was niets meer over, in plaats daarvan had ze een gruwelijk hoofd, half kaal met wat rechtopstaande plukken haar, en het bloed stroomde over haar gezicht. Ze ademde diep in en toen kwam er een gil die niet menselijk en niet dierlijk was. Intussen viel Émile mij weer aan, nu vanaf de achterkant, en ik schreeuwde ook, al wist ik dat het geen zin had me ertegen te verzetten. Ze deden hun werk met volle toewijding en ons gegil diende enkel als valse vocale begeleiding van hun klus.

Eindelijk waren ze klaar. We waren niet helemaal kaal, ze hadden genoeg lelijke plukken en lokken overgelaten om ons er ernstig verminkt uit te laten zien. Mijn schedel brandde en er liep zo veel bloed in mijn ogen dat ik de leden van mijn tribunaal alleen kon zien door een stroperige rode waas. Onze touwen werden losgemaakt en ik viel van de stoel. Ik kroop over de grond, maar had geen idee waarheen. Ik smeekte om genade. Hadden anderen dat ook gedaan, vroeg ik me af, terwijl ik veilig in mijn huis zat op die andere plek en met mijn poppen speelde, met luitenant Kotler flirtte en Pavel opdracht gaf mijn lunch klaar te maken? Hadden anderen net zo gesmeekt als ik? Hun smeekbeden waren onbeantwoord gebleven, terwijl zij onschuldig waren, dus waarom zouden die van mij wel worden gehoord?

'Help me,' fluisterde ik, terwijl ik mezelf over de stenen vloer voortsleepte. Het gruis schaafde mijn benen en knieën, maar de pijn deed me nu niets. 'Help me, alstublieft. Iemand. Help me.'

En toen, eindelijk, dook er een vertrouwd gezicht op uit de duisternis.

Hij was hier.

Hij was eindelijk hier.

Mijn broertje. Voor altijd negen jaar oud, in zijn favoriete korte broek, een wit overhemd en een blauwe trui. Hij had kennelijk de hele tijd in het midden van de groep naar me staan kijken, hij had alles gezien, en nu kwam hij naar me toe zonder emotie op zijn gezicht. In zijn linkerhand had hij zijn lievelingsboek, *Schateiland*.

Ik sleepte mijn lijf naar hem toe en riep zijn naam, terwijl ik me afvroeg of ik nu ook dood was, en of hij was gekomen om me op te eisen voor het hiernamaals. Ik stak mijn hand naar hem uit. Ik wilde dat hij die zou vasthouden en me zou meenemen naar waar het dan ook was waarheen hij toen was meegenomen, en waarheen hij nu zou teruggaan. Maar mijn hand zat onder het bloed en hij keek er alleen maar hoofdschuddend naar, alsof hij teleurgesteld was dat ik mezelf zo vreselijk te schande kon maken tegenover de wereld, tegenover hem en tegenover God.

INTERMEZZO

HET HEK

LONDEN 1970

De arts die me werd toegewezen was weliswaar van mijn leeftijd, maar ze had in de oorlog weinig te lijden gehad. Begin 1940 was ze naar een boerderij in Wales geëvacueerd en als ik haar verhalen moest geloven, had ze daar een behoorlijk idyllische tijd gehad. Haar vader had gevochten, maar had het overleefd en een oudere broer had een hand verloren, maar was er verder ongeschonden uitgekomen.

'En jij, Gretel,' vroeg ze geregeld tijdens mijn eerste maanden in de kliniek. 'Wat heb jij zoal meegemaakt? We hebben allemaal op een of andere manier littekens opgelopen, denk je ook niet?'

Ik vertelde haar niet veel, maar ik praatte in die tijd ook heel weinig. En als ik al de behoefte voelde iets te zeggen, hield ik vast aan het verhaal dat Moeder bijna een kwart eeuw eerder had verzonnen. Dan vertelde ik verhalen over mijn jeugd in Nantes, waar ik zogenaamd niets van het oorlogsgeweld had gemerkt en een overwegend saai leven had geleid. Wat ik haar niet vertelde was hoe moeilijk onze relatie was geworden. Door de dingen die in Parijs waren gebeurd, ging ik voor het eerst nadenken over de vraag hoeveel schuld ik zelf droeg, en begon ik die te aanvaarden. Maar op Moeder hadden die gebeurtenissen een averechts effect. Ze reageerde steeds vijandiger op kritiek op de nazi's. Sterker nog, voor iemand die zich nooit zo voor politiek had geïnteresseerd, zelfs niet toen het volop oorlog was, leek zij door de vernederingen en verwondingen die ons zelfbenoemde tribunaal ons had toegebracht juist te radicaliseren. Ze werd zo loyaal aan het gevallen regime dat onze relatie steeds verder afbrokkelde. Gaandeweg noemde ze Hitler een martelaar voor een goede zaak waar door onrecht een eind aan was gemaakt, en ik leerde haar niet tegen te spreken, want onze ruzies werden zo venijnig dat ik bang was dat ze me fysiek zou aanvallen.

'Volgens mij ben je niet eerlijk tegen me,' antwoorde dokter Allenby met een teleurgestelde blik. 'Ik kan accenten vaak wel herkennen, maar ik hoor weinig Frans in de manier waarop jij praat.'

'Het is ook lang geleden,' zei ik. 'Ik heb in de jaren vijftig nog een tijd in Australië gewoond voordat ik naar Engeland kwam. En hier woon ik nu alweer zeventien jaar. Het is logisch dat ik anders ben gaan praten.'

Op zulke momenten glimlachte ze alleen maar en maakte wat aantekeningen. Ze geloofde er duidelijk geen woord van, maar ze besloot niet in discussie te gaan. Misschien dacht ze dat ik haar na verloop van tijd zou gaan vertrouwen en dat ik dan de last van mijn geheimen zou afleggen. Maar dat bevestigde alleen maar hoe slecht ze me kende.

'Ik heb een theorie,' zei ze tijdens een van onze gesprekken, 'dat iedereen die in de jaren veertig een kind was de rest van zijn of haar leven bezig is het trauma van zo veel bloedvergieten te verwerken. We zijn allemaal wel iemand kwijtgeraakt, toch? We werden op jonge leeftijd met rouw geconfronteerd. En schuldgevoel.'

'Waarom zouden we ons schuldig voelen?' vroeg ik haar, verbaasd over haar woorden. Voor mezelf wist ik dat wel, maar in haar geval zou ik niet weten waarom.

'Nou, omdat we te jong waren om te vechten, denk ik,' zei ze. 'Overlevingsschuld, met andere woorden.'

Door zulke opmerkingen kreeg ik het gevoel dat ik helemaal niets te zoeken had in een psychiatrische kliniek. Als dokter Allenby dacht dat ze ook maar iets van schuldgevoel begreep, hield ze zichzelf voor de gek. Schuldgevoel was wat je midden in de nacht wakker hield, of, als je al kon slapen, je dromen vergiftigde. Schuldgevoel kon je op ieder vrolijk moment overvallen en je influisteren dat je geen recht op plezier had. Schuldgevoel achtervolgde je op straat, verstoorde de meest alledaagse momenten met de herinnering aan dagen en tijdstippen waarop je iets had kunnen doen om een tragedie te voorkomen maar ervoor had gekozen niets te doen. Toen je ervoor koos in plaats daarvan met je poppen te spelen. Of spelden in de kaart van Europa te steken, om de voortgang van de troepen te markeren. Of met een knappe jonge luitenant te flirten.

Dat was schuldgevoel.

En als het om rouw ging, ja, dat was misschien een gedeelde emotie. Daar had niemand het monopolie op.

Ik bracht bijna een jaar in het ziekenhuis door, maar herinner me weinig van de eerste maanden dat ik daar zat. Naderhand hebben ze me verteld dat ik aanvankelijk weigerde te praten, bijna niets at, geen boeken las en niet met de andere patiënten omging, en alleen maar in bed naar het plafond lag te staren of in een rolstoel in de tuin naar de vogels zat te kijken. Ik herinner me wel een zekere mate van tevredenheid, het gevoel dat ik eindelijk op een of andere manier aan de wereld had weten te ontsnappen en nu alleen kon zijn met mijn gedachten, totdat ik oud zou worden en verwelken. Dat voelde best aangenaam, ook al was ik nog geen veertig. Waarschijnlijk had ik dertig jaar lang het grootste deel van de tijd naar die rust verlangd, en heb ik al die tijd gedacht dat ik, als ik toch moest blijven leven, maar beter niet kon deelnemen aan het maatschappelijk leven.

Achteraf is het moeilijk te geloven dat het zo lang duurde voordat ik instortte, want dat zat er al tientallen jaren aan te komen. En toen het uiteindelijk gebeurde, lag de directe aanleiding niet in het verleden, maar in het heden. Niet bij mijn broertje, maar bij mijn zoon.

Vanaf het moment dat ik wist dat ik zwanger was, wist ik dat ik een vreselijke moeder zou zijn. De eerste vier maanden ging ik niet eens naar een dokter en ik vertelde het ook niet aan Edgar, want ik hoopte dat ik me vergiste. Ik overwoog een abortus, maar het idee van een smerige pseudo-kliniek in een achterafstraatje joeg me angst aan en ik was al helemaal te laf om me te bezondigen aan ouderwetse huismiddeltjes voor het beëindigen van ongewenste zwangerschappen.

Ik kon alleen maar bidden dat ik een miskraam zou krijgen, maar nee hoor, mijn lichaam moest en zou deze taak volbrengen. Uiteindelijk moest ik Edgar wel vertellen dat hij vader ging worden, en hij was uiteraard in de wolken. Intussen had ik me met het onvermijdelijke verzoend, maar ik hoopte wel dat het kind een meisje zou zijn. Op de dag dat de bevalling begon schreeuwde ik niet zoals andere vrouwen, althans, tot het moment waarop ze me vertelden dat ik was bevallen van een zoon.

Mijn angst was dat hij, naarmate hij groter werd, steeds meer op mijn broertje zou gaan lijken, hetzelfde gedrag zou vertonen of een aantal van zijn eigenschappen zou hebben. Ik had zo veel jaren geprobeerd het verleden te vergeten dat ik op geen enkele manier aan hem wilde worden herinnerd.

Jennifer, de moeder van Edgar, was een grote steun. Ze was niet dol op mij, maar wel op haar zoon en kleinzoon, en zodra ze doorhad dat ik de verantwoordelijkheid die op me afkwam totaal niet aankon, nam ze die heel kordaat over en ze had het fatsoen daar nooit iets over te zeggen. Ik weigerde borstvoeding te geven en ging wandelingetjes met de baby in zijn kinderwagen uit de weg. Ik wilde zo min mogelijk met hem te maken hebben en liet alles aan mijn man en mijn schoonmoeder over.

In zijn eerste jaren waren er heel weinig gelijkenissen – hij leek juist meer op de Fernsby's – maar daarna, toen hij zeven werd, begon ik steeds meer dingen van mijn broertje te herkennen, alleen niet zozeer van fysieke aard. Zijn liefde voor boeken, om te beginnen. Zijn belangstelling voor ontdekkingsreizigers. Zijn drang om naar buiten te gaan en over het boomrijke terrein achter Winterville Court te rennen, dat in die dagen nog niet zo gecultiveerd was als tegenwoordig, en te zien wat daar te ontdekken viel.

Toen Caden negen was kwam er een bouwploeg die aan het werk ging op het terrein achter ons, dat blijkbaar rijp was voor verdere ontwikkeling. De volle bomenwand die ons het gevoel gaf dat we landelijker woonden dan we feitelijk deden, lieten ze wel staan, maar iets verderop zetten ze een hek neer en Caden rende er geregeld heen om door dat hek te kijken, gefascineerd door wat zich aan de andere kant afspeelde. Hij was helemaal in de ban van het sloop- en bouwmaterieel en de werklui met hun gele helmen en reflecterende hesjes.

Het terrein was goed beveiligd, maar toch vond ik het geen prettig idee dat hij er zo vaak was. Het was een lawaaiige plek, een vieze plek, en elke keer dat hij niet naar me luisterde en toch naar dat hek ging, kwam hij terug onder het zand en het stof en moest ik hem in bad doen om hem schoon te schrobben. Hoe boos ik ook op hem werd, het leek hem niet te deren en geen van mijn dreigementen kon hem van die plek weghouden.

En toen, op een dag, was hij simpelweg verdwenen.

Hij was ervandoor gegaan toen hij zijn huiswerk af had en toen ik hem in zijn slaapkamer ging zoeken, wist ik precies waar hij heen was gegaan en ik stormde de tuin door om hem te zoeken, razend dat hij me weer eens niet had gehoorzaamd. Maar toen ik bij het hek kwam, was hij nergens te zien. Ik liep heen-en-weer en riep onderwijl zijn naam, maar er kwam geen antwoord en de mannen aan de andere kant, die in hun werkkleding rondliepen, begonnen naar me te kijken alsof ik gek was geworden. Ik stond op het punt terug te gaan naar Winterville Court en de politie te bellen toen ik een kleine opening aan de onderkant van het hek zag, waar een kind van zijn leeftijd best doorheen zou kunnen kruipen. Het gaas was opgetild van de grond en ik wist onmiddellijk dat hij het bouwterrein op was gegaan.

Eventjes tolde de wereld om me heen en ik dacht dat ik zou flauwvallen. Ik stelde me voor hoe mijn vader en moeder zich hadden gevoeld, al die jaren geleden, toen ze op hun beurt bij een hek hadden gestaan en het stapeltje afgedankte kleren van mijn broertje op de grond hadden ontdekt. Ik probeerde te schreeuwen, ik dacht dat ik Caden had verloren zoals mijn ouders en ik mijn broertje hadden verloren, maar er kwam geen geluid uit mijn mond. Ik trok met mijn handen aan het gaas en kroop erdoorheen. Ik kreeg schrammen in mijn gezicht en aan mijn armen. Toen ik aan de andere kant overeind was gekomen, rende ik kriskras over het terrein en schreeuwde de naam van mijn zoon, terwijl de mannen verbijsterd toekeken.

Na een minuut had ik hem al gevonden. Hij stond bij een van de voormannen, die er kennelijk plezier in had hem aan de hand van een grote plattegrond in detail uit te leggen hoe de bouwplaats er op een dag uit zou zien als het werk voltooid was. Caden had een helm op en had op een of andere manier ook een hesje voor zichzelf gevonden. Ik rende op hem af en riep zijn naam en hij draaide zich weg, bang van mijn heftige gedrag. Ik geef toe dat ik mijn zoon heb geslagen, het was wel de enige keer, maar ik sloeg hem zo hard dat hij op de grond viel.

Veel van wat daarna gebeurde is nog steeds een raadsel voor me. Maar Edgar werd al snel gebeld, daarna een arts, toen werd ik naar het ziekenhuis gebracht en van daaruit naar een psychiatrische kliniek, waar ik een aantal weken kalmerende middelen kreeg en een kamer voor mezelf had. Ik raakte uitgeput door koorts en nachtmerries, ik wist niet of ik nu in het Londen van de jaren zeventig was, of in het Polen van de jaren veertig. Die twee leken samen te smelten. Caden en mijn broertje werden in mijn hoofd één en dezelfde persoon. Vader en Edgar ook. Heden en verleden werden één.

Uiteindelijk werd besloten dat het beter was als ik drie maanden helemaal geen familie zou zien. Ik had uitsluitend met dokter Allenby te maken, die me door mijn ellende heen leidde. Edgar bezocht me tijdens het jaar dat ik was opgenomen tweemaal per week, eerst in dat ziekenhuis en later in de psychiatrische kliniek waar ik het grootste deel van mijn tijd doorbracht. Zijn moeder nam thuis mijn taken waar, zodat ik in alle rust kon herstellen. Er moest veel worden ontrafeld. Berlijn, die andere plek, Parijs, Sydney, Londen. De mensen die mijn pad hadden gekruist. De mysterieuze wreedheid van mijn leven. En toen ik uiteindelijk uit de kliniek kwam, was ik een heel andere vrouw dan de vrouw die was binnengebracht.

Maar in tegenstelling tot zo veel andere mensen kon ik tenminste weer naar huis.

DEEL 2

PRACHTIGE LITTEKENS

LONDEN 2022 / SYDNEY 1953

1

Slechts tien minuten lopen van Winterville Court staat een pub die The Merriweather Arms heet, met een aangename terrastuin aan de achterkant. Zo nu en dan wil ik daar op een warme middag wel eens heen lopen om plaats te nemen onder een van de parasols, een boek te lezen en een of twee glazen rosé te drinken. Het is een prettige afwisseling van de flat, en tegenwoordig ga ik liever niet te ver meer van huis. Een dame op leeftijd die alleen aan zo'n tafeltje zit kan rekenen op enkele verbaasde blikken, maar daar trek ik me niets van aan. Ik maak me allang geen zorgen meer over wat anderen van me denken.

Ik zat daar enkele dagen na de verontrustende middernachtelijke gebeurtenissen op nummer 1. Ik droeg mijn zonnebril op sterkte terwijl ik verderging met Marie Antoinette, die Frankrijk choqueerde met de affaire rond het diamanten halssnoer. De terrastuin was voor ongeveer een derde deel gevuld. Toen ik toevallig opkeek zag ik een actrice, die vooral bekend was om haar toneelwerk, een eindje verderop aan een tafeltje zitten met een man van wie ik, toen ik aandachtiger keek, zeker wist dat het Alex Darcy-Witt was. Het stel was druk in gesprek en zij moest lachen om iets wat hij had gezegd. Misschien omdat ze gewend was voortdurend aangestaard te worden, en zelfs het gevoel had dat ze daar recht op had, beantwoordde ze mijn blik niet, maar hij voelde iets en keek mijn kant op, waarna ik me weer snel verdiepte in mijn boek. Zijn aanwezigheid verontrustte me echter. Ik merkte dat ik steeds dezelfde alinea herlas en dat de woorden nauwelijks tot me doordrongen. Toen er een ober bij me kwam en vroeg of ik nog iets wilde drinken, wilde ik automatisch nee zeggen, maar ik wilde niet langs het stel lopen, veranderde van mening en bestelde nog een glas. Toen de jongen mijn wijn serveerde, zag ik dat achter hem de actrice opstond, Darcy-Witt op beide wangen zoende, waarna ze wegliep en overdreven naar hem zwaaide, op dezelfde manier als ik, à la Dietrich, ooit naar Émile had gezwaaid.

Hij zwaaide niet terug, en het duurde slechts even voordat hij naar mijn tafeltje kwam. 'Neemt u me niet kwalijk,' zei hij.

Ik keek op en deed alsof ik me al die tijd niet bewust was geweest van zijn aanwezigheid.

'Het spijt me dat ik u stoor, maar volgens mij zijn wij buren.'

'Echt waar?' zei ik. 'Weet u het zeker?'

'Ik woon op nummer 1 in Winterville Court. Volgens mij woont u boven mij. Mijn vrouw en zoontje hebt u al ontmoet.'

'O ja, natuurlijk,' zei ik en ik wendde mijn beste acteertalent aan om te doen alsof ik hem niet herkend had.

'Hebt u er bezwaar tegen als ik bij u kom zitten? Er zijn twee dingen in het leven waar ik een hekel aan heb: een halfvol glas bier laten staan en alleen drinken.' Hij lachte alsof dat een geweldige grap was, en omdat ik geen reden kon bedenken om zijn voorstel af te slaan, gebaarde ik naar de stoel tegenover me.

Hij ging zijn glas halen, dat trouwens nog voor twee derde vol was, en ging zitten. 'Heerlijke dag, niet?' vroeg hij, terwijl hij breed lachend om zich heen keek.

'Bijzonder aangenaam.'

'Misschien kunnen we even kennismaken?'

Hij keek me strak aan en ik besefte dat hij wilde dat ik begon. 'Gretel Fernsby,' zei ik en ik stak mijn hand uit.

'Alexander Darcy-Witt,' antwoordde hij. Hij pakte mijn hand en kneep net iets te hard in mijn vingers. 'Alex.' Van dichtbij leek hij minder op Richard Gere.

'Ik begrijp dat u filmproducent bent,' zei ik.

'Voor straf, ja,' zei hij knikkend. 'U zag me waarschijnlijk praten met...' Hij noemde de naam van de actrice die zojuist vertrokken was. 'Ik probeer haar al een hele tijd over te halen de rol van grootmoeder te spelen in een film die ik maak, en ze blijkt een stuk moeilijker te overtuigen dan ik had verwacht. Het is een schitterende filmrol met een geweldige cast, maar ze is bang dat als je eenmaal oudere personages hebt gespeeld, dat het einde van je carrière betekent. Dat er geen weg terug is.'

'Daar heb ik geen verstand van,' zei ik. 'Maar ik heb haar een paar keer op toneel gezien. Ze is ontzettend goed. U mag blij zijn als u haar zover kunt krijgen.'

'Inderdaad,' zei hij en hij nam een slokje bier. 'Vertelt u eens iets over uzelf, Mrs Fernsby. Het is "Mrs", neem ik aan?'

'Dat klopt,' zei ik. 'Hoewel mijn man Edgar enkele jaren geleden is overleden.'

Terwijl ik doorgaans als iemand 'mevrouw' tegen me zegt meteen voorstel dat ze me gewoon Gretel mogen noemen, koos ik daar deze keer niet voor. Ik besloot een zekere afstand te bewaren.

'Wat zou u willen weten?' vroeg ik. 'Als u hoopt mij de rol van grootmoeder te kunnen aanpraten, dan moet ik u helaas teleurstellen. Daar heb ik absoluut geen talent voor.'

Hij glimlachte en leek me stilletjes te zitten beoordelen. 'Woont u al lang in Winterville Court?' vroeg hij.

'Het grootste deel van mijn volwassen leven,' zei ik, hoewel ik het idee had dat hij dat allang wist. Ik vermoedde dat Madelyn alle informatie aan hem had doorgespeeld die ze van mij had gekregen.

'Is het er niet een beetje eenzaam voor een weduwe?'

'Soms,' gaf ik toe. 'Maar dat is toch niet de schuld van het gebouw? Eenzaam zou ik overal kunnen zijn.'

'Maar goed,' antwoordde hij en hij wendde zijn blik af. 'Al die herinneringen. Dat lijkt me heel moeilijk soms. Waren u en meneer Fernsby soulmates?'

Ik was verbaasd door zo'n intieme vraag, weigerde erop in te gaan en kaatste de bal terug. 'Hoezo? Zou u uw relatie met uw vrouw ook zo omschrijven, meneer Darcy-Witt? Als soulmates?'

'Zeg alstublieft Alex,' zei hij. 'Ik hoop inderdaad dat we dat zijn. Ik ben erg gelukkig getrouwd. Nou, u hebt haar ontmoet, dus dan begrijpt u wat ik bedoel. Ik ben ervan overtuigd dat ze de mooiste vrouw is die ik ooit in mijn leven heb ontmoet.'

Ik fronste mijn wenkbrauwen, geërgerd omdat dat blijkbaar het grootste compliment was dat hij voor haar kon bedenken. Schoonheid. Maar op een of andere manier verbaasde het me ook niet echt.

'Henry is een lief joch,' zei ik. 'Voordat jullie hier kwamen wonen, maakte ik me een beetje zorgen over een kind in het gebouw. Die kunnen natuurlijk ontzettend veel herrie maken, maar ik hoor hem nooit. Hij gedraagt zich keurig.'

Alex lacht hoofdschuddend. 'Dan kent u hem nog niet,' zei hij. 'Hij kan absoluut onmogelijk zijn als hij een van zijn buien heeft.'

Het klopte dat ik de jongen nauwelijks kende, maar om een of andere reden had ik daar mijn twijfels over. Het was me duidelijk dat Henry introvert was. Een verlegen jongen, een boekenwurm, rustig.

'Ik ben trouwens blij dat ik u hier toevallig tegenkwam,' zei Alex na een ongemakkelijke stilte. 'Ik vrees dat we u onlangs 's nachts nogal aan het schrikken hebben gemaakt.'

'Ik weet niet wat u bedoelt,' zei ik, want ik wilde absoluut niet de omstandigheden bespreken waar ik getuige van was geweest.

'Dat denk ik wel.'

Ik pakte mijn glas rosé, nam een flinke slok en hoopte dat de alcohol zo snel in mijn bloedbaan kwam dat ik de moed zou krijgen die ik nodig had. Ik keek over zijn schouders. Zonder dat ik het gemerkt had, was de terrastuin bijna leeg. Er zaten nog maar vier mensen, een stukje verderop. Ik merkte dat ik zenuwachtig was.

'Madelyn heeft zo nu en dan van die driftbuien,' vervolgde hij. 'U moet geen verkeerde indruk van haar krijgen, maar dat heeft ze al een paar jaar. Ze slikt er medicijnen voor natuurlijk, maar als ik weg ben, vergeet ze die wel eens in te nemen. Dat beweert ze tenminste. Ik kan er niet achter komen of ze het expres doet. Als ik thuis ben geef ik haar 's ochtends meteen haar pillen en daarna doe ik haar mond open om te zien of ze ze wel heeft doorgeslikt.'

Ik zweeg. Dit was wel een heel bijzonder verhaal. Opnieuw was ik in gedachten terug in het ziekenhuis en herinnerde ik me de ochtend-, middag- en avondrituelen waardoor ik, zo werd me duidelijk gemaakt, weer beter zou worden, maar waardoor ik me in feite alleen maar minder verbonden voelde met de wereld dan daarvoor.

'Hoe dan ook, ik denk dat ze ze al een paar dagen vergeten was in te nemen,' vervolgde hij. 'Maar toen ik terugkwam uit Los Angeles, was ze in alle staten.'

'Juist.'

'Nu gaat het weer goed, hoor.'

'Blij dat te horen.'

'Het laatste waar ik op zat te wachten was een herhaling van het laatste incident.'

Ik probeerde mijn nieuwsgierigheid niet te laten blijken. Ik weigerde iets te vragen en wachtte tot hij bereid was om zich nader te verklaren.

'Henry's arm,' zei hij uiteindelijk. 'Dat was ongeveer twee maanden geleden. Ik was op een filmfestival en in die tijd had ze haar medicijnen niet geslikt. Toen ik terugkwam was er, nou ja, iets heel vervelends gebeurd. Ik denk dat ze een beetje hardhandig met hem is omgegaan. Per ongeluk, natuurlijk. Ze is een geweldige moeder, hoor, als ze zich behoorlijk gedraagt. En ook een geweldige echtgenote,' voegde hij er snel aan toe. 'Als ze zich behoorlijk gedraagt.'

Ik wist niet precies op welk deel van zijn verhaal ik als eerste moest ingaan. 'Heeft ze toen zijn arm gebroken?' vroeg ik verbaasd en vol ongeloof.

'Per ongeluk,' zei hij, terwijl hij vooroverboog en een paar blaadjes van het tafeltje veegde. 'Zoals ik al zei kan Henry behoorlijk lastig zijn, en zelfs totaal onhandelbaar als ik niet thuis ben. Hij weet heel goed dat hij zoiets beter niet kan flikken als ik in de buurt ben. Ik denk dat het van kwaad tot erger werd en toen... krak.' Hij pakte een takje dat op het tafeltje was gevallen en brak het doormidden. 'Kinderbotten kunnen nogal breekbaar zijn, Gretel. We vergeten soms hoe broos ze zijn.'

'Is dat zo?' vroeg ik. Het viel me op dat hij me toch bij mijn voornaam noemde, hoewel ik hem daar niet toe had uitgenodigd.

'Hoe dan ook,' zei hij nadat hij zijn bierglas in één teug had leeggedronken. 'Ik wilde de zaak alleen nader verklaren en je ervan verzekeren dat dit soort dingen niet meer zullen voorkomen.'

'Zoals ik al zei, meneer Darcy-Witt,' antwoordde ik, 'ik heb geen idee waar u het over hebt. Sinds uw komst heb ik niets gemerkt van geluidsoverlast.

Hij glimlachte opnieuw en keek me recht aan. 'Voor iemand die vindt dat ze geen acteertalent heeft beschik jij, schat, over iets waarover elke actrice meer dan wat ook moet beschikken.'

Ik staarde hem aan en moest de vraag wel stellen. 'En dat is?'

'Het talent van het liegen.'

2

In het vroege voorjaar van 1952, toen ik eenentwintig was, maakte ik de lange zeereis van Frankrijk naar Australië. Moeder was drie weken daarvoor overleden, haar lever verteerd door de alcohol en haar geest verziekt door alle ellende die ze had moeten doorstaan, en ik kocht mijn ticket op de dag dat ze begraven werd. Ik wilde zo ver mogelijk weg van Europa en kon uiteindelijk geen verdere bestemming bedenken dan de Tegenvoeters.

Na de traumatische gebeurtenissen in Parijs waren we genadeloos op straat gezet, en de voormalige leden van de Résistance gaven ons te kennen dat ze nog geen kogel aan ons wilden verkwisten. Binnen enkele dagen vluchtten we naar Rouen, onze kaalgeschoren hoofden verborgen onder sjaals. Ik nam Engelse les bij een vrouw uit Norfolk die daar al sinds haar huwelijk woonde, in de wetenschap dat ik die taal moest leren spreken om te kunnen overleven op de nieuwe bestemming die ik had gekozen.

Ik had weinig dingen van waarde, maar had als naaister genoeg gespaard om passage te boeken aan boord van de Fairsea en het als een schitterend avontuur te zien, hoewel je aan boord nauwelijks privacy had. De vrouwen sliepen met hun kinderen tussendeks in enorme slaapzalen aan één kant van het schip, en de mannen hadden hun kooien aan de andere kant. Het was de tijd van het emigreren en veel passagiers waren Brits – het schip was zijn reis begonnen in Southampton – van wie sommigen nog in het zwart gekleed waren vanwege de recente dood van hun koning. Ze waren hun deprimerende vaderland beu, waar de schaarste een armzalige plaatsvervanger was van de vrede van vóór de oorlog. Net als ik hoopten zij op zonneschijn en nieuwe kansen aan de andere kant van de wereld.

De eerste paar dagen heerste er opwinding en optimisme aan boord. Mensen praatten met elkaar en vormden kortstondige, behoedzame vriendschappen, hoewel het niet lang duurde voordat de vermoeidheid intrad, waarna onze reis van twee maanden een humeurig karakter kreeg. Diverse mensen – zowel mannen als vrouwen – kwamen in de geïmproviseerde cellen terecht die officieren benedendeks hadden ingericht, en de stoffelijke resten van minstens zes mensen die de reis niet overleefden werden in lijkwaden gewikkeld en in de oceaan geworpen.

Er ontstonden ook romances, stiekeme relaties die zich 's avonds laat in donkere hoekjes aan boord afspeelden, hoewel ik mij verre hield van dat soort intriges. Het was zes jaar geleden dat ik mijn onschuld had geschonken aan Émile en sindsdien had ik alleen maar angst en wantrouwen gekend jegens elke jongen die ik tegenkwam. Sommigen maakten avances, en ik voelde me soms ook wel tot iemand aangetrokken, maar ik durfde me voor niemand open te stellen. Mijn afwijzingen maakten me even impopulair bij mannen, die me afstandelijk en frigide vonden, als bij vrouwen, die meenden dat ik me te goed voelde voor de jongens aan boord. Ik verlangde naar een eigen hut, waar ik me zou kunnen onttrekken aan hun blikken en geroddel, maar het zou onverantwoord zijn om daar mijn geld aan te besteden. Er wachtte een nieuw leven op me in New South Wales, en ik moest genoeg geld hebben om me daar te kunnen redden.

Na verloop van tijd raakte ik echter bevriend met een Ierse die Cait Softly heette, en we wandelden over de dekken om fit te blijven en gebruikten samen de maaltijden. Ik mocht Cait graag. Ze was maar een jaar ouder dan ik en had Ierland verlaten op zoek naar een beter leven nadat ze ontdekt had dat ze ongehuwd zwanger was. Toen haar vader dat ter ore kwam had hij haar zo hard in haar buik geschopt dat het kind overleed.

Ik hield van de zee. Ik was niet opgegroeid in de buurt van water en vond de zee rustgevend. De matrozen zeiden dat we een rustige overtocht hadden, dat het weer en de golven ons veel gunstiger gezind waren dan vaak het geval was. Zowel Cait als ik had een sterke maag en we hadden geen last van zeeziekte zoals veel opvarenden, maar op stormachtige nachten leek het soms alsof het schip onder water zou verdwijnen. Want hoewel de Fairsea in de haven enorm had geleken, bleek ze op het oneindige landschap van de oceaan toch een speelbal van de elementen te zijn.

Het zoute water deed me vaak pijn. Hoewel ik allang weer een volle haardos had, had ik nog littekens op mijn schedel, en die prikten gemeen als er zeewater op spatte. Gelukkig was mijn haar weer aangegroeid, in tegenstelling tot dat van mijn moeder, die tot aan haar dood dag en nacht een hoofddoek moest dragen. Voor een vrouw die dit het allermooiste aspect van de vrouwelijke schoonheid vond, gold dat elke dag opnieuw als een nare herinnering, als een verwijt, een beschuldiging.

'We gaan toch samen een huisje zoeken, hè?' vroeg Cait op een avond toen we aan de reling naar de zonsondergang zaten te kijken. 'Gewoon voor het gezelschap, bedoel ik, en om elkaar te ondersteunen.'

Daar moest ik over nadenken. Ik was van plan alleen te gaan wonen en niemand in vertrouwen te nemen, maar nu leek het geen gek idee om een vriendin te hebben in dat vreemde land.

'En het is nog goedkoper ook,' vervolgde ze. 'Het enige wat we nodig hebben is een slaapkamer, een zitkamer voor 's avonds en een keukentje.'

'Goed idee,' stemde ik in. 'Heb je er al over nagedacht wat je gaat doen?' vroeg ik. 'Om de kost te verdienen, bedoel ik.'

'Geen flauw idee,' zei ze lachend. 'Heb jij een vak geleerd? Ik kan een beetje zingen en ik kan drankjes inschenken. Barmeisje lijkt me leuk. Het contact met de mensen. Papa had een pub, weet je, die smerige ouwe klootzak, en zodra ik een zwabber kon vasthouden moest ik helpen schoonmaken.'

'Ik kan naaien,' zei ik. 'Dat is het wel zo'n beetje.'

'Er is altijd werk voor naaisters,' zei ze en ze knikte instemmend. 'Er is altijd vraag naar bepaalde beroepen, of het nou goed of slecht gaat in de wereld, en naaister is zo'n beroep. Net als begrafenisondernemer.'

Ik glimlachte. Ze haalde een pijpje uit de zak van haar jurk en stak het op. Toen ik haar dat de eerste keer had zien doen was ik nogal geschokt, maar nu vond ik het wel amusant en ik vond de rook lekker ruiken: een bedwelmende mengeling van rozen, kruidnagel en kaneel.

'Wil je een trekje proberen?' vroeg ze. Ze nam er zelf een paar en bood me toen het pijpje aan.

'Nee, dank je.'

'Daar word je groot en sterk van.'

Er kwamen een paar jongemannen langsgelopen en toen een van hen naar ons floot, stuurde Cait ze met een botte opmerking weg. Ik was niet zo zelfverzekerd. Ze maakte vaak een praatje met de mannen aan boord, die om haar heen zwermden als vliegen om een strooppot. Ik mocht dan knap zijn, maar Cait was beeldschoon. Ze was bijna een meter tachtig lang en had het lichaam van een pin-up-girl. Buitengewoon atypisch was dat haar lange dikke haar niet rood maar zwart was, en hoewel ze het slechts zelden kon wassen, leek het elke dag te glanzen.

'Ga jij daar op zoek naar een man, denk je?' vroeg ze op een avond, en ik schudde mijn hoofd.

'Nee,' zei ik, waarna ik met mijn beste Greta Garbo-accent vervolgde: 'Ik wil alleen zijn.'

'Mannen zijn duivels,' zei ze aan haar pijp lurkend. 'Ik kan er helemaal niets mee.'

'En die vent die...?'

Ik keek naar haar nu lege buik, en ze schudde het hoofd.

'Dat was schorriemorrie,' zei ze. 'Een minderwaardig figuur. Hoe ik die ooit zijn gang heb kunnen laten gaan, is mij zelfs een raadsel. Nee, wat mij betreft blijven die kerels voorgoed bij me uit de buurt. Dan worden we een paar oude vrijsters, hè?'

Hoewel ik glimlachte, sprak het idee me niet aan. Ondanks mijn wantrouwen jegens mannen voelde ik wel degelijk de behoefte om verliefd te worden en te trouwen. Ik durfde dit nauwelijks aan mezelf toe te geven, laat staan aan Cait, maar toen ik die avond in slaap viel droomde ik van een Australiër die me in zijn armen zou sluiten en zou zeggen dat hij me eeuwig zou liefhebben, als ik hem dan ook zou liefhebben, en dat het hem niets kon schelen wie ik was of wat ik had gedaan omdat het verleden niet belangrijk was en alleen de toekomst telde.

'Nou, wanneer ga je het me vertellen?' vroeg Cait op onze laatste avond aan boord toen de bemanning zich nog één keer onder ons mengde en de laatste kisten wijn werden geopend.

'Wat vertellen?' vroeg ik.

'Het geheim dat je verbergt. Ik weet dat je een geheim hebt. Dat wist ik vanaf het begin. Maar je kunt me vertrouwen, hoor. Ik oordeel niet. Ik heb zo mijn eigen lijken in de kast. Meer dan er op een kerkhof liggen.'

'Ik weet niet wat je bedoelt,' zei ik en ik vroeg me af of de enorme schaamte voor wat er op die andere plek gebeurd was zo vanzelfsprekend aan me af te zien was.

'Dat weet je best, dus je hoeft niet tegen me te liegen. Maar dat geeft niets. Je hoeft het niet te vertellen als je niet wilt. Maar op een dag vertel je het me heus wel, als we aangeschoten zijn. En dan vertel ik jou het mijne ook.'

'Heb jij een geheim?'

'Ja, natuurlijk.'

'Vertel op dan.'

'Geen sprake van, dametje. Dat komt nog wel, met een beetje mazzel.'

We stonden hand in hand op de ochtend dat de Fairsea Watson's Bay binnenvoer langs het rotsachtige schiereiland waar de gouverneursvrouw van New South Wales ooit zat te kijken naar het schip met veroordeelde gevangenen die hier hun straf kwamen uitzitten. In tegenstelling tot hen waren wij geen gevangenen. Wij waren vrije mensen. Maar omdat er misschien wel meer dan duizend passagiers aan boord waren, moest je je bijna wel afvragen wat voor talloze zonden wij bij elkaar opgeteld hadden begaan waardoor we dit verafgelegen oord hadden gekozen om onze handen en zielen schoon te wassen.

Toen het schip eindelijk zijn anker neerliet en er een luid gejuich opsteeg onder passagiers en bemanning, vroeg ik me af of ik werkelijk vergeving zou vinden in dit jonge werelddeel. Diep in mijn hart wist ik dat er wel iets meer voor nodig was dan zestienduizend kilometer om absolutie te krijgen.

3

‘Het heet Autumn Valley,’ zei Caden, en hij gaf me een brochure van de woongemeenschap voor senioren. Ik bladerde hem snel door. Er stonden veel foto’s in van opvallend aantrekkelijke ouderen die bijna hysterisch van vreugde leken, alsof hun hele leven slechts een voorspel was geweest voor hun reis naar dit Utopia. ‘Ze hebben er leesclubs en naaikransjes. Filmvoorstellingen en…’

‘Winter Valley lijkt me een toepasselijker naam, vind je niet?’ vroeg ik en ik keek hem aan. ‘De bewoners bereiken het laatste seizoen van hun leven, zogezegd, in plaats van dat ze alleen maar merken dat het wat vroeger donker wordt.’

‘Dan zou het er nogal mistroostig uitzien,’ antwoordde hij. ‘Het oogt bijzonder aantrekkelijk, vind je niet?’

‘Ben je van plan daarheen te verhuizen?’ vroeg ik. ‘Daar ben je veel te jong voor, je bent pas eenenzestig, maar als je het nodig vindt dan moet je het vooral doen. Ben je al langer van plan om naailes te nemen?’

Hij glimlachte. ‘Ha ha,’ zei hij. ‘Je hebt gezegd dat je erover zou nadenken, mama.’

Ik gaf hem de brochure terug en schonk ons allebei nog een kop thee in. ‘En ik heb er ook over nagedacht,’ zei ik, ‘en ik heb besloten dat het niets voor mij is.’

‘Eleanors oom is in Autumn Valley komen wonen,’ vervolgde hij, ‘en volgens hem is het de beste beslissing die hij ooit genomen heeft.’

'Het verbaast me dat je hem niet meegenomen hebt om me te overtuigen.'

'Dat kon niet. Hij is dood.'

'Zie je nou wel,' zei ik en ik leunde triomfantelijk achterover in mijn stoel. 'Vroeg of laat gaan we allemaal dood, maar in dat soort tehuizen geven de mensen gewoon de geest. Nee, sorry, Caden. Mijn besluit staat vast en ik wil niet dat dit gesprek zich eindeloos blijft herhalen. Ik ga niet weg uit Winterville en daarmee is de kous af. En ik heb liever niet dat je er met Oberon Hargrave over praat. Ik wil mijn zaken liever privé houden.'

Hij deed zijn best zo onschuldig mogelijk te kijken. 'Ik weet niet wat je –'

'Jawel, dat weet je best, hou je maar niet van de domme. Vergeet niet dat ik je je hele leven al ken en dat je geen geheimen voor me hebt. Jij en hij spelen onder één hoedje. Jullie proberen twee oude dames uit hun huis te zetten en daar doe ik niet aan mee. Als ik totaal de kluts kwijt ben of begin te beweren dat Margaret Thatcher nog steeds premier is, dan mag je me laten weghalen door de mannen in de witte jassen. Maar tot die tijd blijf ik hier mooi zitten. En daarmee basta.'

Hij kende me goed genoeg om te weten dat als ik eenmaal een besluit had genomen, ik daar niet meer van af te krijgen was.

'En wat je zakelijke problemen betreft,' vervolgde ik, 'daar heb ik ook eens over nagedacht en ik heb besloten dat ik bereid ben een investering te doen.'

'O?' vroeg hij opgetogen. 'Hoeveel?'

'Dat vind ik nou zo leuk aan jou, Caden,' zei ik. 'Niet om de hete brij heen draaien. Altijd recht voor zijn raap.'

'Ja sorry, maar ik...'

'Geeft niets. Ik plaag je alleen maar.' Dat was niet helemaal waar; hij kon echt schaamteloos zijn. 'Hoe ernstig zijn je problemen, op een schaal van een tot tien? Eerlijk antwoorden, alsjeblieft. Niet te hebzuchtig, graag.'

Hij dacht lang na voordat hij antwoord gaf. 'Ik denk zeker zes,' zei hij. 'Maar een zes kan zomaar een acht worden als ik niet snel dingen verander.'

Ik knikte, liep naar mijn bureau en haalde mijn chequeboekje uit de bovenste la. Ik keek door het raam naar de straat, zag Heidi staan praten met Madelyn Darcy-Witt en wilde weten waar ze het over hadden. Ik keek aandachtig naar hen en hoopte dat ze voelden dat ze geobserveerd werden, maar toen wierp Madelyn haar hoofd lachend achterover. Dat vond ik nogal vreemd, aangezien Heidi niet bekendstond om haar geestigheid. Ik nam plaats aan het bureau, maar voordat ik begon te schrijven wierp ik een blik op mijn zoon, die met een schaamteloze gretigheid toekeek.

'Ik dacht aan honderdduizend pond,' zei ik, terwijl ik de dop van mijn vulpen schroefde. 'Kun je daar voorlopig van rondkomen, denk je?'

Zijn gezichtsuitdrukking vertoonde een merkwaardige mengeling van opluchting en teleurstelling. Misschien had hij minder verwacht, misschien ook meer. Maar het was een aanzienlijk bedrag. Wel tien procent van mijn persoonlijke nettowaarde, nog afgezien van de verkoopwaarde van de flat.

'Dat is geweldig genereus van je,' zei hij. 'Het helpt enorm. Ik betaal het natuurlijk terug, zodra...'

'Dat is niet nodig,' zei ik, terwijl ik het bedrag invulde en de cheque tekende. 'Uiteindelijk erf je toch alles, dus we noemen het gewoon een voorschot, goed? Maar meer dan dit kan ik je nu niet geven, Caden, is dat duidelijk? Ik heb een appeltje voor de dorst, maar dat is niet erg groot, en dit neemt daar een flinke hap uit. Dus ga er verstandig mee om.'

Hij was zo fatsoenlijk om ietwat genegeerd te kijken toen ik hem de cheque overhandigde – het moet voor een man van zijn leeftijd toch nogal vernederend zijn om te komen bedelen bij zijn moeder – en ik ging weer in mijn fauteuil zitten.

'Dus ik neem aan,' zei ik, terwijl hij de buitgemaakte cheque dubbelvouwde en in zijn portefeuille stopte, 'dat het huwelijk gewoon doorgaat?'

'Ja, hoor,' antwoordde hij. 'Maar we hebben besloten het klein te houden. Niet te veel gedoe. Alleen familie en een paar goede vrienden.'

'Heel verstandig,' zei ik goedkeurend. Cadens vorige huwelijken waren altijd een beetje extravagant, alsof hij aan anderen moest bewijzen hoe succesvol hij wel niet was. Maar als hij nu werkelijk zo krap zat als hij beweerde, dan zou hij zich niet kunnen veroorloven om met geld te smijten.

'We denken over een week of zes,' vervolgde hij, 'bij de burgerlijke stand. Ik hou je wel op de hoogte. Ik neem aan dat je deze keer wél komt, toch?'

'Doe niet zo raar,' zei ik. 'Ik heb er maar één gemist.'

Hij knikte, keek me aan en plotseling barstten we beiden in lachen uit. Dat duurde zeker een minuut, en ik moest een zakdoek tevoorschijn halen om mijn tranen te drogen. Op dat soort momenten, als ik hem kon plagen en hij dat nog leuk vond ook, voelde ik dat er een zekere mate van verbondenheid tussen ons was.

'Je bent een verschrikkelijk mens,' zei hij hoofdschuddend, en ik was het met hem eens. Hij keek om zich heen in de kamer, zuchtte diep, en ik vroeg me af of hij stond te overwegen hoelang hij nog moest blijven nu onze financiële bespreking was afgerond. 'O ja, wat ik nog wilde vragen,' zei hij uiteindelijk. 'Hoe gaat het met de nieuwe buren?'

'Het is een vreemd stel,' zei ik. Het lijkt wel alsof zij steeds met haar hoofd in de wolken loopt, en hij lijkt me nogal een bullebak. Of misschien komt het door zijn werkomgeving. Je leest zo vaak over die intimiderende filmproducenten, hè? Over hoe ze hun personeel terroriseren en jonge kwetsbare actrices kwellen en afzeiken. Misschien behandelen ze hun gezinnen met eenzelfde soort minachting.'

'En het kind?'

'Rustig. Ik vind hem wel aardig.'

'Mooi zo. Ik weet dat je niet goed overweg kunt met jongetjes.'

Ik keek hem aan, maar uit niets in zijn uitdrukking bleek dat hij me opzettelijk had willen kwetsen. Toch begreep ik goed waarom hij het zei. Uiteindelijk wisten we allebei dat ik allesbehalve een ideale moeder was geweest en ik wist dat hij vreselijk gepest was toen zijn vriendjes ontdekten dat zijn moeder was opgenomen in wat zij het 'gekkenhuis' noemden.

Toen hij even later wegging zoende hij me op mijn wang en bedankte me dat ik hem uit zijn financiële problemen had geholpen.

'Heel graag gedaan,' zei ik. 'Maar als ik hoor dat jij en Oberon ook maar één keer met elkaar hebben getelefoneerd, dan trek ik die cheque terug. Dus je bent gewaarschuwd.'

'O, mama,' zei hij met een knipoog en een glimlach. 'Dan zou het toch al te laat zijn. Dit geld staat binnen een uur op mijn rekening.' Hij huppelde de trap af, voor zover een man met zijn omvang kan huppelen, en ik ging glimlachend naar binnen. Als hij die opmerking niet had gemaakt dat ik niet zo goed kon omgaan met kinderen, dan zou het een van onze aangenaamste ontmoetingen in jaren zijn geweest.

4

Omdat ik daarvoor alleen in Noord-Europa had gewoond, was ik niet voorbereid op de drukkende hitte in Sydney. Mijn bleke huid verbrandde door het felle zonlicht, mijn getekende schedel schroeide en wekenlang was ik, waar ik me op dat moment dan ook bevond, tegen het middaguur zo uitgeput dat ik in slaap viel en vervolgens 's nachts urenlang wakker lag.

Cait en ik vonden een appartementje in Kent Street, vlak bij de haven, in een houten Queenslander-huis met een veranda rond de hele bovenverdieping. De benedenverdieping werd bewoond door drie vrijgezelle broers van middelbare leeftijd die elke ochtend vroeg het huis verlieten gekleed in arbeiderstenue en pas 's avonds laat dronken thuiskwamen. Aanvankelijk was ik bezorgd dat ze Cait of mij lastig zouden vallen, maar in feite negeerden ze ons vrijwel volledig, afgezien van bijtende, misprijzende opmerkingen zo nu en dan over vrouwen, en met name vrouwen die het lef hadden zelfstandig te wonen zonder de bescherming van een vader of echtgenoot.

Er was ruim voldoende werkgelegenheid en ik vond een baantje aan het noordelijke uiteinde van George Street in een dameskledingzaak die geleid werd door een vrouw die ongeveer twintig jaar ouder was dan ik en Miss Brilliant heette, wat ik een prachtige naam vond. Miss Brilliant – ik heb nooit haar voornaam kunnen achterhalen – had de winkel geërfd van haar moeder, en toen ze me dat vertelde moest ik denken aan Émile en zijn erfenis, maar ik probeerde die herinnering weer zo snel mogelijk te vergeten. Dus ik was uiteindelijk toch een winkelmeisje, zei ik bij mezelf toen ik de baan kreeg. Precies datgene waar Moeder me altijd te goed voor had gevonden.

Ik had niet het gevoel dat Miss Brilliant geschikt was voor de omgang met haar clientèle. Ze verachtte de gewone arbeidersvrouwen die het grootste deel van onze klantenkring uitmaakten en van wie de meesten zich slechts een paar keer per jaar een nieuwe rok, blouse of paar nylons – de enkele keer als we die op voorraad hadden – konden veroorloven. Ze had wat je zou kunnen noemen bepaalde ambities en schotelde mij en haar overige personeel verhalen voor over de chiquere zaken in Sydney, waar rijke dames winkelden en wier clientèle ze veel liever zou hebben.

Het gebeurde niet vaak dat een Aboriginal-vrouw het waagde de winkel te betreden, maar het kwam wel eens voor. Ook zwarte vrouwen en soms emigranten van de Samoa-Eilanden of Papoea Nieuw-Guinea. Miss Brilliant noemde hen altijd 'zwartjoekels' en grauwde onvriendelijk als er een binnenkwam. Ze vroeg op strenge toon van hen wat ze wilden en zei dat ze goed in de gaten werden gehouden, en dat ze hen zou laten oppakken als ze iets meepikten. Ze had er natuurlijk geen enkel bezwaar tegen om hun geld in ontvangst te nemen, maar altijd met een paar zijden handschoentjes aan. Als zo'n klant vertrokken was, stopte ze het geld niet in de kassa maar gaf het papier- en kleingeld aan mij en stuurde me de winkel uit om het onmiddellijk bij de bank op haar rekening te storten.

Terwijl ik me staande hield onder het bewind van Miss Brilliant, vond Cait een baan naar haar hart in een pub genaamd Fortune of War, aan de rand van de haven met uitzicht helemaal tot Bennelong Point waar ooit, lang nadat ik weer uit Australië vertrokken was, het Sydney Opera House zou worden gebouwd. De pub had een open voorgevel en in het midden was een lange bar die helemaal van voor naar achteren liep, met aan beide zijden hoge krukken. Mannen kwamen er na het werk bij elkaar, genoten van de koele bries die vanaf het water naar binnen waaide en goten de ene na de andere pul ijskoud bier naar binnen. Achterin bevond zich een klein vertrek met een aantal tafeltjes waar de jongere mannen met hun meisjes gingen zitten. Ondanks de lange dagen die ze maakte genoot Cait van het werk en al snel werd ze de lieveling van de stamgasten, niet alleen omdat ze er goed uitzag maar ook omdat ze gevat was en iedereen het gevoel gaf dat hij welkom was. Onze werktijden liepen nogal uiteen, maar dat beviel ons allebei prima: omdat zij tot laat werkte, had ik 's avonds het appartement voor mezelf, en omdat ik mijn dag altijd vroeg begon kon zij 's ochtends genieten van haar privacy. Het was prima geregeld.

Als ik behoefte had aan gezelschap, ging ik na mijn werk naar de bar, dronk een paar glaasjes en maakte soms zelfs een praatje met een van de andere gasten. Een oude man genaamd Quaresby, die beweerde dat hij had meegewerkt aan de bouw van de Harbour Bridge, kreeg een oogje op me en kwam vaak op de kruk naast mij zitten. Hij noemde me altijd 'schatje' en probeerde dan een hand op mijn been te leggen, maar ik liet hem duidelijk merken dat ik daar niet van gediend was. Toen ik een keer uit het damestoilet kwam, stond hij bij de deur te wachten en probeerde hij me weer naar binnen te duwen met de smoes dat hij me iets belangrijks moest vertellen, maar ik weigerde en duwde hem tegen de muur, waarop hij zijn hoofd tegen de hoek van een schilderij stootte. Daarna liet hij me met rust, negeerde me een maand en begon toen weer vriendelijk te doen, alsof er nooit iets onbehoorlijks tussen ons was voorgevallen.

Op een van die avonden, misschien acht maanden na mijn aankomst, toen ik op mijn vaste plekje zat, gaf Cait me een envelop met haar helft van de maandelijkse huur, die ik op weg naar huis wilde afgeven bij de huisbaas. Aan de overkant van de bar zat een man met een geelbruin jagershoedje op, en naast hem zat een joch van een jaar of zeven. Zijn zoontje, nam ik aan. Ik had ze hier allebei vaker gezien. Cait had me verteld dat de man vaak na zijn werk hier kwam en zijn zoontje meenam. Het kind kreeg dan een glas jus d'orange. Het was duidelijk dat hij ervan genoot samen met de volwassenen aan de bar te zitten. Ik zat het geld in de envelop te tellen toen ik de stem hoorde van een andere man aan de zijkant van de bar bij de gelagkamer.

'Nog een James Boags graag, Miss,' zei hij.

'Komt eraan,' antwoordde Cait, die zich omdraaide, naar de bierkranen liep en het bestelde glas bier tapte. Zonder te weten waarom spande elke vezel en zenuw in mijn lichaam zich aan.

'Warm vandaag, hè?' vervolgde de man vriendelijk, terwijl Cait zijn glas tot de rand vulde en het hem opgewekt voorzette.

'Ze zeggen dat het dit weekend nog heter wordt. Dan wordt het hier een soort sauna. Verder nog iets, schat?'

'Nee, dank je,' antwoordde hij.

'Waar smaakt bier naar?' vroeg de jongen, en de man aarzelde even.

'Je mag het wel even proeven,' zei hij, 'maar misschien wil je vader dat niet.'

'Hij gaat zijn gang maar,' zei de andere man, 'als hij ziek wil worden moet-ie dat zelf weten.'

'Goed dan, kleine man,' antwoordde de eerste, 'één slokje dan.'

Het was die uitdrukking – 'kleine man' – waardoor ik mijn maag voelde samenkrimpen en me moest vasthouden aan de rand van de bar. Ik wilde me omdraaien maar durfde niet, en in plaats daarvan hield ik mijn ogen gericht op mijn schoenen. De man had zijn uiterste best gedaan om zijn accent te verhullen, maar ik hoorde de Duitse ondertoon.

Nadat de man betaald had kwam Cait bij me terug en keek me

verbaasd aan. 'Gretel,' zei ze bezorgd. 'Wat is er gebeurd? Je ziet eruit alsof je een geest hebt gezien.'

Toen pas keek ik langzaam op en durfde ik naar de overkant van de bar te kijken. De man was verdwenen, hij was teruggegaan naar de kleine ruimte achter de bar, en vanaf waar ik zat kon ik hem niet zien. Toch bleef ik naar de houten wand staren die ons van elkaar scheidde, alsof ik op die manier een gat in het timmerwerk kon branden en zijn gezicht aan de andere kant zou herkennen.

'Gretel,' herhaalde ze. 'Wat is er, lieverd? Wil je wat water? Wacht even, ik haal wel even een glas.'

Even later kwam ze terug met een glas water met ijsblokjes en ik dronk het helemaal leeg.

'Het gaat wel weer,' zei ik. Maar de woorden stokten in mijn keel. 'Ik had… ik had ineens zo'n raar gevoel, dat is alles.'

'Hangt de rode vlag uit?' vroeg ze wat zachter.

'Ja, zoiets.'

'Tja, en dan die hitte op de koop toe,' zei ze en ze keek heel bezorgd. Ze stak haar arm uit om mijn voorhoofd te voelen, maar ik weerde haar af. Ik hield er niet van te worden aangeraakt.

'Je wordt toch niet ziek, hoop ik?' vroeg ze. Misschien kun je beter naar huis gaan en even gaan liggen.'

Ik knikte en kwam moeizaam overeind. 'Ja, ik denk dat ik dat ga doen,' zei ik. 'Maak je geen zorgen. Het komt wel goed.'

Cait werd weer geroepen en ze keek me nog even indringend aan voordat ze haar klanten ging bedienen. Ik pakte mijn spullen bij elkaar, maar besefte dat ik niet zomaar kon vertrekken zonder het zeker te weten. Het was onmogelijk, probeerde ik mezelf te overtuigen. We waren immers vele duizenden kilometers verwijderd van Europa, en van Polen. Hij kon het onmogelijk zijn. Maar die stem, die klonk zo bekend. Ik bleef kalm, hoopte dat niemand me zou opmerken, liep langzaam naar de gelagkamer en bleef in de schaduw bij de deur staan. Ik keek om me heen totdat mijn blik op de man viel die alleen aan een tafeltje zat, met zijn rug naar me toe. Zijn dikke blonde haar was keurig gekamd en hij droeg een smetteloos kostuum. Hij las een krant, dronk van zijn bier en leek zich vooralsnog niet bewust van mijn aanwezigheid.

Een ogenblik later hief hij echter zijn hoofd op en hij keek niet om maar wel een beetje naar opzij, zodat ik iets van zijn profiel zag. Als hij al doorhad dat hij bekeken werd, dan was hij niet van plan zich te vertonen aan zijn toeschouwer. Hij bleef doodstil zitten en mijn adem stokte in mijn keel. Ondanks de mensen en gesprekken om me heen had ik op dat moment het gevoel dat hij en ik de enige twee aanwezigen waren. Hij bleef in dezelfde houding zitten, en hij kon voelen dat mijn ogen op hem gericht waren. Maar hij keerde zich nog steeds niet om. Op zeker moment hield ik het niet meer uit. Ik keerde me om en liep naar buiten, de straat op.

Ik wist het natuurlijk niet helemaal zeker. Ik had alleen een stem gehoord en een gedeelte van een profiel gezien, maar diep vanbinnen was ik ervan overtuigd dat hij het was.

5

De heftigheid waarmee er werd aangeklopt verraste me, en ik zat ineens rechtop in mijn stoel. Ik had naar een oude film op tv zitten kijken, maar die was nogal saai zodat ik in slaap was gesukkeld. Maar door het bonzen was ik plotseling weer klaarwakker en ik liep naar de deur, waar ik een verwarde Heidi had verwacht die om hulp kwam vragen voor een of ander huishoudelijk probleempje. Tot mijn verrassing was het echter niet mijn buurvrouw van de overkant van de hal, maar van de verdieping onder me.

'Madelyn' zei ik. Ik bekeek haar van top tot teen en het leek alsof zij en niet ik zojuist ruw uit haar slaap was gewekt. Haar haar zat in de war, haar blik stond wazig en haar mascara was uitgelopen. Ze wekte een slonzige, onverzorgde indruk. 'Is alles goed met je?' vroeg ik.

'Ik ben hem vergeten,' antwoordde ze met dubbele tong. 'Ik ben Henry vergeten.'

Het was duidelijk dat ze had gedronken, en ik keek op mijn horloge. Tien voor drie. Ik vroeg me af hoe laat ze begonnen was met drinken.

'Lieverd,' zei ik, terwijl ik een stap terug deed. 'Wil je even binnenkomen? Wil je misschien een kop koffie?'

'Ik ben Henry vergeten,' herhaalde ze. 'Helemaal vergeten.' Ze rilde en lachte nerveus, met haar hand voor haar mond. 'Je vindt me vast de ergste moeder ter wereld.'

‘Dat vind ik helemaal niet,’ zei ik, zonder precies te begrijpen wat ze bedoelde. ‘Je bent hem vergeten? Hoezo ben je hem vergeten?’

‘Van school,’ zei ze en ze wierp een blik omhoog door het trappenhuis naar de bovenverdieping van Winterwille Court, waar een gelauwerde schrijver en een prominente literaire criticus tegenover elkaar woonden, die schreven om elkaar dwars te zitten. ‘Hij is om drie uur uit. Dat haal ik nooit. Ik voel me niet goed, Gretel, ik moet weer naar bed.’

‘O jeetje,’ antwoordde ik en ik vroeg me af waarom ze mij in deze kwestie betrok, hoewel ik het met haar eens was dat slapen nu waarschijnlijk de beste remedie voor haar was. ‘Heeft hij geen sleutel? Ben je bezorgd dat hij er niet in kan? Ik kan wel een oogje in het zeil houden, hoor, als hij…’

‘Ik wil dat je hem ophaalt,’ zei ze. ‘Hij mag niet alleen naar huis lopen. Hij is te jong. Iemand zou hem kunnen ontvoeren.’

Ik staarde haar aan. Het was bizar dat ze van mij verwachtte dat ik de verantwoordelijkheid op me zou nemen om haar kind thuis te brengen. Ik was zijn oma niet. Had ze geen vrienden of familie die ze in dit soort situaties om hulp kon vragen?

‘Je man,’ zei ik. ‘Meneer Darcy-Witt. Waar is die?’

Ze liet haar ogen rollen. ‘Joost mag het weten. Ergens in een hotelsuite, neem ik aan. Voor audities met actrices.’ Het uitspreken van het woord ‘audities’ ging gepaard met aanhalingstekens in de lucht.

Ik fronste mijn voorhoofd. Ik dacht dat dit soort gedrag sinds enkele jaren niet meer voorkwam. ‘En kun je hem niet bellen?’ vroeg ik. ‘Heeft hij geen mobiele telefoon?’

‘Nee,’ zei ze en ze werd nu steeds angstiger. ‘Ik bedoel, ja, natuurlijk heeft hij er een, maar ik kan hem niet bellen. Hij wil absoluut niet dat ik hem overdag bel. Bovendien vermoordt hij me als hij hoort dat ik hem vergeten ben.’ Ze was geërgerd en zei hoofdschuddend:

'Dat ik Henry vergeten ben, bedoel ik. Niet Alex. Sorry, volgens mij is het niet meer te volgen wat ik zeg.'

'Lieverd, ik ben eenennegentig,' zei ik en ik was zelf verbaasd dat ik mijn leeftijd als excuus gebruikte om ergens onderuit te komen. 'Je kunt toch niet van mij verwachten dat ik dwars door Londen ga sjouwen op zoek naar een jongetje? Je kunt vast wel iemand anders vragen.'

'Er is niemand anders,' zei ze. Ze ademde zwaar door haar neus, alsof ze zichzelf onder controle probeerde te krijgen. 'Ik mag geen eigen vrienden of vriendinnen hebben, namelijk,' vervolgde ze, en toen begon ze weer te lachen. 'Die had ik vroeger wel, natuurlijk. Een heleboel. Vrienden en vriendinnen. Maar hij zegt dat ze jaloers op me zijn en dat ze achter mijn rug om over me lopen te roddelen. Ze gunnen ons het licht in de ogen niet, zegt hij. Is er ooit wel eens iemand jaloers op jou geweest, Gretel?'

'Niet dat ik me kan herinneren,' zei ik. 'Ik ben nooit het soort vrouw geweest dat afgunst opriep bij anderen.'

'Ik weet zeker dat je beeldschoon was toen je jonger was,' zei ze en ze bekeek me van top tot teen. Ze glimlachte nu, en heel even dacht ik dat ze zou omvallen. 'Dat zie ik aan je gezicht. Je hebt nog een gave huid voor iemand die stokoud is.' Ze fronste haar wenkbrauwen en legde een vinger op haar lippen. Op haar gezicht verscheen een verwarde uitdrukking. 'Wat kwam ik hier ook alweer doen?' vroeg ze. 'Dat ben ik helemaal vergeten.'

'Henry,' herinnerde ik haar. 'Hij moet van school worden gehaald.'

'Kut, dat is ook zo,' zei ze, en ik huiverde een beetje bij dat woord. Ze verhief haar stem en schreeuwde het nog eens luidkeels door het trappenhuis.

Aan de overkant opende Heidi haar deur en keek naar buiten. 'Wat is hier aan de hand?' vroeg ze. Om een of andere onverklaarbare reden had ze een rood papieren mutsje op, waarschijnlijk uit een Christmas cracker, maar Kerstmis was al maanden geleden.

'Niets, Heidi,' zei ik en ik wuifde haar weg. 'Ga maar weer naar binnen. Gewoon veel gedoe om niks.'

'Wie is dat?' vroeg ze en Madelyn draaide zich geërgerd om.

'Heb je niet gehoord wat Gretel zojuist zei?' snauwde ze. 'Ze zei dat je weer naar binnen moet gaan en je met je eigen zaken moet bemoeien.'

Ik sloot even mijn ogen. Natuurlijk had ik dat laatste niet gezegd, maar naar Heidi's uitdrukking te oordelen geloofde ze dat wel degelijk. Ze trok zich met een gekwetste blik terug in haar flat. Ik besloot later bij haar langs te gaan in de hoop dat ze het allemaal alweer kwijt was. Eén voordeel van haar ziekte was dat ze zulke nare opmerkingen snel weer vergeten was.

'Ik heb een hekel aan bemoeiallen,' zei Madelyn en ze keerde zich weer naar mij toe. 'Dus kun jij hem voor me ophalen, Gretel?' vroeg ze. 'Ik zou het graag zelf doen, maar ik denk niet dat ik daar nu toe in staat ben. Als jij het niet doet, is hij helemaal alleen en wordt hij bang.'

Ik zuchtte. Dit was echt te veel gevraagd, vond ik, maar het was duidelijk dat ik geen keus had. Je kon zo'n arm joch toch niet de rest van de middag in zijn eentje op zijn moeder laten wachten? Als je moest geloven wat er allemaal in de krant stond, liep er allerlei gespuis rond dat eropuit was dat soort kinderen te ontvoeren met allerlei vreselijke bedoelingen.

'Goed dan.' Ik zuchtte diep. 'Op welke school zit hij?'

Ze noemde de naam en het adres, die ik op een blocnote schreef. Het was niet ver weg, maar ik was niet van plan te gaan lopen, vooral niet omdat de reisklok op mijn schoorsteen het hele uur had geslagen en de kinderen op dat moment waarschijnlijk net de school verlieten.

'Wat ontzettend aardig van je,' zei Madelyn, die zich omdraaide en de trap af liep. Ze hield zich stevig vast aan de leuning en ik keek haar na en hoopte dat ze niet zou vallen.

'Misschien geef ik hem wel wat te eten,' riep ik nog. 'Misschien wil je liever niet dat hij je ziet in deze toestand. Vind je dat goed?'

'Ja, hoor,' zei ze zonder om te kijken. 'Dat is erg aardig van je. Ik denk dat ik een dutje ga doen. Wat een toestand was het vandaag!'

Ik ging terug naar mijn flat, deed mijn schoenen en jas aan, pakte mijn tas en wierp een snelle blik op mijn gezicht in de spiegel. Ik had geen idee wat dat arme kind zou denken als hij zag dat ik hem van school kwam halen, en ik besefte dat ik een overtuigende reden moest bedenken om mijn aanwezigheid te verklaren.

Toen ik Winterville Court verliet en de eerste de beste taxi wilde aanhouden, kwam Madelyn plotseling weer naar buiten gerend en duwde me bijna omver. Ze had alweer een nieuw glas ingeschonken, waar de wijn bijna uit klotste. 'Niets tegen hem zeggen,' fluisterde ze, terwijl ze mijn arm vastgreep. De uitdrukking op haar gezicht was om kippenvel van te krijgen. Ik kon me niet herinneren wanneer ik voor het laatst iemand had gezien die zó bang was. 'Beloof me dat je hem niets vertelt.'

'Ik vertel heus niets, hoor,' zei ik geërgerd, terwijl ik haar wegduwde. 'Ik zeg gewoon dat je een afspraak had die je niet kon afzeggen. Dat gelooft hij heus wel. Kinderen op die leeftijd geloven vrijwel alles wat je ze vertelt.'

'Henry niet,' siste ze en ze liet haar ogen rollen alsof ik de stomste vrouw ter wereld was. 'Alex. Zeg niets tegen Alex. Hij vermoordt me. Ik meen het. Hij is echt in staat me te vermoorden.'

6

'Wat ben je kregelig,' zei Cait op een zondagmiddag toen we een lange wandeling in de stad maakten in de richting van North Head. Het was een koele dag, maar ik had toch een zonnehoed opgezet, bang als ik was dat de zon pijn zou doen aan mijn verborgen littekens. 'Wat is er aan de hand met je?'

'Niks,' zei ik, maar aan mijn toon moet ze duidelijk hebben gehoord dat ik loog.

'Er is wél iets,' zei ze. 'Is het een kerel? Ben je soms verliefd op iemand of zo?'

Ik schudde nee. Ik dacht inderdaad aan een man, maar niet op de manier die zij bedoelde.

'Weet je het zeker? Want meestal gaat het om een kerel,' zei ze, terwijl ze verder liep. Ze had lange benen en zij was degene die meestal het tempo bepaalde op onze wandelingen. Ik moest mijn uiterste best doen om haar bij te houden. 'Niet dat je veel keus hebt in die winkel van je. Er komen alleen maar vrouwen, toch?'

'Ja,' zei ik.

'Geluksvogel,' antwoordde ze. Ik fronste en wist niet precies wat ze daarmee bedoelde. 'Die kerels misdragen zich zó in de pub,' legde ze uit. 'Niet een van hen kan tegen drank. Vier of vijf biertjes en dan is het zover, dan beginnen ze met verhalen over wat hun vaders hebben gedaan bij Gallipoli in de Eerste Wereldoorlog, en vervolgens in de Tweede, en je wilt echt niet geloven in welke toestand ze de toiletten achterlaten als ze er zo aan toe zijn. Terwijl ze alleen maar hoeven te richten en schieten… Het is me een raadsel waarom geen van hen doel treft. Laat staan hoe ze met een geweer konden omgaan. En wie kan na afloop al die troep weer opruimen? Ondergetekende, natuurlijk.'

Ik lachte. Cait praatte graag afkeurend over haar klanten, maar ik heb haar nooit horen klagen over haar werk.

'Ik wilde je eigenlijk iets vragen over iemand,' zei ik aarzelend, terwijl we langs de rotsige kaap liepen.

'O ja?'

'Toen ik vorige week de huur bij je kwam ophalen was er een man die me opviel.'

'Lelijke jokkebrok,' zei ze. 'Je zei dat het niets te maken had met een man en nu vraag je me naar een –'

'Nee, zo zit het niet,' onderbrak ik haar. 'Ik heb totaal geen… romantische belangstelling voor hem.' Klopte dat wel? Daar was ik niet helemaal zeker van. 'Je kent natuurlijk de meeste klanten daar wel, hè?'

'Nou ja, de stamgasten,' gaf ze toe. 'Zo blijft het gezellig.'

'De man die ik zag…'

'Aan de bar?'

'Nee, in de gelagkamer.'

'Aha, daar zit een ander soort klanten. De arbeiders zitten allemaal aan de bar omdat ze willen flirten met mij en de andere meiden terwijl we de drankjes inschenken. De bazen, de rijke gasten, die met stropdassen om, die zitten allemaal achterin omdat ze rustig hun krantje willen lezen. Ik serveer hun drankjes en ze zeggen meestal niet veel. Hoe zag-ie eruit, die kerel van je?'

'Misschien eind twintig,' zei ik. 'Lang, slank, dik blond haar. Heel knap.' Ik dacht na of ik nog een andere omschrijving van hem kon geven, maar ik kon alleen maar herhalen wat ik zojuist had gezegd. 'Heel knap,' herhaalde ik.

‘Een Australiër?’

‘Nee. Hoewel hij zijn best deed wel zo te klinken. Midden-Europees, schat ik. Duits.’

Ze knikte. ‘Ik weet wie je bedoelt,’ zei ze. ‘Een soort vaste klant. Hij praat niet veel. En hij is geen Duitser. Toen hij een keer op zijn drankje stond te wachten terwijl er een nieuw fust werd aangeslagen, vroeg hij waar ik vandaan kwam en ik zei uit Cork. En ik stelde hem dezelfde vraag.’

‘En wat zei hij?’

‘Praag.’

Ik trok een wenkbrauw op. Hij was net zo weinig Tsjechisch als ik.

‘Hij komt hier twee keer per week, op woensdag en vrijdag. Kun je de klok op gelijkzetten,’ vervolgde Cait. ‘Altijd op hetzelfde tijdstip, rond kwart over zes, dus ik vermoed dat hij dan recht van zijn werk komt. Iemand zei dat hij bankier is. Zo ziet hij er ook wel uit.’

Ik knikte. Dat leek me typisch het soort beroep voor Kurt. Het bood alles wat belangrijk voor hem was. Macht. Invloed. Geld. ‘En weet je ook hoe hij heet?’

‘Kozel,’ antwoordde ze. ‘Dat is zijn achternaam. Zijn voornaam weet ik niet. Heb je een oogje op hem, is dat het? Want dan maak je geen kans. Hij is getrouwd. Ze is hier een keer geweest, piekfijn gekleed. Ze leek wel een filmster.’

‘Was ze Australisch?’ vroeg ik, terwijl ik het beschamende gevoel probeerde te negeren dat ik zowaar jaloers was dat er zo’n vrouw bestond.

‘Ja, ik geloof het wel.’ Ze bleef stilstaan en keek me recht aan, met haar handen in de zij. ‘Wat is dit allemaal, Gretel?’ vroeg ze. ‘Had je een verhouding met hem waar ik niets van weet? Dan heb je dat goed geheim weten te houden.’

Ik aarzelde. Ik was dol op Cait, we waren al snel goede vriendinnen geworden, maar ik piekerde er niet over om iemand de geheimen van mijn verleden te vertellen. We spraken zelden over de oorlog, en ik had het gevoel dat we geen van beiden wilde praten over hoe we die vreselijke jaren waren doorgekomen. Maar zelfs als we een bloedband hadden gehad, had ik haar of wie dan ook niet de waarheid over mijn kindertijd kunnen vertellen.

'Nee, zo is het niet,' zei ik hoofdschuddend. 'Ik ben gewoon... Het is dom van me, ik weet het. Maar hij doet me denken aan iemand, dat is alles.'

'Iemand die je graag mocht?'

'Ja,' gaf ik toe. 'Iemand die ik erg graag mocht.'

'Nou, als ik je een goede raad mag geven...' zei ze. Ze draaide zich om en we liepen terug in de richting van waar we gekomen waren. 'Blijf dan bij hem uit de buurt. Hij is erg beleefd, dat geef ik meteen toe. Ik heb nooit problemen met hem gehad, zoals met sommige anderen. En hij is inderdaad knap, als dat je smaak is. Niet de mijne. Maar er is iets aan hem, iets waar ik een beetje bang van word. En je kent mij inmiddels goed genoeg, Gretel, om te weten dat ik niet gauw bang ben. Maar die kerel? Die deugt niet.'

7

Misschien had ik niet verbaasd moeten zijn dat je tegenwoordig niet zomaar een school kunt binnenlopen, een willekeurige leerling kunt uitkiezen en die mee naar huis nemen. Blijkbaar willen de docenten merken dat je een bepaalde band hebt met het kind.

Mijn taxi stopte voor Henry's school om twintig over drie, maar hij was in geen velden of wegen te zien. Ik betaalde de chauffeur, keek om me heen en vroeg me af of hij over straat zwalkte op zoek naar zijn moeder, maar de straat was verlaten en dus besloot ik me naar de receptie te begeven, waar ik werd begroet door een jonge vrouw achter een glazen scherm, die opkeek toen ik haar naderde. 'Waarmee kan ik u van dienst zijn?' vroeg ze, en ik keek om me heen in de hoop dat ik niet te veel details zou hoeven te vertellen.

'Mijn naam is Gretel Fernsby,' zei ik, 'en ik ben op zoek naar Henry Darcy-Witt. Ik kom hem ophalen om hem naar huis te brengen.'

Ze ging met vinger langs een stapel documenten die voor haar lag, pakte de telefoon, tikte drie getallen in en mompelde iets wat ik door het glas niet kon horen. Nadat ze de hoorn had neergelegd, gebaarde ze dat ik plaats kon nemen in een van de vier kleurrijke fauteuils die in de receptie stonden.

Ik besloot niet te gaan zitten, maar bekeek in plaats daarvan de klassenfoto's aan de muur. Men had ervoor gekozen enkele van de oudste foto's op te hangen, en ik staarde naar de spookachtige gezichten van jongens die begin jaren dertig negen of tien moesten zijn geweest. Ze zaten allemaal volmaakt stil en kaarsrecht, handen in de schoot en met ernstige gezichten. Aan de zijkant stond steeds een andere docent, gekleed in cape en hoed en met een potloodsnorretje. Het was moeilijk naar ze te kijken zonder te denken aan de wereld waarin ze waren opgegroeid. Al die jongens moesten volwassen geworden zijn in de tijd dat de Führer zijn tanks Polen in stuurde. Ze hadden waarschijnlijk hun eerste vriendinnetje en dachten aan de carrières die ze zouden nastreven op het moment dat Chamberlain terugkeerde naar Londen met de belofte van '*peace for our time*'. Ik stak mijn hand uit en raakte met mijn wijsvinger zonder na te denken de wangen van die verloren jongens aan. Het zachte geroezemoes van de school veranderde in het geluid van de treinen die 's avonds laat aankomen. Het gehuil van jongens en meisjes die van hun ouders gescheiden werden. En dan die andere jongen, de jongen die ik maar één keer had ontmoet, op het moment dat hij een stapeltje kleding jatte. Hij had me gesmeekt hem niet aan te geven. 'Hij vermoordt me,' had hij gezegd. Ik staarde hem aan en vroeg hem wie hij bedoelde. Hij keek voorbij de hut naar de auto waarin Kurt op mijn vader zat te wachten. Ik had nog nooit zo'n doodsangst gezien als in de ogen van die jongen. Hoe heette hij? Hij heeft het me verteld, en die naam had ik jarenlang onthouden. Daarna had ik tientallen jaren lang geprobeerd hem te vergeten.

Achter me klonk een stem. Ik schrok op uit mijn gemijmer en draaide me om.

'Mevrouw... Ferns, nietwaar?' vroeg een jonge zwarte man met een groene pullover aan. Hij was zo jong, met zulke gladde wangen, dat je moeilijk kon zien of hij leerling of leerkracht was.

'Fernsby,' corrigeerde ik hem. 'Gretel Fernsby. Ik ben hier om...'

'Is alles goed met u?' vroeg hij. Ik keek hem verbaasd aan.

'Ja, volgens mij wel,' zei ik. 'Hoezo?'

'Wilt u misschien een zakdoekje?' vroeg hij.

'Wat moet ik met een zakdoek?'

Hij leek bijna gegeneerd door mijn vraag. 'Omdat u huilt,' zei hij.

Ik voelde aan mijn wangen en die waren inderdaad nat van de tranen. Was ik gaan huilen terwijl ik die foto's bekeek? Waarschijnlijk wel, hoewel het me verbaasde dat ik daar niets van had gemerkt. Geschokt en zelfs enigszins bang haalde ik een papieren zakdoekje uit mijn tas, droogde mijn ogen en besloot niet te reageren. 'Ik kom hier voor Henry Darcy-Witt,' zei ik tegen hem toen ik mezelf weer in de hand had.

'Ja, ik ben Henry's leraar,' zei hij en daarmee was mijn vraag over zijn positie in elk geval beantwoord. 'Jack Penston.'

'Aangenaam kennis te maken, meneer Penston,' zei ik. 'Het spijt me dat ik zo laat ben, maar ik moest eerst een taxi vinden en toen...'

'Het punt is dat Henry's moeder hem meestal ophaalt,' zei hij.

'Ja, dat weet ik, maar ik vrees dat ze zich vandaag niet lekker voelt,' zei ik en ik keek langs hem heen in de hoop het kind uit de schaduw tevoorschijn te zien komen. Ik hield niet van scholen en wilde hier geen minuut langer doorbrengen dan noodzakelijk was. Er hing een bekende lucht, een mengeling van schoolkrijt, rubber, ontsmettingsmiddel en jongens, en dat alles vormde een geur die me tegenstond.

'Er is haar toch niets ernstigs overkomen, hoop ik?' vroeg hij.

Ik schudde mijn hoofd. 'Nee, nee,' antwoordde ik. 'Ze is onwel geworden, dat is alles. De tijd van de maand.' Doorgaans bleek die uitdrukking voldoende te zijn om mannen het zwijgen op te leggen, maar Penston bleef onaangedaan, en dus was ik gedwongen verder te gaan. 'Ik heb haar aangeraden te gaan slapen. Ik woon in hetzelfde gebouw als de Darcy-Witts, namelijk. In het appartement boven dat van hen. Ik neem aan dat ze nu slaapt,' vervolgde ik, in de wetenschap dat dit niet het geval was. Volgens mij lag Madelyn languit op de sofa een fles wijn leeg te drinken. 'Ze heeft me gevraagd Henry van school te halen.'

'Juist,' zei Penston. Hij fronste zijn voorhoofd enigszins en wreef over de plek waar misschien ooit zijn baard zou groeien. 'Alleen staat u niet op de lijst, Mrs Fernsby.'

'Wat voor lijst?'

'De lijst met geaccordeerde mensen. Ouders stellen een lijst op met volwassenen die hun zoons van school mogen halen. De meesten zijn grootouders, soms een oom of tante. Iemand die ze vertrouwen.'

'O,' zei ik en ik knikte. 'Nee, daar zal ik wel niet op staan.'

'Nee,' beaamde hij.

'Maar ze heeft het me beslist gevraagd,' verzekerde ik hem. 'Dat zweer ik.'

'Daar twijfel ik geen moment aan,' zei hij. Hij stak zijn hand uit alsof hij mijn arm wilde aanraken, maar bedacht zich. Hij maakte een zenuwachtige indruk. Ik vermoedde dat hij niet gewend was aan het afwijzen van verzoeken van oudere dames. 'Maar u moet begrijpen dat ik Henry niet met u kan laten meegaan zonder toestemming van de ouders.'

Ik knikte. Dit was niet onredelijk, maar het was wel een probleem. Eindelijk zag ik aan het einde van de gang een hoofdje om de hoek verschijnen, en ik glimlachte toen ik hem zag, opgelucht dat hij ongedeerd was.

'Hallo, Henry,' zei ik en ik zwaaide naar hem.

Hij glimlachte en zwaaide terug. 'Hallo, Mrs Fernsby,' antwoordde hij, niet in het minst verbaasd om mij daar te zien.

'Nou, in elk geval weet u nu dat ik ben wie ik zeg te zijn,' zei ik tegen meester Penston. 'Maar ik heb ook mijn busabonnement bij me, als dat soms helpt.'

'Dus je kent Mrs Fernsby?' vroeg de leraar, die mijn opmerking negeerde en zich tot Henry richtte.

'Haar slaapkamer is boven de mijne,' zei hij. 'Ik kan het horen als ze het licht uitdoet en gaat slapen. Wij zijn vriendjes.'

Ik staarde hem aan, lichtelijk verbaasd dat hij mij als zodanig beschouwde. Wat de geografie van het gebouw betreft had hij ook gelijk. Het was logisch dat mijn slaapkamer boven de zijne lag, omdat de indeling van onze flats precies hetzelfde was, en ik na Edgars dood naar de kleinere slaapkamer was verhuisd.

'Ik bel mevrouw Darcy-Witt even, als u het niet erg vindt,' zei Penston en ik knikte instemmend, hoewel ik me afvroeg of ze een samenhangend gesprek zou kunnen voeren. Hij verdween achter het glazen scherm, zocht op een computer het juiste telefoonnummer, pakte een telefoon en tikte het nummer in.

Henry kwam bij me staan en keek me aan. 'Waar is mama?' vroeg hij.

'Mama is thuis,' antwoordde ik. 'Ik moest even mijn benen strekken, want ik ben honderdzesentwintig jaar oud en ik krijg artrose als ik de hele dag stilzit. Ik vroeg haar of ik jou mocht ophalen en thuisbrengen, gewoon voor wat lichaamsbeweging, en ze was zo lief om dat goed te vinden. Jij vindt het toch niet erg, hè?'

Hij kneep zijn ogen tot spleetjes en leek niet geheel overtuigd. 'U bent toch niet echt honderdzesentwintig jaar, hè?' vroeg hij.

'Ik word binnenkort honderdzevenentwintig,' zei ik. 'Kun je dat niet zien? Toen ik nog een meisje was, bestonden er nog niet eens jongens. Die zijn pas uitgevonden in de jaren zestig.'

Hij giechelde en leek te twijfelen of hij me wel of niet moest geloven. Hij stak een hand naar me uit, maar net als zijn leraar bedacht hij zich. Hoe zou dat komen? vroeg ik me af.

'Zal ik mijn jas en tas halen?' vroeg hij, en ik knikte.

'Doe maar,' zei ik. 'Als meneer Penston klaar is met bellen, geeft hij ons vast en zeker toestemming om te vertrekken.'

Hij spurtte de gang door, en ik voelde de vreemde aanvechting om hem te volgen om te zien hoe klaslokalen er tegenwoordig uitzien. Totaal anders, stelde ik me voor, dan de harde houten schoolbanken en strenge rijen zoals tijdens mijn schooltijd in Berlijn. En Jack Penston leek veel levendiger dat Herr Liszt, de docent die ons elke dag kwam bezoeken toen we op die andere plek woonden.

De deur naar de receptie ging open en meester Penston kwam achter het glas vandaan. 'Alles is in orde,' zei hij glimlachend.

'O, mooi zo,' zei ik opgelucht. 'Sliep ze niet?'

'Nou, ik kon mevrouw Darcy-Witt niet te pakken krijgen,' zei hij. 'Ze nam niet op. Dus in plaats daarvan heb ik Henry's vader gebeld.'

Ik probeerde mijn bezorgdheid niet te laten blijken uit mijn blik, hoewel ik duidelijk de uitdrukking op Madelyns gezicht voor me zag en de angstige toon hoorde waarop ze had gezegd: *Zeg niets tegen Alex. Hij vermoordt me. Ik meen het. Hij is echt in staat me te vermoorden.*

'Juist,' zei ik. 'En hij stemde ermee in dat ik de jongen ophaal?'

'Hij klonk verbaasd, maar vond het verder goed. De volgende keer als ik mevrouw Darcy-Witt zie zal ik vragen of we u voortaan ook op de geaccordeerde lijst kunnen zetten.'

'O, dat hoeft niet, hoor,' zei ik toen Henry weer verscheen in een dichtgeknoopte jas en met een rugzak om die evenveel moet hebben gewogen als hijzelf. 'Dit zal niet vaker voorkomen. Het was een noodgeval, meer niet.'

Henry zwaaide ten afscheid naar zijn meester terwijl we de gang door liepen op weg naar buiten. De ogen van de dode jongens op de foto's volgden me, met elke stap die ik zette.

'En nu even een taxi vinden,' zei ik toen we buiten waren.

'Ik dacht dat u wilde lopen,' antwoordde Henry, 'vanwege uw artrose.'

Ik keek naar het kleine joch. Hem ontging niets, dat moest ik toegeven.

En ook dacht ik: Shmuel. Zo heette die jongen. Op die andere plek. De jongen die me gesmeekt had niet tegen Kurt te zeggen dat hij kleren had gestolen.

Hij vermoordt me, had hij gezegd.

Ja, dat was het.

Shmuel.

Een naam als een briesje.

8

Cait had gezegd dat de man die ze meneer Kozel had genoemd twee keer per week in de Fortune of War kwam, dus de volgende woensdag meldde ik me zogenaamd ziek en vroeg of ik eerder naar huis mocht. Miss Brilliant wantrouwde winkelmeisjes die met zo'n verzoek kwamen, omdat ze dacht dat die zich gewoon thuis wilden omkleden voor een rendez-vous met een vriendje, dus om mijn verzoek kracht bij te zetten, liep ik de hele ochtend heen en weer naar het toilet, zodat ze begreep dat ik niet helemaal lekker was. Maar tegen het einde van de middag, toen ik vroeg of ik mocht vertrekken, nam ze me mee naar haar kantoortje, waar ze me van top tot teen kritisch bekeek en haar blik vooral richtte op mijn buik.

'Is er iets wat je me wilt vertellen?' vroeg ze met een ernstig gezicht en een achterdochtige ondertoon in haar stem.

'Alleen dat ik bij het ontbijt waarschijnlijk iets verkeerds heb gegeten,' zei ik. 'Ik weet zeker dat het morgen weer over is. Ik moet gewoon vroeg naar bed, dat is alles.'

'Ik wil één ding heel duidelijk maken, Gretel,' zei ze, en ze hield haar gevouwen handen voor zich, alsof ze in gebed was. 'Ik vraag niet veel van mijn meisjes, alleen maar eerlijkheid, punctualiteit, goede persoonlijke hygiëne en beleefdheid tegenover onze klanten. Maar dit is een fatsoenlijke zaak en ik heb geen emplooi voor een medewerkster zonder ring aan haar vinger die een ongelukje krijgt.'

Ik staarde haar aan, verbijsterd door deze preek. Ik had de uitdrukking 'ongelukje' nog nooit gehoord en had geen idee wat ze bedoelde. 'Pardon?' zei ik.

'Verwacht je een kerstcadeau?' vroeg ze en ik vroeg me af of ze gek was geworden. 'Want als dat het geval is, dan zou ik het op prijs stellen als je me dat nu vertelt, zodat ik op zoek kan gaan naar een vervangster voor jou.'

'Het spijt me, Miss Brilliant,' zei ik en de uitdrukking op mijn gezicht moet duidelijk hebben gemaakt dat ik geen idee had waar ze het over had. 'Ik weet niet...'

'Krijg je soms een baby?' snauwde ze me toe en ik werd vuurrood van schaamte bij het idee.

'Nee!' riep ik. 'Nee, natuurlijk niet. U hebt het helemaal verkeerd!'

'Maar je bent de hele ochtend al onwel en...'

'Miss Brilliant, ik verzeker u dat ik niet in verwachting ben. Het is volstrekt onmogelijk, tenminste, voor zover ik de principes van de biologie heb begrepen. Ik ben zeer proper op mezelf. Mijn maag is gewoon van streek, dat is alles.'

Kennelijk geloofde ze me nu en ze leek opgelucht. Ze had zelfs het fatsoen om ietwat gegeneerd te kijken toen ze me toestemming gaf om weg te gaan. Terwijl ik mijn jas en tas pakte en George Street in liep, moest ik tegen wil en dank lachen om het misverstand. Ik had in mijn hele leven maar één minnaar gehad – Émile – en onze enige gepassioneerde avond had zeven jaar geleden plaatsgevonden. Ik kreeg heus wel aandacht van mannen, maar ik ging er nooit op in, ook niet als ik wel verlangens had. En dat was niet vanwege morele bezwaren, maar eenvoudigweg omdat ik mannen niet durfde te vertrouwen, ik kon het niet. Ja, ik had ook behoeftes, en de jongemannen in Sydney waren stoer, knap en zongebruind. Ik keek graag naar ze en verlangde soms naar intimiteit, maar ik hield me altijd in. Ik was ervan overtuigd dat ik me de rest van mijn leven zou moeten inhouden.

Even voor zessen liep ik naar de Fortune of War, maar ik ging nog niet meteen naar binnen. In plaats daarvan besloot ik de ingang van een afstandje in de gaten te houden, dus ik stak de straat over en wachtte bij de trappen die naar het lagergelegen First Fleet Park leiden. Op dat tijdstip was het druk op straat, en bij The Rocks stroomden mannen naar binnen die er na het werk een paar uur wilden doorbrengen met vrienden, bier drinken en roddelen, zonder dat er een opzichter in hun nek stond te hijgen. Ik was bezorgd dat ik Kozel in die drukte wellicht over het hoofd zou zien, maar het feit dat het bijna allemaal arbeiders waren, gekleed in korte broek en hemd, betekende dat hij waarschijnlijk meteen zou opvallen.

En dat was ook zo. Ik had nauwelijks een kwartier staan wachten toen ik hem aan zag komen. Hij had een aktetas bij zich en droeg een hoed, wat absoluut overbodig was in dit klimaat. Hij was alleen, hield even stil bij een kiosk om een krant te kopen, betaalde met wat muntgeld en bleef even staan om de krantenkoppen te lezen. Daarna vouwde hij de krant dubbel, stopte hem onder zijn arm en betrad de pub. Ik zag dat hij, voordat hij naar de gelagkamer achterin liep, een drankje bestelde aan de bar.

Ik had eerder die dag wel gedaan alsof ik misselijk was, maar nu was ik het echt. Mijn maag draaide zich een aantal malen om terwijl ik overwoog wat ik zou doen.

Ik kon weglopen, voorgoed Caits pub mijden, en hopen dat zijn en mijn wegen elkaar nooit meer zouden kruisen.

Ik kon naar binnen gaan en een praatje met hem aanknopen. Maar wat moest ik zeggen, na al die tijd? Terwijl we allebei deden alsof we andere mensen waren dan we waren.

Uiteindelijk ademde ik diep in en uit en stak de straat over. Mijn tred was zo onzeker dat ik bijna tegen een tegemoetkomende auto aan liep. Ik stak zelfs mijn hand niet op bij wijze van verontschuldiging en liep rechtdoor naar binnen voordat ik van gedachten kon veranderen. Cait was nergens te zien, maar haar collega Ben begroette me hartelijk van achter de bar en vroeg of ik een biertje wilde. Ik knikte, hield me ondertussen vast aan de houten tapkast en keek toe terwijl het koele gouden vocht bruisend in het glas gleed, legde een paar munten op de bar en liep met mijn bier naar de gelagkamer.

Hij was de enige aanwezige en ook nu zat hij rustig zijn krant te lezen. Ik liep naar de andere hoek, ging zitten en tuurde naar het tafelblad voordat ik besloot zijn richting in te kijken. Ik had nu geen enkele twijfel meer. Hij was het. Bijna tien jaar ouder, zeker, maar van een vergissing was kon geen sprake zijn.

Hij voelde dat mijn blik op hem gericht was, keek even op en toen naar mij. Ik wachtte af of zijn gezichtsuitdrukking zou veranderen, maar nee, hij leek me niet te herkennen. Sterker nog, hij glimlachte even, alsof hij gewend was dat jonge vrouwen met bewondering naar hem keken, en knikte bij wijze van groet. Ik voelde dat ik bloosde. Hij las verder, de zelfvoldane grijns nog steeds op zijn gezicht, maar even later veranderde er iets. Hij keek me nog eens aan, heel even maar, en zijn glimlach verdween langzaam en maakte plaats voor een harde trek rond zijn kaken, alsof hij zijn tanden krachtig op elkaar klemde. Op zijn tafel lag een goedkope pen, en na wat een eeuwigheid van stilte tussen ons leek, pakte hij de pen, schroefde de dop los en begon iets te schrijven op de bovenrand van zijn krant.

Nu was ik echt gespannen. Ik wilde mijn glas pakken, maar mijn handen trilden zo dat ik het glas omstootte. Het viel, brak in stukken en het bier vloeide over de tafel. Ben kwam er onmiddellijk aan, veegde met een vaatdoek de tafel droog en kletste vriendelijk tegen me over alledaagse dingen zonder dat er ook maar één woord tot me doordrong. In plaats daarvan staarde ik naar de grond, en pas toen hij weer vertrokken was en de glasscherven had meegenomen, durfde ik weer op te kijken naar die andere tafel.

Maar die was inmiddels verlaten en ik bevond me alleen in de gelagkamer. De hoed en tas van de man waren verdwenen, en het enige wat overbleef van zijn aanwezigheid waren de krant en de pen.

Ik stond op, liep naar zijn tafel en pakte de krant. Hij had geen woorden geschreven; het was eerder een soort tekening. Aanvankelijk begreep ik het niet. Het leek slechts een verzameling lijnen die elkaar horizontaal en verticaal kruisten. Maar toen viel mijn oog op iets wat grassprieten onder aan de tekening leken zijn, en toen wist ik wat hij bedoelde. Het was een boodschap aan mij. Of een waarschuwing.

Want Kurt Kotler, de voormalige *Untersturmführer* op die andere plek, persoonlijk assistent van mijn vader, en de eerste jongen op wie ik verliefd was geworden, had een hek getekend.

9

Wat geef je een jongen van negen te eten?

Het was vele tientallen jaren geleden dat ik een kind in mijn flat had gehad, en ik had geen idee wat een jongen als Henry lekker zou vinden, dus ik pocheerde een paar eieren, legde die op toast met wat witte bonen in tomatensaus ernaast, en hij leek volkomen in zijn sas met deze simpele maaltijd. Ikzelf drink liever halfvolle melk, maar hij trok een vies gezicht toen hij het proefde, dus in plaats daarvan gaf ik hem een blikje Fanta, waarvan ik een aantal in de koelkast bewaar voor wanneer mijn bloedsuikerspiegel wat laag is, en daar was hij erg blij mee.

Ik zat naast hem met een kop thee en keek toe terwijl hij at. Toen we thuiskwamen bij Winterville Court had ik naar de ramen van zijn eigen flat gekeken in de hoop dat Madelyn niet op ons zou liggen wachten en hem in haar dronken toestand per se mee naar huis zou willen nemen. Maar alles was rustig daar, dus ik nam hem mee naar boven en schreef een briefje waarin ik uitlegde waar hij was, en dat schoof ik onder de voordeur van de Darcy-Witts door. Ik maakte me zorgen om wat er zou gebeuren als ze wakker werd. Ze had duidelijk gemaakt dat de vader van de jongen onder geen beding mocht weten dat ik hem van school zou halen, maar – ook al had ik daar geen rol in gespeeld en kon ik mezelf niets verwijten – hij was nu wel volledig op de hoogte.

'Vind je het lekker?' vroeg ik, en Henry keek me met een tevreden grijns aan. Het viel me op dat hij zijn rechterarm ietwat voorzichtig bewoog en ik vroeg me af of die nog gevoelig was, ook nu het gips verwijderd was.

'U kunt heerlijk koken, Mrs Fernsby,' antwoordde hij op zo'n volwassen toon dat ik erom moest lachen.

'Dit is niet echt koken, hoor,' legde ik uit. 'Iedereen kan zoiets klaarmaken. Krijgen jullie op school niet te eten?'

'Er is wel een kantine,' zei hij en hij trok een vies gezicht. 'Maar ik kan daar niks eten. Het smaakt allemaal naar braaksel.'

'O jeetje! Wat schotelen ze jullie dan voor?'

'Kipnuggets,' antwoordde hij. 'Pasta. Pizza. En er staan grote schalen met groenten, maar die zijn altijd verschrompeld.'

'In mijn tijd moest je je eigen eten mee naar school nemen,' zei ik. 'Maria maakte elke morgen twee *halve hahntjes* voor me klaar en die stopte ze in een bruine papieren zak met een appel voordat ik van huis ging.'

'Wie is Maria?'

'Een jonge vrouw die bij ons thuis werkte toen ik nog klein was,' zei ik ten slotte. 'Een dienstmeisje zou je haar kunnen noemen. Mensen hebben tegenwoordig geen dienstmeisjes meer, maar toen hadden families met geld er minstens één. Soms wel meer.'

Hij dacht hierover na en begon langzamer te eten. 'Mijn papa heeft héél veel mensen die voor hem werken,' vertelde hij toen.

'Dat zijn waarschijnlijk assistenten,' zei ik. 'Of secretaresses, misschien. Dienstmeisjes werken in huis. Ze maken de bedden op en houden het huis schoon. En in ons geval maakte ze de lunch klaar voor mijn broertje en mij.'

Deze verklaring voldeed. Maar hij was nog niet klaar. 'En wat is halve... halve...'

'Halve hahntjes,' herhaalde ik. 'Maria kwam uit Keulen, namelijk, en daar is dat een populaire snack, eigenlijk heel eenvoudig:

een broodje gevuld met kaas, augurken en uien. En ontzettend lekker.'

'Ik hou niet van kaas, ik hou niet van augurken en ik hou niet van uien,' zei hij beslist.

'Dan hou je waarschijnlijk ook niet van halve hahntjes,' zei ik. Hij lachte en ging verder met zijn witte bonen in tomatensaus.

'Hebt u hier een dienstmeisje?' vroeg hij even later en ik schudde mijn hoofd.

'Nee hoor, die heb ik niet nodig. Uiteindelijk woon ik hier alleen. Sinds mijn kindertijd heb ik geen dienstmeisje meer gehad.'

'En waar is Maria nu?'

Ik staarde hem aan. Ik wist het antwoord op die vraag niet en in feite had ik jarenlang niet aan haar gedacht. Nadat Moeder en ik die andere plek hadden verlaten, ging ze met ons mee tot Berlijn, waar we afscheid van elkaar namen. Moeder wilde dat ze bij ons bleef, maar ze maakte heel duidelijk dat ze daar niet over piekerde. Ze zei een paar onaardige dingen en ik was gechoqueerd door de enorme minachting die ze had gevoeld voor mijn ouders. Als Moeder niet bang was geweest om de aandacht op zichzelf te vestigen, dan weet ik zeker dat ze haar een klap zou hebben gegeven. Maar ondanks dat incident miste ik haar aanvankelijk, hoewel er nadat we in Parijs waren aangekomen geen tijd was om aan dat soort luxe te denken.

'Ik vrees dat ik tientallen jaren geleden het contact met haar heb verloren,' zei ik. 'Ze is vast allang dood. Als ze nog leeft zou ze bijna honderd zijn.'

'De koningin is ook bijna honderd,' zei Henry.

'Ja, maar de koningin heeft veel mensen om zich heen die haar helpen. Dat maakt haar leven een beetje comfortabeler. Bovendien vermoed ik dat ze onsterfelijk is.'

'Wat is dat, onsterfelijk?'

'Dat betekent dat je nooit doodgaat.'

Hij trok een wenkbrauw op. 'Iedereen gaat dood,' zei hij.

'Dat is waar. Iedereen gaat dood.'

Hij nam zijn laatste happen en schoof het bord glimlachend van zich af. 'Daar heb ik echt van genoten,' zei hij, en hij klonk als een volwassene in het lichaam van een kind – hij maakte zelfs draaiende bewegingen met zijn hand over zijn buik terwijl hij achteroverleunde – en nu was het mijn beurt om te lachen.

'Daar ben ik blij om,' zei ik en ik stond op om zijn bord in de gootsteen te zetten. 'Ik neem aan dat je nog wel een toetje lust?'

'Heel graag,' zei hij stralend.

Ik ging op zoek in een andere kast, zeker wetend dat ik nog wat van zijn gading had, en opende een pak chocoladekoekjes. Ik gaf hem er eentje, bedacht me en gaf hem er nog een.

'Dank u wel,' zei hij en hij knabbelde als een muis aan de randjes om het chocoladelaagje eraf te snoepen. Ik ging weer zitten en keek naar hem. Hij leek zo autonoom, zo in zijn eigen wereldje levend.

'Ben je blij dat jullie hierheen zijn verhuisd?' voeg ik hem ten slotte. 'Naar Winterville Court, bedoel ik.'

Hij haalde zijn schouders op. 'We verhuizen heel vaak,' zei hij. 'Ik ben vergeten in hoeveel huizen ik al heb gewoond. Niet bij te houden.'

Ik glimlachte. Zijn neiging om volwassen uitdrukkingen te gebruiken die hij kennelijk van zijn ouders had gehoord, deed me denken aan mijn broertje. Hij had de nare gewoonte gesprekken af te luisteren bij sleutelgaten en achter gesloten deuren. Hij noemde mij 'het hopeloze geval', herinner ik me. Waarschijnlijk had hij Vader of Moeder in dat soort bewoordingen over me horen praten en die overgenomen. Dat was natuurlijk precies waar ik me zorgen over maakte toen meneer Richardson overleed en zijn flat te koop werd gezet. Dat onaangename herinneringen weer naar boven zouden komen.

'En je papa en mama,' vroeg ik, 'houden zij van die nomadische leefstijl?'

Hij fronste zijn voorhoofd.

'Ze reizen graag,' verduidelijkte ik mezelf, 'ze blijven nooit lang op één plaats.'

'Dat denk ik, ja,' zei hij. 'We hebben een jaar in Amerika gewoond. En toen kwamen we weer hierheen. Maar daarvóór woonden we ook al hier. En ik denk dat we ook in Europa hebben gewoond toen ik heel klein was, maar dat kan ik me niet meer herinneren.'

'Waar in Europa?' vroeg ik.

'Frankrijk.'

'Ik heb een tijdje in Parijs gewoond,' zei ik.

'U bent niet Engels, hè?' vroeg hij. 'Dat hoor ik aan uw stem.'

'Je bent erg opmerkzaam,' zei ik. 'Er zijn niet veel mensen die mijn accent tegenwoordig nog opmerken. Nee, ik ben Duits. Hoewel ik sinds mijn twaalfde niet meer in Duitsland ben geweest.'

'Hebt u daar geen familie?' vroeg hij. 'Mensen die u wilt bezoeken?'

Ik schudde mijn hoofd. 'Nee,' zei ik. 'Mijn enige familie woont hier. Mijn zoon. Maar die is zelf ook al oud. In de zestig.'

'U hebt niet veel foto's,' zei hij, terwijl hij om zich heen keek.

'Ik ben niet zo dol op foto's,' zei ik.

'Waarom niet?'

'Ik leef liever niet in het verleden.'

Hij dacht hierover na en keek ernstig. Natuurlijk vertelde ik hem niet over die ene foto die ik bewaarde in het juwelenkistje van Seugnot in mijn kledingkast. Hij zou die vast heel graag willen zien, maar ik had er zelf al vele tientallen jaren niet meer naar durven kijken, en was ook nu niet van plan hem tevoorschijn te halen.

'Hebt u geen kleinkinderen?'

Voordat ik kon antwoorden ging de bel. Ik glimlachte naar de jongen. 'Dat is vast je moeder,' zei ik, en ik was een beetje teleurgesteld dat we ons gesprek niet konden voortzetten. Hij reageerde enigszins ongemakkelijk, alsof hij liever hier had willen blijven om wat langer met me te praten. Ik liep naar de voordeur en opende die zonder door het spionnetje te kijken omdat ik verwachtte Madelyn aan te treffen, hopelijk in enigszins nuchtere staat.

Maar het was Madelyn niet. Het was Alex. Hij was bezig iets op zijn telefoon te tikken en keek me zonder groet of glimlach aan toen ik de deur opendeed. 'Ik geloof dat u mijn zoon hebt ontvoerd,' zei hij.

10

Toen ik de volgende ochtend naar de keuken ging om te ontbijten, zag ik tot mijn verbazing een onbekende vrouw aan tafel zitten met een kop koffie en een sigaret. Ze wenste me een goede morgen, alsof ze alle recht had daar te zitten. Ik staarde haar aan en vroeg me af wie ze was en hoe ze binnen was gekomen. Omdat Cait en ik bang waren dat er 's nachts na het sluiten van de pubs vreemde kerels binnen zouden dringen, sloten we altijd de voordeur af voordat we naar bed gingen.

'Je bent vast Gretel,' zei de vrouw met een sterk Sydney-accent.

'Dat klopt,' antwoordde ik.

'Ik ben Michelle,' zei ze, 'maar je kunt me Shelley noemen. Dat doet iedereen.'

Ik stond met mijn mond vol tanden, maar gelukkig verscheen Cait op dat moment in de deuropening, met ongekamd haar en iet-wat geagiteerd. 'Gretel,' zei ze licht blozend. 'Ik dacht dat je al naar je werk zou zijn.'

'Ik ben wat laat,' zei ik. Ik goot water in de ketel en zette hem aan. Ik at 's morgens heel weinig, maar had wel thee nodig om enigszins te functioneren. 'Miss Brilliant vermoordt me.'

'Dit is Shelley,' zei ze met een knikje in de richting van haar gast.

'Ja, dat zei ze al.'

'Shelley is een vriendin van me.'

Ik knikte. Ik wist dat Cait vrienden had gemaakt door haar werk in de Fortune of War, maar ik had nog niet een van hen ontmoet en ik had de naam Shelley nog nooit gehoord.

'Ga zitten, schatje,' zei Shelley en ze tikte de as van haar sigaret op een krant, alsof zíj hier woonde en niet ik. 'Ik word helemaal zenuwachtig als je zo rondrent als een druk baasje.'

Ik deed wat me gevraagd werd, zette mijn thee op tafel, keek van de een naar de ander en hoopte op een of andere verklaring, maar die kwam niet. Toen de stilte ondraaglijk werd, nam Cait uiteindelijk het woord.

'Ik hoorde dat je gisteravond in de pub bent geweest,' zei ze.

'Heel even,' zei ik.

'Ben zei dat je meteen weer was vertrokken, en dat je een beetje overstuur leek.'

'Dat stelde niets voor,' zei ik. 'Het gaat wel weer.' Ik had overwogen Cait in vertrouwen te nemen over mijn twee ontmoetingen met Kurt, maar als ik daar al over wilde beginnen, dan zeker niet in gezelschap van een vreemde.

'Hou je van dansen?' vroeg Shelley.

Ik keek haar aan, verbaasd door die vraag. Ik zag dat ze een tatoeage op haar rechteronderarm had, een afbeelding van Betty Grable van achteren, slechts gekleed in een korset en hoge hakken en het haar in een suikerspin, terwijl ze omkeek en knipoogde.

'Of ik van dansen hou?' herhaalde ik de vraag. 'Ik bedoel, ik dans wel eens. Maar niet meer… sinds ik in Sydney woon. Waarom vraag je dat?'

'Gewoon een babbeltje, schatje,' antwoordde ze, terwijl ze nog een sigaret opstak. Ze blies de rook mijn kant op en probeerde die met haar linkerhand weg te wapperen, waardoor het alleen maar erger werd. 'Katie en ik zijn gisteravond gaan dansen, hè schatje? Het was een moordavond.'

'Waar zijn jullie geweest?' vroeg ik, niet echt geïnteresseerd maar in een poging sociaal over te komen.

'Miss Mabel's Rooms,' zei Shelley. 'Ben je daar ooit geweest?'

'Nee, niet echt.'

'Het is niet echt iets voor jou, Gretel,' zei Cait. Ze keek een beetje gegeneerd, maar ik had ook gezien hoe ze glimlachte toen Shelly haar 'Katie' noemde.

'Waarom niet?' vroeg ik.

'Het is gewoon niets voor jou. Het is niet iets voor jouw soort meisjes, zeg maar.'

Ik fronste mijn voorhoofd, onzeker of ze dit geringschattend bedoelde. Het stak me dat ze blijkbaar vond dat Miss Mabel's Rooms, wat of waar dat ook mocht zijn, te chic voor mij zou zijn. 'Hoezo niet?' vroeg ik.

'Omdat je geen gewone Ierse meid bent zoals Katie,' zei Shelley. 'Waar kom je eigenlijk vandaan?'

'Het Europese vasteland,' antwoordde ik, omdat ik niet precies wilde zeggen waar.

'Dat is een verdomd groot gebied,' antwoordde ze. 'Ik ben zelf nog nooit buiten New South Wales geweest. Nee, ik jok, toen ik nog klein was heeft mijn vader mij en mijn broertje een weekend meegenomen naar Melbourne, maar daar weet ik niet veel meer van. Ook nooit van plan geweest om terug te gaan.'

'Snap ik,' zei ik, zonder het te snappen.

'Ik ga ervandoor, schatje,' zei Shelley. Ze maakte haar sigaret uit en kneep hem aan de bovenkant dicht, omdat hij maar half was opgerookt. Toen stak ze de overgebleven helft achter haar oor, wat ik nogal lomp vond. 'Maar het was een mieterse nacht. Veel liefs nog.'

Ze stond op, liep om de tafel heen, boog voorover en kuste Cait vol op de mond, terwijl ze haar linkerhand op Caits achterhoofd legde. Dit was geen zoentje zoals vriendinnen elkaar geven, maar een lange, hartstochtelijke kus. Ik wendde me af, en wist niet waar ik moest kijken.

'Aangename kennismaking, Gretel,' zei Shelley met een knipoog toen ze wegliep.

Na haar vertrek daalde er een stilte neer over de keuken. Ik nipte van mijn thee en wilde door de grond zakken. Uiteindelijk durfde ik Cait aan te kijken, die al even ongemakkelijk keek.

'Sorry,' zei ze met haar blik op het tafelblad gericht. 'Het was niet mijn bedoeling dat jullie elkaar op die manier zouden ontmoeten.'

'Geeft niets, hoor,' zei ik.

'Ik neem aan dat je nu mijn geheim hebt ontdekt,' vervolgde ze met een dun lachje.

'Ik denk het wel,' antwoordde ik.

'Ben je gechoqueerd?'

Ik dacht na. Ik voelde dat ik eigenlijk gechoqueerd moest zijn. Ik had nooit een vrouw gekend – en trouwens ook geen man – die geïnteresseerd was in romantische relaties met mensen van hetzelfde geslacht, maar tot mijn verbazing merkte ik dat het me eigenlijk niets kon schelen. Het leek allemaal in het niet te vallen bij de trauma's die we de afgelopen dertien jaar hadden overleefd. 'Je had het me wel eerder mogen vertellen, hoor,' zei ik.

'Dus het maakt voor jou geen verschil?'

'Niet in het minst,' zei ik.

'Dat is heel aardig van je,' antwoordde ze met een glimlach, en ze boog voorover en greep mijn hand vast. Ik vond het vreselijk van mezelf dat ik nogal schrok van haar aanraking en vroeg me af of zij dacht dat ik misschien ook dat soort gevoelens had.

Mogelijk voelde ze mijn ongemak, want ze liet me weer snel los, stond op en ging de ontbijtspullen afwassen. 'Maar wat is er gisteravond gebeurd,' vroeg Cait vanaf het aanrecht, 'waardoor je zo overstuur was? Waarom rende je ineens weg?'

'Ik ging naar de pub om die man te zien,' zei ik en ik draaide me om op mijn stoel zodat ik haar kon aankijken terwijl ze de kopjes afspoelde.

'Welke man?'

'De man over wie ik je vertelde, die jij meneer Kozel noemt.'

'Zit je nog steeds achter hem aan? Ik zei toch dat hij al getrouwd is.'

'Ik zit niet achter hem aan,' herhaalde ik geïrriteerd en met stemverheffing. 'Ik had toch al verteld dat ik hem dacht te herkennen, dat is alles. Dat ik hem kende van vroeger.'

'Nee,' zei ze hoofdschuddend. 'Je zei dat hij je aan iemand deed denken.' Ze kwam naast me zitten. 'Wat is er, Gretel? Wie is die man?'

'Dat kan ik je niet vertellen,' zei ik. 'Ik wil het wel, maar kan het niet.'

'Ik heb jou toch ook iets persoonlijks verteld,' zei ze. 'Er zijn vrouwen in de gevangenis gezet om wat jij vandaag over mij hebt ontdekt. Wat voor geheim jij ook hebt, het kan niet schokkender zijn dan dat, of wel soms?'

Ik zei niets. Kon niets zeggen.

'Heeft hij je op een of andere manier pijn gedaan?' vroeg ze. 'Hij heeft toch niet... je weet wel... iets met je gedaan waar je niet om gevraagd hebt en wat je niet wilde?'

Ik schudde mijn hoofd. 'Nee, dat is het niet,' zei ik. 'Het is veel ingewikkelder.' Onwillekeurig begon ik te lachen. 'Ooit, lang geleden, was ik ervan overtuigd dat ik verliefd op hem was, geloof het of niet.'

'Maar hij heeft geen misbruik van je gemaakt, weet je dat zeker? Want als hij dat wel gedaan heeft...'

'Dat heeft hij niet gedaan, ik zweer het,' verzekerde ik haar. Ik pakte haar hand vast, en om mijn vriendschap te bewijzen en haar te laten zien dat er niets tussen ons was veranderd, zoende ik haar eerst op haar linker- en toen op haar rechterwang. 'Je bent een vriendin uit duizenden, Cait,' zei ik, terwijl ik opstond. 'Ik bof toch maar met iemand zoals jij in mijn leven.' Ik aarzelde even toen ik wegliep, keerde me toen om met een ondeugende grijns op mijn gezicht en zei in mijn beste Australische accent: 'Of is het Katie, schatje?' vroeg ik. Cait stak haar tong uit en gooide een theedoek naar me.

11

Eleanor was halverwege de veertig en best knap, maar droeg iets meer make-up dan ik wenselijk achtte. Tijdens de tien maanden van haar verloving met Caden had ik elk contact met haar gemeden in de veronderstelling dat hun verkering niet lang zou duren, maar nu de huwelijksdatum was vastgesteld, leek ik geen andere keus te hebben dan kennis met haar te maken.

De eerste vrouw van mijn zoon, Amanda, was mijn favoriete schoondochter geweest. Ik ging ervan uit dat we voor altijd deel zouden uitmaken van elkaars leven, en dus had ik mijn uiterste best gedaan een vriendschap met haar te ontwikkelen. Dat gevoel was wederkerig, en ik was diepbedroefd toen ze gingen scheiden. Beatrice, zijn tweede, was een botte vrouw die nauwelijks belangstelling voor mij had en er voortdurend bij Caden op aandrong zijn aannemersbedrijf te verkopen en een loopbaan te zoeken die beter paste bij haar waanideeën van grandeur. Zijn derde vrouw, Charlotte, heb ik maar een paar keer ontmoet, en ik vermoed dat ze me nooit vergeven heeft dat ik niet bij hun huwelijk aanwezig was, maar haar verachting liet me volkomen koud. Ik zag al vanaf het begin dat hun relatie gedoemd was te mislukken. En nu was er dus Eleanor.

Na veel geharrewar over een datum voor deze afspraak werd ik op een sombere zondagmiddag meegetroond naar een drukke gastrobar in Chelsea. Tot mijn verbazing stond de sfeer me wel aan: het was er gezellig en uitnodigend, met hoge plafonds, veel ruimte tussen de tafels – een overblijfsel van de pandemie, nam ik aan – en de muziek klonk zo discreet dat je gewoon met elkaar kon praten. Ik begreep dat Eleanor vlakbij woonde, en Caden had een taxi geregeld om mij hierheen te brengen en terug naar Winterville Court. Hij legde uit dat hij alcohol zou gaan drinken – 'ik zal het nodig hebben,' zei hij letterlijk – en me na afloop dus niet thuis kon brengen.

Toen ik mijn jas afgaf bij de deur, zag ik het gelukkige stel al aan een tafel in een hoek zitten. Eleanor tuurde op haar telefoon, terwijl Caden het menu bekeek met een concentratie alsof hij een diplomaat was die een internationale handelsovereenkomst bestudeerde. Een ober bracht me naar de tafel. Toen ze me zagen aankomen stonden ze allebei op, Caden zoende me op de wang, en Eleanor gaf me een hand.

'Wat enig om u eindelijk te ontmoeten, Mrs Fernsby,' zei ze en ze maakte een halve reverence, alsof ik een adellijke bejaarde was. Ik wilde haar voorstellen me bij mijn voornaam te noemen, maar besloot dat niet te doen. Laten we het maar liever nog even formeel houden, dacht ik, en afwachten hoe informeel ik nog wil worden.

'Dus de rit hiernaartoe is goed verlopen?' vroeg Caden. 'Geen problemen met de taxichauffeur?'

'Nee hoor,' zei ik en ik knikte naar de ober, die naar onze tafel kwam terwijl ik de drankkaart bekeek. 'Nou ja, hij zei wel dat als ik hem misschien herkende, dat kwam doordat hij zeven jaar geleden had meegedaan aan een zangcompetitie op tv. Ik zei dat ik hem niet herkende en hij reageerde nogal beledigd.'

Ik bestelde een glas rosé en Eleanor wilde dat ook, dus we besloten een fles te bestellen.

'Natuurlijk kon ik vroeger deze afstand gemakkelijk lopend afleggen,' vervolgde ik. 'Maar tegenwoordig ben ik bang dat ik onderweg nodig moet.'

Caden fronste zijn wenkbrauwen. 'Ik denk niet dat je "nodig moeten" bedoelt.'

'Denk je niet?'

'"Nodig moeten" betekent dat je, je weet wel, naar het toilet moet.'

'O,' zei ik. Ik vond het vreemd dat ik zelfs na al die jaren nog foutjes maakte en daarmee per ongeluk liet merken dat Engels eigenlijk niet mijn eerste taal was. 'Ik bedoel dat ik moe zou worden en nodig even moet zitten.'

'Wandelen is zó belangrijk,' zei Eleanor. 'Ik probeer elke dag minstens twintigduizend stappen te zetten.' Ze stak haar arm naar me uit en liet me een felroze soort polshorloge zien. Ze tikte op het schermpje en er verscheen een plaatje van twee voeten met daarboven een getal.

'Al elfduizend vierhonderd vandaag, en het is pas half één. Dat is trouwens onder mijn gemiddelde. Moet ik straks even inhalen.'

'Eleanor zorgt goed voor haar lijf,' zei Caden trots, op het bezitterige af. 'Zeg nou zelf.'

'Zeker,' moest ik toegeven, want ze had beslist een sportief figuur. Ze had alleen wat overgewicht, zogezegd, als het om haar borsten ging. Ik vroeg me af of mijn zoon daarom op haar gevallen was. Daarin zijn mannen vaak nogal primitief, in mijn ervaring, en het was heus geen toeval dat ook mijn vorige schoondochters allemaal rondborstige vrouwen waren.

'Ben u een wandelaar, Mrs F.?' vroeg ze, en ik glimlachte naar haar; ik was verbaasd maar op een of andere manier niet beledigd door het familiaire van haar aanspreektitel. Haar manier van praten getuigde van een soort onschuld, een oprechte nieuwsgierigheid, die me wel aanstond.

'Caden heeft je vast wel verteld dat ik tegenover Hyde Park woon,' antwoordde ik. 'Al tientallen jaren. Dus er gaat geen dag voorbij of ik ga daar minstens een half uur wandelen. Toen ik jonger was soms twee uur achter elkaar, zonder moeite.'

'Daarom was ze ook nooit thuis als ik uit school kwam,' zei Caden. Ik keek hem aan en probeerde zijn toon te doorgronden, maar hij leek geen kwaadwillige bedoeling te hebben. Misschien was het als grapje bedoeld.

'U zou ook zo'n ding moeten kopen,' zei Eleanor, en opnieuw liet ze me haar polsband zien.

'Wat is het?' vroeg ik.

'Het heet een Fitbit.'

'O ja, daar heb ik over gehoord.'

'Je tikt in hoeveel stappen je elke dag wilt zetten, dat houdt hij bij en telkens als je je doel haalt krijg je een kleine bonus.'

Ik glimlachte. Het leek me een onschuldig speeltje, en het idee stond me wel aan want ik heb graag overzicht, dus ik vroeg me af of ik inderdaad zo'n ding zou aanschaffen. Het zou me kunnen helpen om iets meer aan lichaamsbeweging te doen, waardoor ik langer zou blijven leven, hoewel dat zou betekenen dat Caden nog een paar jaar extra op zijn erfenis zou moeten wachten.

De ober kwam opnieuw langs en we bestelden wat we wilden eten. Biefstuk, frietjes en eieren voor Caden, een salade van boerenkool en bietjes voor Eleanor en een kippenpasteitje voor mij. De fles rosé was al bijna halfleeg, en ik had het gevoel dat Eleanor en ik zeker nog wel een tweede soldaat konden maken.

'Dus ik begrijp dat jullie een datum hebben gekozen,' zei ik glimlachend tegen Eleanor, die zat te stralen.

'Inderdaad,' zei ze. 'Het wordt 16 mei.'

'Wat enig. Je familie vindt het vast geweldig.'

'Ja, inderdaad, ze zijn dol op Caden.'

Ik voelde een zekere irritatie omdat hij al kennis met hen had gemaakt terwijl ik haar nu pas voor het eerst ontmoette, maar ik liet het erbij zitten. Uiteindelijk was dat vrijwel helemaal mijn eigen keus geweest. 'En wordt dit je eerste huwelijk?' vroeg ik.

'Mijn tweede,' zei ze. 'Mijn eerste man is vijf jaar geleden overleden.'

'O, wat naar voor je. Mag ik vragen wat de oorzaak was?'

'Kanker.'

'Ach... Maar je hebt geen kinderen?'

Ze schudde nee en keek een beetje verdrietig. Ik vroeg me af of dat een kwestie was van bewuste keuze of pech, maar het leek me te opdringerig om door te vragen. 'Nou, je hebt hier een lot uit de loterij,' zei ik en ik klopte Caden over de tafel heen op zijn hand. Ik wilde hem niet afvallen, hoewel ik me eigenlijk afvroeg waarom hij aan dit avontuur begon. Hij zou echt niet drie jaar met haar getrouwd blijven, laat staan vijf of tien. Ze zou alleen maar een groot deel van zijn geld opslokken, aansluiten in de rij voor de maandelijks alimentatie en hem opnieuw in de ellende storten. De laatste keer was hij in een diepe depressie beland. En ik zou er waarschijnlijk niet meer zijn om hem te helpen wanneer Eleanor op zoek ging naar groener gras.

'Dat weet ik maar al te goed,' zei ze en ze leunde zijwaarts en zoende hem op zijn wang. Caden straalde en ik moet toegeven dat ze er allebei gelukkig uitzagen. Misschien was ze toch dol op hem. Dat was in elk geval iets.

12

Het was niet moeilijk om Kurt op te sporen bij de Commonwealth Bank – ik hoefde 's ochtends alleen maar bij de veerpont te wachten tot hij eraan kwam en hem naar kantoor te volgen. Vervolgens wachtte ik op mijn vrije dag aan de overkant van de straat tot hij even na zessen naar buiten kwam. Hij zag er knap uit in zijn maatpak, en ik volgde hem op een afstandje naar Circular Quay. Daar nam hij de veerpont naar Manly, en ik deed hetzelfde, terwijl ik op enige afstand van hem bleef. Ik wist nog niet precies wat ik van hem wilde, of ik hem zou durven aan te spreken als we ergens alleen zouden zijn, maar ik voelde wel de behoefte om hem in de gaten te houden en meer te weten te komen over zijn leven. Het was bijna alsof ik geloofde dat ik, door hem te volgen, kon voorkomen dat hij nog meer ellende zou veroorzaken.

Ik vroeg me af wat hij de mensen met wie hij werkte had verteld over zijn verleden. Ik stelde me voor dat hij met zijn collega's lunchte, om hun verhalen lachte, vervolgens naar huis ging en een volkomen normaal leven leidde zonder enige gedachte aan wie en wat hij was geweest. Sliep hij 's nachts goed, of had hij ook nachtmerries, net als ik? Hij had zichzelf vast ook wel geprobeerd te overtuigen van zijn onschuld, maar in hoeverre was hij daarin geslaagd?

Het was een zonnige avond en hij zat op een van de bankjes op het dek, terwijl ik binnen bleef en probeerde niet naar hem te kijken terwijl hij zijn krant las. Het was druk op de pont, maar er waren geen tussenstops, dus ik wist zeker dat ik hem niet uit het oog kon verliezen. Een jongeman naast me vroeg me om een vuurtje voor zijn sigaret, en toen ik zei dat ik niet rookte haalde hij een lucifer uit zijn zak en streek die af aan zijn schoenzool, iets wat ik ooit alleen in een film had gezien.

'Als u toch een lucifer had,' vroeg ik hem, verward door zijn gedrag, 'waarom vroeg u mij dan om een vuurtje?'

'Omdat ik met je wilde praten,' zei hij, waarna hij zijn hand op mijn knie legde. Ik schudde hem van me af en ging staan, geïrriteerd dat hij me zomaar meende te kunnen bepotelen, maar hij haalde onverschillig lachend zijn schouders op. Enkele mannen vlakbij grijnsden ook en floten me na toen ik wegliep om op het achterdek te gaan zitten en naar de golven te turen.

Tochtjes op veerponten waren mijn favoriete bezigheid in Sydney geworden. Op sommige vrije dagen stapte ik op een willekeurige pont en bezocht zo Parramatta, Pyrmont of Watsons Bay. Ik zat dan op het dek een boek te lezen met de wind in mijn haar en het buiswater dat om me heen spatte. Ik bracht de middag dan meestal door in een rustig koffiezaakje, waarna ik terugvoer naar de stad, opgeladen met het gevoel van avontuur. Op dat soort momenten voelden Berlijn, Parijs en die andere plek alsof ze tot een volledig ander universum behoorden, een nachtmerrie die ik van me af had geschud.

Toen de veerpont aanlegde in Manly Wharf, voegde ik me in de menigte die van boord wilde gaan en hield ondertussen mijn prooi scherp in de gaten. Hij was langer dan de meeste anderen en daarom gemakkelijk te volgen. Toen we op de kade stapten sloeg hij rechts af langs de Esplanade en ging daarna Cove Avenue richting Addison Road in. Uiteindelijk bleef hij staan bij een vriendelijk ogend houten vakwerkhuis met uitzicht op het water, deed het hekje open en liep het tuinpad op. Ik bleef op afstand, hoopte dat hij me niet had gezien en zag dat de voordeur werd geopend. Een jongetje van een jaar of vijf rende naar buiten en stortte zich in zijn armen. Even later verscheen er een jonge vrouw, even blond als Kurt, gekleed in shorts en bikinitop. Hij boog glimlachend voorover en kuste haar. Tot mijn schaamte voelde ik een steek van jaloezie bij het zien van dit vertoon van genegenheid, en ik was blij toen het jongetje hem meenam naar de zijkant van de tuin, die deels schuilging achter bomen.

Van waar ik stond kon ik hem niet langer zien en ik durfde niet dichterbij te komen, maar ik wilde ook nog niet weggaan, en dus liep ik langzaam over het trottoir aan de overkant en deed mijn best om te doen alsof ik daar ergens woonde. Kurts vrouw keek naar de overkant en toen onze blikken elkaar troffen glimlachte ik, en zij knikte vriendelijk voordat ze weer haar huis in ging en de voordeur op een kier liet staan. Aan het einde van de straat, bij Smedley's Point, draaide ik om alsof ik een buurtgenoot was die een avondwandeling maakte, maar ik hield mijn pas in om beter te kunnen zien wat er in de tuin gebeurde.

Midden op het grasveld stond een picknicktafel, en Kurt had zijn colbert en stropdas uitgedaan en ze daarop gegooid. Hij stond achter zijn zoon, met opgestroopte mouwen en de bovenste knoopjes van zijn overhemd open. Het kind zat op een schommel en Kurt duwde. De jongen, die breed en opgewonden lachte, hield de kettingen stevig vast en schreeuwde opgewonden telkens als de schommel omhoogging.

'Hoger, papa, hoger!' schreeuwde het jochie. Kurt voldeed aan het verzoek van zijn zoon en duwde met zo'n kracht dat ik vreesde dat het kind zou vallen. Ik bleef staan bij een boom, en op dat moment drong zich een herinnering op, en ogenblikkelijk was ik terug op die andere plek en herinnerde me de veel primitievere schommel die mijn broertje jaren eerder had gemaakt in onze tuin. Ik herinnerde me dat hij Kurt om een autoband vroeg en Kurt kleineerde hem, zoals altijd.

Ik liep nu behoedzaam naar het huis, bekeek vader en zoon en stelde me voor wat er zou gebeuren als ik plotseling zou gillen. Zou de jongen van verbazing van de schommel springen, door de lucht vliegen en op de grond vallen? Misschien zou hij zelfs door de punten van het hek worden gespietst. Ik strak mijn hand uit en raakte het aan. Het was van hout, niet van ijzerdraad, en er stond niemand op een wachttoren vlakbij om iedereen dood te schieten die probeerde te ontsnappen. Waarom was ik dan ineens zo bang? Dit soort hekken bestonden over de hele wereld, dat wist ik. Hoelang zou Kurt daar blijven staan, vroeg ik me af, voordat hij naar zijn gevallen kind zou rennen?

Kurt liet de schommel langzamer zwaaien tot die stil hing. Vanuit het huis riep zijn vrouw dat het eten klaar was, en hand in hand liepen hij en het jongetje naar de voordeur. Het kind, een en al energie, rende vooruit terwijl Kurt zijn schoenen uitschopte. Ze zag zijn donkere schaduw in de zonnige portiek. Even later trok hij de deur achter zich dicht en de Kotlers – de Kozels – trokken zich terug in hun huis.

Op dat moment besefte ik dat mijn linkerhand droop van het bloed doordat ik het hek had vastgegrepen. Het waren houtsplinters in plaats van prikkeldraad.

13

Het eten bleek behoorlijk lekker te zijn. Ik genoot van mijn kippenpastei en Caden wist wel raad met zijn biefstuk, hoewel Eleanor meer geïnteresseerd leek in het ontmantelen van haar salade en de onderdelen ervan over haar bord te schuiven dan er daadwerkelijk van te eten.

'Jij bent verpleegkundige, toch?' vroeg ik haar, toen de gespreksstof ietwat leek op te drogen.

Ze schudde nee. 'Arts,' zei ze.

Het was ongetwijfeld een ongepast vooroordeel van mijn kant, maar ik betwijfelde of iemand haar ooit zou hebben aangezien voor een arts. Eerlijk gezegd had ze meer van een revuedanseres. 'Wat voor arts?' vroeg ik.

'Hartchirurg,' antwoordde ze. Ik staarde haar verbaasd aan en keek daarna naar Caden, die de restjes ketchup op zijn bord met zijn frietjes zat op te soppen. Ik kon niet geloven dat hij me dat niet eerder had verteld.

'Maar dat is geweldig,' zei ik. Ik leunde voorover en was nu echt geïnteresseerd. Door deze bekendmaking zag ik haar in een heel ander licht, wat vreselijk kleingeestig van me was. 'Dan moet je wel ontzettend knap zijn. Caden, waarom heb je me dat nooit eerder verteld?'

'Dat héb ik verteld,' zei hij.

'Nee, niet waar. Je zei dat ze verpleegkundige was.'

'Fout,' antwoordde hij. 'Herinner je je niet die grap die ik maakte over dat ze mijn hart gewonnen had?'

Ik fronste. Daar herinnerde ik me niets van. Misschien had ik ze, net als Heidi Hargrave, niet meer allemaal op een rijtje. 'Nou, ik ben diep onder de indruk,' zei ik. Ik leunde naar achteren en bekeek Eleanor met een geheel nieuwe vorm van respect. 'In mijn tijd zou zoiets natuurlijk onmogelijk zijn geweest.'

'Was u dan geïnteresseerd in geneeskunde, Mrs F.?' vroeg ze, en ik schudde mijn hoofd.

'Nee hoor,' zei ik. 'Nee, zoiets had ik nooit kunnen doen.'

'Ze kon nog geen pleister op mijn knie doen als ik gevallen was,' mompelde Caden, terwijl hij zijn bierglas pakte.

'Dat is niet waar,' zei ik, gekwetst door zijn opmerking, al was het wél zo.

'Papa verzorgde altijd mijn wonden,' zei hij toen, en hij keek me recht aan. 'En dat weet je best.'

Ik keek weer naar Eleanor en deed een vage poging erom te lachen. 'Feit is dat ik niet tegen bloed kan, lieverd,' zei ik. 'Ik snap niet hoe jij dat wel kunt.'

'Ach, je went eraan,' zei ze. 'De sterfgevallen grijpen me veel meer aan.'

Ik zweeg. Ik had gedacht dat je daar misschien immuun voor werd.

'Voordat een patiënt een hartoperatie krijgt, heeft hij of zij meestal al een hele tijd contact met het operatieteam,' legde ze uit. 'We moeten ze tegenwoordig natuurlijk alleen maar beschouwen als "klanten", en alle sentimentaliteit en emotie achterwege laten, maar dat kan ik simpelweg niet. Eerlijk gezegd kan niemand op mijn werk dat. En met de meeste mensen gaat het weer goed na de operatie, wat het ook is, een doolhofprocedure, een aneurysma-operatie, de bypass van een kransslagader, noem maar op. Maar zo nu en dan verliezen we natuurlijk iemand. En dat grijpt me echt aan, ja. De oudere artsen kunnen daar beter mee overweg, voor sommigen is het gewoon routinewerk, maar voor mij... Nou, ik hoop dat ik dat stadium nooit zal bereiken. Het is afschuwelijk om je schuldig te voelen, maar ik hoop van harte dat ik nooit zo afgestompt raak, dat ik dat schuldgevoel niet meer heb.'

Ik staarde haar aan. Ik had een droge mond, maar was niet in staat mijn glas te pakken. 'En dat voel je soms?' vroeg ik. 'Schuld?'

'Natuurlijk.'

'Maar waarom? Je doet toch gewoon wat er van je gevraagd wordt?'

'Ik heb dan denk ik het gevoel dat ik niet alles heb gedaan om de patiënt te redden,' zei ze. 'Deze patiënten vallen onder mijn zorg, of onze zorg, en stellen hun vertrouwen in ons. En wij hebben ze teleurgesteld. Ik ben de afgelopen jaren betrokken geweest bij honderden operaties, en vijftien patiënten zijn overleden. De namen van degenen die het overleefd hebben weet ik niet meer, maar wel die van iedere patiënt die is overleden.'

Ik zweeg en dacht na over wat ze verteld had. Ik begreep dat dit diep-ethische gevoel haar typeerde, als vrouw en als arts, en dat ze die vijftien namen, plus de ongelukkigen die daar nog bij zouden komen, tot op haar laatste levensdag nooit zou vergeten. Ontbrak er iets aan mijn psychologische natuur waardoor ik dat niet voelde? Als ik terugkeek op mijn verleden, was die voornamelijk opgebouwd rond ontduiking en misleiding, de impulsieve neiging om mezelf te beschermen tegen anderen.

'Maar je moet niet denken dat jij daar schuld aan had,' zei ik uiteindelijk bijna smekend.

'Dat moet ik wél,' antwoordde ze zachtjes, vriendelijk zelfs. 'Als ik als goed mens wil leven.'

'Als ik ooit onder het mes moet,' zei Caden, die ons gesprek keihard onderbrak en overstemde, zoals mannen gewoon zijn te doen, 'dan zou ik de voorkeur geven aan een vrouwelijke chirurg. Die zijn veel zorgzamer.'

'Als je maar lekker van die biefstukken blijft eten, zal je wens wel een keer worden verhoord,' zei Eleanor met een glimlach. Hij lachte terug, niet in het minst beledigd. In plaats daarvan pakte hij haar hand en kneep er zacht in. Ik was licht ontroerd door deze subtiele interactie.

'Heel goed van je,' zei ik ten slotte en ik wilde een ander onderwerp aansnijden. Ik had er de hele middag met haar over kunnen praten als we met ons tweeën waren geweest, maar met mijn zoon erbij leek dat onmogelijk. 'Nu zal Caden ongetwijfeld beweren dat hij het me al verteld heeft, maar hoe hebben jullie elkaar leren kennen?'

'Tijdens een feestje ter gelegenheid van de pensionering van een van de beste architecten van Londen,' antwoordde ze. 'Mijn oom. Caden had in de loop der jaren af en toe met hem samengewerkt.'

'En was het liefde op het eerste gezicht?'

'Uw zoon is een gentleman, Mrs F.,' zei ze, terwijl ze weer naar hem lachte. 'Ik was meteen hoteldebotel.'

Ik kon me dat moeilijk voorstellen, maar was bereid haar het voordeel van de twijfel te geven. De eerlijkheid gebiedt te zeggen dat Cadens vorige vrouwen allemaal hoog hadden opgegeven over zijn galante aard. Totdat ze van hem gingen scheiden, natuurlijk.

'En nu even een serieuze vraag: hebt u ooit gewerkt?' vroeg Eleanor, terwijl ze me recht aankeek.

Ik schudde mijn hoofd. 'Nee,' gaf ik toe, want ik voelde geen enkel oordeel in haar stem. 'Nou ja, ik was moeder, natuurlijk. De belangrijkste baan die er bestaat, zoals ze zeggen.'

'Ha!' zei Caden en ik keek hem aan. Ik had de hele middag al de indruk dat hij de pik op me had, maar ik had geen idee waarom. Misschien kwam het door het bier. Hij was al aan zijn vierde glas bezig.

'Ik heb mijn best gedaan,' protesteerde ik zwakjes.

'Inderdaad,' zei hij somber. 'Daar twijfel ik niet aan.'

'Misschien had ik een baan buitenshuis moeten nemen,' vervolgde ik en ik richtte mijn aandacht weer op Eleanor, 'maar het punt was dat ik nauwelijks een vooropleiding had. Dat hadden heel weinig meisjes toen. Niet dat ik nooit heb gewerkt. Ik werkte in een warenhuis voordat ik Cadens vader ontmoette. Daar kruisten onze paden zich voor het eerst. Ik werkte niet in de winkel zelf, maar op de administratie. En in zekere zin vond ik dat erg leuk, maar ik heb dat nooit beschouwd als een carrière.'

'Was dat in Berlijn?'

Ik fronste mijn voorhoofd, verrast door de vraag. 'Hoezo in Berlijn?' vroeg ik.

'Caden vertelde me dat u daar bent opgegroeid.'

Ik keek mijn zoon aan, die mijn blik ontweek. Hij wist dat ik het niet fijn vond als hij andere mensen ook maar de geringste details vertelde over mijn verleden. Hoe minder mensen iets wisten, had ik lange tijd geleden besloten, hoe beter het was. 'Ik heb daar gewoond tot mijn twaalfde,' zei ik. 'Ik weet niet of dat telt als "ergens opgroeien". Daarna werd ik een soort zwerver, verhuisde van het ene land naar het andere en vestigde me ten slotte in Engeland.'

'Welke landen?' vroeg ze. 'Ik ben dol op reizen. Niet dat ik dat vaak doe.'

'Een tijdje in Frankrijk,' zei ik. 'Daarna Australië.'

'En Polen,' zei Caden kalm. 'Vergeet Polen niet.'

'Ja, ook in Polen,' zei ik, verbaasd dat hij dat land noemde. Hij wist dat ik daar een poos had gewoond, maar ik was altijd opzettelijk vaag geweest over de omstandigheden aldaar en hij had er nooit echt naar gevraagd. Niet aan mij, in elk geval. Maar nu kwam de gedachte bij me op dat hij het misschien aan Edgar had gevraagd. 'Ik denk nooit meer aan die tijd,' zei ik afwijzend. 'Ik heb na de oorlog een aantal jaren in Parijs gewoond en ben in 1952 naar Sydney geëmigreerd. Aanvankelijk dacht ik de rest van mijn leven daar te blijven wonen.'

'Maar dat is er niet van gekomen?'

'Nee, inderdaad.'

'Waarom niet?' vroeg ze.

Ik deed mijn best zo nonchalant mogelijk mijn schouders op te halen. 'Ach ja, waarom?' loog ik. 'Ik was nog zo jong. En het weer was er afschuwelijk. Misschien was ik er nog niet klaar voor om me al op één bepaalde plek te vestigen. Ik heb duidelijke herinneringen aan Frankrijk en Australië, hoewel ik naar geen van beide ooit terug ben geweest.'

'Ik weet zeker dat je ook sterke herinneringen hebt aan Polen,' zei Caden, 'als je even nadenkt over de tijd die je daar hebt doorgebracht.'

Ik weigerde hem aan te kijken. Wat voor spel hij ook aan het spelen was, ik zou er niet aan meedoen. Maar het maakte me bang.

'Ik ben ook een keer in Polen geweest,' zei Eleanor, terwijl ze haar bord, dat ze nog niet half had leeggegeten, terzijde schoof. 'Op een schoolreisje. We waren drie dagen in Krakau, en op de tweede dag bezochten we Auschwitz.'

Ik greep mijn glas rosé, dronk het leeg en wees naar de fles, zodat Caden begreep dat hij me moest bijschenken.

'Ik vond het doodeng,' vervolgde ze rillend. 'Ik heb al die films gezien natuurlijk, *Schindler's List*, *The Pianist*, *Sophie's Choice*. En ik heb er documentaires over gezien en boeken over gelezen. Maar je voelt het pas echt als je er zelf geweest bent, toch? Bent u er ooit geweest, Mrs F.?'

Ik zweeg.

'Ik wel,' zei Caden, en ik keek hem verbaasd aan.

'Niet waar,' zei ik.

'Wel waar.'

'Wanneer dan?'

'Voordat papa overleed.'

'Onzin!'

'Dat is geen onzin,' zei hij, en zijn toon bleef heel kalm. 'Sterker nog, we zijn er samen geweest.'

Ik staarde hem aan, verbijsterd door wat hij zei. 'Maar...' begon ik, zonder te weten hoe ik de zin moest afmaken. 'Maar dat is niet waar. Echt niet.'

'We zijn er echt geweest, mama,' zei hij. 'Herinner je je dat reisje naar Warschau dat papa en ik hebben gemaakt, een jaar voordat hij overleed?'

Ik dacht terug. Caden had een zakelijk contact daar, iemand die hem zou helpen staal te importeren tegen sterk gereduceerde prijzen. Hij was er vier dagen geweest en had zijn vader uitgenodigd om met hem mee te gaan. Ik vond dat destijds een erg sympathiek gebaar van hem. En Edgar was verrukt geweest. 'Dat weet ik nog, ja,' zei ik.

'Nou, toen zijn we erheen geweest.'

'Daar heeft Edgar nooit iets over verteld.'

'Echt niet?'

Ik hoorde aan zijn toon dat hij wist dat Edgar het niet verteld had. 'Nee,' zei ik.

Hij richtte zich nu tot Eleanor en zei: 'Papa overleed nauwelijks een jaar later. Het voelde heel goed om die reis nog met hem te maken. We hebben heel openhartig met elkaar gesproken.'

'Maar waarom?' vroeg ik, omdat ik niet wilde dat hij daar verder op inging. 'Waarom daarheen? Waarom naar die plek?'

Caden negeerde mijn vraag en staarde alleen maar voor zich uit. Ik keek hem aan, telde de seconden tussen elke keer dat hij met zijn ogen knipperde. De stilte was afschuwelijk. Even dacht ik dat ik zou gaan krijsen. Een geschreeuw zou uitstoten waardoor alle gasten in het restaurant zouden zwijgen en hun kinderen dicht tegen zich aan zouden trekken.

Het monster, zouden ze denken.

Het monster is onder ons.

'In welk deel van Polen hebt u gewoond?' vroeg Eleanor uiteindelijk, en ik keek haar nerveus aan.

'Wat?' vroeg ik.

'Polen,' herhaalde ze. 'In welke stad woonde u?'

'Die zou je niet kennen,' zei ik. Ik moest de frisse lucht in, anders zou ik misschien flauwvallen. 'Een heel klein stadje.'

'Mijn grootvader kreeg promotie op zijn werk,' zei Caden tegen haar. 'Dus hij, mijn grootmoeder en mijn oom moesten verhuizen en met hem mee. En mama ook natuurlijk.'

'Heb jij een oom?' vroeg Eleanor met verbaasd opgetrokken wenkbrauwen. 'Dat heb je nooit verteld.'

'Ik heb hem niet gekend,' zei Caden. 'Hij is omgekomen in de oorlog.'

'O,' zei ze en ze keek mij weer aan. 'Dus u hebt een broer verloren. Wat vreselijk.'

'Dat is heel veel jaren geleden,' antwoordde ik.

'Maar toch, daar kom je nooit overheen, hè?'

'En daar weet jij alles van?' beet ik haar toe. Mijn toon was onnodig scherp, en ze deinsde geschrokken terug in haar stoel.

'Mama,' zei Caden waarschuwend.

'Inderdaad,' zei ze. 'Ik heb toevallig ook een broer verloren. Toen ik zes was en hij acht. Hij stak zonder uit te kijken de straat over en kwam onder een auto. Mijn moeder is daarna nooit meer dezelfde geweest. Mijn vader ook niet. Ze hadden nog drie kinderen, maar het voelde altijd alsof wij het verlies van Peter niet konden goedmaken.'

'Wat erg,' zei ik en ik sloeg mijn handen voor mijn gesloten ogen. Ik wilde hier niet meer zijn. Ik wilde naar huis. Ik wilde dood zijn. 'Dat wist ik niet.'

'Dat had u ook niet kunnen weten,' antwoordde ze. Met een glimlachje probeerde ze duidelijk te maken dat ze niet beledigd was. 'Ik kan me hem natuurlijk niet goed herinneren, omdat ik toen nog zo jong was. Maar ik denk nog steeds aan hem. Ik vraag me vaak af wat hij met zijn leven zou hebben gedaan. Mama zegt dat hij dol was op vliegtuigen, dus ik fantaseer dan dat hij misschien piloot was geworden. Was uw broer militair, Mrs F.?'

'Nee,' zei ik. 'Nee. Wat? Nee. Hij was een gewoon een jongetje. Een kind nog.'

'Waren jullie erg close met elkaar?'

Ik knikte.

'Hoe heette hij?'

Ik antwoordde niet. Caden vertelde het haar. Ik had die naam niet meer uitgesproken sinds de dag dat hij onder het hek door was gekropen. Niet één keer in negenenzeventig jaar.

'En als u had gewerkt,' zei Eleanor, terwijl de ober onze borden weghaalde. 'Als u elke baan ter wereld had kunnen kiezen, wat zou het dan geworden zijn, denkt u?'

Ik pijnigde mijn hersens op zoek naar een antwoord maar tot mijn verdriet schoot me niets te binnen. De bittere waarheid was dat ik niet vond dat ik ook maar iets had kúnnen doen. Zo was ik niet opgevoed. 'Er was niets...' zei ik uiteindelijk, terwijl de tranen bijna in mijn ogen stonden. Ik stak mijn armen uit en ik denk dat ik haar liet schrikken toen ik haar beide handen in de mijne nam en stevig omklemde. 'Er was niets wat ik had kunnen doen,' zei ik. 'Snap je? Begrijp je dat? Zelfs als ik iets had willen doen, zou dat onmogelijk zijn geweest.'

14

Ik wachtte tot de volgende dinsdag, want dan had ik mijn vrije middag, maar deze keer met een duidelijk plan voor ogen.

Toen ik even na één uur 's middags van de pont stapte, liep ik weer langs de Esplanade in de zekerheid dat Kurt pas over vijf uur terug zou komen, en in die tijd zouden ik en mijn buit, allang vertrokken zijn. Ondanks mijn kwaadaardige bedoelingen voelde ik me vreemd rustig toen ik het huis naderde, misschien omdat ik niet langer een onvoorspelbare prooi stalkte maar een vastberaden roofdier was geworden. Toen ik dichterbij kwam, zag en hoorde ik de vrouw en haar zoontje in de tuin. Ik passeerde aan de overkant van de straat en zag haar in de schaduw van de veranda zitten lezen, terwijl het jochie vlak bij haar zat en duidelijke commando's gaf aan een bataljon soldaatjes die allemaal in de houding stonden op het terras, klaar om ten strijde te trekken. Net als de vorige keer liep ik door tot Smedley's Point en vanaf daar weer terug. Toen ik echter dichtbij genoeg was om gezien te worden, wankelde ik op mijn benen, slaakte een zo paniekerig mogelijke kreet en liet me tegen het hek vallen.

De vrouw sprong onmiddellijk uit haar stoel en rende het trottoir op, terwijl het kind toekeek, geïntrigeerd door dit ongebruikelijke drama.

'Is alles goed met u?' vroeg ze en ze stak haar hand uit om me overeind te helpen.

'Het komt door de hitte,' zei ik hoofdschuddend, terwijl ik mijn best deed om een verzwakte indruk te wekken. 'Ik ben van huis gegaan zonder ontbijt, wat natuurlijk erg dom van me was. Maar het gaat wel weer, dank u. Erg aardig van u.'

'Kom even zitten,' zei ze en ze wees naar de veranda. 'Ik haal een glaasje water voor u.'

'Nee, doe geen moeite,' begon ik zwakjes, maar zoals verwacht wuifde ze al mijn bezwaren weg.

'Ik sta erop,' zei ze, en ik liet me door haar naar het huis leiden, waar ze me de andere stoel aanbood voordat ze naar binnen ging. Binnen de kortste keren hoorde ik water in de gootsteen lopen. De jongen keek me aan met een argwanende blik en speelde toen verder met zijn soldaatjes.

'Wat speel je?' vroeg ik hem.

'Oorlog.

'Is dat een spel?'

'Het mooiste spel van de hele wereld.'

'En ben je aan het winnen?'

'Dat weet ik pas als het afgelopen is.'

'En misschien zelfs dan nog niet.'

'Alstublieft,' zei zijn moeder toen ze weer naar buiten kwam. Ze gaf me een ijskoud glas dat ik dankbaar aannam, waarna ik een grote slok nam om nog eens extra duidelijk te maken hoezeer ik te lijden had van de hitte.

'Dank u wel,' zei ik, terwijl ze naast me kwam zitten. 'Ik voel me een beetje belachelijk, eigenlijk.'

'Nergens voor nodig,' zei ze. 'Zulke dingen gebeuren nu eenmaal.'

'Maar ik verstoor uw hele dag.'

'Blijf maar zo lang als u wilt.' Ze maakte een weids gebaar met haar hand. 'Ik ben hier alleen met mijn zoontje. Eerlijk gezegd kan ik wel wat volwassen gezelschap gebruiken.'

Ik bekeek haar terwijl ze haar zonnebril weer opzette. Ze was opnieuw gekleed in het absoluut vereiste minimum en het stond buiten kijf dat ze een mooie vrouw was. Ik zag echter niet veel herkenbaars in het gezicht van de jongen van de Kurt die ik had gekend, behalve misschien de ogen.

'Ik heet trouwens Cynthia,' zei de moeder. 'Cynthia Kozel. En u?'

Hier had ik niet op gerekend, en ondanks de duizenden namen die voorhanden waren, bleek het moeilijk er een te kiezen. 'Maria,' zei ik ten slotte, denkend aan het dienstmeisje dat ons gezin had verzorgd op die andere plek. Ik wilde een achternaam zeggen, maar had geen idee hoe Maria verder heette. En dus gaf ik die niet.

'Komt u uit Sydney?'

'Ik woon hier,' zei ik. 'Maar ik kom oorspronkelijk uit Europa. Frankrijk.'

'O, ik ben dol op Europa,' zei ze theatraal.

'Bent u er ooit geweest?'

'Nee, maar dat zou ik wel graag willen. Ooit, misschien. Als die kleine boef wat ouder is. Nu is waarschijnlijk niet de beste tijd. Ze zijn nog druk bezig met de wederopbouw, tenminste, dat lees ik in de krant. Na al die heibel, bedoel ik.'

Ik had de neiging keihard te gaan lachen. Dat was wel een heel merkwaardige woorkeus om te verwijzen naar zes jaar oorlog, miljoenen doden en talloze plekken waar niets meer overeind stond.

'En u?' vroeg ik uiteindelijk. 'Bent u hier geboren?'

'In Melbourne,' antwoordde ze. 'Bent u daar ooit geweest?'

Ik schudde mijn hoofd.

'Ik mis het soms nog wel. Sydney is natuurlijk leuk, maar Melbourne is thuis voor mij.'

'U heeft een prachtig huis,' zei ik terwijl ik om me heen keek, maar in werkelijkheid was het een doorsnee huis waar niets bijzonders aan op te merken viel.

'Wat aardig van u!' zei ze.

'En hoe heet uw zoontje?' vroeg ik, naar het kind wijzend.

'Hugo,' zei Cynthia.

'Ik ben vijf,' verklaarde het jochie, dat zich naar ons toe keerde toen hij merkte dat hij het onderwerp van ons gesprek was.

'Wat goed!' zei ik.

'In oktober word ik zes.'

'Dat hoop je.'

Cynthia draaide haar hoofd en keek me met opgetrokken wenkbrauwen aan, misschien verbaasd door mijn opmerking, maar ik deed geen moeite om die te rechtvaardigen of om haar verwarring te erkennen. In plaats daarvan liet ik mijn blik door de tuin dwalen en zuchtte voldaan. Ik begreep waarom ze hier graag zat. Het voelde als een soort lustoord, ver weg van de harde werkelijkheid van de wereld. 'Ligt het aan mij of wordt het elk jaar heter?' vroeg ik.

'Wat toevallig dat u dat zegt,' zei Cynthia, die weer opgemonterd was. 'Gisteravond zei ik hetzelfde tegen mijn man. Die schijnt geen last te hebben van de hitte, hoewel hij niet eens Australiër is.'

'O nee?' vroeg ik. 'Waar komt hij vandaan?'

'Europa. Net als u.'

'Welk land?'

Ze aarzelde even. 'Nou, hij is Duits,' zei ze zacht met een vinger tegen haar lippen. 'Maar dat zeggen we liever niet tegen mensen. We zeggen dat hij Tsjechisch is. Er heerst hier nogal veel anti-Duits sentiment sinds de oorlog. Maar die is afgelopen, zeg ik tegen mensen. Je moet vooruitkijken. Maar dat doen ze niet. Als rancune een Olympisch onderdeel was, dan zouden er hier heel wat mensen opgaan voor goud.'

'O, vast en zeker.'

'Toen we elkaar leerden kennen, zei hij dat hij uit Praag kwam. Pas zes maanden later zag ik zijn paspoort en toen kwam de waarheid aan het licht.'

'Niet zo mooi, om te beginnen met een leugen,' zei ik.

'Nee, misschien niet.'

Ik zweeg een poosje omdat ik niet al te gretig wilde overkomen met mijn vragen. 'Was hij... Was hij militair toen?' vroeg ik uiteindelijk. 'In Duitsland?'

Ze reageerde geschokte door mijn suggestie en schudde nee. 'Kurt?' vroeg ze. 'Mijn god, nee! Daar is hij veel te zachtaardig voor. Nee, hij was zo'n, hoe heet dat ook weer, een gewetensbezwaarde, een dienstweigeraar. Hij wist het land te ontvluchten vlak voordat de oorlog begon. Reisde naar Engeland en meldde zich daar bij het leger. Hij haatte Hitler en al die afschuwelijke mannen.'

Ik nam het Kurt niet kwalijk dat hij loog over zijn verleden – mijn moeder en ik hadden uiteindelijk hetzelfde gedaan toen we in Parijs aankwamen – maar dat hij zich als oorlogsheld voordeed, dat was van een heel andere orde.

'Denk je dat hij nog in leven is?' vroeg ze.

'Wie?'

'Hitler.'

Ik was doodmoe van al die krantenartikelen waarin werd gesuggereerd dat de Führer helemaal geen zelfmoord had gepleegd in zijn bunker en vervolgens ter plekke was gecremeerd, maar in feite een luxueus leventje leidde ergens in Zuid-Amerika, beschermd door zijn trouwe volgelingen en klaar om op het juiste moment de wereldmacht weer over te nemen.

'Dat hoop ik niet,' zei ik.

'Volgens mij is dat wel zo. We zijn voorlopig nog niet verlost van die klootzak. Let op mijn woorden.'

'Zijn jullie al lang getrouwd?' vroeg ik.

'Vijf jaar,' zei ze en ze knikte naar de jongen. 'Ik weet het, ik weet het. Maar uiteindelijk hebben we het juiste gedaan en daar gaat het toch om? Mijn vader was niet zo blij. Hij dreigde Kurt in elkaar te slaan. Daarom zijn we naar Sydney gegaan. Het enige wat mijn ouders nu willen is hun kleinkind bezoeken.' Ze stond op. 'Wilt u me even excuseren? Ik moet naar het toilet. En daarna moet ik een kip in oven zetten voor vanavond. Wilt u Hugo even in de gaten houden?'

Ik knikte terwijl ze het huis in liep, nam nog een grote slok water en zette het glas op tafel.

'Ik zie dat je een schommel hebt,' zei ik tegen Hugo. Hij keek om en knikte. 'Zal ik je even duwen?'

Hij knikte, een en al vertrouwen, en we liepen erheen. Ik nam dezelfde positie in als Kurt toen ik hen de week ervoor had lopen bespioneren. Ik duwde hem zacht en hij ging omhoog.

'Jij liep hier vorige week heen en weer door de straat,' zei hij met heldere stem. 'Ik heb je gezien.'

Nu was het mijn beurt om verbaasd te reageren.

'Je keek aldoor naar mij.'

'Nee, hoor.'

'Wel waar, dat deed je wel.'

'Dat was ik niet, echt niet.'

Ik duwde hem nu hoger, steeds harder tegen zijn rug, en voelde dat zijn kleine lijfje zich een beetje spande telkens als hij weer bij mij terugkwam, alsof hij bang was dat ik hem pijn zou doen.

'Dan heb je zeker naar papa gekeken,' zei hij.

'Is hij een aardige man?' vroeg ik. 'Jouw papa?'

'Natuurlijk,' riep hij, en zijn stem werd luider naarmate de schommel hoger ging.

'Je weet je wel dat sommige mannen alleen maar doen alsof ze aardig zijn, hè?' zei ik. Ik hield nu op met duwen, liep naar de voorkant van de schommel en hield afstand om niet door hem geschopt te worden terwijl hij vaart minderde.

'Waarom doen ze dat?' vroeg hij met een verwarde uitdrukking op zijn gezicht.

'Omdat ze vanbinnen monsters zijn,' zei ik.

Hij hing nu stil en greep de schommel vast, zijn voetjes stevig op de grond geplant. 'Mijn papa is geen monster,' zei hij overtuigd.

'Maar wie weet dat zeker?' vroeg ik, terwijl ik uit mijn tas de envelop pakte met daarop de naam Kurt Kotler. Ik tilde Hugo op, legde de envelop op het schommelplankje, verzwaard met een kei uit het bloembed, haalde de jongen bij de schommel vandaan en pakte hem stevig bij de hand.

'Kom met me mee,' zei ik en ik liep met hem naar de straat. 'Jij en ik gaan een groot avontuur beleven.'

15

Mijn volgende ontmoeting met Madelyn Darcy-Witt was ongeveer een week nadat ik haar zoontje van school had gehaald. Ik had verwacht dat ze de volgende dag al bij me zou aankloppen om me te bedanken, maar tot mijn opluchting was het beneden al die tijd stil gebleven. Pas op dinsdag, toen ik terugkeerde van mijn wandeling, zag ik de gordijnen van nummer 1 bewegen en tien minuten later, toen ik weer boven was, mijn schoenen had uitgedaan en water voor de thee had opgezet, werd er aangeklopt. Ik zuchtte, want ik wist precies wie het was. Ik wilde dat ze me met rust zou laten zodat ik die dag gewoon mijn gang kon gaan, maar ze had me natuurlijk de trap van het gebouw op zien komen, dus ik kon nu niet doen alsof ik niet thuis was.

'Madelyn,' zei ik terwijl ik de deur opendeed en een glimlach veinsde. 'Wat enig om je weer te zien.'

'Hallo, Gretel,' antwoordde ze en ze stak beide handen naar me uit. Ik zag dat ze een doosje dure chocolaatjes had meegebracht.

'Voor jou,' zei ze. 'Als dank omdat je Henry vorige week van school hebt gehaald.'

'Dat had je niet hoeven doen,' zei ik, terwijl ik de chocolade op het gangtafeltje legde. 'Graag gedaan, hoor.'

'Ja, maar ik had het niet moeten vragen. Ik had jou helemaal buiten mijn bullshit moeten laten.'

Ik was overdonderd door haar woordkeus, ook omdat het leek

alsof ze een script stond voor te lezen. Mijn ergernis veranderde in bezorgdheid; ik nodigde haar uit binnen te komen en bood haar een stoel aan, maar geen thee. Ik wilde niet dat ze te lang zou blijven.

'Is alles goed met je, lieverd?' vroeg ik en ik ging tegenover haar zitten. Je lijkt nogal overstuur, als ik dat zo mag zeggen.'

Ze beefde en wreef met haar handen over haar armen. 'Het gaat goed,' zei. 'Ik slaap de laatste tijd alleen niet zo goed.'

'Middagslaapjes zijn niet zo'n goed idee, is mijn ervaring,' zei ik. 'Zo komt je hele slaapcyclus in de war. Je moet 's nachts minstens acht uur slapen en overdag veel bewegen.'

Ze glimlachte maar reageerde niet.

'En Henry?' vroeg ik. 'Hoe is het met hem?'

'O, heel goed. Hij is weer op school. Maak je geen zorgen, ik ga hem straks ophalen.' Ze lachte en ik meende een zekere hysterische ondertoon te horen.

'Ik maakte me geen zorgen, hoor,' zei ik.

'Ik moest je ook nog bedanken dat je hem te eten hebt gegeven.'

Ik fronste mijn voorhoofd. 'Je moest...? Wat bedoel je daarmee?'

'Nou ja, gewoon... Je hebt hem avondeten gegeven; heel erg bedankt daarvoor. Ik had geloof ik helemaal niets in huis. Ik maak te vaak gebruik van die bezorgdiensten, weet je wel, en was vergeten iets te bestellen. Alex vindt dat ik vaker gewoon moet koken.'

'Misschien moet Alex zélf meer koken,' stelde ik voor. 'Ik denk dat mannen net zo goed een oven kunnen aanzetten als vrouwen. Ja, ik weet zeker dat ik dat ergens heb gelezen.'

'Nee, dat zou hij absoluut nooit doen,' zei ze hoofdschuddend. 'Hij heeft het veel te druk om zich met dat soort onbelangrijk huishoudelijk werk bezig te houden.'

'Een maaltijd bereiden vind ik allesbehalve onbelangrijk huishoudelijk werk,' zei ik.

'Hoe dan ook, hij is weer een paar dagen weg. Een locatie verkennen in Parijs. Tenminste, dat zei hij.'

Ik aarzelde even. Ik wilde me nergens mee bemoeien, maar was wel nieuwsgierig. 'Je zegt dat op een toon alsof je niet helemaal overtuigd bent,' zei ik. 'Heb je reden om aan te nemen dat hij tegen je liegt?'

'Als je...' Ze keek ietwat gegeneerd om wat ze wilde gaan zeggen, maar overwon haar twijfel. 'Als je toevallig een fles wijn open hebt, zouden we dan misschien een glaasje kunnen drinken? Of je mag ook naar mij komen.'

'Lieverd, ik heb nog niet eens geluncht,' zei ik met een lachje. 'Het is pas rond het middaguur.'

'Natuurlijk. Je hebt gelijk.'

Ze bleef me aankijken en zuchtte diep, alsof ze hoopte dat ik toch zou toegeven, maar ik was absoluut niet van plan zo vroeg op de dag al aan de drank te gaan en ik wilde haar daarin ook niet aanmoedigen.

'Ik moest maar weer eens gaan,' zei ze ten slotte, hoewel ze geen aanstalten maakte.

'Madelyn, is alles goed met je?' vroeg ik. 'Je lijkt een beetje uit het lood geslagen.'

'Het gaat prima, hoor. Hoewel, misschien niet helemaal prima. Eerlijk gezegd heb ik een afschuwelijke fout begaan vorige week. Daarom moest ik jou vragen of je Henry wilde ophalen. Ik heb je toen gevraagd niets tegen Alex te zeggen, weet je nog?'

'En dat heb ik ook niet gedaan. Dat heeft de school gedaan. Jij nam je telefoon niet op.'

'Ja, dat zal wel. Maar evengoed.' Ze leek niet overtuigd, wat mij ontzettend irriteerde. 'Dat was dom van mij, ik weet het, maar ik moet even iets uitleggen.'

'Je bent me geen enkele verklaring schuldig,' zei ik, hoewel ik nieuwsgierig was naar wat ze bedoelde, en al wist ik zeker dat nog meer feiten me nog dieper zouden meesleuren in haar ellende.

'Ik vind van wel,' zei ze. 'Je vond me vast een afschuwelijke moeder omdat ik van je eiste dat je mijn zoon ging ophalen van school. En ik had gedronken. Nou ja, dat hoef ik je niet uit te leggen.'

'Inderdaad,' zei ik, want dat was overduidelijk geweest. 'Wat was er gebeurd?'

'Ik kwam een oude vriend tegen, weet je wel,' zei ze. Ze keek me niet aan, staarde naar de vloer en friemelde zenuwachtig met haar handen. 'Ongeveer een week daarvoor. Heel toevallig, ik had niets gepland. Ik had heel lang geen contact meer met hem gehad. Het was in een boekhandel in Oxford Street, weet je wel, en plotseling stond hij daar. Pal voor me.'

'Was dat een ex-vriendje van je?' vroeg ik.

'Ja,' zei ze, 'van honderd jaar geleden, uiteraard. We zaten samen op de toneelschool. Maar die vriend, Jerome, was geen goed acteur eerlijk gezegd, en hij switchte algauw naar de afdeling regie. Daar vond hij helemaal zijn draai. Hij regisseerde een paar stukken in West End en onlangs heeft hij zijn eerste film gemaakt.'

Ze noemde de titel van de film en ik was onder de indruk. Ik had erover gehoord, een aantal positieve recensies gelezen, en omdat de film speelde tijdens de Raj, een historische periode die me altijd heeft geïnteresseerd, was ik met Heidi naar de bioscoop gegaan om hem te zien.

'We waren een hecht stel, jaren geleden,' vervolgde ze, 'Maar ik heb hem verneukt, weet je wel, en dat betekende het einde.'

Ik fronste. 'Verneukt?' vroeg ik.

'Ik heb het met een ander gedaan.'

'O. Juist.'

Ze haalde haar schouders op. 'Volgens Alex was ik zo'n afschuwelijke slet in die tijd,' vervolgde ze. Ze keek om zich heen naar het behang, alsof daar de antwoorden op haar problemen stonden. 'Ik denk dat hij gelijk heeft.'

'Hoe oud was je toen?' vroeg ik.

'Achttien. Negentien. Zoiets.'

'Voor zover ik begrijp fladderen jonge mensen op die leeftijd van de een naar de ander,' zei ik. 'Daar is niets goedkoops of ordinairs aan. Dat hoort bij het volwassen worden.'

'Volgens Alex ligt dat anders,' zei ze. 'Maar goed, het was zo geweldig om Jerome weer te zien. Hij stelde voor iets te gaan drinken en uiteindelijk zijn we een paar uur bij elkaar gebleven, gewoon praten over vroeger en over mensen die we toen kenden.'

'En heeft er toen iets indiscreets plaatsgevonden tussen jullie?' vroeg ik. 'Gaat het daar eigenlijk om?'

'Welnee,' zei ze hoofdschuddend. 'Nee, integendeel. Hij had dat soort interesse niet meer in me. Hij is nu homo, namelijk. Waarschijnlijk was hij dat altijd al wel, maar destijds ging hij met vrouwen naar bed en dat doet hij nu niet meer. Hoe dan ook, waar het om gaat is dat we zo goed met elkaar konden opschieten, het was weer net als vroeger, en dat hij me vroeg...' Ze sloot haar ogen even en trommelde met haar vingers op het kussen van de stoel. 'Hij zei dat hij acteurs zocht voor zijn nieuwe film en dat er een rol in voorkwam die me volgens hem op het lijf geschreven was. Hij beweerde dat hij mij al in die rol voor zich had gezien en zich had afgevraagd hoe hij met me in contact moest komen, dus het was een wonderlijk toeval dat we elkaar die dag tegen het lijf liepen. Hij wilde weten of ik zin had om auditie te doen.'

'Maar dat is fantastisch, Madelyn,' zei ik opgewekt. 'Ik hoop dat je ja hebt gezegd.'

'Jazeker. Maar dat had ik niet moeten doen. Niet zonder met Alex te overleggen, natuurlijk.'

'Maar als je het zo graag wilde...'

'Hij is mijn man, Gretel,' zei ze, en opnieuw klonk het alsof ze iemand napraatte in plaats van voor zichzelf te denken. 'Ik hoor dat soort beslissingen niet te nemen zonder hem eerst te raadplegen.'

'Maar dit zijn toch niet de jaren vijftig!' riep ik uit. 'Je hoeft toch niet elke beslissing te overleggen met je man!'

'Hoe dan ook, ik zei dat ik dolgraag auditie zou doen,' vervolgde ze, zonder aandacht te besteden aan mijn opmerking. 'En dus ging ik de volgende dag naar zijn kantoor en las de tekst samen met een andere acteur. Het ging heel goed, vond ik. Verrassend goed. Natuurlijk was ik zenuwachtig, het was zo lang geleden dat ik zoiets had gedaan, maar het script was fantastisch geschreven, dus het was een groot genoegen om mijn tekst uit te spreken. Ik leefde me helemaal in in mijn rol. Na afloop was Jerome verrukt. Hij zei dat hij niet direct een beslissing kon nemen, dat hij moest overleggen met andere mensen, producenten en zo, maar hij wilde absoluut dat ik terugkwam om nog een keer auditie te doen. Het was geen hoofdrol of zo, snap je, het was een bijrol, maar een hele goede, vond ik. Het soort rol waarin je wel kunt worden opgemerkt, als je hem goed speelt. Ik werd vroeger natuurlijk voortdurend opgemerkt, maar nu niet meer. Niet nu ik me meer laat gaan en veel te dik ben geworden.'

Uiteraard had ze geen grammetje vet aan haar lijf.

'Hoe dan ook, toen ik vertrok was ik helemaal in de wolken. En toen kwam Alex erachter.' Ze zweeg.

'Heb je het hem verteld?' vroeg ik.

'Nee, hij las een e-mail die voor mij was bestemd.'

'Leest jouw man wel vaker je e-mails?'

Ze drukte haar tong in haar wang en dacht na. 'Waarschijnlijk had ik mijn laptop open laten staan,' zei ze. 'En hij heeft het toen toevallig gelezen.'

Ik zei niets meer. Dit leek me onwaarschijnlijk. 'En hij was niet blij?' vroeg ik uiteindelijk.

'Nee.'

'Het lijkt me nogal logisch dat een liefhebbende echtgenoot dolblij zou zijn als zijn vrouw wat succes en geluk heeft, los van haar gezin.'

'Alex ziet dat anders,' zei ze. 'Hij zei dat ik achter zijn rug om dingen had gedaan, hoewel dat niet waar was. Ik was Jerome puur bij toeval tegengekomen. Hoewel hij natuurlijk wel gelijk heeft dat ik naar die auditie ben gegaan zonder het hem te vertellen. Dat was verkeerd van me.'

'Of je wilde die gelegenheid gewoon zelf onderzoeken, zonder druk van anderen,' zei ik. 'En als het gunstig verliep, dan had je hem het goede nieuws kunnen vertellen.'

'Het maakt nu allemaal niets meer uit,' zei ze. 'Uiteindelijk heeft iemand anders die rol gekregen.'

'Waarom?'

'Alex zei dat ik het niet moest doen. En hij had natuurlijk gelijk. Dat had ontzettend gênant kunnen worden. Ik bedoel, kijk mij nou, ik ben niet meer de slanke den van vroeger, en voor de camera lijk je ook nog eens kilo's zwaarder. Ik zou er op het doek als een olifant uit hebben gezien. Hij wilde me die vernedering besparen.'

'Maar lieve schat, je bent vel over been,' zei ik vriendelijk.

'Erg aardig van je om dat te zeggen, maar dat ben ik heus niet. Bovendien wist ik dat hij gelijk had, maar ik schaamde me om Jerome te bellen. Dus dat heeft Alex toen gedaan, en hij heeft zelfs een auditie geregeld voor een actrice met wie hij sinds kort samenwerkt, een rijzende ster, en die hebben ze toen de rol gegeven. Dat was de dag dat ik vergat Henry van school te halen. Ik was een beetje overstuur toen ik het hoorde, snap je, dus toen heb ik maar een flesje wijn opengetrokken. En daarna nog een. Dat was zo slecht van me en zo oneerlijk tegenover Alex.'

'Tegenover Henry, bedoel je.'

'Ik beloof dat het nooit meer zal gebeuren. Ik ben een afschuwelijk slechte moeder. Echt waar. Ze zouden me moeten neerschieten.'

Ze stond zo snel op dat ik niet de kans kreeg haar tegen te spreken en als versteend in mijn stoel bleef zitten.

'Ik moet nu weg,' zei ze. 'Ik wilde je alleen even die chocolaatjes geven. En sorry zeggen.'

'Ik ben blij dat ik heb kunnen helpen,' zei ik. Ik ging nu ook staan en liep met haar mee naar de deur. Ik had veel meer tegen haar willen zeggen, maar het leek niet het juiste moment. Ergens wilde ik dat ze bleef, om haar een gevoel van veiligheid te geven binnen mijn muren. Tegelijkertijd wilde ik dat ze weer naar beneden ging, de deur achter zich dichtdeed en me nooit meer lastig zou vallen.

'Dank je wel, Gretel,' zei ze toen ze wegging. Tot mijn verbazing keerde ze zich plotseling om en gaf me een zoen op beide wangen. Terwijl ze me omhelsde, ving ik een vleug op van haar parfum, maar daar zat iets mufs onder, alsof ze zich al een paar dagen niet had gewassen en haar lichaamsgeur wilde maskeren met deodorant omdat douchen te veel moeite kostte. Terwijl ze naar de trap liep zwaaide ze nog naar me, waarbij haar lange mouw naar beneden schoof, bijna tot aan haar elleboog.

Heidi Hargrave stond in haar deuropening en zag haar vertrekken. 'Wat is er met haar arm gebeurd?' vroeg ze nadat Madelyn uit het zicht verdwenen was. 'Wat een vreselijke blauwe plek.'

16

Ik liep zo snel mogelijk terug naar de Esplanade terwijl ik Hugo's hand stevig vasthield, en kocht twee kaartjes voor de terugvaart naar Sydney. Van tijd tot tijd keek de jongen om in de richting van zijn huis, maar tot mijn opluchting leek hij niet bijzonder bezorgd dat hij door een vreemde werd meegenomen op de ferry zonder dat zijn vader of moeder erbij was. Hij vroeg me diverse keren langzamer te lopen, maar ik vermoedde dat Cynthia inmiddels koortsachtig op zoek was naar haar zoon, en ik kon niet riskeren nog op de werf te staan als ze achter ons aan zou komen.

Hugo was vaak op de pont geweest, vertelde hij, en hij wilde het liefst boven zitten, in de vaarrichting. 'Gaan we naar papa?' vroeg hij me toen de brug in zicht kwam aan de horizon.

'Vanavond niet,' antwoordde ik. 'Papa moet overwerken en daarna gaat hij met je moeder uit eten. Daarom hebben ze gevraagd of ik op je wilde passen.'

Hij fronste zijn wenkbrauwen en begon achterdochtig te worden. 'Maar mama kent jou niet eens,' zei hij.

'Natuurlijk wel. Wij kennen elkaar al heel lang.'

'Maar je was gevallen voor ons huis,' hield hij koppig vol. 'Jij en mama hebben allebei gezegd hoe je heet.'

'Ik bedoelde dat je vader en ik elkaar al heel lang kennen,' zei ik, wat strikt genomen niet gelogen was. 'En hij heeft me gevraagd dit voor hem te doen.'

'Maar hadden we mama dan niet moeten vertellen dat we weggingen?'

'O, maak je daar maar geen zorgen om. Ze wilde in bad en zich mooi maken. Beschouw dit nu maar als een groot avontuur, Hugo. Lijkt je dat geen leuk idee? Stel je voor dat je Kapitein Cook bent en voor het eerst de stad gaat ontdekken.'

'Ik zou wel ontdekkingsreiziger willen zijn,' zei hij enthousiast, en het overviel me hoe deze opmerking me weer keihard terugbracht in het verleden.

'Ik had een broertje dat ook ontdekkingsreiziger wilde worden,' vertelde ik hem en ik staarde naar het water waar de boot doorheen kliefde.

'En is hij dat ook geworden?'

'Nee.'

'Waarom niet?'

'Er is iets heel ergs met hem gebeurd.'

Hij keek me aan met grote, nieuwsgierige ogen. 'Wat dan?' vroeg hij ademloos.

'Hij ging dood.'

'O! En was hij nog maar klein?'

'Ja. Ouder dan jij, maar niet veel. Hij was negen toen we hem verloren.'

'Mijn buurvrouw, mevrouw Hamilton, is vorig jaar doodgegaan,' zei hij en hij tuurde naar zijn schoenen. 'Ik mocht altijd met haar hond spelen, maar na haar begrafenis heeft iemand die hond weggehaald.'

'Wat jammer,' zei ik. 'Maar hij heeft vast een lief nieuw baasje nu.'

'Ik heb papa een hond gevraagd voor mijn verjaardag.'

'En denk je dat je er een krijgt?'

Hij haalde zijn schouders op en zuchtte diep, alsof alle ellende van de wereld op zijn schouders drukte.

'Hoe laat gaan we naar huis?' vroeg hij na een poosje.

'Nou, Hugo, eigenlijk gaan we niet naar huis vanavond,' zei ik. 'Je blijft een nachtje bij mij. In de stad.'

Hij keek fronsend. 'Ook slapen?'

'Ja. Dat vind je toch wel goed, hè?'

'Maar ik heb nog nooit ergens gelogeerd,' zei hij, en het idee leek hem in verwarring te brengen. 'Mag ik dat wel?'

'Ja, hoor. Beschouw het maar als een soort uitje, waar je je vriendjes later over kunt vertellen.'

Hij zweeg en leek over dit alles diep na te denken. Ik vermoedde dat hij intuïtief aanvoelde dat er iets verdachts aan de hand was, maar dat hij bereid was aan te nemen dat er een goede reden voor was. Ik wist dat kinderen meestal het volste vertrouwen hadden in volwassenen, en aannamen dat ze met hun plannen altijd goede bedoelingen hadden. Wat eigenlijk nogal ironisch was, omdat volwassenen de laatste mensen zijn die je kunt vertrouwen.

Toen we aanmeerden aan Circular Quay, gaf ik hem weer een hand en liep met hem naar een van de ijscostalletjes, om iets lekkers te halen, waar hij enorm vrolijk van werd. Vanaf daar was het niet ver lopen naar Kent Street, en toen we daar aankwamen ging Hugo aan tafel zitten terwijl ik hem een beker melk gaf. Ik had gehoopt dat Cait al naar haar werk zou zijn, maar ze was nog in ons appartement en keek verbaasd toen ze de slaapkamer uit kwam en een jochie van vijf in de keuken zag zitten. Maar ik maakte me er niet druk om, het veranderde mijn plannen ook niet, en bovendien zou ze in elk geval weten hoe de jongen heette als zij – wat onvermijdelijk was – degene zou zijn die zijn lichaampje zou vinden.

'En wie hebben we hier?' vroeg ze lachend, terwijl ze van Hugo naar mij keek en terug.

'Dit is Hugo,' zei ik. Ik nam haar mee naar mijn slaapkamer en praatte zachtjes, zodat hij ons niet zou horen. 'Zijn moeder werkt bij mij in de winkel. Ze heeft de laatste tijd huwelijksproblemen, dus ze vroeg of hij vannacht bij me mag logeren.'

'Bij jou?'

'Ja, waarom niet?' vroeg ik met opgetrokken wenkbrauwen.

'Nou, jij weet niet veel van kinderen, toch?'

'Hoe moeilijk kan dat zijn?' vroeg ik. 'Hij is geen baby meer. Hij is vijf. Bijna zes. Hij gaat vroeg slapen, neem ik aan, en dan leg ik hem in bed.'

'En waar slaapt hij dan?'

'Hier. Bij mij. En morgenochtend breng ik hem weer terug.'

'Beetje rare regeling,' antwoordde ze. 'Heeft hij geen familie waar hij kan logeren?'

'Ik geloof het niet,' zei ik en ik hoopte dat ze niet verder zou doorvragen, maar gelukkig liet ze het daarbij. Ze ging terug naar de keuken en babbelde nog even met de jongen voordat ze naar haar werk ging. Ik luisterde met een half oor of ik de telefoon beneden hoorde. Die kon elk moment gaan rinkelen. Cynthia zou het briefje gevonden hebben toen ze op zoek ging naar haar zoontje, en waarschijnlijk had ze Kurt gebeld op zijn werk, die vanaf dat moment de touwtjes in handen zou nemen. Ik vroeg me af wat ze had gedacht toen ze de achternaam Kotler op de envelop had gezien. En hoe haar man haar dat had uitgelegd. Hij was waarschijnlijk in paniek door de ontvoering van zijn zoon, maar dit zou hem wel eens veel banger kunnen maken. En in de envelop zat geen brief. Alleen een telefoonnummer. Ik wilde hem nog een laatste keer spreken voordat ik mijn plan uitvoerde. Cynthia zou waarschijnlijk zeggen dat ze de politie moesten bellen. Maar omdat hij het gevaar kende zou hij verstandig genoeg zijn om erop aan te dringen hem de zaak te laten oplossen.

'Mag ik nu naar huis?' vroeg Hugo nadat we hadden gegeten, en ik had spijt dat ik niet wat speelgoed of kinderboeken voor hem had gekocht.

'Dat kan nu niet, zoals ik al verteld heb,' zei ik, en ik probeerde zo vriendelijk mogelijk te klinken om hem niet onnodig bang te maken. Uiteindelijk was ik absoluut niet van plan hem onnodig pijn doen. Ik wilde wachten tot hij in slaap viel, waarna ik hem naar de keuken zou brengen en hem daar op een deken op de grond zou leggen, naast mij. En dan zou ik de gaskranen opendraaien en de ovendeur openzetten. Het leek mij een passend einde voor ons allebei. 'Het is maar voor één nachtje. En morgen kun je mama er alles over vertellen.'

Hij keek beteuterd, was van streek en veegde een paar traantjes weg. Op dat moment herinnerde ik me het meisje van de benedenburen in het huis naast ons. Ze had een hond en hij had gezegd dat hij dol was op honden. Ik vroeg me af of ze bereid zou zijn om Hugo met haar hond te laten spelen.

'Kom, we gaan even naar beneden,' zei ik en ik pakte zijn hand. We gingen naar buiten en ik keek over het gaas, waar mijn buurmeisje een bal gooide naar een vriendelijke labrador.

'Sarah,' riep ik en het meisje keek naar ons. 'Dit is mijn vriendje Hugo. Zou hij even met je mogen spelen? Hij is dol op honden.'

Typisch voor kinderen twijfelde Sarah of ze wel een vreemd kind in haar tuin wilde, maar Hugo was zo blij bij het vooruitzicht met het dier te kunnen spelen dat ze toegaf. Ik bleef een poosje wachten terwijl ze samen door de tuin renden, opgelucht dat ik een afleiding voor hem had bedacht.

'Ik kom je zo weer halen,' zei ik. Ik rende naar boven, haalde de rollen ducttape tevoorschijn die ik de vorige dag had gekocht en gebruikte die om de kieren langs de keukenramen en het ventilatierooster dicht te plakken. Binnen de kortste keren was het vertrek luchtdicht verzegeld. Ik haalde een paar extra dekens en legde die op de grond. Daar zou ik hem op het juiste moment heen brengen. Ik zou de deur dichtdoen, de kieren daarvan ook dichtplakken en hem in mijn armen nemen, waarna we zouden gaan liggen en eenvoudigweg samen in slaap zouden vallen.

Het was een vreemd bevrijdend gevoel dat het einde in zicht was. Ik voelde me opgelucht en tegelijkertijd angstig. Ik wist niet of ik geloofde in de hemel, maar ik wist dat ik wel degelijk geloofde in de hel. Daar had ik ooit gewoond.

Toen ging de telefoon.

Mijn hart stond even stil door het luide gerinkel. Ik liep erheen, haalde diep adem, nam de hoorn van de haak en zweeg.

'Hallo?' zei een stem aan de andere kant van de lijn en ik glimlachte. Hij deed zijn best zich aan te passen aan zijn nieuwe land, maar zijn accent was er nog.

'Kurt,' zei ik uiteindelijk en ik deed mijn best zo rustig mogelijk te klinken.

'Gretel,' zei hij. 'Ik wist dat jij het was.'

17

Tot mijn verbazing kreeg ik een telefoontje van Eleanor, die van plan was om op haar vrije dag te lunchen in Piccadilly met een vriendin en even bij te praten, en ze vroeg of het me leuk leek om daarna elkaar even te ontmoeten. Het was pas een paar dagen geleden dat zij, Caden en ik samen hadden geluncht, maar omdat ik niet afstandelijk wilde lijken stemde ik in en zorgde ervoor dat ik per taxi om drie uur bij Fortnum & Mason was. We kwamen tegelijkertijd bij de hoofdingang aan, wat een beetje vreemd aanvoelde omdat we over koetjes en kalfjes moesten praten onderweg naar de Tea Salon. Eleanor drong erop aan eerst over de afdeling dameskleding te lopen en vertelde me dat ik er 'absoluut beeldschoon' uitzag in een kledingstuk dat duidelijk ontworpen was voor een vrouw van een jaar of dertig, veertig, in plaats van ruim negentig.

'De dagen dat ik er absoluut beeldschoon uitzag liggen al eeuwen achter me,' zei ik toen we eindelijk zaten en ik het menu bekeek. 'Tegenwoordig ben ik blij met het compliment "goed geconserveerd" of "smaakvol gekleed".'

'Onzin,' zei Eleanor, mijn bescheidenheid wegwuivend. 'Als ik er op uw leeftijd half zo goed uitzie als u, mag ik me gelukkig prijzen. En Caden ook.'

'Lieverd,' zei ik met een lachje. 'Als je de pech hebt net zo oud te worden als ik, dan is Caden ongeveer honderdtien en heeft hij nergens nog een mening over.'

'Klopt,' zei ze. 'Misschien ga ik dan wel de andere kant op en neem ik op mijn negenennegentigste een vriendje van tweeëntwintig.'

Ik besloot haar er niet op te wijzen dat ik nog niet zó oud was.

'Wat aardig van je om me uit te nodigen,' zei ik, nadat we hadden besteld.

'Ik wil u leren kennen, Mrs F.,' zei ze 'omdat u immers mijn schoonmoeder wordt.'

'Klopt.'

'Kon u redelijk overweg met de anderen? Cadens eerste drie vrouwen, bedoel ik.'

'Met sommigen,' gaf ik toe. 'Zijn eerste, Amanda, was een schatje. Die andere twee heb ik niet goed gekend. Achteraf bezien was dat waarschijnlijk maar goed ook. Dat zou verspilling van energie zijn geweest.'

'Ik kan niet geloven dat ik de vierde Mrs Fernsby word,' zei ze, hoewel haar dat niet in het minst leek te verontrusten.

Eleanor had iets opens over zich. Iets wat ik sympathiek vond, en het leek me dat ze geen bezwaar zou hebben tegen mijn nieuwsgierigheid naar de keus van haar echtgenoot.

'Zou ik je iets persoonlijks mogen vragen?' vroeg ik.

'U wilt weten waarom iemand van mijn leeftijd wil trouwen met uw zoon.'

'Niets ten nadele van Caden,' zei ik. 'Hij heeft veel uitstekende eigenschappen. Maar hij is niet bepaald meer piepjong, en jij bent nog een jonge vrouw.'

'Ik ben vijfenveertig!'

'Lieverd, dat ís jong.'

'Dank u, maar zo voelt het niet,' antwoordde ze, iets ernstiger nu. De meeste mannen zien me niet meer staan. Maar u bent niet de enige die me dit heeft gevraagd. Mijn vrienden ook; ik weet zeker dat ze allemaal achter mijn rug lopen te roddelen, maar ik krijg het ze niet aan hun verstand gepraat.'

'Wat niet aan hun verstand gepraat?'

'Dat ik van hem hou.'

Ik knikte, overwoog haar woorden. De ober serveerde ons thee en scones, en ik wachtte tot hij weer weg was voordat ik verder praatte. 'Ik ben erg blij dat je van hem houdt,' zei ik. 'Dat viel me al op toen we elkaar op zondag ontmoetten. Maar waarom precies?'

'Is dat geen rare vraag voor een moeder?' zei ze. 'Houdt ú dan niet van hem?'

'Ja, natuurlijk. Maar een moeder houdt altijd van haar kind, toch? Dat zit in je DNA.'

'Ik weet dat jullie samen in de loop van de jaren strubbelingen hebben gehad,' zei ze, en ik keek naar de potjes jam omdat ik haar blik wilde vermijden, en ik vroeg me af hoeveel mijn zoon haar had verteld over zijn kinderjaren. Ik probeerde niet te denken aan het jaar dat ik afwezig was geweest, maar ging ervan uit dat het hem, zelfs na zo'n lange tijd, nog steeds dwars moest zitten. Hoewel ik er liever niet aan dacht, wist ik zeker dat het een negatieve invloed had gehad op zijn relaties met vrouwen. Een psycholoog, zo leek me, zou er wel raad mee weten.

'Ik was niet,' zei ik uiteindelijk na een diepe zucht, 'een schoolvoorbeeld van een moeder. Bepaalde ervaringen in de oorlog waren... niet bepaald bevorderlijk voor mijn geestelijk welzijn. Ik kan niet goed overweg met kinderen, daar komt het op neer. Mag ik je iets vertellen? Iets wat ik nog nooit iemand heb toevertrouwd, zelfs mijn man niet?'

Ze leunde geïntrigeerd voorover en ik vroeg me af waarom ik hier in hemelsnaam over begonnen was. Misschien had het iets te maken met het feit dat ik haar steeds aardiger begon te vinden.

'Toen ik in Australië woonde,' zei ik, 'heb ik iets afschuwelijks gedaan.'

'Wat dan?' vroeg ze, terwijl ze de thee inschonk.

'Ik heb een kind ontvoerd.'

Ze leunde naar achteren en sperde haar ogen open. 'Wát hebt u gedaan?' vroeg ze.

'Een kind ontvoerd,' herhaalde ik. 'Een jongetje.'

'Maar waarom?'

'Ik kende zijn vader, van heel lang daarvoor. Hij maakte deel uit van iets wat leidde tot een groot verlies in mijn leven. Ik wilde dat hij wist hoe het voelde om iemand te verliezen van wie je houdt.'

'Was dat tijdens de oorlog?'

Ik knikte.

'U hebt hem toch wel teruggegeven? Dat jongetje?'

'Ja, natuurlijk. De volgende dag.'

'Dus u hebt hem gewoon voor één nacht meegenomen? Dat is toch niet zo erg? Ik bedoel, het is niet aardig, maar...'

'Het punt is, Eleanor, dat ik niet van plan was om hem terug te geven.'

'Wat was u dan met hem van plan?'

'Hem doodmaken. En mezelf.'

Tot mijn verbazing reageerde ze niet geschokt op deze ontboezeming. Misschien had haar jarenlange medische opleiding haar immuun gemaakt voor dat soort dingen. Wie weet wat voor afschuwelijke dingen ze gezien had in het ziekenhuis.

'Maar u hebt het dus niet gedaan.'

'Nee.'

'Nou, dat is tenminste iets. Hoe heette hij? Dat jongetje, bedoel ik.'

'Hugo. Hugo Kozel.'

'En hebt u...' Ze keek om zich heen voor het geval er iemand binnen gehoorsafstand zat en vroeg zacht: 'Hebt u in de gevangenis gezeten?'

'Nee,' zei ik. 'Er was sprake van, laten we zeggen, verzachtende omstandigheden. Allereerst heeft zijn vader geen aangifte gedaan bij de politie, hoewel zijn moeder dat waarschijnlijk graag gewild had. En ik ben een paar dagen later uit Sydney vertrokken en naar Engeland gevaren, waar ik me toen heb gevestigd. Het leek me te gevaarlijk om in Australië te blijven.'

'Voor het geval de politie u zou opsporen?'

'Daar maakte ik me nog het minst zorgen om. Er waren anderen die me hadden kunnen opsporen en straffen. En als je met hen te maken kreeg, dan kon dat leiden tot... nou ja, heel veel narigheid.'

Ze dacht hierover na terwijl ze van haar thee dronk. 'Weet Caden hier iets van?' vroeg ze.

'Niemand weet er iets van,' zei ik. 'De vader van de jongen, nou ja, die zal inmiddels wel dood zijn. Hij was ouder dan ik. En dat jochie, dat toen pas vijf was, ik vraag me af of hij zich daar nog iets van herinnert.'

'En waarom vertelt u mij dit?'

'Omdat je moet begrijpen dat ik een slechte moeder ben geweest en me vaak heb afgevraagd of Cadens gebrek aan succes bij vrouwen in het algemeen –'

'Hij heeft drie vrouwen gehad,' protesteerde ze.

'Maar is dat op zich al geen teken van mislukking?' vroeg ik. 'Zijn onvermogen om er ook maar één vast te houden? Ik wil niet onaardig klinken, ik weet dat hij altijd zijn best heeft gedaan, maar op een of andere manier, ondanks een positief begin, blijft hij altijd alleen achter. Ik vraag me af of het allemaal mijn schuld is. Omdat ik er niet was voor hem. Omdat ik hem in de steek heb gelaten.'

'U vroeg me waarom ik van hem hou,' zei Eleanor. Ze boog voorover en pakte mijn beide handen vast. 'Een deel daarvan is vanwege de man die u gecreëerd hebt. Hij is altijd vriendelijk, Mrs F.! En hij is grappig. En hij is geïnteresseerd in mij. Hij stelt vragen over mijn leven en hij luistert als ik antwoord geef. Hij vraagt niets zomaar om wat te vragen. Hij werkt hard en dat waardeer ik enorm. Dat heb ik nodig in een man. En hij geeft me het gevoel dat ik veilig ben. Hij is hopeloos met geld, dat weten we allebei wel, denk ik, maar verder is hij een godsgeschenk.'

Ik voelde tranen in mijn ogen komen bij deze beschrijving van mijn zoon, waar ik hem niet echt in herkende. Misschien was ik toch niet zo'n afschuwelijke moeder geweest. Of kwam het doordat Edgar het had gecompenseerd door zo'n bijzonder goede vader te zijn? Lastig te zeggen...

'Maar waarom hebt u hem in de steek gelaten?' vroeg ze. 'Ik bedoel, u hoeft het me niet te vertellen, natuurlijk. Maar als u dat wel wilt, dan ben ik één en al oor. Misschien ga ik hem dan nog beter begrijpen.'

Ik dacht erover na en zuchtte. Misschien zou het een opluchting zijn om eindelijk eens mijn hart te luchten. Ik keek naar onze theekopjes, die bijna leeg waren. 'Zou ik je misschien kunnen verleiden tot een glaasje witte wijn, Eleanor?' vroeg ik.

18

Natuurlijk had ik hem nooit dood kunnen maken. Of mezelf. Als ik zo veel moed had gehad, dan had ik lang geleden in Parijs al zelfmoord gepleegd, dan had ik een touw over een balk in onze kamer gegooid, het om mijn nek geknoopt en de stoel waar ik op stond weggeschopt. En toen Kurt zei dat hij me wilde spreken, stemde ik daar onmiddellijk mee in. Tenslotte wilde ik vanaf mijn twaalfde niets liever dan bij hem zijn. Er waren tien jaar voorbijgegaan sinds we elkaar voor het laatst hadden gezien, maar er waren blijkbaar dingen die nooit veranderden.

Hij wilde diezelfde avond nog naar de stad komen, maar dat weigerde ik. Ik stond erop dat Hugo die nacht bij mij zou blijven tot de ochtend. Ik stond vroeger op dan anders, ging in bad, waste mijn haar en deed make-up op, iets wat ik mezelf zelden toestond. Ik trok een lichte zomerjurk aan, geel met witte polkadots, waarvan ik wist dat mijn lichaam er het best in uitkwam, en toen ik in de spiegel keek was het niet Gretel die me daar aankeek, maar een jongere versie van Moeder, toen ik nog een kind in Berlijn was en haar schoonheid oogverblindend. Voordat mijn broertje was geboren. Voordat die andere plek zelfs bestond. Vóór dat alles.

We spraken om tien uur af in een koffiezaakje dat de Dandelion heette, een korte wandeling vanaf Kent Street. Cait stemde ermee in tijdens mijn afwezigheid op Hugo te passen, en tot mijn opluchting leek de jongen na een goede nachtrust veel ontspannener. Hij fleurde behoorlijk op toen ik hem vertelde dat Cait hem over een paar uur naar zijn vader zou brengen.

'Ik dacht dat je zei dat zijn moeder een collega van je in de zaak was,' zei Cait, terwijl ik mijn oorbellen in deed en mijn lippen opnieuw stiftte.

'Dat klopt,' zei ik, 'maar haar man haalt hem straks op.'

'En wat heeft dít allemaal te betekenen?' vroeg ze, terwijl ze me van top tot teen bekeek. 'Dat je je zo optut. Iedereen zou denken dat je een afspraakje hebt.'

'Sinds wanneer mag ik er niet meer leuk uitzien?' vroeg ik. Ik verhief mijn stem. Ik was tegelijkertijd zenuwachtig, opgewonden en bang, en voelde niet de behoefte om iets uit te leggen. Het enige wat ik wilde was naar buiten gaan, de frisse lucht in en mijn gedachten op een rijtje zetten.

'Oké, oké,' zei ze, terwijl ze haar handpalmen ophief. 'Je hoeft niet meteen zo kattig te doen. Het was maar een vraag.'

'Sorry,' zei ik, 'het punt is... Ik heb gewoon te veel aan mijn hoofd, dat is alles.'

'Ik begrijp niet waarom je koffie gaat drinken met zijn vader,' zei ze, met rimpels van verbijstering op haar voorhoofd. 'Serieus, Gretel. Er is hier iets niet in de haak en ik wou dat je...'

'Vertrouw me nou maar,' zei ik smekend. 'Ik leg het later vanavond allemaal wel uit.'

Twintig minuten later zat ik in het koffiezaakje te wachten op Kurt. Ik dacht terug aan het moment dat ik hem voor het eerst gezien had, slechts enkele uren nadat ik op die andere plek was aangekomen, toen hij in vol tenue Vaders kantoor binnen kwam marcheren om zich voor te stellen aan zijn nieuwe commandant, en ik voor het eerst in mijn leven besefte hoe het was om begeerte te voelen. Ik was natuurlijk pas twaalf, ik had nog nauwelijks belangstelling voor jongens, maar hij was lang en knap, zijn blonde haar uit zijn gezicht gekamd, en ik wist zeker dat ik in mijn hele leven nog nooit iemand had gezien die zo mooi was. Het was alsof je in de nabijheid van een god verkeerde.

Vader stelde ons aan elkaar voor en Kurt wierp me een onverschillige blik toe. Ik wilde hallo zeggen, hem een hand geven, voelen hoe mijn eigen hand zou voelen in de zijne, maar het leek alsof ik niet meer kon praten. In plaats daarvan rende ik vanuit dat vertrek naar boven, ging ademloos en in een toestand van uiterste verwarring op de rand van mijn nieuwe bed zitten, en hield mezelf voor dat dit nu was waarover ik als kind altijd had gelezen in boeken. Het was echt. Het was allemaal echt.

Ik ging zo op in die herinneringen dat ik bijna niet merkte dat de deur openging en het belletje erboven rinkelde om een nieuwe klant aan te kondigen. Hij stapte binnen, keek om zich heen en zag me toen zitten aan het laatste tafeltje bij het raam. Hij hield zijn hoofd schuin, staarde me een paar seconden aan, een dun lachje om zijn mond, en wendde zich tot het meisje achter de toonbank om koffie te bestellen. Hij was niet gekleed in het formele tenue van de bankemployee, maar droeg een witte broek en een overhemd met het bovenste knoopje open en de mouwen opgerold. Hij was zongebruind, het stond hem goed. Ik concludeerde dat hij vandaag net zoveel zorg aan zijn uiterlijk had besteed als ik. Met zijn koffie in de hand liep hij langzaam naar me toe.

'Gretel,' zei hij. Hij pakte mijn hand en drukte er een kus op. '*Du wirst es vielleicht nicht glauben, aber ich habe immer geahnt* –'

'Nee,' onderbrak ik hem. Ik voelde dat de paniek me onmiddellijk bij de keel greep bij het horen van mijn moedertaal, doodsbang als ik was dat iemand ons zou horen. 'Nee, geen Duits, alsjeblieft. Altijd Engels.'

Hij keek me aan en op zijn gezicht zag ik nog steeds die vreemde mengeling van schoonheid en wreedheid die me sinds onze eerste ontmoeting in vervoering had gebracht.

'*Wie du möchtest,*' zei hij en hij ging tegenover me zitten. 'Misschien verbaast het je, maar ik heb altijd gedacht dat we elkaar op een dag nog eens tegen zouden komen.'

'Dus je hebt aan me gedacht.'

'Niet vaak, nee. Maar soms wel. En jij?'

'Niet vaak,' loog ik. 'Maar soms.'

Hij knikte en nam een slok koffie. Ik deed hetzelfde, want ik wilde niet dat het mijn verantwoordelijkheid was om als eerste iets te moeten zeggen.

'We zijn ver weg van...' begon hij, maar ik onderbrak hem onmiddellijk.

'Niet zeggen,' zei ik. 'Ik haat dat woord, ik gebruik het nooit.'

'Maar we moeten het toch iets noemen.'

'Ik noem het die andere plek.'

'Je broertje noemde het altijd "Oudwis". Als ik het me goed herinner.'

Het voelde alsof ik een stomp in mijn maag kreeg toen hij mijn broertje noemde.

'Oudwis,' herhaalde hij zacht, terwijl hij zijn hoofd schudde en minzaam lachte. 'Een beetje dwaas, vind je niet?'

'Luitenant Kotler,' begon ik. Ik had mijn handen in mijn schoot gelegd omdat ze licht trilden en ik niet wilde dat hij mijn ongemak zag.

'Als ik de naam van wat jij die andere plek noemt niet mag zeggen,' zei hij, 'dan mag jij niet de naam gebruiken die ik lang geleden van me heb afgeschud. Luitenant Kotler, zoals jij hem kende, bestaat niet meer. Hij is ergens in Duitsland omgekomen, tegen het einde van de oorlog. Ik ben Kurt Kozel. '

'Ik durfde je toen nooit Kurt te noemen,' zei ik. 'Vader en moeder stonden erop dat ik je aansprak met je rang.'

'Maar je hebt ze niet gehoorzaamd.'

'Ik weet niet hoe ik je nu moet noemen. Kozel klinkt als een leugen.'

'Kurt is prima,' zei hij. 'Maar voordat we verdergaan, hoezeer ik ook geniet van die nostalgische herinneringen, vertel me eerst waar Hugo is. Waar is mijn zoon?'

'Hij is in orde. Hij is bij een vriendin van mij. Zodra wij uitgepraat zijn, breng ik hem naar je terug.'

'Je hebt hem toch niets aangedaan?'

'Ik zou een kind nooit iets aandoen,' zei ik.

'Wie van ons zou dat wel kunnen?' zei hij.

Ik voelde mijn gezicht verstrakken. 'Doe niet zo grappig, zeg.'

'Galgenhumor,' zei hij schouderophalend. 'Verder niets.'

'Niet grappig.'

'Nee, dat zal wel niet. Maar als je hem ook maar één –'

'Kurt, hij is veilig, dat weet je best. Straks zal hij hier zijn. Nadat we uitgepraat zijn.'

Hij leek hiermee akkoord te gaan, ontspande zich enigszins, deed wat suiker in zijn koffie en roerde langzaam.

'Nou,' zei hij. 'Dan kun je me nu net zo goed vertellen wat je van me wilt. Wil je geld? Ik heb niet veel.'

'Ik wil jouw geld niet.'

'Hoe heb je me trouwens gevonden?'

'Puur toeval. Ik was niet naar je op zoek. Als ik dat wel was geweest, zou ik nog niet eens binnen een straal van duizend kilometer bij je in de buurt zijn gekomen. Nee, ik ben afgelopen jaar in Sydney komen wonen. En toen ik op een avond in de Fortune of War zat te praten met een vriendin, hoorde ik een bekende stem. Die zou ik uit duizenden herkend hebben. Ik dacht dat ik dat allemaal achter me had gelaten...'

'Ik ook.'

'Maar je zat er. Je bestelde bier alsof er niets aan de hand was.'

'En toen?'

'Toen ben ik je gevolgd. Ik zat vlak bij je die avond in de pub.'

'Dat herinner ik me,' zei hij. 'Ik voelde dat ik bekeken werd, maar wist niet wie het was. Of je een gevangene was geweest, misschien. Of een nazi-jager. Het is nooit bij me opgekomen dat jij het kon zijn. Maar ik heb een boodschap achtergelaten; heb je die gezien?'

'Die tekening van het hek,' zei ik

'Juist.'

'Waarom heb je die gekozen?'

'Het leek me een duidelijk symbool van die tijd, vind je niet? Iets wat iedereen die daar heeft gezeten – binnen of buiten – zich zal herinneren'

'Ben je bang dat je wordt ontdekt?'

'Natuurlijk,' zei hij. Maar ik ben niet van plan opgepakt te worden, Gretel, ik ben altijd op mijn hoede. Dat zal de rest van mijn leven wel zo blijven.'

'Ik ben je op een andere avond gevolgd tot Manly en je hebt me niet gezien. Ik wist niet precies wat ik wilde, toen nog niet. Totdat ik je met je zoontje zag.'

'Zijn moeder was vannacht in alle staten,' zei hij. 'Het heeft me de grootste moeite gekost om te voorkomen dat ze de politie belde.'

'Hoe heb je haar daarvan weerhouden?'

Hij glimlachte even. Datzelfde hardvochtige, sensuele lachje waarmee hij me altijd om zijn vinger had kunnen winden. 'Cynthia weet dat ze zich maar beter aan mijn regels kan houden,' zei hij, zijn woorden zorgvuldig kiezend.

'Je bent wreed tegen haar,' zei ik. Het was eerder een bewering dan een vraag.

'Nee, ik vind van niet,' antwoordde hij. 'Ik hou van mijn vrouw. Maar ik heb ook een traditionele kant. Ik vind dat de man het hoofd van zijn gezin is. Jouw vader had soortgelijke ideeën.'

'Je lijkt in de verste verte niet op mijn vader,' zei ik.

'Nee, mijn naam zal niet eeuwig berucht blijven, zoals de zijne. Uiteindelijk had hij de leiding, nietwaar? Een volwassen man van in de veertig. Ik was slechts een... Hoe zeg je dat? Een medeplichtige. Een puber die graag een uniform droeg en die genoot van de macht die hem toevallig ten deel was gevallen. Jouw vader was een monster. Ik was enkel een leerling-monster.'

Ik keek hem woedend aan. Hij gaf een andere uitleg aan mijn woorden, maar het was moeilijk om hem tegen te spreken.

'Dat gezegd hebbend,' vervolgde hij, 'Cynthia's geduld is niet oneindig, en ik kan niet voorkomen dat ze de politie belt als ik te lang aan het lijntje word gehouden.'

'Ik heb je al gezegd dat ik hem terug zal geven,' zei ik. 'En ik lieg nooit.'

Hij barstte in lachen uit. 'Natuurlijk lieg je wel,' zei hij. 'Die laatste zeven jaar van je leven moet je aan één stuk door gelogen hebben. 'Hoe noem je jezelf hier trouwens?' Ik vertelde hem dat en hij lachte opnieuw. 'Dus je hebt je voornaam gehouden, net als ik, maar je achternaam veranderd, ook net als ik. Wij verschillen uiteindelijk niet zoveel van elkaar, toch?'.'

'Het zou onmogelijk zijn geweest om mijn achternaam te houden,' zei ik.

'Wanneer heb je die veranderd? Op het schip naar Australië?'

'Nee. Meteen nadat de oorlog was afgelopen. Moeder en ik verhuisden naar Parijs zodra het veilig was om uit Berlijn te vertrekken.'

'En hoe is het je daar vergaan?'

'Niet zo goed,' zei ik en ik voelde een lichte tinteling in mijn schedel bij de herinnering aan het scheermes over mijn hoofd, het bloed dat over mijn voorhoofd sijpelde, de lelijke plukken haar die achterbleven toen het voorbij was. 'Ik probeer er niet aan te denken.'

'En dat lukt niet, zeker?'

'Natuurlijk niet. En jij?'

'Nee,' zei hij. 'Anderzijds, ik ben een van die mensen bij wie alles altijd lukt.'

Ik keek uit het raam en vroeg me af hoe ik deze muur van zelfvertrouwen kon slopen. Er liepen schoolkinderen langs die in tweetallen elkaars handen vasthielden, met grote zonnehoeden op hun hoofdjes. Ze zagen er ongelooflijk onschuldig uit.

'Ik had niet verwacht dat ik het zou overleven, weet je,' zei hij even later, zijn stem zachter nu. 'Je vader stuurde me naar het front.'

'Dat herinner ik me.'

'Weet je ook waarom?'

Dat wist ik, of ik dacht dat ik het wist, maar ik wachtte tot hij het me zou vertellen.

'Je grootvader, herinner ik me, was bij jullie op bezoek. Ik was uitgenodigd voor het diner. En ik liet me ontvallen dat mijn eigen vader twijfels had over het Derde Rijk. Herinner je je dat nog?'

'Ik herinner me dat je Pavel dood trapte.'

'Wie?'

'Onze bediende. Zo heette hij. Pavel.'

'O ja. De Jood,' zei hij. 'Hij was brutaal tegen me, denk ik.'

'Nee, hij zei geen woord. Hij was te bang. Hij morste alleen maar wat wijn op de tafel.'

Kurt glimlachte. 'Het lijkt me onwaarschijnlijk dat ik een man heb doodgeschopt omdat hij wijn morste.'

'Maar dat deed je wel,' zei ik. 'Ik herinner me dat als de dag van gisteren. Mijn moeder smeekte mijn vader nog om in te grijpen, maar hij zei niets en bleef rustig zitten eten.'

Kurt keek naar het tafelkleed en veegde er met een hand overheen. Ik observeerde hem aandachtig. Tot mijn verbazing leek hij in tweestrijd door deze herinnering.

‘Ik heb het nooit kunnen vergeten,’ zei ik. De woorden stokten in mijn keel. ‘Ik had nog nooit zoiets met eigen ogen zien gebeuren.’

‘En toch huilde je toen ik weggestuurd werd.’

‘Inderdaad,’ gaf ik toe. ‘Ik was zo in de war. Ik had natuurlijk gevoelens voor jou en ik was nog niet volwassen genoeg om daarmee om te gaan, maar toen deed je dat en...’

‘Er gebeurde heel veel op die andere plek, zoals jij het noemt,’ zei hij. ‘Maar ook ik werd gestraft voor wat mijn vader had gedaan. Een prijs die jij overigens nooit betaald hebt, wil ik daaraan toevoegen. Ik was altijd loyaal geweest aan de commandant, maar hij stuurde me weg. Enkel daarom. Was hij soms bang dat het hem in een kwaad daglicht zou plaatsen als anderen erachter kwamen?’

‘Dat weet ik niet,’ zei ik. ‘Hij zou dat soort besluiten nooit met mij hebben besproken.’

‘Feit is dat hij me eigenlijk de doodstraf gaf. Ik was doodsbang, dat geef ik toe. Ik was immers nog maar een jongen. Maar ik ging niet dood. Op een of andere manier gingen de soldaten om me heen een voor een neer, maar ik hield vol. Ze konden me niet dood krijgen, snap je. Ik werd één keer door een kogel geraakt, in mijn schouder. Daarna werd ik teruggestuurd naar Berlijn, waar ik een kantoorbaantje kreeg. Dat was een goede positie voor mij. Als ik geweten had dat ik in zo’n omgeving terecht zou komen, had ik al veel eerder iemand gevraagd op me te schieten. Ik had het zelfs aan jou kunnen vragen.’

‘En werd je niet gearresteerd?’ vroeg ik. ‘Daarna, bedoel ik. Toen de oorlog voorbij was.’

Hij schudde zijn hoofd. ‘We wisten natuurlijk dat de Geallieerden eraan kwamen. Het was duidelijk dat het een kwestie van tijd zou zijn. De Führer kwam bijna elke dag naar het gebouw waar ik te werk was gesteld en maakte een steeds meer gebroken indruk. En hij werd steeds onredelijker. Zijn woedeaanvallen waren een beangstigend spektakel. De meeste mensen deden hun best bij hem uit de buurt te blijven, maar ik mocht het graag aanschouwen.'

'Waarom?'

'Hij fascineerde me,' antwoordde Kurt schouderophalend. 'We vonden hem toch allemaal fascinerend?'

'Ja, dat weet ik nog,' zei ik, want het was waar.

'Het was alsof je getuige was van iets onwerkelijks. Daarom bestudeerde ik hem, van een afstand, om van hem te leren. En toen werd ons op een dag meegedeeld dat hij zich verscholen had in zijn bunker. Sommige officieren gingen met hem mee. Het secretariaat ook. En koks en zo. Ik kreeg een bericht dat hij een bril op zijn bureau had laten liggen en dat ik hem die moest brengen. Hitlers bril, kun je je dat voorstellen? Ik haalde de bril en verliet het gebouw, maar de legereenheden kwamen steeds dichterbij, het was duidelijk dat ze ons binnen hooguit twee dagen bereikt zouden hebben, en dus nam ik de benen. Ik rende zo hard als ik kon.'

'En waar ging je heen?'

'Naar het noorden, eerst naar Denemarken en vervolgens naar Zweden. Daar ben ik een paar jaar gebleven, heb mijn identiteit veranderd, mijn stem, mijn accent. Toen ik de mogelijkheid kreeg me in Australië te vestigen, deed ik het. Het leek me een mooie manier om een frisse start te maken.'

'En om ze af te schudden.'

'Wie?'

'Degenen die je naam op hun opsporingslijst hebben staan. Degenen die je zoeken en je voor het gerecht willen slepen.'

'Als die er al zijn, zouden ze op zoek gaan naar luitenant Kotler,' zei hij. 'Ze zijn niet geïnteresseerd in een keurige bankemployee genaamd Kozel, die een rustig leven leidt met zijn mooie vrouw Cynthia en hun zoontje. Natuurlijk zijn ze hier ook, de nazi-jagers, bedoel ik. Maar niet zo veel als er op zoek zijn in Noord- en Zuid-Amerika. Ik denk dat ze Australië vergeten zijn.'

'Op een dag komen ze erachter dat dat ook nog bestaat,' zei ik.

'Misschien. En wat ga jij dan doen?'

'Ik?'

'Ik ben vrij onbetekenend in het grotere geheel. Jij daarentegen...'

'Ik had niets te maken met dat alles,' protesteerde ik en ik leunde voorover. 'Ik was nog maar een kind.'

Zijn wenkbrauw ging omhoog. 'Jouw vader was de commandant van het beruchtste concentratiekamp van allemaal,' antwoordde hij. 'En jij hebt ervoor gekozen je niet aan te melden bij de autoriteiten in de jaren tussen de bevrijding van het kamp en nu.'

'Dat was mijn moeders beslissing, niet de mijne.'

'Natuurlijk. Altijd een excuus. Maar denk je niet dat justitie jou ook zou willen spreken?'

'Waarom? Wat zou ik ze kunnen vertellen?'

'Iets. Maakt niet uit wat. Elke snipper informatie zou de pijn een beetje kunnen verzachten van de families van degenen die wij...' Hij zweeg en beet op zijn lip. 'Je kunt het ontkennen, Gretel,' zei hij even later. 'Maar net als ik ben jij wat ze een *person of interest* noemen. En ze zouden zeker een manier vinden om te suggereren dat jij net zo schuldig was als ieder van ons. Hoe jong je ook was.'

Er ging een mengeling van emoties door me heen. Ik had zo lang geprobeerd mezelf ervan te overtuigen dat ik onschuldig was, maar hij had gelijk met wat hij had gezegd. Ik had in mijn tijd daar vele Joden ontmoet, niet alleen Pavel, en ik wist heel veel over hoe ze behandeld waren en de manier waarop hun leven ten einde was gekomen. Daar had ik de autoriteiten alles over kunnen vertellen. Maar als ze me op het spoor kwamen, wist ik zeker dat ik precies hetzelfde zou doen als Kurt die dag in Berlijn. Ik zou op de vlucht slaan.

Hij greep in het borstzakje van zijn overhemd, haalde daar een klein brilletje uit – smalle pootjes en ronde glazen in een dun montuur – en legde dat voor me op tafel.

Ik keek ernaar, onzeker wat hij ermee bedoelde, totdat ik het snapte en een kreet vol afgrijzen uitstootte. 'Was die van hem?' vroeg ik en ik keek hem aan.

'Ja.'

'En die heb je al die jaren bewaard? Waarom?'

Hij haalde zijn schouders op. 'Een aandenken misschien?' suggereerde hij. 'Iets om me eraan te herinneren dat ik het allemaal niet gedroomd heb. Dat het echt was en dat ik, voor één keer in mijn leven, deel uitmaakte van iets wonderbaarlijk moois. Tussen haakjes, jij bent uitgegroeid tot een uitzonderlijk aantrekkelijke vrouw, weet je dat?' voegde hij eraan toe. Hij stak zijn hand uit en streelde mijn wang met een vinger.

Ik sloot mijn ogen. Ooit was ik bereid geweest over een bed van glasscherven te kruipen om die hand op mijn huid te voelen.

'Wil je hem niet even opzetten?' vroeg hij kalm. Ik staarde voor me uit, zag en hoorde niets van wat er om me heen was, alleen hem.

'Wat?'

'Zijn bril. Zet hem eens op. Zie de wereld even door zijn ogen, zogezegd.'

Ik keek naar beneden en zag mijn hand naar de bril gaan. De bril van de Führer. Ik raakte hem aan met een vingertop en verwachtte bijna een soort schok te krijgen toen hij in aanraking kwam met mijn huid. Ik voelde me misselijk. Ik voelde opwinding. Ik voelde me zwak. Ik voelde me machtig.

'Zet hem eens op, Gretel,' herhaalde Kurt bijna fluisterend en hij leunde voorover.

'Dat kan ik niet,' zei ik.

'Maar je wilt het wel. Dat weet ik zeker.'

'Nee.'

De tijd leek stil te staan terwijl ik ernaar keek. Ik hoorde zijn stem in mijn hoofd. Het geluid van tegen elkaar klakkende hakken. Mijn vader die luidkeels zijn naam bejubelde.

Ik stak mijn hand weer uit, die zichtbaar trilde, en pakte de poten van de bril. Ik voelde me afkerig met die bril in mijn handen en tot mijn diepe schande ook bevoorrecht.

Zou ik hem kunnen opzetten? Durfde ik dat? Een ogenblik later stond hij op mijn neus en er ontsnapte een geluid, een zucht van genot of een kreun van ontzetting aan mijn mond.

'Spannend, hè?' vroeg Kurt, die ik nu wazig zag, want de glazen waren veel te sterk voor mij. 'Vertel eens wat je voelt.'

Het gevoel was te gecompliceerd om onder woorden te brengen. Die krachtige mengeling van autoriteit, afkeer en schuld, dat alles tegelijkertijd.

'Je voelt zijn aanwezigheid, hè?'

'Altijd. Maar nooit zo sterk als nu.'

'En wat voor gevoel geeft je dat?'

'Walging. Afkeer. Schaamte.'

'En?'

Ik keek hem strak aan.

'De waarheid, Gretel.'

'Opwinding,' fluisterde ik.

Hij glimlachte, stak zijn handen uit, nam de bril van mijn neus en legde die weer tussen ons in.

'Zeg dat je hem niet mist,' zei hij opnieuw fluisterend en voorovergebogen. 'Zeg dat je niet wenste dat hij alles had doorstaan en dat wij de overwinnaars waren geweest. Stel je de wereld eens voor waarin we dan zouden leven. Hoe anders alles dan zou zijn. Ik verlangde daar zo vurig naar. Dat het Reich duizend jaar zou duren, zoals hij beloofd had. Wees eerlijk tegenover jezelf, Gretel. Dat wilde jij toch ook, of niet soms?'

19

Toen ik thuiskwam in Winterville Court na mijn middag met Eleanor, trof ik Henry aan op de trap. Hij zat een boek te lezen. Niet *Schateiland* deze keer – dat had hij vast en zeker al uit –, maar nu ging hij helemaal op in *Chitty Chitty Beng Beng*. Ik was best blij dat hij de voorkeur leek te geven aan klassieke kinderboeken boven hedendaagse, en vroeg me af of het zijn moeder, vader of een schoolbibliothecaris was die hem voorzag van leesmateriaal. Hij keek op toen ik binnenkwam en lachte half gegeneerd en half opgelucht dat er eindelijk een verantwoordelijke volwassene in het gebouw was.

'Hallo, Henry,' zei ik.

'Hallo, Mrs Fernsby.'

'Is er een speciale reden dat je op de trap zit? Ik vind het niet erg hoor, begrijp me goed. Als je daar lekker zit, dan is dat prima. Ik vroeg het me gewoon af.'

Hij leek geen verklaring te willen geven, maar deed het uiteindelijk toch. Hij ontweek mijn blik en keek naar zijn vingers. 'Mama doet een dutje,' zei hij. 'Ik wilde haar niet wakker maken door te hard op de deur te kloppen.'

Ik zuchtte en vroeg me af in wat voor toestand Madelyn zich zou bevinden achter die afgesloten deur. 'Hoe ben je thuisgekomen?' vroeg ik.

'Gewoon, lopend.'

'Alleen?'

Hij knikte.

'Ik dacht dat je dat niet mocht.'

'Dat leek het makkelijkst,' zei hij. 'Er was niemand om me op te halen.'

Ik keek naar hun appartement, bezorgd over wat er onderweg met de jongen had kunnen gebeuren.

'Heb je zin om mee naar mijn flat te gaan?' vroeg ik.

Hij dacht even na en schudde toen zijn hoofd. 'Ik zit hier wel lekker,' zei hij. 'Ze zal zo wel wakker worden.'

'Goed,' zei ik. Ik had niet veel zin om er verder op in te gaan. Ik liep naar de trap en hij schoof opzij om me erlangs te laten. Toen ik boven was, keek ik om naar dat kleine ventje dat daar alleen zat, zonder iemand die voor hem zorgde. Hij leek zo klein en eenzaam. Ik vroeg me af of jongens in zijn klas hem misschien pestten omdat hij zo klein was voor zijn leeftijd. 'Zal ik je anders een glas melk brengen?' vroeg ik. 'Of een koekje misschien?'

'Nee, dank u,' zei hij zonder om te kijken en ik liep door. Het was ongebruikelijk voor een kind van zijn leeftijd om iets lekkers af te slaan, maar ik besloot er verder niet bij stil te staan.

Ik was nauwelijks een paar minuten in mijn flat toen er op de deur werd geklopt. Ik glimlachte want ik ging ervan uit dat hij van gedachten was veranderd. Maar toen ik opendeed was het niet Henry die daar stond, maar de kleinzoon van Heidi Hargrave.

'Oberon,' zei ik verbaasd. 'Hallo.'

'Mrs Fernsby,' antwoordde hij koeltjes. 'Kan ik u even spreken?'

Ik knikte en wachtte af, maar hij keek over mijn schouder, en omdat het duidelijk was dat hij me onder vier ogen wilde spreken deed ik met tegenzin enkele passen terug en nodigde hem binnen. Iets in de manier waarop hij liep deed me denken aan Vader, wat ik nogal verontrustend vond.

'Weet u dat er een kind op de trap zit?' vroeg hij toen ik de deur dichtdeed.

'O, dat is Henry,' zei ik. 'Hij hoort bij het gebouw. Wat kan ik voor je doen?'

'Ik heb een appeltje met u te schillen,' zei hij. Ik had hem een stoel willen aanbieden, maar veranderde van gedachten. Als hij van plan was ruzie te zoeken, dan zou ik hem even snel buiten zetten als ik hem had binnengelaten.

'O, is dat zo?' vroeg ik. 'Wil je me ook vertellen waarover?'

'Oma zegt dat u haar afraadt om naar Australië te emigreren.'

'Oma heeft gelijk.'

'Mag ik vragen waarom?'

'Omdat ik denk dat het een slecht idee is,' zei ik. 'Jij mag dan haar kleinzoon zijn, Oberon, maar ik ken haar aanzienlijk langer dan jij. Haar leven is hier. Haar vrienden zijn hier. Ze vroeg me of ik het een goed idee vond dat ze de halve wereld over zou reizen en ik zei dat ik vond van niet, dat ze de cultuur, de mensen en het klimaat niet zou begrijpen en dat ze beter af was hier in Winterville Court. Of had je liever gehad dat ik tegen haar had gelogen?'

'Ik had liever gehad dat u zich er niet mee bemoeid had.'

'Maar je had om mijn hulp gevraagd! En als er een man bij haar had aangeklopt en had gezegd dat hij van het gasbedrijf was en die haar flat wilde binnendringen zonder bereid te zijn zich te legitimeren, zou je dan ook liever hebben dat ik me er niet mee bemoeide?'

Hij liet zijn ogen rollen, en ik kreeg zin om hem een klap in zijn gezicht te geven.

'Dat is iets heel anders,' zei hij. 'Ik ben niet van het gasbedrijf. Ik ben haar kleinzoon. Ik wil alleen maar het beste voor haar.'

'En jij vindt dat je in de beste positie verkeert om dat te beoordelen?' vroeg ik.

'Toevallig wel, ja,' zei hij. 'Ze is kierewiet,' vervolgde hij en hij maakte een ronddraaiende beweging met een vinger ter hoogte van zijn slaap. 'Ze heeft geen idee wat het beste voor haar is.'

'Nou, maar ik gelukkig wel,' antwoordde ik.

'Ik heb liever dat u zich erbuiten houdt,' zei hij verontwaardigd, en ik begon ook boos te worden. Ik had er genoeg van om gekoeioneerd te worden door mannen. Dat was mijn hele leven al gebeurd, vanaf het moment dat ik ter wereld kwam.

'Ze heeft het eeuwige leven niet,' zei ik ijzig. 'Je krijgt je erfenis heus wel op den duur, als je je daar zorgen om maakt.'

'U denkt dat het iets met geld te maken heeft?' vroeg hij, maar hij was een slecht acteur. Zijn pogingen om beledigd te klinken maakten geen enkele indruk op mij.

'Inderdaad,' gaf ik toe. 'Afschuwelijk van me, ik weet het, maar ik ben eenennegentig en waarschijnlijk zelf half kierewiet. Nou, als je het niet erg vindt, moet ik je verzoeken weg te gaan. Ik heb nog meer te doen.'

Hij wierp me een dodelijke blik toe, geërgerd en zelfs gekwetst, en ik vroeg me af of ik wel redelijk tegenover hem was geweest.

'Ja, u hebt zeker een middag vol afspraken,' zei hij.

'Je hoeft niet onbeschoft te doen,' antwoordde ik.

'Sorry,' zei hij en hij deed de deur open. 'Ik weet dat u het goed bedoelt, maar ik vraag u dringend zich niet meer met onze zaken te bemoeien,' zei hij. 'Ik denk dat ik weet wat het beste is voor mijn grootmoeder.'

'Ja, ja,' zei ik smalend. Ik ging hem voor naar de deur en deed die achter hem dicht, maar wierp eerst een blik op Henry, die nog precies zat waar ik hem had achtergelaten. Hij keek nu naar boven, overzag de situatie en was duidelijk verontrust door het geluid van luide, boze stemmen. Die hoorde hij al vaak genoeg in zijn leven, nam ik aan.

Ik zette thee, ging een uurtje lezen en zette toen de radio aan voor het nieuws. Ik overwoog wat ik zou klaarmaken voor het avondeten toen ik een idee kreeg. Ik verwierp het en dacht: nee, dat kan niet, maar nieuwsgierig en zelfs bezorgd geworden, deed ik mijn voordeur open en keek weer naar beneden.

Hij zat er nog steeds.

'Henry,' zei ik. Hij keek omhoog naar mij. Ik kon zien dat hij gehuild had, maar hij veegde zijn wangen en ogen droog; hij wilde niet dat ik zag hoe overstuur hij was. 'Zit je daar nu nog steeds?'

'Ik heb aangeklopt,' zei hij treurig. 'Maar ze doet niet open.'

'O, hemeltje,' zei ik met een zucht, terwijl ik naar beneden liep. Dit ging echt te ver. Ik klopte zelf op de deur, zo hard dat mensen in het gebouw ernaast het ook konden horen. 'Mevrouw Darcy-Witt,' riep ik zo hard mogelijk. 'Madelyn. Ben je daar? Wil je alsjeblieft de deur opendoen?'

Er klonk geen enkel geluid binnen en ik drukte mijn oor tegen de deur in de hoop dat ik blote voeten op de houten vloer zou horen lopen.

'Madelyn!' riep ik opnieuw en ik ramde opnieuw op het hout. 'Madelyn, doe open!'

Nog steeds geen reactie.

Ik keek Henry aan, die nu een angstige uitdrukking op zijn gezicht had. Voor het eerst zag ik dat hij een grote pleister op de zijkant van zijn rechterhand had. 'Wat is er gebeurd?' vroeg ik en ik wilde de plek van de wond aanraken, maar hij stopte de hand snel achter zijn rug.

'Ik heb me verbrand,' zei hij.

'Waaraan dan?'

'Aan de oven.'

Ik bleef hem aankijken en wilde doorvragen, maar wist niet of dat verstandig was. Ik klopte opnieuw aan, toen Heidi Hargrave haar deur opende en naar beneden keek.

'Gretel,' riep ze. 'Wat is er aan de hand?'

'Die arme jongen kan niet naar binnen,' zei ik. 'Zijn moeder is... Ik weet niet... Ze doet in elk geval niet open.'

Heidi kwam nu ook naar beneden. Ze wekte de indruk dat ze een van haar goede dagen had.

'Hij zit hier al uren,' legde ik uit.

'Heb je geen sleutel?' vroeg ze aan de jongen.

'Ik mag geen sleutel,' zei hij, en ik zag dat hij bijna weer ging huilen.

Heidi dacht even na en toen lichtte haar gezicht op, alsof ze een helder moment kreeg. Ze voelde met haar hand langs de bovenrand van de deur. Ze blies het stof van haar lege hand, mijn kant op. Ik hoestte en wapperde het stof weg met mijn hand.

'Wat doe je in hemelsnaam?' vroeg ik.

Ze antwoordde niet maar liep naar de potplant naast de deur en woelde in de potaarde. Even later had ze een zilverkleurige sleutel in haar hand. 'Meneer Robertson had daar altijd een reservesleutel,' zei ze en ze hield hem triomfantelijk voor mijn neus.

'Meneer Richardson,' corrigeerde ik haar, terwijl ik de aarde van de sleutel veegde. 'Zou-ie passen, denk je? Misschien hebben ze de sloten laten veranderen.' Ik gaf hem aan haar terug.

'Er is maar één manier om erachter te komen,' zei ze. Ze stak de sleutel in het slot en draaide hem om. De deur ging open.

'Hoera!' riep ik. 'Goed gedaan, Heidi!'

Ze straalde, trots op zichzelf, en trad binnen alsof het haar woning was. Ik had minder haast om ongevraagd naar binnen te marcheren, maar Henry sprong op en rende de flat in. Ik volgde hem, bleef in de woonkamer staan en keek om me heen. Alles leek normaal. Henry gooide zijn schooltas op de grond en vloog naar de keuken. Hij had natuurlijk honger. Ik wist niet waar Heidi gebleven was, maar voordat ik haar kon gaan zoeken, kwam ze uit de gang die naar de slaapkamers leidde. 'Gretel,' zei ze. Haar gezicht was bleek. 'Je moet een ambulance bellen.'

20

'Ik heb hem ook een keer ontmoet, trouwens.'

Kurt stopte de bril weer in zijn borstzak. 'Wie heb je ontmoet?' vroeg hij.

'De Führer.'

Hij trok een wenkbrauw op, alsof hij dat niet geloofde.

'Echt waar,' zei ik. 'Hij kwam dineren in Berlijn. Die avond gaf hij mijn vader zijn nieuwe orders, waardoor we daarheen zouden verhuizen. Ik probeerde indruk op hem te maken door te zeggen dat ik Frans sprak. Hij keek me aan en vroeg waarom ik dat in hemelsnaam wilde. Ik kon geen antwoord bedenken.'

'Ik heb hem nooit gesproken,' antwoordde Kurt met spijt in zijn stem. 'Zelfs als hij langs mijn bureau liep en in mijn richting keek, durfde ik hem niet aan te spreken.'

'Die kun je verkopen, weet je dat?' zei ik, knikkend naar de bril. 'Er zijn verzamelaars die er waarschijnlijk een fortuin voor neertellen.'

'Wie weet, ooit,' antwoordde hij. 'Misschien moet ik die bril beschouwen als mijn pensioenvoorziening.'

Het was bijna surrealistisch om als een paar oude vrienden na jaren bij te praten. Er waren nog een paar mensen in het koffiezaakje plus de vrouw achter de toonbank, en ik vroeg me af wat ze zouden doen als ze zouden weten wie we werkelijk waren. Ik voelde een vreemde behoefte om het ze te vertellen, hetzelfde besef van een gevaar dat je ervaart als je in een afgrond kijkt en – terwijl je nooit zelfmoord hebt willen plegen – toch de overweldigende aanvechting voelt om te springen.

'Je hebt me nog niets verteld over de rest van je familie,' zei hij na een poosje.

Ik keek hem aan en schudde mijn hoofd, alsof ik was gewekt uit een droom.

'Je vader is opgehangen, toch?'

Ik knikte.

'Ik heb het gelezen,' zei hij. 'Was je...'

'We waren toen al ondergedoken,' zei ik. 'Wij hebben het ook gelezen.'

'Was je overstuur?'

'Hij was mijn vader.'

'En je moeder?'

Ik haalde mijn schouders op. 'Die was alleen maar bezig met in leven blijven.'

'Is ze met jou naar Australië gekomen? Zij is niet degene die op mijn zoon past, toch?'

'Mijn moeder is dood,' zei ik.

Dat had hij kennelijk niet verwacht. 'Echt waar? En nog zo jong?'

'Ze is er nooit overheen gekomen.'

'Waaroverheen?'

'Over alles wat er gebeurd is.'

'Ik neem aan dat ze beweerde dat ze niets wist van wat er gebeurde daar.'

Ik knikte.

'Dat zou onmogelijk zijn geweest,' vervolgde hij. 'Ze wist het. Iedereen wist het. Hun generatie is ermee begonnen. En de onze moet ervoor boeten.'

'Je beschouwt jezelf toch niet als slachtoffer, hoop ik?' zei ik en hij schudde snel nee.

'Nee, dat niet,' zei hij. 'Maar...'

'Maar wat?'

'Maar ik herinner me niet dat ik ooit bewust besluiten heb genomen in mijn leven. Alles was op jonge leeftijd al voor me uitgetekend.'

'De dingen die jij deed...' begon ik, maar hij ademde diep in en balde zijn handen tot vuisten. Ik kon niet verder praten, bang als ik was dat hij me de rug zou toekeren en ik gedwongen zou worden onder ogen te zien dat we, zoals hij eerder al had gezegd, niet zoveel van elkaar verschilden.

'En je broertje?' vroeg hij. 'Hij mocht mij niet erg, hè?'

'Nee.'

'Hoe heette hij ook weer? Ik kom er even niet op.'

Ik sloot mijn ogen, slikte moeilijk. Ik sprak de naam van mijn broertje nooit uit. Die kreeg ik niet over mijn lippen. Ik hoopte dat hij het niet nog een keer zou vragen.

'O, wacht even,' zei hij en hij knipte met zijn vingers. 'Ik weet het weer.' Hij zei de naam, en ik voelde een rilling door me heen gaan toen die twee lettergrepen hardop uitsprak. 'En waar is hij? Hij was te jong om te vechten, dus ik neem aan dat hij ergens op de universiteit zit. Hij was nogal een boekenwurm, toch? Hij had altijd een exemplaar bij zich van *Schateiland*. Hij las het steeds opnieuw.'

'Hij was er dol op,' zei ik.

'Heb ik dus gelijk?'

'Hij is ook dood,' zei ik, en voor het eerst zag ik in zijn ogen een flits van verbazing, een schok zelfs.

'Echt waar?' vroeg hij. 'Hoe?'

'Daar kan ik niet over praten,' zei ik hoofdschuddend.

Ik keek neer op het tafelblad, en heel even overwoog ik het mes van tafel te grissen en het recht in zijn oog te steken. Het kon in een flits gebeuren, voordat hij tijd had om te reageren. Het ergste was dat ik nog steeds zijn lippen op mijn hand voelde, nadat hij me daar gekust had, en ik wilde dat hij het weer zou doen.

‘Goed,’ zei hij uiteindelijk. ‘Het lijkt me dat we een besluit moeten nemen, denk je niet?’

‘Wat dan?’ vroeg ik.

‘We zitten hier samen en we kennen elkaars geheimen. Dus wat gaan we daaraan doen?’

‘Is dat niet duidelijk dan?’ vroeg ik.

‘Niet voor mij.’

‘Jij moet boeten voor wat je hebt gedaan.’

‘Wat heb ik dan gedaan?’

‘Je weet precies wat –’

‘Ik weet wat jij denkt dat ik heb gedaan. Maar ik wil het graag uit jouw mond horen.’

‘Jij maakte er deel van uit,’ zei ik. ‘Een belangrijk deel.’

‘Deel waarvan?’ vroeg hij. In zijn stem klonk nu lichte irritatie door. ‘Echt waar, Gretel, ik begrijp niet waarom je vader Herr Liszt heeft aangesteld om je te onderwijzen als je niet eens je gedachten onder woorden kunt brengen.’

‘Je zei dat mijn moeder wist wat er gaande was,’ zei ik tegen hem. ‘Maar jij wist het ook. En je deed niets. Je keurde het zelfs goed.’

‘Het doden, bedoel je.’

‘Ja.’

‘Waarom noem je de dingen niet gewoon bij hun naam? Al dat wollige gedoe. We hadden Joden. We hadden gaskamers. We hadden crematoria. We hadden het doden. Je wilt de naam van je broertje niet noemen. Allemaal dingen die jij niet –’

‘Stop!’ zei ik met klem en mijn gezicht vertrok van afschuw. ‘Jij was vanaf het begin van alles op de hoogte.’

‘Natuurlijk was ik dat. Dat is de reden dat ik erheen ben gestuurd. Om de uitroeiing vlotter te helpen verlopen.’

'Dacht je nooit één moment dat dat fout was?'

Hij fronste zijn voorhoofd. Ik zag dat hij zijn best deed daar nooit aan te denken.

'Dat was aanvankelijk... moeilijk,' zei hij. 'Ik ben een mens. Maar ik leek gaandeweg te vergeten...'

'Wat?'

'Dat zij ook mensen waren.'

'Je genoot ervan.'

'Nee,' zei hij hoofdschuddend.

'Wel waar. Dat herinner ik me nog goed.'

'Ik genoot van de macht waarover ik beschikte. Het was opwindend en tegelijkertijd angstaanjagend. Wat zou jij gedaan hebben? Ik was een militair. En militairen gehoorzamen bevelen. Als ik had geweigerd, zou ik zijn meegenomen en doodgeschoten. Ik was een knul van negentien. Ik was niet van plan mijn leven zo gemakkelijk op te geven. Ik ben van jongs af aan geïndoctrineerd. Op mijn tiende werd ik verplicht lid te worden van het *Deutches Jungvolk*. Vier jaar later was ik bij de *Hitlerjugend*. Ik was volslagen onwetend. Ik deed simpelweg wat me werd opgedragen. En van daaruit klom ik in de rangen omhoog totdat ik een volledig opgeleide ss'er was.'

'Je zei dat je vader tegen –'

'Mijn vader was een zwakkeling!' zei hij met stemverheffing. 'Een zwakkeling. Ik wilde niet worden zoals hij. Ik wilde sterker worden dan hij. En bovendien leek het me geen slechte oplossing voor de kwestie.'

'Welke kwestie?' vroeg ik.

'De Joodse kwestie, natuurlijk. Het was ambitieus. Waarschijnlijk te ambitieus om ooit volledig te slagen.'

'Voel je geen spijt?'

'Het spijt me dat we hebben verloren,' zei hij. 'Ik had graag mijn militaire carrière voortgezet. Ik denk dat ik het ver had kunnen schoppen als het allemaal anders verlopen was. Het verbaast me nog steeds. Een paar jaar lang zag het er erg positief uit. Zou jij niet willen dat we gewonnen hadden?'

Ik staarde hem aan, wist niet goed hoe ik moest reageren.

'Wees eens eerlijk, Gretel. Als je maar één keer met je vingers zou hoeven knippen om ervoor te zorgen dat de Geallieerden verslagen waren, zou je dat dan niet doen? Je vader, je moeder, je broertje zouden allemaal nog bij je zijn. Je zou een populaire meid zijn, de dochter van een man met macht en aanzien. Stel je het leven eens voor dat je dan had kunnen leiden. Zeg eens, als je dat zou kunnen, dan zou je het toch doen?'

'Ik zou het niet doen,' zei ik. 'Ik zou het niet kunnen.'

'Je liegt.'

'Nee.'

'Wel waar. Ik zie het in je ogen. Je maakt jezelf wijs dat je het niet zou willen om je superieur te voelen boven mij, maar ik geloof er geen snars van.' Hij boog voorover en greep me bij mijn pols. 'Je zou wel degelijk met je vingers knippen, Gretel, ja toch? Om daarmee alles terug te krijgen wat je verloren hebt, zelfs ten koste van nog elf miljoen levens. Je kunt ontkennen wat je wilt, maar ik weet dat dat een leugen is.'

Ik trok mijn hand terug. Mijn pols deed pijn waar hij me had vastgegrepen, en ik masseerde hem met de vingers van mijn linkerhand.

'Je wilt alleen maar over mij praten zodat je niet hoeft na te denken over je eigen aandeel in alles,' zei ik.

'Nee. Mocht je denken dat mijn geweten schoon is, dan heb je het mis. Dat is het niet. Dat zal het ook nooit worden. Maar ik heb ervoor gekozen me er niet door te laten beheersen.'

'Je was wreed.'

'Nee, ik was gehoorzaam.'

'De kinderen.'

'Natuurlijk, we moeten meer medelijden hebben met de kinderen,' zei hij en hij rolde met zijn ogen. 'Die heilige kinderen. Wat kunnen mij die schelen?'

'Ik heb je een keer gehoord,' zei ik.

'Wat gehoord?'

'Je was met mijn broertje in de keuken. Je had een andere jongen meegebracht om glazen te spoelen voor een feest. Je zei dat zijn handen klein genoeg waren om dat soort werk te doen. Hij at iets, uit de koelkast, denk ik. Mijn broertje had het aan hem gegeven, maar ontkende dat en jij stompte die jongen. Hij kan niet ouder dan negen zijn geweest, maar je stompte hem keihard in zijn gezicht.'

Kurt haalde zijn schouders op. 'Ik kan het me niet herinneren,' zei hij.

'Je hebt nu zelf een zoon. Hoe voelt dat?'

'Ik wil het niet hebben over Hugo.'

'En als Hugo in een van die treinen had gezeten?'

'Hou je kop,' siste hij.

'Ik hoorde het op de trap die dag. Ik was te bang om naar beneden te komen en in te grijpen.'

'Wat wil je van me, Gretel?' vroeg hij. Hij leunde voorover en keek me woedend aan. 'Verwacht je dat ik van berouw in huilen uitbarst? Want dat zou aanstellerij zijn, niks meer of minder, als ik dat deed. Iets theatraals om tegemoet te komen aan jouw ziekelijke schuldgevoel. Ik weiger om de rest van mijn leven aan deze dingen te denken.'

'Als jij en andere mannen zoals jij nee hadden gezegd. Als jullie waren opgestaan tegen –'

'Je leeft in een droomwereld,' zei hij en hij leunde weer naar achteren. 'Een utopisch ideaal waarin de mens enkel bestaat om zijn medemens te helpen. Dat is tegennatuurlijk, snap je dat niet?'

'Maar waarom niet?'

'Omdat we zo niet gemaakt zijn. Het begint al op het schoolplein, met kleine jongetjes die met elkaar vechten. In de jaren veertig was er een volk dat werd gehaat door het Reich. Nu, tien jaar later, worden we zelf opgejaagd. Als ze een van ons vinden, dan worden we voor het gerecht gesleept zodat de hele wereld van alles te horen krijgt over onze wandaden, maar eigenlijk is het enige wat ze willen ons doodschieten, ophangen, vermoorden op elke denkbare manier. En dus moet ieder van ons proberen te overleven. Jij net zo goed als ieder ander. Waarom ben jij uiteindelijk hierheen gekomen? Australië, zo ver van huis. De waarheid is dat jij ook bang bent opgepakt te worden.'

Hij had gelijk, maar ik weigerde dat toe te geven.

'Ik moet elke dag leven met wat mijn vader heeft gedaan,' zei ik.

'Ach, je wilt nog steeds beweren dat je onschuldig bent? Je zag de treinen aankomen. Je zag de mensen uitstappen. Er waren niet genoeg barakken en toch propten we die helemaal vol, ook al zag je nooit iemand vertrekken via de hoofdingang. En jij wilt míj wijsmaken, jij nota bene, dat je je nooit hebt afgevraagd hoe dat zat? De stank van brandende lichamen, heb je die nooit geroken? De dagen waarop de as als zwarte sneeuw neerdaalde op onze hoofden? Jij was zeker binnen op die dagen, met je poppen aan het spelen?'

Ik voelde tranen opwellen in mijn ogen. 'Ik heb het niet geweten,' benadrukte ik.

'Je kunt tegen mij liegen als je wilt, maar ook tegen jezelf? Ik weet waarom je hier bent. Je bent hier om alle schuld in je ziel af te wentelen op mij. Maar dat gaat je niet lukken, Gretel, want dat weiger ik. Ik heb mijn eigen schuldgevoel om mee in gevecht te zijn.'

'Als ik iets goeds kan doen,' zei ik, 'als ik iets goed kan maken voor –'

'Je bent een idioot,' zei hij hoofdschuddend. 'Je was toen al een leeghoofd en dat ben je nu als volwassen vrouw nog steeds. Nou, ga je me nu vertellen hoe dit gesprek afloopt, of moet ik blijven raden?'

'Ik wilde je zien, met je praten, voordat ik je aangeef,' zei ik. Ik zat inmiddels rechtop en probeerde een zekere kalmte uit te stralen. 'Ik ga naar de politie om te vertellen wie jij bent.'

'En dan word ik gearresteerd en veroordeeld. En waarschijnlijk heel lang opgesloten. Ik denk niet dat dit is wat jij wilt.'

'Ik wil dat je boet voor je misdaden.'

'Terwijl jij wegkomt met de jouwe. Maar ik ben slechts één dode meer op je geweten. Denk niet dat ik niet begrijp hoe machtig je je dan voelt. Er gaat niets boven dat gevoel. Je denkt dat iemand het leven schenken prachtig is? Dat is het natuurlijk ook. Maar het komt qua spanning niet in de buurt van een leven nemen.'

Mijn aandacht werd afgeleid door een beweging op straat. Cait en Hugo stonden al aan de overkant van de straat. Ik stak mijn hand op om duidelijk te maken dat ze voorlopig moest blijven staan waar ze was. Ze knikte. Kurt keek ook naar de overkant, zag zijn zoontje, zwaaide naar hem en zuchtte van opluchting. Op dat moment ging de deur open en kwamen er twee politiemannen binnen. Ze liepen naar de toonbank en bekeken het menu aan de muur.

'Wat toevallig,' zei Kurt glimlachend na een blik in hun richting. 'Dit is je kans om je verdorven ziel te zuiveren. Roep jij ze hierheen of zal ik het doen? Je kunt ze alles vertellen. Ik zal niet weglopen. Ik zal alles toegeven, als jij ook alle verantwoordelijkheid neemt voor jouw handelen. Je hebt allemaal dappere dingen zitten zeggen, Gretel, maar dit is het moment waarop je je hele leven hebt gewacht. Het is een kwestie van een paar seconden om ze hierheen te roepen en ze te vertellen wie ik ben en wie jij bent. Laat ze ons maar arresteren, dan kunnen we allebei ervaren hoe we door het internationale juridische systeem worden opgepakt en vastgezet. Voor mij zal het ongetwijfeld leiden tot mijn dood. En voor jou? Tja, wie weet? Maar het zal verdomd interessant zijn om te zien hoe jouw leven verder verloopt.'

'Maar ik ben onschuldig,' protesteerde ik.

'Zelfs als dat waar zou zijn, dan stelt dat niets voor. Jouw leven zal nooit meer je eigen leven zijn. Geloof je echt dat het enige nog levende kind van je vader kan rekenen op kwijtschelding van alle verantwoordelijkheid door een wereld die wordt verteerd door heftige emoties? Binnen een paar dagen staat je foto op de voorpagina van elke krant ter wereld, en geloof me, er zal veel meer belangstelling zijn voor jou dan voor mij. Over mij zullen ze het vast wel een poosje hebben, maar over jou zullen boeken worden geschreven. En dat wilde je toch altijd?' zei hij, terwijl hij weer mijn beide handen in de zijne nam. 'Want jij en ik zijn op een bepaalde manier met elkaar verbonden. O Gretel, wat ik destijds allemaal niet met je had kunnen doen, als ik gewild had,' vervolgde hij mijmerend. 'Je zou me alles met je hebben laten doen wat ik wilde. Maar blijkbaar had ik toch nog wat fatsoen in me.'

'Maar niet op deze manier,' zei ik en ik trok mijn handen terug.

'Jouw leven zal worden verwoest. En dat van hem,' zei hij en hij knikte door het raam naar zijn zoontje. 'En als jij ooit kinderen krijgt, dan zal hun leven ook verwoest worden.' Hij stak zijn hand uit en streelde zachtjes met een vinger over mijn wang. 'Jij hebt de prachtigste littekens, Gretel,' zei hij. 'Sommige zijn toegebracht door jouw familie, en sommige misschien door mij. Maar dit is jouw moment. Je zegt dat je een gekweld leven leidt, nou, die kwelling is nu voorbij. Je zegt dat je vervuld bent van spijt, laat dat nu van je schouders glijden. Mijn leven ligt in jouw handen, zoals al die jaren geleden de levens van al die onschuldige mensen in mijn handen lagen.'

Ik merkte dat ik hem slechts aan kon staren. Elk woord dat hij gezegd had was waar. Ik kon hem aangeven, maar daarmee gaf ik mezelf ook aan. Was ik bereid zo ver te gaan? Kon ik mijn eigen leven opofferen alleen maar als vergelding voor het zijne? Toen hij weer sprak leken er uren voorbij te zijn gegaan.

'Dus hier zitten we dan,' zei hij, terwijl hij ging staan. 'Het blijkt dat wij precies hetzelfde zijn, jij en ik. De wereld zal ons geen van beiden vergeven wat we hebben gedaan, dus wat heeft het voor zin het te onthullen?'

Ik stond nu ook op en voordat ik het wist stonden we met elkaar te zoenen. Op een manier waar ik sinds mijn twaalfde naar had verlangd, en toen mijn lippen van elkaar gingen, merkte ik dat ik de hele wereld kon vergeten in zijn omhelzing. En bijna net zo snel als het begonnen was, was het ook weer voorbij. Hij deed een stap naar achteren, boog hoffelijk en glimlachte.

'Vaarwel, *Fraülein* Gretel,' zei hij. 'Het was me een genoegen om weer in uw gezelschap te verkeren, maar het was de laatste keer. We zullen elkaar nooit meer zien.'

Ik keek hem na toen hij achteloos het koffiezaakje uit liep, de politieagenten in het voorbijgaan goedemorgen wenste en de straat overstak. Hij wisselde een paar woorden met Cait, die in lachen uitbarstte om iets wat hij had gezegd, nam zijn zoontje bij de hand en liep de straat uit.

Nog geen achtenveertig uur later stond ik extra vroeg op, liet voor Cait een afscheidsbriefje met verontschuldigingen en een maand huur achter op de keukentafel en begaf me naar de Circular Quay, waar ik aan boord ging van een schip met bestemming Southampton. Mijn laatste daad voordat ik Australië verliet was een brief posten naar Cynthia Kozel, waarin ik in detail mijn volledige geschiedenis met haar man uiteenzette, vanaf de ochtend dat mijn familie vertrok naar Berlijn tot het moment dat Kurt de Dandelion verliet. Ik liet geen enkel detail weg, verklaarde wie ik was, wie mijn familieleden waren geweest, en de activiteiten waaraan Kurt had deelgenomen. Achteraf bezien besef ik dat ik simpelweg mijn verantwoordelijkheid weer van me afschoof en het aan een vreemde overliet om te besluiten of ik gestraft diende te worden, terwijl ik wist dat als ze ervoor koos mij aan te geven, ze naar alle waarschijnlijkheid allerlei trauma's in haar eigen leven zou veroorzaken. Want welke garantie had ze dat ik omgekeerd haar man niet zou aangeven?

Door de halve wereld over te reizen naar Sydney had ik alles gedaan wat ik kon om het verleden achter me te laten, maar ik besefte nu dat dit onmogelijk was. Of ik nu in Frankrijk zat, in Australië of in Engeland, of zelfs op Mars, maar waar ik ook was, die prachtige littekens waar Kurt het over had gehad, zouden me altijd weer terug sleuren naar die andere plek. Ik zou er nooit aan kunnen ontsnappen.

INTERMEZZO

DE JONGEN

POLEN, 1943

Moeder protesteerde, maar Vader hield voet bij stuk.

Nu ik twaalf was, zei hij, was ik oud genoeg om zijn werk te begrijpen, vooral ook omdat ik zogenaamd lid was van de *Jungmädelbund*, ook al was ik niet in staat hun bijeenkomsten bij te wonen of deel te nemen aan hun activiteiten als gevolg van wat mijn moeder onze ballingschap in Polen noemde. Het was mijn vader die me de foto van Trude Mohn had gegeven die ik boven mijn bed had hangen, en ik verafgoodde haar zoals hijzelf de Führer verafgoodde. Als we nog in Berlijn hadden gewoond, zou ik door Vaders hoge status vast en zeker leidster in de beweging zijn geweest, misschien zelfs *Untergauführerin* of *Ringführerin*, maar hier, op die andere plek, was de enige andere persoon over wie ik iets te zeggen had mijn broertje. 'Ik snap niet waarom jij wel mag gaan en ik niet,' zei hij toen ik die ochtend mijn haar borstelde nadat ik het uniform van de blauwe rok en matrozenblouse had aangetrokken, waarvoor ik eerder nooit een gelegenheid had gehad.

'Omdat ik twaalf ben en jij pas negen,' zei ik.

'Maar ik ben een jongen, dus ik ben belangrijker.'

Ik rolde met mijn ogen. Het had geen zin ruzie met hem te maken.

'Er zijn zaken die te maken hebben met Vaders werk die jij niet zou begrijpen,' vervolgde ik, vastbesloten als ik was om zo neerbuigend mogelijk te doen, ook al wist ik nauwelijks meer over dit onderwerp dan hij. 'Op een dag, als je wat ouder bent, zul je het wel begrijpen, maar tot die tijd...'

'Ach, hou toch je mond, Gretel!' snauwde hij. Hij sprong van mijn bed en stampte op de vloer. 'Jij bent de akeligste zus ter wereld!'

'Hou zelf je mond,' antwoordde ik geërgerd. Ik was hem beu en ging verder met mezelf mooi maken, terwijl hij gefrustreerd in kleermakerszit op de grond zat. Ondanks al onze twistgesprekken brachten we meer tijd door met elkaar dan met wie ook.

'Ik begrijp meer dan jij weet,' zei hij. Zijn stem klonk zacht en geheimzinnig.

'Is dat zo?' antwoordde ik.

'Ik zou je verhalen kunnen vertellen over wat er daarginds gebeurt, maar je gelooft me toch niet.'

'Waar bedoel je?' vroeg ik.

'Aan de andere kant van het hek.

'Daar is een boerderij,' zei ik. 'Dat heb ik je al eerder uitgelegd.'

'Dat is geen boerderij,' zei hij.

'Wat is het dan?' vroeg ik. Ik draaide me om en keek hem aan. Ik was benieuwd hoeveel hij misschien had opgestoken. Sinds onze komst hier waren we een groot deel van onze tijd bezig om erachter te komen wat we hier deden, wat de functie van deze plek was en wanneer we weer mochten vertrekken.

'Dat weet ik niet,' gaf hij uiteindelijk toe. 'Maar ik ben ermee bezig.'

Ik schudde mijn hoofd, stond op en streek mijn rok glad. Ik was erg te spreken over mijn uiterlijk en was van plan stiekem wat Guerlain Shalimar-parfum van mijn moeder in mijn hals en op mijn polsen te doen voordat ik naar beneden ging.

'Jij weet helemaal niets,' zei ik en ik liet hem alleen achter. 'En nu braaf zijn en goed op Moeder passen als wij weg zijn.'

Pas toen ik al beneden was hoorde ik hem schreeuwen op zijn kamer. 'Maar het is geen boerderij. Dat weet ik zeker!'

Luitenant Kotler reed ons naar de ingang van het kamp in een auto met open dak, maar geen van ons zei iets omdat Vader, die voorin naast hem zat, een dossier zat door te nemen. De slagboom ging omhoog voor ons en de soldaten sprongen in het gelid, brachten het vertrouwde saluut met een zo hard mogelijke stem. Ik had het gebaar zelf geperfectioneerd en heel vaak geoefend voor de spiegel op mijn kamer, en terwijl Vader gewoon met een vinger tegen zijn pet tikte, beantwoordde ik hun groet geestdriftig, waarop Kurt met een flauw lachje naar me keek in de achteruitkijkspiegel.

We stopten voor een officiersbarak en Vader zei dat ik even moest wachten in de auto, terwijl hij binnen iets besprak met een officier. Nadat hij verdwenen was, vroeg ik Kurt of ik naast hem mocht komen zitten op de voorbank. Hij keek een beetje gespannen naar de trap die Vader eerder op was gegaan en haalde zijn schouders op.

'Goed,' zei hij. Ik sprong uit de auto en ging naast hem zitten op de lange voorbank, zodat we dicht tegen elkaar konden zitten. Eenmaal naast hem trok ik mijn rok een beetje op zodat mijn knieën, die ik zelf nogal mooi vond, duidelijk te zien waren. Ik zag dat hij er een blik op wierp, waarna hij een sigaret opstak en uit het raampje keek.

'Vind je het hier leuk, Kurt?' vroeg ik, toen de stilte tussen ons ondraaglijk werd. Het was duidelijk dat hij niet degene zou zijn die hem verbrak.

'Het is geen kwestie van leuk vinden, Gretel,' zei hij. 'Het is een kwestie van doen wat er van me gevraagd wordt.'

'Maar als je hier niet was, als er helemaal geen oorlog was, wat zou je nu dan doen?'

Hij dacht na en nam nog een trek van zijn sigaret. 'Ik denk dat ik dan op de universiteit zou zitten,' zei hij. 'Ik ben negentien. Het lijkt me vanzelfsprekend dat ik daarheen zou gaan.'

'Net als je vader.'

'Ik lijk in niets op mijn vader.'

Er hing de laatste dagen een merkbare spanning in huis na een uit de hand gelopen etentje waar Kurt ook voor uitgenodigd was en waarbij hij zich had laten ontvallen dat zijn vader hoogleraar aan de universiteit was en in 1938, een jaar voordat de oorlog uitbrak, Berlijn had verlaten en naar Zwitserland was verhuisd vanwege persoonlijke meningsverschillen over het beleid van de nationaalsocialistische regering.

'Wat voor reden gaf hij aan?' had Vader al etend gevraagd. Zijn toon was onnatuurlijk kalm, waarmee het gevaar dat in zijn vraag school werd gemaskeerd. 'Om Duitsland te verlaten op het hoogtepunt van zijn roem en meest vitale nooddruft, terwijl het ons aller plicht is ons aandeel te leveren in de nationale wederopstanding?'

Kurt had zijn onthulling niet gepland en hij wist niet hoe hij hierop moest antwoorden. Hij bleef maar zeggen dat hij en zijn vader geen hechte band hadden en het oneens waren over tal van dingen, en dat zijn eigen trouw aan de Partij niet in twijfel kon worden getrokken, maar het kwaad was al geschied. De spanning rond de tafel bereikte een hoogtepunt toen een ober, een van de mannen van de andere kant van het hek die bij ons het eten opdiende, iets onhandigs deed terwijl hij Kurt bediende. Er vloeide wijn en daarna bloed. Een afschuwelijke scène volgde. Ik herinner me dat mijn broertje het uitgilde terwijl ik mijn handen voor zijn ogen hield. Moeder smeekte Vader om Kurt te laten stoppen, maar hij negeerde haar en at rustig door, blind voor wat er om hem heen gebeurde.

'En als je naar de universiteit was gegaan,' vroeg ik 'wat had je dan willen studeren?'

'Economie, denk ik,' zei hij. 'Het idee van geld trekt me aan, hoe we het gebruiken, hoe het ons gebruikt. Ik denk dat ik na de oorlog graag bij het ministerie van Financiën zou willen werken en na verloop van tijd econoom voor het Reich zou kunnen worden. De hele wereld zal dan moeten worden heropgebouwd en geleid, en er moeten plannen worden gemaakt voor de landen die we overwonnen hebben. Dat zal nog heel ingewikkeld worden.'

'We moeten ze laten verrekken,' zei ik dapper omdat ik hem wilde behagen, 'omdat ze zich tegen ons durven te verzetten.'

'Nee, Gretel,' zei hij hoofdschuddend. 'Bij een overwinning hoort bescheidenheid. Denk aan de grote leiders in de wereldgeschiedenis: Alexander de Grote, Julius Caesar. Die waren er niet op uit om de gebieden die ze hadden veroverd te vernederen, en de Führer hoort ongetwijfeld in dat rijtje thuis. Het duurt waarschijnlijk twee generaties, denk ik, voordat ze genoegen zullen nemen met hun nieuwe status in het Reich, en ik zie daarin wel een rol voor mezelf weggelegd.' Hij zweeg en lachte zijn witte tanden bloot. 'Generaals komen en gaan, maar de financiers, die hebben de echte macht in handen.'

Ik knikte. Dit leek me een goed idee en ik stelde me voor dat we samen in een statig huis in Berlijn zouden wonen en extravagante feesten zouden geven waar de Führer zelf bij aanwezig zou zijn, samen met alle hoge heren van het Reich en hun vrouwen. We zouden vijf of zes kinderen krijgen, die stuk voor stuk hun vader aanbaden en hem respect zouden tonen met hun gedrag. Ik wist dat het nog een paar jaar kon duren voordat dit alles werkelijkheid zou kunnen worden, maar ik verlangde er enorm naar.

Onhandig en verlegen legde ik mijn linkerhand in zijn rechterhand. Mijn hart ging tekeer. Hij liet het toe, trok zijn hand niet terug maar keek ook niet mijn kant op. Hij bleef naar het kamp turen, terwijl hij zijn sigaret rookte. Maar toen zijn vingers zich eindelijk rond de mijne sloten, ervoer ik een moment van opwinding zoals ik nog nooit had gekend. Ik keek naar hem terwijl zijn gezichtsuitdrukking veranderde. Er speelde een flauwe glimlach om zijn lippen, het puntje van zijn tong verscheen toen hij me aankeek, zijn blik verkende de contouren van mijn lichaam. In onze samengeknepen handen begon zijn middelvinger te bewegen, mijn handpalm te strelen. Ik leunde zuchtend naar achteren. Ik kon nauwelijks geloven dat dit werkelijk gebeurde. Dit was waarnaar ik verlangd had sinds ik hier was komen wonen.

'Kurt,' zei ik. Voor het eerst van mijn leven besefte ik hoe het was om naar iemand te verlangen.

Ineens trok hij zijn hand terug. Ik opende mijn ogen en keerde terug naar de werkelijkheid terwijl ik Vader vanuit de barak in onze richting zag lopen. Hij leek niet op te merken dat ik van plaats was veranderd en gebaarde alleen maar dat ik hem moest volgen. Ik stapte uit de auto, onvast op mijn voeten. Ik keek naar mijn linkerhandpalm, die Kurts vingers hadden gestreeld. Misschien was het pervers maar ik bracht mijn handpalm langzaam naar mijn gezicht, ademde de geur in en drukte mijn lippen erop.

Ik keek om naar de jonge luitenant, die mij aandachtig observeerde met een onpeilbare uitdrukking op zijn gezicht. Ik hoopte dat hij niet nu al spijt kreeg van het intieme moment dat we hadden gedeeld. Wij deelden nu een geheim en de gedachte alleen al wond me op, hoewel het hem misschien schrik aanjoeg. Hij nam een laatste trek van zijn sigaret en schoot de peuk met een boogje op het grind.

'Luister, Gretel,' zei Vader terwijl we verder liepen, en ik mijn aandacht richtte op de dingen die ik voor me zag. 'Je moet nooit bang zijn op deze plek. Hier wordt de wereld herboren. Beschouw het als een oord waar zieke dieren heen worden gebracht om te worden afgemaakt, zodat ze niet langer een bedreiging vormen voor fatsoenlijke mannen en vrouwen.'

'Zeker, Vader,' zei ik. We gingen een hoek om en ik zag een spoorlijn die door het kamp liep, en rechts van me een uitgestrekt stuk land met rijen lange barakken die verder reikten dan het oog kon zien.

'Zo komen ze hier aan,' zei hij, knikkend naar de rails. 'En daar huisvesten we hen.'

'Wie, Vader?'

'*Die Juden*. En daarginds,' vervolgde hij, wijzend naar een groep mannen die langzaam achter elkaar liepen, ieder met een kruiwagen met hout, 'zorgen we ervoor dat ze nuttig werk verrichten tijdens hun verblijf hier. Het Reich tolereert geen luiheid. Deze mensen, als je ze al mensen kunt noemen, geven we te eten, maar ze zullen moeten werken voor hun brood. Mee eens?'

'Iedereen moet werken,' antwoordde ik. 'De Führer zegt dat werk ons vrij maakt. Iedere man, iedere vrouw, ieder kind moet een bijdrage leveren. En brood kost geld.'

'Inderdaad, Gretel,' zei hij. Hij streek liefdevol met zijn hand door mijn haar en ik glimlachte omdat ik hem wilde behagen.

'En wat is dat voor een gebouw?' vroeg ik en ik wees naar een stenen bouwsel op ongeveer vijfhonderd meter afstand van waar wij stonden. Het straalde iets grimmigs uit.

'Dat noemen we de kamer,' zei mijn vader. 'Wil je het zien?'

Ik knikte. 'Heel graag,' zei ik.

'Hij is niet in gebruik vandaag, dus we komen op het goede moment.'

'Wat gebeurt daar?'

Hij glimlachte. 'Iets heel moois,' zei hij. 'Kom, ik neem je mee naar binnen, dan kun je het zien. Op een dag zul je je eigen kinderen erover vertellen. Nou, je moet niet bang zijn, hoor. Zie het als...' Maar voordat hij zijn zin kon afmaken kwam er een jonge soldaat op ons af gerend en fluisterde iets in Vaders oor. Hij knikte fronsend en zei tegen mij: 'Hier blijven, Gretel. Ik ben over een paar minuten terug. Er is een telefoontje uit Berlijn dat ik beslist moet aannemen.'

'Ja, Vader.'

Ik knikte en keek hem na toen hij terugliep in de richting van het kantoor, en keek daarna weer om me heen. Overal waar ik keek zag ik mensen in blauw-wit gestreepte uniformen. Er waren mannen en vrouwen, maar bijna geen kinderen. Iedereen zag er uitgeput uit, levenloos, futloos. Ze waren ook allemaal vies, wat ik walgelijk vond. Waarom konden ze zichzelf niet beter verzorgen? Het was onmogelijk om de mensen te tellen die rondliepen in de velden voor me. Misschien duizend? Tweeduizend? Ik had het gevoel dat iedereen naar me keek, dat ze verteerd werden van angst door mijn aanwezigheid. Alsof één woord van mij het verschil kon betekenen tussen leven en dood.

En op dat moment zag ik het pakhuis.

Het pakhuis, zoals ik het in gedachten noemde telkens wanneer ik deze scène uit mijn geheugen probeerde te bannen, was niet groter dan elk van de barakken die overal in het landschap stonden, maar had duidelijk een heel andere functie. Ik rende naar de zijkant, omdat ik zo snel mogelijk uit het gezichtsveld van die mensen die ik gezien had wilde verdwijnen, deed de deuren open en stapte naar binnen. Hier was het koel en stil. Er sijpelde een straaltje daglicht door de kieren in het houten plankendak, en daar bleef ik staan, hopend even alleen te kunnen zijn. Ik vind dit geen fijne plek dacht ik. Ik had het leuk willen vinden, maar nee. Ik vond het er eng.

Ik keek om me heen en toen mijn ogen aan het duister gewend waren, zag ik dat hier de uniformen werden bewaard. Niet van de militairen, maar van de gevangenen. Blauw en wit, grijs en wit. Schoenen. Gele sterren. Roze driehoekjes, Waarom, vroeg ik me af, moest iedereen dezelfde kleren dragen? Waar waren de kleren die ze bij aankomst hadden gedragen?

In de hoek, buiten mijn gezichtsveld, hoorde ik een geluid en ik keek angstig rond. Was het een muis? Een rat? Nog iets ergers?

'Is daar iemand?' vroeg ik zacht. Hard genoeg om gehoord te kunnen worden, maar niet zo hard dat buiten iemand zou kunnen horen dat ik hier binnen was.

Het bleef even stil, maar die stilte was geen echte stilte. Er zat een schat in verborgen. Ik deed behoedzaam een stap voorwaarts en kneep mijn ogen tot spleetjes in het halfdonker.

'Hallo?' fluisterde ik. 'Kom tevoorschijn, wie je ook bent.'

Nog meer stilte, een zacht geritsel van achter de kleding, en toen kwam er tot mijn verrassing een jongetje tevoorschijn. Ik keek hem aan en hij sloeg zijn blik neer. Geen van ons beiden zei iets. Uiteindelijk besloot ik, omdat ik ouder was en meteen duidelijk wilde maken dat ik hier de baas was, iets te zeggen.

'Hallo,' zei ik.

'Hallo,' zei het jongetje.

Hij tuurde met een wanhopige uitdrukking naar de grond. Hij droeg hetzelfde gestreepte uniform dat iedereen aan die kant van het hek droeg en had ook een gestreepte pet op zijn hoofd. Maar die rukte hij meteen af en drukte hem tegen zijn borst, bij wijze van smeekbede aan mijn adres. Hij had geen schoenen of sokken aan en zijn voeten waren nogal vies. Op zijn uniform zat een gele ster genaaid.

✡

'Wie ben jij?' vroeg ik.

'Ik ben Shmuel,' zei hij.

'Wat doe je hier, Shmuel?' vroeg ik. De naam klonk vreemd uit mijn mond. Ik kon het niet zo uitspreken als hijzelf.

'Ik verstop me,' zei hij.

'Voor wie?'

'Voor iedereen.'

Ik keek hem aan en kreeg plotseling medelijden met hem. Hij was pijnlijk mager, zijn ogen puilden bijna uit hun kassen. Ik zag dat zijn pet trilde in zijn handen, dus ik ging in kleermakerszit op de grond zitten in de hoop dat hij dat ook zou doen en dat hij zich dan meer op zijn gemak voelde. Even later deed hij dat ook. En hij keek me aan met een verlegen uitdrukking op zijn gezicht.

'Hoe oud ben je, Shmuel?' vroeg ik.

'Ik ben negen,' zei hij. 'Ik ben geboren op 15 april 1934.'

Ik fronste mijn wenkbrauwen. Dat was dezelfde dag als waarop mijn broertje geboren was. In een andere tijd en op een andere plek hadden ze een tweeling kunnen zijn.

'Hoe oud ben jij?' vroeg hij op zijn beurt.

'Twaalf.'

'Dat is oud.'

'Niet echt.'

'Maar ouder dan negen.'

'Ja,' zei ik. 'Maar als je twaalf bent, voel je je niet oud. Dan merk je dat er nog steeds niemand naar je luistert of omkijkt.'

'Ik zal nooit twaalf worden,' zei hij heel rustig.

Er ging een koude rilling door mijn lichaam. Waarom zou hij nooit twaalf worden? Op een bepaald moment wordt iedereen twaalf en hij natuurlijk ook, daar was ik zeker van.

'Ik heet Gretel,' zei ik ten slotte.

'Jij woont daarginds zeker?' zei hij.

'Waar?'

'Bij hem. Aan de andere kant.'

'Bij wie?' Ik kon hem niet volgen, en dat frustreerde me.

'Hij komt me opzoeken.'

'Wie?' vroeg ik.

'Die jongen.'

Ik schudde mijn hoofd en vroeg me af of ik niet beter weg kon gaan. 'Weet je, jij bent het eerste kind dat ik hier gezien heb,' zei ik.

'Er zijn er niet veel meer.'

'Waar zijn die anderen dan?'

Hij ademde diep uit door zijn neus, keek toen om zich heen in het pakhuis en probeerde een antwoord te formuleren. 'Er waren er meer toen wij aankwamen,' zei hij. 'Mijn familie en ik, bedoel ik. Er zaten heel veel kinderen in de treinen. Maar die hebben ze meegenomen.'

'Wie heeft ze meegenomen?'

'De soldaten.'

'Waar hebben ze die kinderen naartoe gebracht?'

Hij keek me aan met zo'n doordringende blik dat ik mijn ogen moest neerslaan.

'Waarom hebben ze jou niet meegenomen?' vroeg ik.

Hij hield zijn handen omhoog. 'Mijn vingers,' zei hij. 'Die zijn zo klein en dun. Ze zeiden dat ze soms iemand als ik achterhouden om de kogelhulzen schoon te maken. Zo ben ik de meeste dagen bezig. Maar als ik groter ben, dan kan ik ze niet meer schoonmaken. Er is geen eten, dus dan ga ik misschien dood. Maar als er wel eten is en als ik dat dan eet, dan word ik misschien te dik. En dan ga ik ook dood.'

'Onzin,' zei ik. 'Niemand laat een kind van jouw leeftijd doodgaan.'

Hij haalde zijn schouders op en wendde zijn blik af, zonder de energie of de interesse om mij tegen te spreken.

'Dit is binnenkort allemaal afgelopen,' zei ik, omdat ik hem graag gerust wilde stellen. 'Wij winnen de oorlog. Als dat klaar is, dan wordt alles weer normaal. Maar dan een beter normaal dan ooit tevoren.'

'Ga je me pijn doen?'

‘Wat?’ Ik keek hem stomverbaasd aan en vroeg me af of hij gek was geworden. ‘Natuurlijk ga ik je geen pijn doen.’

‘Ga je me verraden?’

‘Wat zou ik moeten verraden?’

‘Dat ik me hier soms verstop.’

‘Aan wie zou ik je moeten verraden?’

‘Luitenant Kotler.’

Ik keek nog verbaasder. ‘Ik zal het aan niemand vertellen, Shmuel,’ zei ik.

‘Mag ik dan nu weg?’

Hij keek me zo smekend aan, en diep vanbinnen wilde ik dat hij bleef, om me dingen te laten begrijpen over deze plek die ik niet begreep, maar ik vermoedde dat Vader inmiddels naar me op zoek was, en als hij me hier aantrof met deze jongen, dan zou er wat zwaaien. Een beetje voor mij en heel veel voor hem.

‘Je mag weg,’ zei ik.

Hij stond op en zette zijn pet weer op. ‘Wil je vragen of hij me weer komt opzoeken?’ fluisterde hij voordat hij de deur opendeed om weer naar buiten te gaan. ‘Op onze vaste plaats.’

‘Aan wie moet ik dat vertellen?’ vroeg ik.

En toen zei hij de naam van mijn broertje, en begreep ik het. Hier was hij op die middagen dat hij verdwenen was en zei dat hij het bos ging verkennen. Hij kwam bij het hek. Daar ontmoette hij Shmuel. Ik voelde me boos, maar ook verward en gekwetst dat hij me dat nooit verteld had. Hij had een vriendje gemaakt, en ik had niemand.

‘Ik zal het hem zeggen,’ zei ik ten slotte. ‘Dag, Shmuel.’

‘Dag, Gretel,’ antwoordde hij.

Het was een paar maanden later. Kurt was inmiddels vertrokken, naar het front gestuurd, en ik bleef achter met de traumatiserende gedachte dat hij vast en zeker al gesneuveld was. Mijn broertje was natuurlijk dolblij dat hij weg was en plaagde mij daar genadeloos mee.

En daarom haatte ik hem.

Ik haatte hem zo erg dat ik, toen hij me eindelijk in vertrouwen nam over zijn ontmoetingen met Shmuel, net deed alsof ik het geweldig vond dat hij een vriendje had om mee te praten.

En toen hij vertelde dat de vader van Shmuel vermist was en dat de jongen wilde dat hij onder het hek door kroop om hem te helpen zoeken, zei ik dat hij dat moest doen. Dat deden vrienden voor elkaar, zei ik.

'Maar als ik dan gesnapt word?' vroeg hij, en ik schudde mijn hoofd.

'Er is daar een pakhuis,' zei ik. 'Je vriend weet wel waar het staat. Daar bewaren ze alle uniformen. Hij kan wel een extra uniform voor je regelen, dan kun je je omkleden als je naar hem toe gaat. Dan val je helemaal niet op.'

Ik wilde dat hij gepakt zou worden.

Ik wilde dat hij in de problemen zou komen.

Misschien wel dat hij net als Kurt weggestuurd zou worden.

'Is het niet gevaarlijk?' vroeg hij.

'Natuurlijk niet! Je kunt hem helpen om zijn vader te zoeken.'

Hij leek onzeker, maar wilde niet dat ik zag dat hij bang was. 'Goed,' zei hij. 'Dat ga ik doen. Ik zal het hem morgen vertellen.'

Voor mij was dat hele gedoe één grote grap. Een beetje sneue manier om wraak op hem te nemen.

Slechts een paar dagen later deed mijn moeder de deur van mijn slaapkamer open. Ze maakte een gespannen en angstige indruk. 'Gretel,' zei ze. 'Heb je je broertje gezien? Ik kan hem nergens vinden.'

DEEL 3

DIE ENDLÖSUNG

LONDEN 2022 / LONDEN 1953

1

De onthoofding van Marie Antoinette was alweer een tijdje geleden. Ik was nu, tegen mijn gewoonte in, een roman aan het lezen, over een groep senioren die een moord oplossen in hun woongemeenschap, toen de achterdeur van Winterville Court opengING en ik voetstappen hoorde naderen. Ik zat op de bank onder de eik en voelde een zekere kwaadaardigheid in de vastberaden tred, maar besloot niet op te kijken. Pas toen mijn bezoeker pal voor me stond, legde ik mijn boek neer. 'Meneer Darcy-Witt,' zei ik. 'Wat fijn u te zien.'

Hij was minder formeel gekleed dan tijdens onze eerdere ontmoetingen: in een lichtgele short die er nogal duur uitzag en een witte polo. Zijn schoenen leken van het soort dat men doorgaans draagt aan boord van een luxejacht in plaats van in de achtertuin van een luxe appartementengebouw in Londen. Het was bijna een week geleden dat ik een ambulance had gebeld voor zijn vrouw, die een overdosis slaapmiddelen had genomen in wat volgens mij een zelfmoordpoging was. Sindsdien liep hij elke dag gewoon in en uit. Hij bracht Henry elke dag naar school en had een jonge vrouw ingehuurd om hem weer op te halen. Maar hij was niet één keer naar boven gekomen om me te bedanken voor het feit dat ik Madelyns leven had gered of om me te informeren over haar toestand. Gelukkig had ik een spion in zijn kamp – Henry zelf – die me op de hoogte had gehouden, want hij kwam naar boven als hij kon en ik was altijd blij als hij op bezoek was, geheel tegengesteld aan mijn angst toen ik hoorde dat er een kind op nummer 1 zou komen wonen. Naar later bleek waren het de volwassenen over wie ik me druk moest maken.

'Mrs Fernsby,' zei hij, 'het leek me dat u het wel op prijs zou stellen om te horen dat Madelyn later vandaag weer thuiskomt.'

'Wat fijn om te horen,' zei ik. 'Dus het gaat weer beter met haar?'

Hij glimlachte zwijgend en kwam naast me op de bank zitten. Hoewel er gemakkelijk plaats was voor drie mensen, voelde ik me nogal klemgezet door hem, misschien omdat hij zo'n lange, gespierde man was. Ik ervoer het als ongepast dat hij zo dicht naast me kwam zitten en ik verlangde terug naar de tijd van *social distancing*. Ik overwoog op te staan, maar wilde hem niet het gevoel geven dat hij ook maar enige macht over mij had.

'"Beter" is misschien een beetje optimistisch,' zei hij. 'Maar ze willen haar niet langer daar houden. Het was een ongelukje, natuurlijk. Ze wilde helemaal niet zo veel pillen slikken. Ze is soms een beetje in de war.'

'Nou, laten we dan maar hopen dat ze niet weer in de war raakt, hè?'

'Dat zal niet gebeuren,' zei hij. 'Allereerst heeft ze vanaf nu geen toegang meer tot medicijnen. Daar zal ik persoonlijk op toezien.'

'Natuurlijk doet u dat,' antwoordde ik.

Hij keek me aan met een lachje om zijn lippen, ietwat neerbuigend als tegen een kind. 'Dat klinkt nogal venijnig,' zei hij.

'Helemaal niet. Alleen vóór haar ongeval, zoals u het noemt...'

'Hoe zou ik het anders moeten noemen?'

'Daarvóór leek ze nogal...' Ik merkte dat ik behoedzaam werd en dacht na over hoe ik deze zin zou afmaken.

'Leek ze nogal wat?'

'Bang,' zei ik uitdagend. Ik verschoof een beetje op de bank om afstand van hem te houden. 'Ze kwam op mij over als een bange vrouw.'

'Wat een woordkeus,' zei hij hoofdschuddend. 'Ik vraag me af hoe iemand van uw statuur, die naar ik aanneem een leven lang luxe heeft gekend, ook maar enig begrip meent te kunnen hebben van dat woord. Ik ben opgegroeid met niets, wist u dat?'

'Hoe zou ik dat moeten weten?'

'Mijn vader sloeg mijn moeder en ze hebben zich allebei doodgedronken. Ik verhuisde van pleeggezin naar pleeggezin tot mijn zeventiende, en u hebt niet het flauwste benul wat zich daar allemaal afspeelde. Hebt u enig idee wat angst eigenlijk is?'

Ik moest mijn uiterste best doen om niet in lachen uit te barsten. 'Mijn beste man,' zei ik zo beheerst mogelijk. 'Ik heb angst gezien in vormen waar u zich onmogelijk een voorstelling van kunt maken. In uw wildste dromen, in de levendigste fantasieën van filmisch vermaak die u in elkaar flanst, zou u de verschrikkingen die ik heb gezien zelfs niet bij benadering kunnen begrijpen. Heb ik enig idee wat angst is? Het spijt me te moeten zeggen dat ik daar meer idee van heb dan de meesten ooit zullen hebben.'

Hij draaide zich om en keek me aan, wellicht geïntrigeerd door de melodramatische aard van mijn reactie. En ik kreeg onmiddellijk spijt van wat ik had gezegd. Ik was te ver gegaan, besefte ik nu, en was er alleen maar in geslaagd hem nieuwsgierig te maken. Ik was natuurlijk oud, en de angst voor onthulling die ik op jonge en middelbare leeftijd had gehad was allang verminderd, zo niet verdwenen. Maar toch. Het was absoluut niet mijn gewoonte om zulke risico's te nemen.

Hij keek naar mijn arm, maar ik droeg lange mouwen. 'Weet u?' zei hij. 'Ik geloof u. Vertel eens, Mrs Fernsby. Wat hebt u zoal gezien? Of misschien is het iets wat u hebt gedaan? Vertel nog eens waar u bent opgegroeid...'

Ik keerde me van hem af, wilde dat hij wegging, me nooit meer lastig zou vallen en me alleen zou laten met mijn tachtigjarige speurders.

'Is er misschien iets waarmee ik u kan helpen, meneer Darcy-Witt?' vroeg ik zo koel mogelijk, en hij knikte.

'Waar het om gaat – ik weet dat u en mijn vrouw bevriend zijn geraakt sinds wij hier wonen,' begon hij, maar ik onderbrak hem.

'Dat is niet echt waar,' zei ik. 'We zijn kennissen, meer niet, zoals dat gaat tussen buren. En we hebben een paar keer gepraat zoals u weet, maar ik wil niet zover gaan om te zeggen dat we vriendinnen zijn. Ik ken haar zelfs nauwelijks. En dat geldt andersom ook.'

'Ik vermoed dat erg weinig mensen u kennen,' zei hij. 'U laat zich niet graag in de kaart kijken, hè?'

'Ik speel nooit kaart, meneer Darcy-Witt. Ik gok niet.'

'U moet me toch echt Alex noemen. Meneer Darcy-Witt is zo'n mondvol. Hoewel u duidelijk wel een grote mond hebt.'

'U bent ontzettend grof,' zei ik na een gepaste stilte.

'Nee, ik ben gewoon direct, meer niet,' zei hij. 'Dat is iets anders. Hoe dan ook, hoe de relatie tussen u en Madelyn ook is, ik zou willen voorstellen dat u daar nu een punt achter zet. Als u haar tegenkomt in de entreehal, dan is het heel normaal dat u haar groet, maar daar moet het dan wel bij blijven. Geen vragen naar haar gezondheid. Geen adviezen aangaande haar belachelijke ambities om weer te gaan acteren –'

'Maar waarom zou ze dat niet doen als ze dat graag wil?' vroeg ik. 'We leven toch niet meer in een tijd waarin de man bepaalt wat zijn vrouw wel of niet mag doen met haar leven?'

'En u hoeft ook niet meer bij ons in huis te komen,' vervolgde hij, mijn vraag negerend zoals ik de zijne had genegeerd. 'Ik heb natuurlijk de sloten laten vervangen, zodat eventuele sleutels die u de vorige bewoner afhandig hebt gemaakt nu totaal nutteloos zijn.'

'Ik heb niemand sleutels "afhandig gemaakt", zoals u dat noemt,' protesteerde ik. 'De reservesleutel van meneer Richardson zat in die plantenpot. En het was Heidi Hargrave die hem gevonden heeft, niet ik. U mag haar trouwens wel dankbaar zijn. Zonder haar zou uw vrouw nu misschien dood zijn geweest.'

'Verder is er geen enkele noodzaak om nog contact te hebben met mijn zoon.'

'U bedoelt Henry. Zo heet hij namelijk.'

'U bemoeit zich niet meer met hem. Madelyn en Henry zijn van mij. Zij is niet uw surrogaatdochter. En hij is niet uw surrogaatkleinzoon.'

'Ik verzeker u, meneer Darcy-Witt, en ik hou het liever formeel als u het niet erg vindt, dat ik absoluut niet van plan ben hen die rollen te laten spelen. Ik leef een rustig leven en ben graag op mezelf. Het zijn uw gezin en uw eindeloze drama's die míj zijn opgedrongen, niet omgekeerd. Ik vind het prima dat u en uw gekooide vogel elkaar het leven zuur maken zonder mij daar op welke manier dan ook bij te betrekken. En wat Henry betreft, als die jongen bij mij op bezoek wil komen, als hij een zekere rust zoekt in mijn flat die hij thuis mist, dan zal ik de laatste zijn om –'

Razendsnel greep hij mijn linkerpols vast. Hij kneep, niet hard genoeg om blauwe plekken te veroorzaken, maar wel genoeg om me pijn te doen.

'Laat los,' beval ik, geschokt door zijn uitval. 'U doet me pijn.'

'U praat te veel, Mrs Fernsby,' zei hij met zachte stem waar het venijn vanaf droop. 'Weet u waar ik een fokking hekel aan heb? Aan vrouwen die nooit hun fokking bek eens houden. En u houdt nooit uw fokking bek eens dicht.'

Ik staarde hem aan. Ik voelde tranen opwellen achter mijn ogen – een zeldzame vernedering, want ik ben geen emotionele vrouw – en toch voelde ik dat ik hem niet verder moest uitdagen. Ik begreep nu hoe Madelyn zich voelde. En Henry. Hoe gemakkelijk was het voor een dominante man om zelfs de sterkste persoon angst in te boezemen.

'Ik wil gewoon zeker weten dat wij elkaar goed begrijpen, dat is alles,' vervolgde hij. 'U laat mijn gezin met rust en ik laat u met rust.'

'Laat los!' herhaalde ik en ik trok mijn pols uit zijn hand. Ik was vastbesloten hem niet het genoegen te schenken dat hij me had afgeschrikt. Ik zat hier als eerste – rustig te lezen, zonder iemand last te bezorgen – en ik zou hier blijven zitten als hij vertrok.

Tot mijn opluchting stond hij echter op en keek me aan op een manier die kennelijk moest overbrengen dat hij teleurgesteld in me was, dat ik hem was tegengevallen.

'En bovendien,' vervolgde ik en tot mijn frustratie beefde mijn stem hoorbaar. 'Niemand is van u. Mensen zijn geen...'

'Ja hoor, nu weet ik het wel,' onderbrak hij me met vermoeide stem, terwijl hij in zijn ogen wreef en wegliep. 'Maar onthoud goed wat ik heb gezegd.'

Ik keek hem na, maar voordat hij de deur had bereikt draaide hij zich om en keek me aan. 'Fernsby,' zei hij. 'Beetje rare naam, hè?'

'Het was de naam van mijn man.'

'En u?' vroeg hij. 'Uw meisjesnaam? Wat was die?'

Ik zei niets, voelde het bloed naar mijn wangen stromen. Hij merkte dat ik hem niet wilde antwoorden. Niet dat ik wist welk antwoord ik zou moeten geven. Ik had mijn eigen naam natuurlijk, waarmee ik geboren was en die ik in Berlijn en op die andere plek had gebruikt. Dan was er Guéymard, de naam die ik in Parijs en Sydney had gebruikt, en er was Wilson, die ik gebruikte toen ik aankwam in Londen omdat ik niet Frans wilde klinken, en dat was de naam die Edgar van me kende. Waren er nog meer? Ik kon het me nauwelijks herinneren. Mijn leven was zo bezaaid met afgedankte identiteiten dat het op dat moment vrijwel onmogelijk was me te herinneren wie ik werkelijk was.

'Laat maar,' zei hij en hij wendde zich weer af. 'Ik weet zeker dat ik er nog wel achter kom. U lijkt me een interessante vrouw, Mrs Fernsby. Iemand die niet helemaal eerlijk is tegenover de wereld. Als cineast, als verhalenverteller, intrigeert me dat.’

2

De eerste persoon met wie ik bij mijn aankomst in Londen sprak was de Queen.

Het was kort voor Kerstmis en ik was bijna een week in Engeland. Ik was per schip aangekomen in Southampton en besloot daar enkele dagen te blijven om te wennen aan het leven aan land. Mijn stemming was totaal anders dan toen ik eerder dat jaar naar Australië reisde. De heenreis was immers vervuld geweest van optimisme over het begin van een nieuw leven. Dat ik acht maanden later al terugreisde naar Europa bewees dat dit onmogelijk was. Tijdens de overtocht probeerden verschillende jonge mannen en vrouwen een praatje met me aan te knopen, maar ik hield ze allemaal af omdat ik me niet wilde binden aan iemand zoals ik met Cait Softly had gedaan. Ik gaf er deze keer de voorkeur aan alleen te blijven.

Ik arriveerde op 23 december per trein in Londen, en terwijl ik met mijn koffer door de stationshal liep, zag ik dat er aan de ene kant een samenscholing was. Een groep politiemannen hield de mensen nauwlettend in de gaten. Het was een regenachtige middag en ik had niet veel zin in een nat pak. Daarom wandelde ik naar de mensenmassa om te zien wat er aan de hand was. Tot mijn verbazing zag ik de Queen langs het perron lopen, begeleid door de Duke of Edinburgh, twee mannen in uniform en een paar hofdames. Ze was in gesprek met een van de mannen, maar toen ze mij passeerde was ik zo verbouwereerd door de onverwachte ontmoeting dat ik haar groette. Ze keek om, glimlachte naar me, zei hallo en wenste me een prettig kerstfeest. Ze was beeldschoon, had een volmaakte huid en haar manier van doen getuigde van het besef van de positie die ze had maar ook van een subtiele gêne om de absurditeit ervan. Zoals de meeste Londenaren – tot wie ik mezelf inmiddels ook reken – heb ik haar de afgelopen tientallen jaren minstens een keer of tien langs zien rijden in een lange stoet auto's als ik toevallig op straat was, maar deze herinnering zal me altijd bijblijven.

We hadden natuurlijk iets gemeen, Elizabeth en ik. Toen ik die avond naar een goedkoop hotel ging, vroeg ik me af hoe ze zou hebben gereageerd als ze mijn ware identiteit had gekend. Onze beider vaders waren weliswaar niet gevallen in de strijd, maar de oorlog had wel met ze afgerekend. Ik wist dat ik de dood van mijn vader niet kon vergelijken met die van haar vader, maar we waren toch allebei de achtergebleven dochters, van wie er een heerste over het Britse Gemenebest en een onhandelbaar gezin, en de ander slechts een paar pond bezat en geen enkel familielid meer had.

Tijdens die eerste maanden kon ik maar moeilijk wennen aan het Engelse weer. Ik was niet geboren in een bijzonder warm klimaat, maar in Sydney had ik de smaak te pakken gekregen van de zon, terwijl het hier elke dag nat, koud en ellendig was. Na een paar nachten in goedkope hotels vond ik een pension in de buurt van Portobello Road. Een hospita heerste over de huurders vanuit haar flat op de begane grond, waarboven vijf meisjes woonden in vijf slaapkamers die verdeeld waren over drie verdiepingen, met één gezamenlijke badkamer. Elke avond om zeven uur kregen we iets smakeloos geserveerd, en als je er niet was om mee te eten, dan ging je avondmaal naar de hond. Ik vond het er vreselijk, maar kon me niets beters veroorloven. De andere meisjes beschouwden me als afstandelijk, omdat ik het liefst op mezelf was.

Er was inmiddels zo veel tijd verstreken dat ik ervan uitging dat

Cynthia Kozel had besloten niets te doen met de informatie die ik haar had gegeven, want er verscheen geen politieagent aan de deur die antwoorden eiste, niet één journalist hield me staande op straat met het verzoek om een interview. Ik begon me te ontspannen en overtuigde mezelf ervan dat ik het juiste had gedaan. Ik had het risico dat de waarheid naar buiten zou komen in mijn leven toegelaten en het was toch niet mijn schuld dat dit niet gebeurd was. Natuurlijk was ik niet zo dom dat ik mezelf op deze manier voor de gek kon houden, en mijn schuldgevoel bleef vanbinnen aan me knagen en wachtte op het moment dat het aan de oppervlakte kon komen en onvoorstelbare schade zou aanrichten.

Door mijn ervaring in de modezaak van Miss Brilliant lukte het me om een baan te krijgen bij Harrods en mijn meerdere al snel zo te imponeren dat ik in aanmerking kwam voor promotie. Ik begon aan een avondcursus loonadministratie en kreeg tot mijn grote vreugde een kantoorbaan. Ik werkte samen met twee andere meisjes: we berekenden het weekloon voor het personeel, administreerden snipperdagen, vakanties en diverse andere zaken die tegenwoordig deel uitmaken van een afdeling Personeelszaken. Het werk was erg naar mijn zin, ik genoot van de elegantie van de getallen, de noodzaak om mijn rekeningen en balansen kloppend te houden, de betrekkelijke autoriteit die ik had en het gevoel van verantwoordelijkheid dat daar het gevolg van was.

Er waren natuurlijk ook moeilijke momenten. Mijn directe leidinggevende was ene Miss Aaronson, een rustige, efficiënte vrouw die ik vanaf het begin sympathiek vond en die bijzonder aardig voor me was en geduld met me had terwijl ik mijn weg vond in het kantoorleven. Toen het voorjaar was aangebroken en het beter weer werd, droeg ze regelmatig blouses met korte mouwen, en toen ze zich op een middag over me heen boog om een fout uit te leggen die ik had gemaakt met het loonzakje van een werknemer, viel mijn oog op de getatoeëerde cijfers op haar arm. Ik deinsde terug op mijn stoel van angst. Dit soort momenten, die je niet zag aankomen, konden me volledig van mijn stuk brengen. Het voelde alsof ze gezonden waren door God om me eraan te herinneren dat ik kon genieten van vrede en geluk in mijn dagelijkse leven, maar dat ik nooit mijn aandeel in de gruwelen mocht vergeten omdat mijn schuld even diep in mijn ziel was geëtst als die cijfers op de arm van Miss Aaronson.

'Je hoeft niet te schrikken, lieverd,' zei ze toen ze zag hoe bleek ik plotseling was geworden. 'Maar ik weiger ze te verbergen. Het is belangrijk dat mensen die cijfers zien en het zich herinneren.'

'En uw familie?' vroeg ik met haperende stem.

'Allemaal dood,' zei ze. Ze kreeg een uitdrukking op haar gezicht die het midden hield tussen pijn en gelatenheid. 'Mijn ouders, grootouders, twee broers en een zusje. Ik ben alleen over. Maar zullen we nu verdergaan met dit loonzakje? We kunnen die arme man niet zonder zijn verdiende loon naar huis laten gaan.'

Ik was sprakeloos, maar toen ik die avond thuiskwam in mijn pension, moest ik voor het eerst sinds mijn aankomst in Engeland hartstochtelijk huilen, en hoewel ik niet in staat was om mezelf iets aan te doen, viel ik op dat soort avonden in slaap, biddend dat ik de volgende ochtend niet meer wakker zou worden.

Maar tijdens mijn betrekking bij Harrods leerde ik David en Edgar kennen, en het was Edgar die ik als eerste sprak toen hij me op een middag in de winkel staande hield terwijl ik door de afdeling Heren Avondkleding liep op zoek naar een winkelbediende die mij niet had gemeld dat hij de week ervoor een pond te veel aan weekloon had ontvangen. Terwijl ik op zoek was naar de leugenachtige jongeman, kwam er een man in een blauw kostuum op me af die zijn hand omhoogstak alsof ik een passerende stadsbus was.

'Neemt u me niet kwalijk, miss,' zei hij. 'Werkt u hier?'

'Inderdaad,' zei ik, 'maar ik ben geen winkelbediende. Ik zal even kijken of ik iemand voor u kan vinden.'

'Nou, ik kom eigenlijk niets kopen,' zei hij. 'Ik ben op zoek naar een vriend van me. Misschien kent u hem. David Rotheram. We zouden samen ergens gaan eten. Hebt u hem toevallig gezien?'

Ik schudde mijn hoofd. Ik kende David wel, hij was assistent-manager op deze afdeling en hij was razendsnel opgeklommen in de rangen, maar om de een of andere reden hadden we elkaar nog nooit gesproken. Alle kantoormeisjes waren verliefd op hem omdat hij sprekend op Dannye Kaye leek. Hij had wel een enkele keer met een complimenteuze glimlach mijn kant op gekeken, maar ik was te verlegen geweest om terug te lachen, en geen van beiden hadden we enige reden gehad om contact te leggen.

'De heer Rotheram houdt zich hier meestal wel ergens schuil,' zei ik, terwijl ik om me heen keek en onmiddellijk mijn woordkeus betreurde. Edgar moest lachen.

'Schuilhouden,' zei hij. 'Dat klinkt alsof hij slechte bedoelingen heeft.'

'Nee, dat bedoelde ik niet,' antwoordde ik licht blozend. 'Ik... Neemt u me niet kwalijk. Zeg alstublieft niet tegen hem dat ik dat gezegd heb. Hij zou het verkeerd op kunnen vatten.'

'Ik zwijg als het graf,' zei hij en hij draaide met een denkbeeldige sleutel zijn mond op slot. Ik lachte. Hoewel hij niet uitgesproken knap was, had hij een vriendelijk gezicht met warme ogen, en zijn potloodsnorretje gaf hem een zekere joie de vivre. Een litteken onder zijn linkeroor deed me vermoeden dat hij in de oorlog had gezeten, maar die gedachte schoof ik onmiddellijk terzijde omdat hij hooguit één of twee jaar ouder kon zijn dan ik en dus pas veertien moest zijn geweest toen de vijandelijkheden op hun hoogtepunt waren.

'O, daar is hij trouwens al,' zei Edgar even later toen hij zijn vriend op hem af zag komen wandelen.

Ik draaide me om en zag David ook.

'Edgar,' zei hij vrolijk grijnzend. 'Sorry dat ik te laat ben.'

'Geen probleem. Je collega hier, Miss...'

'Wilson,' zei ik.

'Miss Wilson heeft me gezelschap gehouden.'

'Dan heb je geluk, man,' zei David en hij glimlachte nu naar mij. 'Want Miss Wilson houdt mij nooit gezelschap. Ik geloof zelfs dat ze me opzettelijk mijdt.'

'Niet waar,' zei ik en ik vroeg me af waarom hij dat zou denken, laat staan hardop zou zeggen.

'Nou, we spreken elkaar nooit, toch?'

'Daar is gewoon nooit een gelegenheid voor geweest.'

'Zal ik jullie even alleen laten?' vroeg Edgar. 'Dan kunnen jullie deze kwestie samen oplossen.'

'Niet nodig,' zei ik.

'Wat doet u trouwens hier, Miss Wilson?' vroeg David. 'Meestal mengt u zich niet onder het plebs.'

'Ik ben op zoek naar een man,' zei ik.

'Miss Wilson!'

'Naar een van de verkopers, bedoel ik. Meneer Deveney.'

'U praat wel met dat jonge gastje, maar u wilt niet met mij praten?'

Ik keek hem aan, onzeker wat ik moest zeggen. Ik was niet snedig genoeg om dit soort gesprekken te voeren. 'Hij verdient een standje,' zei ik uiteindelijk. 'Meneer Deveney, bedoel ik. En dat kom ik hem nu geven.'

'Wat heeft hij gedaan?'

'Dat zeg ik liever niet.'

Hij knikte, ging er verder niet op in en wees naar de overkant van de afdeling. Ik bedankte hem, groette Edgar en wilde doorlopen, maar al snel kwam David achter me aan rennen en greep mijn arm vast. 'Sorry, Miss Wilson,' zei hij verontschuldigend. 'Ik was misschien een beetje grof daarnet. Ik wilde grappig zijn, maar het klonk helemaal verkeerd.'

'Ik heb geen idee waarom u denkt dat ik u zou mijden, dat is alles,' zei ik. 'Ik heb u nog nooit opzettelijk gemeden.'

'Nee, natuurlijk niet,' antwoordde hij. 'Sterker nog, ik heb ú juist gemeden.'

'Waarom?' vroeg ik fronsend.

'Voor het geval ik iets doms zou zeggen. Ik wilde mezelf niet belachelijk maken en u het idee geven dat ik een idioot ben. En nu lijkt het erop dat ik dat alsnog heb gedaan.'

Ik voelde dat ik vuurrood werd. Stond hij met me te flirten? Het was zo lang geleden dat iemand met me had geflirt dat ik niet zeker wist of ik de signalen nog wel zou herkennen.

'Er is niets aan de hand,' zei ik. Ik wilde weggaan, maar eigenlijk ook blijven staan.

'Dus u vindt me geen idioot?'

'Ik vind helemaal niets.'

'Dus als ik u een keer uitnodig voor een gin-tonic, zou u dan meegaan?'

'Waarom denkt u dat ik gin-tonic drink?' vroeg ik.

'Omdat de meeste meisjes dat doen.'

'Ik ben niet de meeste meisjes.'

'Goed, maar wat drinkt u dan?'

'Bier,' zei ik. En dat was waar. Uiteindelijk was ik Duitse.

Hij keek bedenkelijk. Ik zag dat hij dat niet echt iets voor een dame vond, maar dat maakte me niets uit. Hij moest me maar nemen zoals ik was.

'Dus als ik u een keer uitnodig voor een biertje, zou u dan meegaan?' Hij keek om naar Edgar en toen weer naar mij. 'Het punt is dat als ik u nu niet uitnodig, ik vrij zeker weet dat mijn vriend dat zal doen, en hij is veel handiger in die dingen, dus dat ga ik verliezen.'

Ik keek naar Edgar en toen weer naar David. Twee mannen waren geïnteresseerd in mij. De zaak begon een aangename wending te nemen. 'Donderdagavond,' zei ik. 'Kom om zes uur maar naar de loonadministratie, dan gaan we naar een rustige pub.' Om zeker te weten dat ik de winst die ik had geboekt in dit gesprek niet zou verliezen, liep ik direct terug naar mijn kantoor, waar ik zacht giechelend genoot van mijn eigen optreden.

Pas uren later, toen ik al in bed lag, besefte ik dat ik vergeten was die oneerlijke meneer Deveney op te sporen, maar ik zette die gedachte van me af en besloot dat hij zijn extra pond mocht houden. Hij had me misschien wel een geweldige dienst verleend en ik vond dat hij elke penny van dat pond verdiend had.

3

Uit eigen vrije keuze heb ik gedurende mijn hele leven geweigerd een vriendenkring op te bouwen, maar nu ik behoefte had aan een vertrouwelijk oor, voelde dat wel als een gemis. Door het gesprek in de tuin tussen Alex Darcy-Witt en mijzelf was ik bang en onzeker geworden, en ik voelde de wanhopige behoefte er met iemand over te praten. Misschien zou ik ooit bij Heidi aangeklopt hebben om het met haar te bespreken, maar die tijd lag ver achter ons.

In mijn woonkamer scrolde ik nu door de lijst met persoonlijke contacten op mijn telefoon, en kreeg spijt dat die niet langer was. Een ogenblik hield ik mijn vinger stil bij het nummer van Caden, maar ik besloot hem niet te bellen uit angst dat hij een conflict met de buren zou beschouwen als het volgende argument om mijn flat te verkopen en naar een woongemeenschap voor senioren te verhuizen. Uiteindelijk bleef er maar één gegadigde over: Eleanor.

Tot mijn verbazing verscheen ze binnen twee uur in mijn flat en legde uit dat ze haar afspraken van die ochtend had verplaatst omdat ik blijkbaar 'voorging'. Ze arriveerde ook nog in een taxi, wat ik een beetje extravagant vond, en bracht twee kartonnen bekers koffie en brownies mee.

'Dat had je niet hoeven doen,' zei ik terwijl ik de brownies op een paar schoteltjes legde, maar ik was erg blij dat ze het had gedaan.

'Ach, we verdienen allemaal wel eens een traktatie, Mrs F.,' zei ze, terwijl ze plaatsnam in Edgars leunstoel. Ik glimlachte onwillekeurig, ik begon echt gesteld op haar te raken. 'Nou, wat is er aan de hand? U klonk nogal overstuur door de telefoon.'

'Ja,' zei ik. 'Het punt is dat ik advies nodig heb. Ik maak me zorgen om iets, maar durf me er niet mee te bemoeien voor het geval ik onnodige problemen veroorzaak voor mezelf of anderen.'

'Goed,' zei ze, en haar medische opleiding en achtergrond was zonneklaar toen ze eraan toevoegde: 'Zeg maar wat ik kan doen om te helpen.'

'En ik heb natuurlijk graag dat dit tussen ons blijft.'

'Vanzelfsprekend.'

'Dat geldt zelfs voor Caden.'

'Duidelijk.'

'Het gaat over mijn buren,' begon ik. 'Het nieuwe gezin onder mij.'

'Maken ze lawaai?'

'Nee, het is heel iets anders,' zei ik hoofdschuddend. 'Het is de man. De vader. Ik denk dat hij gewelddadig is. Tegenover zijn vrouw en zoontje, bedoel ik.'

Ze leunde nu naar achteren in de stoel en ademde zwaar door haar neus. Uit haar gezichtsuitdrukking maakte ik op dat ze niet onervaren was op dat gebied, en ik voelde me onmiddellijk opgelucht en wist zeker dat ik de juiste persoon had gekozen om in vertrouwen te nemen.

'Vertel me alles maar,' zei ze

En dat deed ik. Ik vertelde haar zo gedetailleerd mogelijk alles waarvan ik getuige was geweest, en gelukkig hoorde ze me rustig aan terwijl ik aan het woord was, onderbrak me niet en stelde geen vragen, wat ik zeer op prijs stelde.

'Er is iets goed mis met die man,' concludeerde ik, 'en vanochtend gebeurde er weer iets.'

'Ga door,' zei ze, nippend van haar koffie.

'Ik ging naar beneden om in mijn brievenbus te kijken,' zei ik. 'Je hebt waarschijnlijk wel gezien dat er binnen bij de voordeur vijf brievenbussen aan de rechtermuur hangen, eentje voor elke flat. Ik krijg bijna nooit meer post, maar ik kijk gewoon elke ochtend even, voor het geval dat. Ik was absoluut niet aan het spioneren, eerlijk waar, ook al lijkt het er misschien op dat ik een bemoeizuchtige oude taart ben, maar de brievenbussen hangen zo dicht bij de voordeur van de Darcy-Witts dat het vrijwel onmogelijk is om het niet te horen als daarbinnen gedoe is.'

'En was er gedoe?' vroeg ze.

'Ja.'

'Ruzie?'

'Alex schreeuwde tegen de jongen,' vertelde ik. 'Hij zei heel erge dingen.'

'Zoals?'

Ik bloosde een beetje. Ik raakte weer overstuur door de herinnering eraan.

'Zeg het gewoon maar,' zei Eleanor vriendelijk. 'Ik begrijp het beter als ik het weet.'

'Hij waarschuwde dat als hij nog één keer in zijn fokking bed piste, hij hem door dat fokking raam zou smijten,' zei ik en ik keek naar de grond. Ik kreeg die vreselijke woorden bijna niet uit mijn mond, maar het was belangrijk, vond ik, om Eleanor een realistisch beeld te geven van de woede van die man. 'Hij zei tegen de jongen dat hij al negen is en geen fokking baby meer, en dat hij niet meer elke fokking ochtend de stank van die fokking pis hoeft te ruiken als hij hem wakker komt maken. Ik hoorde de jongen huilen, en toen klonk er een afschuwelijk geluid, en toen een gil. En daarna was het stil.'

'Wat voor geluid?' vroeg Eleanor.

Ik keek om me heen. Er was maar één manier om het duidelijk te maken. Ik stond op, liep naar de sidetable en sloeg met mijn vlakke hand keihard midden op het houten tafelblad voordat ik weer ging zitten. Ze schrok ervan.

'Sloeg hij hem?' vroeg ze.

'Dat moet wel. Ik was te bang om beneden te blijven staan, stel dat Alex naar buiten zou komen en mij daar zou aantreffen, maar ik wilde het er ook niet bij laten zitten. Dus ik ging weer naar boven, trok mijn jas en schoenen aan, verliet het gebouw en liep naar de bushalte, waar Madelyn en Henry elke ochtend heen lopen als hij naar school gaat. Ik moest zeker twintig minuten wachten, maar eindelijk verscheen hij. De jongen bedoel ik. Alleen. Hij kwam met gebogen hoofd op me afgelopen. Toen hij vlak bij me was riep ik zijn naam. Hij keek geschrokken en doodsbang op. Hij had gehuild, dat was duidelijk te zien, en hij had een brede rode striem op zijn wang. Afschuwelijk om te zien.'

'Wat een klootzak,' zei Eleanor, die haar vuisten balde. 'En hebt u met hem gesproken? Met Henry, bedoel ik?'

'Ik vroeg of alles goed met hem was en hij knikte maar zei niets. Het was duidelijk dat hij niet wilde praten. Ik wilde nog aandringen, maar op dat moment kwam de bus eraan. Hij sprong erin en liep meteen naar de achterste bank, terwijl ik op de stoep bleef staan en hem nakeek, nou ja, zijn achterhoofd. Maar toen de bus wegreed, draaide hij zich om en keek me aan met... met...'

Ik had mezelf niet meer in bedwang en begon te huilen. Eleanor haastte zich naar me toe, ging op de rand van mijn stoel zitten en legde een arm om mijn schouders. En dat voelde zo troostend. Ik denk dat ik sinds het overlijden van Edgar geen arm meer om me heen had gevoeld.

'Het is oké,' zei ze, 'en goed dat u me dit allemaal verteld hebt.'

'Ik weet niet wat ik moet doen,' zei ik. Ik haalde mijn zakdoek tevoorschijn en droogde mijn tranen. 'Ik weet zeker dat hij ze allebei mishandelt, maar ik durf het aan niemand te vertellen. Hij komt heel bedreigend over, namelijk. Je vertelt het aan niemand, hè?'

'Als u dat niet wilt, dan zwijg ik als het graf,' zei ze. 'Maar ik weet het een en ander over dit onderwerp. Ik heb een vriendin met een man die zijn handen ook niet thuis kon houden, en het duurde jaren voordat ze de moed had opgevat om bij hem weg te gaan.'

'Maar heeft ze het wel gedaan?' vroeg ik en ik keek haar hoopvol aan. Ik hoopte dat Madelyn dat ook zou doen en Henry mee zou nemen. 'Uiteindelijk is ze bij hem weggegaan?'

'Ja,' antwoordde ze.

'Nou, dat is tenminste íéts.'

'Maar hij kwam haar achterna, en nu zit ze in een rolstoel.'

Ik schrok hevig. De gedachte aan zulke gewelddadigheid maakt me doodsbang. Sterker nog, het roept de vreselijkste herinneringen op.

'Beloof me dat je dit aan niemand vertelt,' zei ik.

'Als u dat niet wilt, dan doe ik dat niet,' zei ze. 'Maar we kunnen dit niet zo laten doorgaan. We moeten iets doen.'

'Ik weet het. Maar ik moet er goed over nadenken. En zolang ik niet weet hoe ik de situatie moet aanpakken, wil ik niet het risico nemen dat hij achter me aan komt. Ik kan jou vertrouwen, hè, Eleanor?'

'Ja,' zei ze. 'U kunt me vertrouwen.'

'Wat ik je vertelde,' zei ik aarzelend, 'die keer bij Fortnum & Mason, over waarom ik een jaar in het ziekenhuis lag toen Caden nog klein was. Dat heb je hem toch niet verteld, hè?'

'Nee,' antwoordde ze. 'Ik heb u dat toen beloofd, en ik kom mijn beloften altijd na.'

'Dank je, lieverd,' zei ik. 'Ik wist dat ik je kon vertrouwen. Het punt is dat ik het vreselijk vind om het verleden op te rakelen. Dat roept alleen maar pijn en ellende op.'

4

Ik viel voor David op een andere manier dan voor Kurt, bij wie ik ontdekte wat verlangen was, of voor Émile, met wie ik had gehoopt te ontsnappen aan mijn claustrofobische bestaan met Moeder.

Maar David leek in niets op die twee. Zíj waren ongelooflijk serieus, maar tot mijn grote vreugde kon je met hém erg lachen, en dat had ik al veel te lang te weinig gedaan. Hij zat niet de hele tijd over politiek of geschiedenis te praten, maar leefde helemaal in het moment zelf en weigerde het over het verleden of de toekomst te hebben. We gingen samen naar de schouwburg, naar concerten, naar cabaretvoorstellingen. We zagen een optreden van Eddie Fisher in de London Palladium en op mijn verjaardag waren we bij een concert van Jo Stafford in de Royal Albert Hall. Hoewel we allebei bij Harrods werkten, praatten we in onze vrije tijd nooit over het werk, omdat hij een hekel had aan geroddel en niet geïnteresseerd was in het privéleven van onze collega's. Hij had een eigen etage, klein maar gezellig, op de bovenste verdieping van een huis in Clapham, en nadat we 's avonds uit waren geweest bleef ik altijd bij hem slapen. Hij had geen scrupules over seks, was totaal niet bedeesd of zenuwachtig zoals veel andere jonge mannen, en genoot met volle teugen van het fysieke genot dat het leven bood. Omdat ik vrijwel geen ervaring had op dat terrein, wist ik niet wat ik kon verwachten van een seksuele relatie, maar het duurde niet lang voordat ik begon te verlangen naar zijn aanrakingen. Zelfs met mijn naïviteit besefte ik dat hij een man was die precies wist wat hij deed.

'Hoeveel vriendinnetjes heb je vóór mij gehad?' vroeg ik op een avond na een bijzonder enthousiaste vrijpartij. Hij zat rechtop met een kussen in zijn rug en rookte een sigaret, en ik lag naast hem.

'Wil je dat echt weten?' vroeg hij glimlachend, terwijl hij zijn hoofd achterover hield en volmaakte rookkringetjes blies.

'Als je het wilt vertellen.'

'Het hang ervan af of je echte vriendinnen of gewoon minnaressen bedoelt.'

'Is daar verschil tussen?'

'Natuurlijk. Er zijn maar drie meisjes die ik als echte vriendinnetjes beschouw. Daarnaast...' Hij dacht even na. 'Ik weet niet, misschien een stuk of tien met wie ik naar bed ben geweest.'

Misschien waren er meisjes die geschokt zouden reageren door deze bekentenissen, maar het deed mij absoluut niets. Integendeel, ik vond het juist fijn dat hij zo ervaren was, en niet alleen omdat hij wist hoe hij me kon bevredigen maar omdat ik me in zijn aanwezigheid eindelijk volwassen voelde. Hij was zoveel wereldwijzer dan de mannen met wie ik doorgaans omging, van die nerveuze jochies in het magazijn of de winkel, de verwaande kwasten die een afdeling leidden en kropen voor de klanten terwijl ze hun vrouwelijk personeel vernederden, of de verlegen moederskindjes die de scepter zwaaiden op kantoor en zich duidelijk meer op hun gemak voelden met een telmachine dan met een naakt lichaam.

'En jij?' vroeg hij. Hij liet zich op een arm rollen en keek me recht aan. 'Hoeveel mannen?'

'Eentje maar,' zei ik. 'En dat was nog maar een jongen.'

'Serieus?'

'Ja.'

'Maar waarom zo weinig? Je hebt vast meer aanbidders gehad.'

Hij leek verheugd noch gechoqueerd door mijn onervarenheid.

In plaats daarvan was hij geïntrigeerd door mijn onschuld en leek zelfs medelijden met me te hebben.

'Zo ben ik niet opgevoed,' zei ik naar waarheid, en hij schudde geringschattend zijn hoofd.

'Dat zeggen ze allemaal,' zei hij. 'Het is gewoon zonde van je tijd. Ga naar bed met wie je wilt, als je allebei volwassen bent en het allebei wilt, dat is mijn motto. Het leven is te kort om spelletjes te spelen. Als we íéts hebben geleerd van de afgelopen vijftien jaar, dan is het dat.'

Als we op een avond een rondje pubs deden, dan ging zijn beste vriend Edgar altijd met ons mee. Ik had daar geen bezwaar tegen, omdat ik hem even sympathiek vond als David, en die twee waren onafscheidelijk. Sterker nog, als ik zou proberen een wig tussen hen te drijven, zou ik waarschijnlijk het onderspit delven en niet hij.

Ik vroeg me af waarom Edgar zelf geen vriendin had en probeerde daar op een avond in de Guinea in May Fair op subtiele wijze achter te komen.

'Hij had wel een meisje, een poosje geleden,' zei David. 'Ze heette Millicent of Wilhelmina of zoiets vreselijks. Edgar, hoe heette dat meisje ook weer op wie jij zo gek was?'

'Agatha,' zei Edgar, die aan de bar ons volgende rondje bestelde, en ik moest onwillekeurig lachen, om David, die er geen moeite mee had zo'n persoonlijke vraag door een lawaaiige pub te schreeuwen, en om Edgar, die gewoon antwoord gaf, en om hoe fout David zat met de naam van dat arme kind.

'O ja, Agatha,' zei hij toen Edgar weer bij ons aanschoof en drie drankjes voor ons neerzette, twee grote glazen bier voor de jongens en een klein glas voor mij. Hoewel ik ook een groot glas had besteld, weigerde de barman dat voor mij te tappen en dreigde hij zelfs ons buiten te zetten als ik voet bij stuk zou houden. 'Kun je je voorstellen dat je op je hoogtepunt de naam Agatha uitschreeuwt?' vervolgde

David. 'Dat zou alles verpesten, denk je niet?'

Zelfs Edgar lachte. 'Het punt is dat we nooit zover gekomen zijn,' bekende hij. 'Agatha geloofde niet in seks voor het huwelijk.'

Ik probeerde even wereldwijs te doen als zij en besloot dat het tijd was voor een compliment.

'Ik kan me niet voorstellen dat ze van je af kon blijven,' zei ik.

Edgar leek gevleid door mijn opmerking en grijnsde naar me.

'Hé, jij daar,' riep David lachend.

'Nou, hij is wel een stuk, vind je niet?'

'Absoluut. Ik zou het wel weten, als ik van die kant was.'

Dit vond ik dan weer wél choquerend, maar ik zei niets.

'Die arme Agatha,' zei David. 'Dat was nooit iets geworden met haar. Jij hebt iemand nodig met wat meer pit in haar donder.'

'Heb je momenteel iemand op het oog?' vroeg ik, en tot mijn verbazing bloosde hij.

'Min of meer.'

'Dat had je mij nog niet verteld!' zei David.

'Waarom vraag je haar niet eens mee uit?'

'Ze heeft al iemand. De beste vrouwen hebben altijd al verkering.'

'Pak haar van hem af!' riep David. 'Neem haar mee en laat haar zien hoe het moet.'

'Nee,' zei hij hoofdschuddend. 'Nee, dat kan ik niet doen. Ze zou het toch niet willen.'

We veranderden van onderwerp, en pas toen David naar het toilet ging bracht ik het onderwerp weer ter sprake.

'Het lijkt me gewoon leuk om met z'n vieren uit te gaan als jij ook iemand hebt,' zei ik tegen hem. 'Dat zou toch leuk zijn, of niet dan?'

'David en ik hebben dat ooit geprobeerd toen ik nog met Agatha ging,' zei hij. 'Maar dat was geen succes.'

'Maar waarom dan niet?' vroeg ik.

'Ze mocht hem niet,' zei hij. 'Ze had zelfs de pest aan hem.'

Ik fronste, omdat ik me niet kon voorstellen dat iemand niet zou vallen voor Davids charmes. Hij was knap, wereldwijs en prettig gezelschap.

'Dan was ze gek,' zei ik.

'Ach, het is altijd hetzelfde verhaal,' antwoordde hij, 'dat soort meiden kom je overal tegen. Kerels ook, trouwens. Ze zeggen het niet altijd hardop, maar je weet wat ze denken.'

'Wat denken ze dan?'

'Nou. Ze hebben een hekel... Je weet wel.' Hij voelde zich niet op zijn gemak.

'Waar hebben ze een hekel aan?' vroeg ik oprecht verward. Ik had geen idee wat hij bedoelde.

'Ze hebben een hekel aan mensen zoals hij.'

'Mensen zoals hij?'

Hij boog voorover en zei zachtjes: 'Ze hebben gewoon een hekel aan Joden. Dat soort gevoelens zijn er altijd al geweest, vermoed ik. Dat soort vooroordelen. Je weet hoe het gaat. Zo veel mensen met vooroordelen. En de oorlog heeft het alleen maar erger gemaakt. Wat ze achteraf lezen over wat er is gebeurd, de concentratiekampen en zo, dat maakt mensen boos. Het feit dat het nu voortdurend in het nieuws is. Veel mensen zijn op zoek naar antwoorden. Sommigen beweren natuurlijk dat het allemaal nooit gebeurd is, dat het één groot theater is, maar dat geloof ik niet, jij wel? Ik heb foto's gezien, wat boeken gelezen. Trouwens, volgende week draait er een documentaire over in de Empire. Ben je geïnteresseerd in geschiedenis? Ik wel. Dat is namelijk mijn vakgebied, weet je wel. Ik zou graag ooit geschiedenis doceren aan een universiteit. Jeetje, ik ben wel steeds aan het woord, hè? Jij hebt nog niets gezegd. Gaat het een beetje, Gretel? Je ziet een beetje pips, als ik het zeggen mag. Komt dat door het bier? Ik kan wel iets lichters voor je bestellen, hoor, als je dat wilt?'

Ik schudde nee. Het kwam niet door het bier. Ik had de uitdrukking 'het bloed stolde in mijn aderen' nooit helemaal begrepen, tot op dit moment, want dat was precies wat er leek te gebeuren. Elke pees in mijn lichaam verstijfde, de haartjes in mijn nek en op mijn armen stonden overeind en ik was bang dat ik moest overgeven. Natuurlijk was David een Jood. Als ik niet zo oliedom, zo ontzettend wereldvreemd was geweest, had ik dat vanaf het begin kunnen weten, door zijn naam alleen al. Maar het was gewoon nooit bij me opgekomen. Ik was alleen maar bezig geweest met zijn aantrekkingskracht en hoe fijn het was om seks met hem te hebben.

'David,' zei Edgar toen David terugkwam met nieuwe volle glazen. 'Ik vertelde Gretel zojuist over die documentaire die volgende week draait in de Empire. Daar moeten we heen, vind je niet?'

'Ja, dat lijkt me wel wat,' zei hij. 'Ik ben niet zo'n geschiedenisfreak als Edgar natuurlijk,' zei hij tegen mij. 'Maar het lijkt me interessant om erheen te gaan. Eens zien hoe die verrekte nazi's er in werkelijkheid uitzagen.'

'Sorry, David,' zei Edgar. 'Ik hoop niet dat ik...'

'Niets aan de hand,' zei hij glimlachend tegen zijn vriend. 'Ik was alleen... Nou ja, ik was er nog niet aan toegekomen om Gretel te vertellen over dat aspect van mijn leven, dat is alles.'

'Welk aspect van je leven?' vroeg ik.

'Andere keer,' zei hij. 'Vanavond alleen leuke dingen.'

5

Voor iemand van eenennegentig is het niet ongebruikelijk om weinig vrienden te hebben – tegen die tijd zijn de meesten van onze kennissen al overleden –, maar als een kind van negen jaar net zo vaak alleen is, dan valt dat op. Niet één keer sinds hij hier woonde had ik Henry in het gezelschap van een kind van zijn eigen leeftijd gezien, en ik begon me af te vragen wat daarachter zat. Vond hij het moeilijk om vriendjes te maken op school, of mocht hij simpelweg niemand mee naar huis nemen?

Maar met de regelmaat van de klok zag ik hem lezen in de tuin, en toen ik enkele dagen na Eleanors bezoek op een middag uit het raam keek en de jongen geheel verdiept zag in zijn nieuwste boek, besloot ik naar hem toe te gaan.

'Hallo, Henry,' zei ik toen ik vlak bij hem was. Hij keek op, glimlachte en legde het boek op schoot.

'Hallo, Mrs Fernsby,' zei hij.

'We kregen laatst bij de bushalte de kans niet om even te praten.'

Hij keerde zich van me af, misschien omdat hij er niet aan herinnerd wilde worden hoe vreemd hij zich toen had gedragen. De striem op zijn wang was inmiddels weggetrokken. 'Ik was al laat voor school,' legde hij uit.

'Je leek nogal overstuur.'

Hij zweeg, wilde blijkbaar niet reageren.

'Mag ik bij je komen zitten?'

Hij knikte en schoof ietsje opzij op de bank.

'Ik vind eigenlijk niets leukers dan lekker buiten in de zon zitten,' zei ik toen ik met een voldane zucht ging zitten. 'We wonen in hartje Londen, dus we hebben geluk dat we deze privétuin hebben, vind je niet?'

'Ik vind het park leuker,' zei hij, waarmee hij waarschijnlijk Hyde Park bedoelde.

'Ga je daar wel eens naartoe met je vriendjes?' vroeg ik.

Hij schudde nee. 'Dat mag ik niet,' zei hij.

'Waarom niet?' vroeg ik.

'Met wie zou ik daarheen moeten?'

Ik fronste mijn voorhoofd. 'Je hebt toch wel vriendjes van je eigen leeftijd?'

Hij dacht na, er kwamen rimpels in zijn voorhoofd. 'Ik ga wel met kinderen om op school,' zei hij. 'Maar die zie ik alleen daar.'

'Nou, dat is belachelijk,' zei ik. 'Een jongen van jouw leeftijd moet de hele dag vriendjes over de vloer hebben. Een stel lawaaimakers, irritante ettertjes waar ik over kan klagen tegen je moeder.'

Ik glimlachte naar hem en hij lachte ook een beetje terug. Het idee bij een soort kinderbende te horen leek hem wel aan te staan.

'Hoe gaat het trouwens met je moeder?' vroeg ik. 'Ik heb haar niet meer gezien sinds ze weer thuis is.'

Ik was tot dusver niet naar beneden gegaan om aan te kloppen bij nummer 1, en echt niet alleen omdat Alex Darcy-Witt me dat verboden had. Ik wist uit ervaring hoe moeilijk het kan zijn om de moederrol weer op te nemen als je langere tijd in het ziekenhuis hebt gelegen. Mijn opname had weliswaar veel langer geduurd dan die van Madelyn, maar ik kon me toch voorstellen dat ze zich zou generen voor wat er was gebeurd. Ik verwachtte ook dat ze onder strenge orders van haar man stond om niet met mij te spreken. Net zoals ik niet met haar zoon mocht praten.

Hoewel ik me daar dus niets van aantrok.

'Ze slaapt veel,' zei hij.

'Is er iemand die voor haar zorgt?'

Hij reageerde een beetje beduusd op die vraag. 'Ik zorg voor haar,' zei hij.

'Maar jij bent nog een kind,' zei ik. 'Als jij voor haar zorgt, wie zorgt er dan voor jou?'

Hij haalde zijn schouders op. Over een paar jaar zou hij ongetwijfeld beledigd zijn als iemand hem een kind zou noemen, en stellig verkondigen dat hij niemand nodig had om voor hem te zorgen, maar vooralsnog leek hij een beetje overstuur omdat hij niemand had tot wie hij zich kon wenden.

'Henry,' zei ik en ik keek onderwijl naar de ramen om zeker te weten dat er niemand op ons lette. 'Ik wil graag een serieus gesprek met jou, als je dat goed vindt. En ik beloof dat alles wat je zegt tussen ons zal blijven. Maar ik wil dat je me de waarheid vertelt. Kun je dat?'

'Ik vertel altijd de waarheid,' zei hij.

'Dat geloof ik direct.'

'Anders wordt papa boos op mij.'

'Ik wil het met je hebben over je papa,' zei ik.

Hij wendde nu zijn hoofd af en ik wist dat ik mijn woorden zorgvuldig moest kiezen omdat hij anders van angst weer snel naar binnen zou gaan. 'Je bent zeker dol op je papa, hè?'

'Ja,' zei hij en hij knikte.

'Is hij erg aardig tegen jou?'

Hij dacht na. 'Ik mocht een keer mee naar Disneyland,' zei hij. 'Hij werkt met de vrouw die daar de baas is en ik mocht steeds vooraan in de rij staan.'

'Dat klinkt geweldig,' zei ik. 'Ik ben er nog nooit geweest. Heb ik iets gemist?'

'Zeker weten,' antwoordde hij.

‘En is hij aardig tegen je moeder?’ vervolgde ik.

Deze keer duurde het langer voordat hij antwoord gaf. ‘Hij zegt dat mama heel erg dom is, dat ze nooit luistert en dat ze nog van alles moet leren.’

‘Ik vind jouw mama helemaal niet dom,’ zei ik. ‘Ik vind haar juist een heel interessante persoon, een vrouw die heel veel ideeën in haar hoofd heeft. Gedachten die ze zou willen uiten, maar waar ze misschien niet de kans voor krijgt. Ze wilde actrice worden, wist je dat? Ze was zelfs al actrice toen ze je vader leerde kennen.’

‘Mama’s kunnen niet werken,’ zei Henry. ‘Dat zegt papa. Mama’s moeten thuisblijven en doen wat ze wordt opgedragen, en niet de hele tijd vragen stellen over dingen die hun zaak niet zijn.’

Ik fronste mijn voorhoofd. Die woordenstroom klonk zo volwassen dat hij hem vast en zeker al vaak had gehoord en nu gewoon tegen mij zat na te bauwen, zoals mijn broertje altijd had gedaan toen we nog klein waren.

‘En wat gebeurt er als ze niet doet wat haar wordt opgedragen?’ vroeg ik.

‘Dan zijn er…’ Hij struikelde over het woord. ‘Consequenties,’ zei hij ten slotte.

‘Juist,’ zei ik. ‘En voor jou? Zijn er voor jou ook consequenties? Als je stout bent?’

Hij knikte.

‘Wat voor consequenties?’

Onwillekeurig legde hij zijn rechterhand op zijn linkeronderarm, en het viel me op dat hij een T-shirt met lange mouwen droeg, hoewel het een warme dag was. Ik stak mijn hand uit en probeerde de mouw op te rollen, maar hij trok zich terug. ‘Niet doen,’ zei hij.

‘Alsjeblieft.’

‘Nee.’

‘Laat zien,’ drong ik aan. ‘Ik zal je geen pijn doen.’ Ik had hem nu stevig vast en trok met één ferme ruk de mouw omhoog. Er liep een lange blauwe plek over zijn arm die enkele dagen eerder moest zijn toegebracht en die akelig geel en paars begon te kleuren. 'Wat is er gebeurd?' vroeg ik. 'Wie heeft dit gedaan?'

'Ik ben gevallen,' zei hij. Hij trok zijn arm terug en stroopte snel de mouw omlaag.

'Je hebt wel erg vaak ongelukjes, hè?' zei ik.

'Ik ben gevallen,' herhaalde hij luider en stelliger.

'En als ik nu zou zeggen dat ik je niet geloof?'

'Maar het is echt waar!'

'Wie heeft dit gedaan, Henry? Wie doet jou pijn? Je kunt het me gerust vertellen, dat weet je.'

'Niemand!' schreeuwde hij. 'Ik ben gevallen, meer niet.'

Aan de achterkant van het gebouw ging een deur open en Madelyn kwam naar buiten. Ik zag aan haar gezichtsuitdrukking dat ze niet blij was mij in gesprek te zien met haar zoon.

'Niet zeggen dat ik iets verteld heb,' fluisterde hij zacht.

'Maar je hebt niets verteld,' zei ik en ik vervolgde wat zachter: 'Alsjeblieft. Ik moet het weten. Ik kan ervoor zorgen dat het ophoudt, maar dan moet je het wel vertellen.'

Hij sprong van de bank af en ging recht voor me staan. Vanuit de deuropening riep Madelyn dat hij onmiddellijk binnen moest komen. 'Ik kan u niets vertellen,' zei hij. 'Hij heeft ons gezegd wat hij zal doen als iemand erachter komt.'

'Waar achter komt?'

Hij keek naar zijn moeder en toen weer naar mij. 'Dat hij ons pijn doet,' zei hij.

Ik zuchtte en had het gevoel dat hij op het punt stond de waarheid te vertellen. Ik wilde dat zijn moeder weer naar binnen ging zodat we verder konden praten. Het arme kind straalde doodsangst uit, maar ook twijfel over wat hij moest doen. Hij wilde wegrennen, dat zag ik, maar wilde tegelijkertijd dat ik hem nooit in de steek zou laten.

'En wat zal hij dan doen?' vroeg ik. 'Wat zei hij dat hij zou doen als iemand erachter komt?'

'Henry!' schreeuwde Madelyn nu. Hij keerde zich om en keek naar haar. Maar voordat hij wegliep boog hij naar me toe en fluisterde iets in mijn oor.

Het was vele, vele tientallen jaren geleden dat ik voor het laatst zoiets gruwelijks had gehoord.

6

Natuurlijk voelde ik er niet veel voor om de documentaire te zien, maar zowel David als Edgar wilde er graag heen, en ik verkeerde nog steeds in het stadium met David dat ik zo vaak mogelijk bij hem wilde zijn. Wat dwaas van me was, want uit alles bleek dat hij verknocht was aan mij.

De titel van de film was simpelweg *Duisternis*. Hoewel de oorlog al acht jaar achter ons lag, werd er nog dagelijks erg veel over gepraat. De eerste onderzoeksrapporten naar de gebeurtenissen in die jaren begonnen te verschijnen, en daarmee hadden historici enkel het bovenste laagje blootgelegd van alles wat de komende decennia nog zou worden onderzocht.

Edgar was natuurlijk een van die historici. Na verloop van tijd zou de Tweede Wereldoorlog zijn specialisme worden, en zijn beroemdste werk was een trilogie waarmee hij talloze prijzen won en die hem in academische kringen tot een soort beroemdheid maakte.

Toen het zaallicht doofde was mijn eerste gedachte dat ik mijn ogen dicht zou doen in een poging de actie op het filmdoek te negeren, maar de commentaarstem maakte dat voornemen onmogelijk, dus ik had geen andere keus dan te kijken.

Het begon met een overzicht van de jaren voorafgaand aan de *Anschluss*, daarna Neville Chamberlain die aankwam in München voor een ontmoeting met Hitler en terugkeerde met zijn naïeve vertrouwen in '*peace for our time*', gevolgd door de ongeldigverklaring van alle paspoorten van Joden en de verstrekking van persoonsbewijzen met de letter J in bloedrode inkt erop gestempeld. De Kristallnacht. De invasie van Polen. Tanks. Razzia's. De hypnotiserende toespraken van de Führer. Het publiek keek toe, gebiologeerd door het recente verleden en juichend voor het Britse leger telkens als er beelden verschenen van manschappen die ten strijde trokken.

Algauw verplaatste de actie zich naar Obersalzberg, Hitlers schuilplaats, het Arendsnest boven op een bergtop, waarna we beelden te zien kregen uit een film van Leni Riefenstahl van hoofdrolspelers in het Reich die er een weekend doorbrachten. Hitler zelf natuurlijk, Himmler, Goebbels, Heydrich, Eva Braun. Een serveerster presenteerde glazen witte wijn terwijl een jongen gekleed in het uniform van de Hitlerjugend rondging met dienbladen vol kaas en crackers. De hele groep leek zich zeer te vermaken in elkaars gezelschap. Als we niet hadden geweten wie die mensen waren, wat ze deden en wat ze in de toekomst zouden doen, dan had het een vrolijke bijeenkomst geleken van vrienden die genieten van de frisse lucht op een bergtop en de royale gastvrijheid van een weldoener. Maar het was op deze plek, zo deelde de commentaarstem mee, dat uitgebreid gesproken werd over *Die Endlösung*. Een schematisch overzicht werd geprojecteerd op een filmdoek, schetsen van barakken waarin de gevangenen moesten worden gehuisvest. Schetsen van de gaskamers. Tekeningen van de crematoria.

Het publiek werd stil, en hier en daar was gesnotter te horen. Enkele toeschouwers stonden op en vertrokken, niet in staat om dit alles aan te zien. Ongetwijfeld hadden velen van hen ook dierbaren verloren.

'Gaat het een beetje?' fluisterde Edgar op zeker moment tegen mij, en ik sprong bijna op van schrik, zó geconcentreerd had ik zitten kijken.

'Goed, hoor,' fluisterde ik terug. 'Hoezo?'

'Je handen,' zei hij.

Ik keek en zag dat ik aan beide zijden de armleuning omklemde. Onmiddellijk voelde ik de pijn die ik tot dusver niet gevoeld had. Ik liet de leuningen los, strekte en bewoog mijn vingers om de bloedsomloop weer op gang te brengen. Ik zei niets. Ik glimlachte flauwtjes naar Edgar en keek daarna, net als hij, weer naar het filmdoek.

Kort daarna kregen we beelden te zien van treinen die Joden vanuit verschillende delen van Europa naar hun noodlot transporteerden: de angst op sommige gezichten, het naïeve vertrouwen op andere, de spanning op die van de kinderen. Er volgden beelden van hun aankomst in de kampen, waar ze door militairen werden gescheiden in verschillende groepen: mannen hier, vrouwen en kinderen daar, geweren in de aanslag voor het geval iemand een gebod niet zou opvolgen. Het wanhopige verlangen op de gezichten van de gezinnen om bij elkaar te blijven.

Het was moeilijk om aan te zien, maar ik kon mijn ogen niet van het scherm afhouden, terwijl ik besefte waarvan ik deel had uitgemaakt. Het geschuifel van mannen die 's morgens naar hun gedwongen arbeid gingen, de afschuwelijke, trage mars naar de gaskamers, waar ze hun laatste ogenblikken zouden doorbrengen, happend naar lucht. De rook die uit de schoorstenen walmde en een gruwelijke laag as achterliet op de bomen en het gras in de buurt. Toen ik de wanhopige blik op de gezichten van de gevangenen zag, wendde ik mijn gezicht af, en op dat moment zag ik dat David naast me zat te huilen. Zijn wangen waren nat van de tranen, die hij steeds weer wegveegde. Ik wilde zijn hand vastpakken, maar hij weerde me af.

En toen veranderde tot mijn verbazing de achtergrondmuziek, ze klonk steeds vrolijker, en ik keek weer naar het scherm. De commentaarstem legde uit dat de nazi's van tijd tot tijd propagandafilms uitbrachten die de wereld moesten laten zien dat er in de kampen helemaal geen ontberingen waren, maar dat de 'gasten' die er werden gehuisvest, juist uiterst vriendelijk werden behandeld. Je zag kinderen vrolijk van de ene steen op de andere springen en spelletjes doen, terwijl mannen en vrouwen glimlachend met elkaar praatten in een schijnbaar behaaglijke vorm van co-existentie, zaten te lezen en van het zonnetje genoten. Al kijkend bekroop me een gevoel van onbehagen want ik besefte dat de locatie waar dit deel van de film was opgenomen me bekend voorkwam.

Het was die andere plek.

Er drong zich een al lang vergeten herinnering aan me op van een filmploeg die naar ons kamp was gestuurd, en als voorbereiding op hun bezoek was een groepje min of meer gezond uitziende Joden gescheiden van de anderen. Ze werden gewassen en gevoed, zodat ze hun rol in deze schijnvertoning met enige geloofwaardigheid konden spelen. Ik was gefascineerd geweest door de filmapparatuur, de camera's, de spotlights. Ik dacht toen dat ik op een dag zelf misschien ook wel filmster kon worden.

En toen klonk er een nieuwe stem.

Vader.

Hij leverde het commentaar bij een bepaalde scène. Onder in beeld verscheen Engelse ondertiteling terwijl hij vertelde dat de geïnterneerden drie warme maaltijden per dag kregen, toegang hadden tot een bibliotheek en de best denkbare medische zorg. Er was zelfs een voetbalcompetitie opgezet, vertelde hij. Een van zijn eigen initiatieven, omdat hij het heel belangrijk vond dat iedereen gezond en actief bleef. Om dit te illustreren verschenen er beelden van een groep voetballende jongemannen, van een bal die achter in het net werd geschoten en van de scorende speler die met zijn armen in de lucht door zijn teamgenoten werd omhelsd. Voor de dwazen onder ons leek het alsof het normale leven zich voor onze ogen afspeelde.

Maar ik stikte bijna bij het horen van mijn vaders vertrouwde intonatie. Hij slikte zo nu en dan tussen de zinnen, waarschijnlijk omdat hij niet gewend was aan een microfoon en die een beetje intimiderend vond.

Even later zag ik hem voor het eerst in ons huis. Hij zat in zijn kantoor aan zijn bureau te werken. Tijdens ons verblijf daar was ik vaak langs dat vertrek gekomen maar er zelden binnen geweest, omdat hij had verordonneerd dat het voor iedereen, zonder uitzondering, te allen tijde verboden gebied was. Even later veranderde het beeld opnieuw. Hij bevond zich nu in de woonkamer en mijn maag draaide zich om bij de gedachte aan wat er nu zou kunnen volgen.

En daar, voor een publiek van ruim duizend mensen, zat ons hele gezin rond de eettafel: Vader, Moeder, mijn broertje en ik. Alle vier brachten we een toost uit op onze geliefde Führer, Adolf Hitler. De camera bewoog langzaam van het ene gezicht naar het andere. Allereerst Vader, die keek als een trotse patriarch. Toen Moeder, beeldschoon, sereen en een aura van rust uitstralend. Daarna ik. Ik zat rechtop, genietend van alle aandacht. Ik keek langs de camera, waar als ik me goed herinner Kurt stond toe te kijken. Hij nam de hele scène in zich op en had er ongetwijfeld deel van willen uitmaken. Ik hield mijn adem in. Zou David of Edgar mij herkennen? Er waren natuurlijk elf jaren verstreken en ik was nog maar een kind op deze beelden, maar toch was ik doodsbang dat iemand me zou herkennen.

Plotseling, als vanuit het niets, hoorde ik een zacht klaaglijk geluid, als van een dier dat gestrikt is in een val. Het was afschuwelijk, onmenselijk, een geluid dat geen levend mens ooit zou moeten voortbrengen. Het leek van ergens dichtbij te komen, en tot mijn verbazing zag ik dat mensen zich omdraaiden op hun stoel en naar mij keken.

'Gretel,' zei Edgar. In zijn stem klonk bezorgdheid, zelfs angst door. 'Gretel, wat is er met je?'

Het geluid kwam uit mij, ergens vanuit mijn diepste binnenste, terwijl ik naar het doek staarde en het vrolijke gezichtje van mijn geliefde jongere broertje zag, met een overhemd aan en een wollen pullover. Hij zat rustig te eten, keek zo nu en dan op en probeerde niet te lachen naar de camera.

Mijn broertje. Mijn verloren broertje. Wiens naam ik niet kon zeggen.

'Gretel,' zei David nu. 'Gretel, je moet nu stil zijn...'

Maar het was al te laat om me te zeggen wat ik moest doen. Ik was moeizaam uit mijn stoel opgestaan en strompelde langs de rij, dwong mensen hun benen in te trekken en me erlangs te laten. Ik duwde de deuren open, rende de hal in en van daar de straat op.

Er kwam een bus mijn kant op.

Heel snel.

Geen tijd om na te denken.

Ik wierp mezelf ervoor.

7

'En wat was het?' vroeg Eleanor. Ze boog voorover en nam mijn hand in de hare. 'Wat zei de jongen?'

Ik haalde diep adem. Dagenlang had die zin door mijn hoofd gespookt, en al die tijd had ik een gruwelijke mengeling van paniek, woede en angst gevoeld. Maar het idee dat ik die afschuwelijke woorden hardop zou zeggen, maakte me net zo bang als wanneer ik zou blijven zwijgen. Ik sloot mijn ogen; ik wilde haar gezichtsuitdrukking niet zien terwijl ik ze uitsprak.

'Hij zei dat zijn vader gewaarschuwd had dat als iemand erachter kwam wat er in hun huis gebeurde, hij op een avond zou wachten tot Henry en zijn moeder sliepen, hen zou overgieten met benzine en hen in brand zou steken.'

'Jezus Christus!'

Ik deed mijn ogen weer open. Eleanor had haar glas water op de grond laten vallen en hield haar hand voor haar mond. Het duurde even voordat ze merkte wat er gebeurd was, maar het glas was op een oud tapijt gevallen, en ik gebaarde haar te blijven zitten toen ze in de keuken een theedoek wilde halen.

'Mrs F.,' zei ze. 'U moet naar de politie. U moet dit melden.'

'Ik weet het,' zei ik. 'Ik weet dat ik dat moet doen, maar...'

'Niks geen "maar",' riep ze. 'Hij heeft gedreigd hen te vermoorden.' Ze verhief haar stem zoals misschien alleen de stem van een vrouw kan klinken die lang genoeg op de Eerste Hulp heeft gewerkt en gezien heeft in wat voor toestand sommige vrouwen en kinderen daar naar binnen worden gebracht. 'Dit is dus wat er gebeurt. Dit gebeurt godverdomme nou altijd. Sorry... Sorry voor mijn taalgebruik.'

'Het geeft niets.'

'Het punt is... Mannen vermoorden vrouwen omdat ze hen niet de baas kunnen. Mannen vermoorden kinderen omdat ze bang zijn dat hun vrouw ze van hen afneemt. Het is een manier van overwinnen. U móét het melden bij de politie en het verder aan hen overlaten. Anders weet u wel hoe dit afloopt.'

Ik knikte. Ze had natuurlijk gelijk. Maar het leek me verschrikkelijk om nog dieper betrokken te raken bij dit afgrijselijke familiedrama, niet alleen omdat ik me zorgen maakte dat mijn eventuele inmenging Alex Darcy-Witt tot nog meer geweld zou kunnen aanzetten, maar ook omdat ik elk contact met justitie al tachtig jaar gemeden had en me er bepaald niet op verheugde om daar nu mee te beginnen.

'Als er iets met hen gebeurt,' vervolgde Eleanor, 'en u hebt er niets over gezegd, hoe zou u dan kunnen leven met dat schuldgevoel?'

Ik keek haar strak aan. Die arme meid had geen idee van het schuldgevoel waarmee ik elke dag moest leven.

'Mrs F.,' zei ze, 'gaat het wel? Het spijt me, ik wil u niet bang maken, alleen...'

'Maak je geen zorgen, kind. Het punt is... ja. Schuldgevoel. Dat begrijp ik nu heel goed, natuurlijk.'

Je zegt dat je een gekweld leven leidt, nou, die kwelling is nu voorbij, dat had Kurt die laatste ochtend tegen me gezegd in dat koffiezaakje in Sydney, wetend dat ik hem nooit zou aangeven bij de politie, omdat dat niet alleen kon leiden tot het einde van zíjn leven, maar ook van het mijne. *Je zegt dat je vervuld bent van spijt, laat die last dan nu van je schouders glijden. Mijn leven ligt in jouw handen.* Het was al tientallen jaren geleden dat ik die brief had geschreven aan Cynthia Kozel, en dat had niets opgeleverd. Die had ze vast weggegooid, zoals ik al verwachtte.

Dus ondanks al mijn bedenkingen kon ik, nu ik Eleanor in vertrouwen had genomen, eigenlijk niet meer terug. En dus liep ik – of eigenlijk leidde ze me – naar het Kensington Central Police Station, waar Eleanor aan de agent bij de receptie in het kort de aard van ons probleem uitlegde. We werden uitgenodigd plaats te nemen in de wachtkamer, waar we bijna een uur zaten voordat een jongeman ons beleefd uitnodigde hem te volgen door een kale gang. Hij bracht ons naar een kleine verhoorkamer, waar wij plaatsnamen aan één kant van de tafel terwijl de agent, die zich voorstelde als inspecteur Kerr, aan de andere kant ging zitten.

'Zullen we beginnen met uw namen?' vroeg hij, en wij stelden ons voor. 'En wat is uw onderlinge relatie?'

'Miss Forbes is mijn toekomstige schoondochter,' zei ik, en ik hoorde een onverwachte trotse toon in mijn stem. 'Over een paar weken gaat ze met mijn zoon trouwen.'

'Werkt u, Miss Forbes?' vroeg hij.

'Ik ben hartchirurg,' antwoordde ze.

Hij trok even een wenkbrauw op en leek onder de indruk. 'En ik neem aan dat u gepensioneerd bent, Mrs Fernsby?'

'Ik ben eenennegentig, inspecteur, dus die aanname van u is correct.'

Hij noteerde onze adressen en telefoonnummers en zei toen glimlachend: 'Zo, en wat is de reden van uw komst vandaag?'

Het was moeilijk beslissen waar te beginnen, maar ik vond dat ik helemaal vooraan moest beginnen, met de dood van meneer Richardson en de komst van Alison Small, van Small Interiors.

'Ik denk niet dat u zo ver terug hoeft te gaan, Mrs F.,' zei Eleanor, maar inspecteur Kerr schudde zijn hoofd.

'Hoe meer details u geeft, hoe beter,' zei hij, waardoor ik meer zelfvertrouwen kreeg om het verhaal te kunnen vertellen, en dus vertelde ik zeer grondig, met alle details die ik me kon herinneren, over elk gesprek dat ik had gehad met alle drie de Darcy-Witts, evenals mijn diverse observaties, hun verwondingen en onderlinge contacten. Terwijl ik praatte zag ik dat de inspecteur steeds bezorgder ging kijken, vooral toen ik vertelde hoe Heidi uit Madelyns slaapkamer kwam en mij in een moment van volslagen helderheid opdroeg een ambulance te bellen. Toen ik het einde van mijn relaas had bereikt, merkte ik dat ik de afschuwelijke woorden die Henry mij in het oor had gefluisterd niet over mijn lippen kon krijgen, en ik vroeg Eleanor het te vertellen. Toen ze dat gedaan had, schrok de inspecteur zichtbaar en keek bezorgd naar mij.

'Is dat waar, Mrs Fernsby?' vroeg hij. 'Is dat woordelijk wat de jongen zei?'

'Bijna,' zei ik. 'Alleen zei hij volgens Eleanor dat hij "ze allemaal zou verbranden"; maar in werkelijkheid zei hij dat hij "hen allebei zou overgieten met benzine en hen in brand steken". Het komt op hetzelfde neer, lijkt me, maar ik denk dat u een zo accuraat mogelijk verslag wilt. En bij "allemaal" rekent hij zichzelf natuurlijk mee, terwijl "allebei" alleen verwijst naar zijn vrouw en zoon.'

'Ja, dat is een belangrijk verschil,' zei hij en hij maakte er een notitie van. 'En u bent er honderd procent van overtuigd dat de jongen dit precies zo zei?'

Hij keek me recht aan en ik wist wat er door zijn hoofd ging. Hij vroeg zich af of ik van het type Miss Marple was, zo iemand die voortdurend op zoek is naar geheimzinnigheden en daar volledig in opgaat als ze iets ontdekt. Of misschien was ik gewoon een eenzame oude dame die een onwaarschijnlijk verhaal verzint om wat aandacht te krijgen. Het kwam mij als volkomen redelijk voor dat hij die gedachten kreeg. Hij zou zijn werk niet goed doen, besefte ik, als hij dat níét dacht. Maar ik wist zeker wat ik had gezien, waar ik getuige van was geweest en wat Henry tegen me had gezegd.

Inspecteur Kerr bleef op zijn blocnote schrijven, terwijl Eleanor en ik zwegen. Ik wierp haar een blik toe, en ze glimlachte bemoedigend en kneep in mijn hand. En toen ging de inspecteur, zoals ik al verwacht had, over op een ander soort vragen, die waar ik het meest beducht voor was.

'Misschien kunt u me iets meer over uzelf vertellen, Mrs Fernsby,' zei hij.

'Natuurlijk,' zei ik. 'Wat wilt u weten?'

'Om te beginnen: waar bent u geboren? Hier in Londen?'

Ik aarzelde een fractie van een seconde. Op weg naar het politiebureau had ik besloten dat ik volmaakt eerlijk zou zijn. Ik zou geen overbodige informatie verschaffen, maar ook niet liegen.

'Nee,' zei ik. 'Ik ben geboren in Berlijn. In 1931.'

'O,' zei hij en hij trok verbaasd een wenkbrauw op. 'Dat zou ik nooit geraden hebben. U spreekt volmaakt accentloos.'

'Ik heb Centraal-Europa verlaten op mijn vijftiende,' zei ik en ik hoopte dat hij niet zou vragen waarom ik zo'n algemene plaatsaanduiding gebruikte in plaats van een land of stad te noemen.

Ik zag dat hij snelle berekeningen zat te maken en besloot hem meteen het antwoord te geven.

'Toen de oorlog afgelopen was,' zei ik. 'Mijn moeder en ik zijn vertrokken zodra de vijandelijkheden stopten.'

'Mijn grootvader heeft ook in de oorlog gevochten,' zei hij.

'Echt waar?' zei ik. 'Ik hoop dat hij het overleefd heeft.'

'Ja, gelukkig wel. Hij zat bij de RAF.'

Ik knikte, maar ging daar niet verder op in. Ik had geen zin in het uitwisselen van oorlogsverhalen.

'Hoe dan ook,' besloot hij. 'Dus u kwam naar Engeland in 1945? Of 1946?'

'Nog niet,' zei ik. 'Mijn moeder en ik verbleven nog een paar jaar in Frankrijk nadat de vrede hersteld was. Na haar overlijden ben ik naar Australië geëmigreerd. Ik wilde een nieuwe start, dat begrijpt u vast wel. Maar dat werd een mislukking. Ik heb er nog geen jaar gewoond.'

'Mag ik vragen waarom niet?'

'Bent u ooit in Sydney geweest, inspecteur?' vroeg ik.

'Nee, niet echt.'

'Het is daar ontzettend heet,' vertelde ik. 'Ik kon daar heel slecht tegen. En ik kon niet wennen aan het eten.'

Hij vond dat blijkbaar geloofwaardig en maakte nog een paar aantekeningen. 'En uw familie,' vroeg hij behoedzaam, 'tijdens de oorlog...'

'Is dat relevant, inspecteur?' vroeg Eleanor beleefd maar met een tikkeltje gefrustreerde ondertoon. 'Dat heeft toch niets te maken met wat er gebeurt bij de onderburen van Mrs Fernsby?'

Hij dacht na. Hij maakte niet de indruk van een man die zich van zijn stuk laat brengen door een vrouw die kritische vragen stelt, en na een poosje knikte hij. 'Ja, u hebt wel gelijk,' zei hij. 'Sorry, maar ik heb graag wat achtergrondinformatie, dat is alles. Ik ben toevallig een soort geschiedenisfanaat. Vooral wat de oorlog betreft.'

'Dat was mijn man ook,' merkte ik op, waarmee ik mijn belofte brak om geen onnodige informatie te verschaffen.

Inspecteur Kerr kneep zijn ogen half dicht en dacht even na. 'Uw man was toch niet toevallig Edgar Fernsby?' vroeg hij en ik knikte.

'Toevallig wel, ja,' zei ik. 'Kent u hem?'

'Natuurlijk. Ik heb al zijn boeken. Hij was een briljant historicus.'

'Wat leuk om te horen.'

'Ik heb hem een keer in levenden lijve ontmoet,' vervolgde hij. 'Tijdens een literair festival. Hij heeft toen een exemplaar voor me gesigneerd.'

'Inspecteur...' zei Eleanor. In haar toon was de frustratie nu duidelijk hoorbaar, en ik wilde dat ze hem niet onderbroken had. Ik had graag nog langer geluisterd naar hoe deze jongeman de loftrompet stak over mijn overleden man.

'Ja, sorry. Ter zake,' zei inspecteur Kerr, die rechtop ging zitten en zijn keel schraapte.

'Wat belangrijk is, is ervoor te zorgen dat deze Darcy-Witt geen gevaar vormt voor zijn gezin,' vervolgde Eleanor, en ik hoopte dat ze het hierbij zou laten.

'Ik ga met hem praten, natuurlijk,' zei hij.

'Zou u mijn naam erbuiten kunnen houden?' vroeg ik en ik leunde een beetje naar voren. 'Ik heb het liefst zo weinig mogelijk met deze zaak te maken.'

'Dat zal ik zeker proberen,' zei hij en hij schroefde de dop weer op zijn pen. 'Maar ik kan niets garanderen. Voelt u zich bedreigd?'

Ik dacht na. Het punt was dat ik absoluut niet wilde dat Alex Darcy-Witt mij uit mijn woning zou kunnen verdrijven naar een soort safehouse of wat de inspecteur ook in gedachten mocht hebben. Ik had in mijn leven al vaak genoeg mijn naam moeten veranderen.

'Totaal niet,' zei ik. 'Ik heb veiligheidssloten op mijn deuren, en als hij aanklopt laat ik hem gewoon niet binnen.'

'Dat lijkt me het beste, ja,' zei hij. Hij stond op. 'Het was de juiste beslissing van u om met ons te komen praten.' Hij gaf ons allebei een hand, begeleidde ons terug door de gang en opende de deuren aan het einde met zijn pasje. 'En uw vader?' vroeg hij. 'Ik neem aan dat uw vader ook betrokken was bij de oorlog.'

Ik glimlachte hoofdschuddend. 'Mijn vader overleed toen ik nog heel jong was,' zei ik, ik knikte ten afscheid en liep de straat op.

Ik had beloofd niet te liegen en zelfs op het laatst had ik me volgens mijzelf aan dat voornemen gehouden.

8

Toen ik ontwaakte bevond ik me in een ziekenhuisbed, zonder herinnering aan hoe ik daar verzeild was geraakt. Ik probeerde overeind te komen, maar elke beweging was zo pijnlijk dat ik in plaats daarvan probeerde mijn hoofd te draaien en om me heen te kijken. In het zaaltje stonden nog vijf bedden, waarvan er twee bezet waren door vrouwen die allebei sliepen. Ik schraapte mijn keel en daardoor werd Edgar wakker, die, zonder dat ik het wist, naast me in een leunstoel had zitten slapen.

'Gretel,' zei hij opgelucht. Tot mijn verbazing pakte hij mijn hand, die op het laken lag, in de zijne en liet hem snel weer los.

'Wat is er gebeurd?' vroeg ik verward en ongerust. 'Wat doe ik hier?'

'Wacht even,' zei hij. Hij sprong overeind en liep de gang op. 'Ik ga een verpleegster halen. Die legt alles wel uit.'

Ik probeerde zo stil mogelijk te blijven liggen, want elke beweging veroorzaakte ondraaglijke pijn.

Even later kwam hij terug met een jonge verpleegster. 'Miss Wilson?' zei ze. 'Ik ben zuster Fenton.'

'Waar ben ik?' vroeg ik. Wat is er gebeurd?'

'U hebt een ongeluk gehad. Kunt u zich daar iets van herinneren?'

'Een beetje,' antwoordde ik. Langzaam kwamen de beelden van ons bezoek aan de bioscoop terug, evenals mijn onverwachte reactie daarop.

'Gelukkig valt de schade mee,' vervolgde ze. 'Een gebroken enkel en een paar gebroken ribben, meer niet. Uw pols is ook verbonden. U hebt erg veel geluk gehad. Blijkbaar kon de bus nog net op tijd uitwijken, anders was u dood geweest.'

Was dat maar zo, dacht ik, dan was ik voorgoed verlost geweest uit deze hel. Ze maakte aantekeningen op een kaart en vertelde dat dokter Harket later even langs zou komen.

'Hoelang moet ik hier blijven?'

'Nog een paar dagen, denk ik,' zei ze. 'Niet veel langer.'

Nadat ze vertrokken was keek ik even naar het plafond en merkte toen pas dat Edgar nog naast mijn bed stond. Waarom hij, vroeg ik me af, en waar was David?

'David moest werken vandaag,' zei hij, omdat hij mijn vraag aan voelde komen. 'We doen het om beurten.'

'Wat doen jullie om beurten?' vroeg ik.

'Bij je bed zitten.'

Ik glimlachte tegen hem, dankbaar voor zijn attente vriendelijkheid maar niettemin verbaasd dat hij zich zo uitsloofde voor mij. David; ja, natuurlijk. Hij en ik hadden uiteindelijk verkering. Maar Edgar?

'Wat aardig van je,' zei ik.

'Graag gedaan.'

'Je had je tijd vast beter kunnen besteden.'

'Niets leek me belangrijker dan dit,' zei hij. 'Ik maakte me verschrikkelijk zorgen om je.'

Ik glimlachte naar hem, hij pakte mijn hand en kneep er weer in, totdat hij een beetje verlegen werd en zijn hand terugtrok.

'Wat gebeurde er trouwens?' vroeg hij zacht en meevoelend. 'Waarom rende je ineens weg? Werd je ziek?'

'De film,' zei ik. 'Ik raakte er compleet overstuur door, dat is alles.'

'We waren allemaal overstuur. Vooral David, maar...'

'Ik kan dat soort lijden niet aanzien,' vervolgde ik. 'Ik kan er niet naar kijken, bedoel ik.'

'Dat begrijp ik.'

'Luister,' zei ik. 'Ik herinner me dat ik tijdens de film even naar David keek. Hij was vreselijk ontdaan.'

'Natuurlijk.' Hij zweeg even, waarna hij met enige aarzeling vervolgde: 'Hij heeft het je wel verteld, neem ik aan?'

'Wat verteld?'

'Over zijn familie.'

'Niet veel,' antwoordde ik. 'Ik weet dat hij wees is, maar verder heeft hij nooit iets over zijn familie verteld. Ik vroeg er wel eens naar, maar hij is erg gesloten.'

'Dan is het waarschijnlijk niet aan mij om je iets te vertellen.'

Ik staarde hem aan en begon me steeds onbehaaglijker te voelen. 'Wat het ook is,' zei ik. 'Ik zou het graag willen weten.'

Hij stond op, liep naar het raam en keek uit over de straat. Ik zag denkrimpels in zijn voorhoofd en ik zweeg, omdat ik hem niet wilde opjagen. Uiteindelijk draaide hij zich om en ging weer zitten, deze keer op de rand van het bed, wat intiemer was dan ik verwacht had. Ik schoof mijn benen opzij onder het laken om ruimte voor hem te maken. Edgar straalde medeleven uit. Met David in je buurt moest je meer op je hoede zijn.

'David is niet Engels van geboorte,' zei hij ten slotte. 'Dat weet je al, hè?'

'Nee,' zei ik verbaasd. 'Ik dacht altijd dat hij een echte Londenaar was.'

'Dat is hij grotendeels ook, maar hij is geboren in Tsjecho-Slowakije. Hij wist te ontkomen vlak voordat de nazi's Praag binnenrolden. Hij was nog maar een jongen, elf of twaalf, vermoed ik. Zijn grootouders beseften wat er te gebeuren stond, vluchtten en namen hem mee. Zijn oudere zus lag voor een blindedarmoperatie in het ziekenhuis, dus zijn ouders hebben gewacht en wilden een paar weken later volgen met haar. Maar dat hebben ze helaas niet gehaald.'

'Wat is er met hen gebeurd?' vroeg ik, hoewel iedere idioot het antwoord kon raden.

'Treblinka,' antwoordde hij.

Ik knikte, draaide mijn hoofd naar de slapende vrouwen en wilde dat ik net zo ver van de wereld was als zij.

'Hoe dan ook, zijn grootouders hebben hem hier grootgebracht,' vervolgde Edgar. 'Hij herinnert zich vrijwel niets van zijn vroege jeugd. En als hij dat wél doet, dan praat hij er nooit over. In elk geval niet met mij. Dit heeft hij me een paar jaar geleden pas verteld, en daarna is het nooit meer ter sprake gekomen. Ik heb sindsdien een paar keer geprobeerd erover te beginnen, maar hij houdt zijn kaken op elkaar. Ik heb me vaak afgevraagd of jij er iets van wist.'

'Nee,' zei ik, maar ik wist niet zeker of dat zo was. Had ik het ergens diep vanbinnen al die tijd al wel gedacht en domweg niet de moed gehad om erover te beginnen?

'Misschien had ik het je niet moeten vertellen,' zei hij. 'Maar omdat je zo emotioneel werd door de film, vond ik dat ik het toch moest uitleggen. Als hij het had gedaan, had ik het kunnen begrijpen. Maar jij? Je had wel dood kunnen zijn, Gretel. Waarom deed je dat? Een van de omstanders...' Hij zweeg hoofdschuddend.

'Wat?' vroeg ik. 'Een van de omstanders wat?'

'Ze zei dat het leek alsof je het met opzet deed. Dat je jezelf voor de bus wierp. Alsof je... Alsof je hoopte overreden te worden.'

Ik keek weer naar het plafond, dat een deprimerende grijswitte kleur had met barsten op wel honderd plaatsen. Het leek idioot om me op zo'n moment daarop te concentreren, maar het enige wat ik kon denken was dat het waarschijnlijk heel lang geleden voor het laatst gewit was. Ik voelde tranen opwellen in mijn ogen, en even later liepen ze langs mijn wangen. Ik veegde ze zo snel mogelijk weg.

'Dat is niet waar,' zei ik uiteindelijk. 'Ik was helemaal in de war, Edgar, dat is alles. En overweldigd.'

'Ik hoopte al dat het zoiets zou zijn,' antwoordde hij en hij klonk opgelucht. 'Waarom zou iemand als jij zoiets proberen?'

'Iemand als ik?'

'Zo'n fantastisch iemand als jij,' zei hij. 'Je bent intelligent, geestig, beeldschoon. Eindeloos fascinerend. Er is geen enkele reden waarom je niet meer zou willen leven. Tenzij er natuurlijk iets is wat ik niet weet.' Hij keek me aan en klonk een beetje gegeneerd. 'Wat belachelijk om zoiets te suggereren,' vervolgde hij toen hij besefte dat ik niet van plan was te reageren. 'Ik ken je nauwelijks, toch? Er zijn wel duizend dingen die ik niet van je weet.' Hij aarzelde en met schorre stem zei hij: 'Wel een miljoen. En die zou ik heel graag te weten komen.'

Ik keek hem weer aan, verbaasd door het intieme van die laatste woorden, en ik zag het onmiddellijk. O Edgar, dacht ik en ik draaide mijn hoofd weer. Zo'n uitdrukking had ik nooit eerder in iemands ogen gezien, niet in die van Kurt, niet in die van Émile, zelfs niet in die van David. Maar ik herkende die blik wel.

En niemand is er ooit beter van geworden.

9

Het pakje lag bij mijn voordeur, in zeer duur pakpapier gewikkeld, met een lint eromheen en een sierlijke strik erbovenop. Er hing een kaartje aan waarop in een mij onbekend handschrift was geschreven: *Gretel Fernsby*. Ik raapte het op, keek er aandachtig naar en had geen flauw idee wie het daar had neergelegd en waarom. Ik was niet jarig – dat zou nog weken duren – en ik herinnerde me niet dat ik onlangs iemand een dienst had verleend. Ik haalde mijn sleutels uit mijn tas en wilde net naar binnen gaan toen Heidi's deur openging en zij haar hoofd naar buiten stak.

'Gretel,' zei ze, en het leek alsof ze buiten adem was. 'Eindelijk. Ik stond al op je te wachten.'

'Wat is er?' vroeg ik. 'Is alles in orde?'

Ze ging me voor naar binnen en ik volgde haar met tegenzin. Ik was juist van plan om me voor de tv te installeren, maar het was onmogelijk om haar uitnodiging af te slaan. Ik legde het cadeau, of wat het dan ook mocht wezen, op een sidetable en liep achter haar aan de woonkamer in, waar ze zorgelijk heen en weer begon te lopen.

'Wat is er in hemelsnaam aan de hand?' vroeg ik.

'Oberon,' zei ze. 'Hij zegt dat ik bij nader inzien toch niet met hem mee kan naar Australië.'

'Maar dat is toch goed nieuws?' zei ik. Ik ging zitten en gebaarde dat zij hetzelfde moest doen. 'Je wilde toch ook helemaal niet mee?'

'Ja, maar hij gaat alleen, zonder mij. Wie moet er dan voor mij zorgen?'

'Vind je dat hij nu dan goed voor je zorgt?' vroeg ik.

'Nou, hij komt op bezoek,' zei ze, als altijd doof voor ook maar de geringste vorm van kritiek op haar kleinzoon.

'Niet zo vaak, voor zover ik weet,'

'Maar hij is alles wat ik heb,' zei ze. 'Jij en Edgar zijn erg aardig natuurlijk, maar...'

'Edgar is niet meer onder ons, Heidi,' zei ik. 'Weet je nog?'

'O ja, dat is ook zo,' zei ze. 'Hij is op een congres, hè? In New York?'

Ik knikte. Het had geen enkele zin haar de waarheid te vertellen.

'Ik zal hem verschrikkelijk missen en ik maak me zorgen, begrijp je?' vervolgde ze.

'Uiteraard,' zei ik. 'Het zal natuurlijk even wennen zijn. Maar jij redt je wel, heus. We zorgen gewoon voor elkaar, jij en ik. We laten ons door niemand tegen onze wil weghalen uit Winterville Court. Caden probeerde het laatst ook bij mij, trouwens, en ik heb hem weggestuurd met een duidelijk "nee".' En met een cheque van honderdduizend pond, natuurlijk, maar dat laatste besloot ik niet te noemen.

Ze maakte geen gerustgestelde indruk, maar veel meer kon ik niet doen.

'Hoe dan ook, hij heeft besloten dat ik een soort verbouwing moet laten doen,' zei ze even later.

'Wie heeft dat besloten?' vroeg ik.

'Oberon.'

Ik liet fronsend mijn blik door de kamer gaan, die in al die jaren dat ik er op bezoek kwam nauwelijks veranderd was. Waarom in hemelsnaam, vroeg ik me af, wilde hij haar flat verbouwen? En verbouwen tot wat?

'Ik begrijp het niet,' zei ik. 'Wil hij je flat laten schilderen? Of nieuwe meubels kopen?'

'Nee,' zei ze hoofdschuddend. 'Nou, eens kijken of ik het goed begrepen heb. Volgens hem kan ik de flat verkopen aan iets wat een "derde partij" heet en dan een deel van het geld aan hem geven, zodat hij een nieuw huis kan kopen in Sydney, maar dat ik gewoon hier kan blijven wonen tot mijn dood zonder dat ik iemand een cent hoef te betalen. Het blijft dan gewoon mijn flat. Of tenminste, zo vertelde hij het. Klopt dat ongeveer, denk je?'

'Pas maar op met dat soort dingen,' waarschuwde ik haar, want ik had in de kranten gelezen over dat soort constructies, en had de indruk dat ze het domein waren van oplichters en bedriegers. 'En dat was zijn idee?'

'Hij zei dat het een mooie manier was om iets terug te krijgen van, eh, je...' Ze keek moeilijk en probeerde zich de term te herinneren.

'Je eigen vermogen?' probeerde ik.

'Juist, dat is het. Een goede manier om je eigen vermogen terug te krijgen.'

'En het dan aan hem te geven.'

'Ik hecht niet zo aan geld,' zei ze schouderophalend. 'Zou jij het eens met Edgar willen bespreken en vragen wat hij ervan vindt? Ik weet dat ik nogal ouderwets ben in die dingen, maar ik denk dat mannen veel beter zijn in dit soort zaken dan vrouwen, vind je niet?'

'Nee, niet echt,' zei ik. 'Maar als je zijn advies wilt weten, dan wil ik dat met alle plezier met hem bespreken en je vertellen wat hij ervan vindt. Maar het lijkt me onwaarschijnlijk dat hij het toe zal juichen.'

'Dank je, Gretel,' zei ze. We stonden allebei op en liepen naar de deur. 'Je bent een goede vriendin. Je hebt altijd goed voor me gezorgd, hè? Vanaf de dag dat je hier kwam wonen.'

En dat was waar. Ik had me daar erg voor ingezet.

'Zonder jou zou ik me geen raad weten,' vervolgde ze een beetje weemoedig.

Tegen mijn gewoonte in boog ik voorover en gaf haar een zoen op haar wang voordat ik de hal overstak naar mijn eigen flat, waar ik water opzette voor de thee. Ik liep naar het raam en keek naar buiten. Ik verwachtte dat Henry op een van de bankjes zou zitten lezen, maar de tuin was verlaten. Ik hoorde wel de tuindeur opengaan en wachtte af of hij naar buiten zou komen, maar nee, het was Madelyn, gekleed in een felgeel trainingspak. We hadden elkaar nog niet gesproken sinds ze terug was uit het ziekenhuis, en ik had niet bij haar durven aankloppen nadat ik een paar dagen eerder mijn verhaal had gedaan op het politiebureau.

Ik zag dat ze naar het midden van de tuin liep, stil bleef staan, haar hoofd achteroverboog en haar ogen sloot, terwijl ze de frisse lucht diep inademde. Ze strekte haar armen zijwaarts en begon langzaam in de rondte te draaien, één keer, twee keer, drie keer, waarna ze haar evenwicht dreigde te verliezen – duizelig, zeker – en op de grond ging zitten in de lotushouding, bewegingloos en met haar handen op haar knieën. Ik vermoedde dat ze aan yoga deed, iets wat ik zelf nooit had geprobeerd. Ik bekeek haar aandachtig en vroeg me af hoe het zou voelen om weer jong en lenig te zijn, totdat ik de waterkoker hoorde klikken. Ik ging terug naar de keuken om thee te zetten.

Pas toen ik een paar minuten later ging zitten, herinnerde ik me het onverwachte pakje dat voor mijn voordeur had gelegen en dat ik bij Heidi had laten liggen. Ik had geen zin om terug te gaan, maar was zo nieuwsgierig naar de inhoud dat ik opnieuw de gang overstak en aanklopte.

'Ik geloof dat ik iets vergeten ben,' zei ik toen ze opendeed en ik wees naar het ingepakte cadeautje op de sidetable.

'O, Gretel,' zei ze blij verrast. 'Wat fijn dat je even langskomt. Ik maak me zorgen. Over Oberon, weet je wel. Hij zei dat ik uiteindelijk toch niet mee kan naar Australië.'

'Ja, lieverd, dat weet ik,' zei ik met een zucht. 'Daar hebben we het al over gehad. Ik zal het met Edgar bespreken, weet je nog?'

'O ja,' zei ze weifelend en ze was teleurgesteld dat ik me omdraaide om terug te gaan naar mijn eigen flat. Ik probeerde me niet al te schuldig te voelen, nam opnieuw afscheid van haar en ging naar binnen.

Ik ging zitten, verwijderde het lint en de strik en begon zorgvuldig het cadeaupapier open te maken. Het was zo luxueus dat ik het misschien maar moest bewaren voor een cadeautje aan iemand anders. Ik vroeg me af of Caden het had gestuurd, maar besloot dat er dan *Voor mama* op het kaartje zou hebben gestaan. Toen dacht ik aan Eleanor, maar ik was ervan overtuigd dat die zou hebben geschreven *Voor Mrs. F.* Nadat ik het papier had verwijderd en de inhoud zag, wist ik dat het onmogelijk van een van hen afkomstig kon zijn.

Iemand, een of andere anonieme 'derde partij', om Oberons woorden te gebruiken, had me een boek gestuurd.

Ik hield het voor me en mijn handen trilden terwijl ik probeerde te begrijpen wat het te betekenen had. Ik las aandachtig de titel: *Die Endlösung: Hitlers plan om de Joden uit te roeien.*

Zenuwachtig sloeg ik het open en bladerde erdoorheen. Het was geen populairwetenschappelijk werk, van het soort dat Edgar zou hebben geschreven, maar eerder een academische tekst, hoewel er op een derde en twee derde fotokaternen waren ingevoegd van elk acht pagina's. Ik bekeek ze snel, en het duurde niet lang voordat ik recht in het gezicht van mijn vader keek. Ik sloeg het boek zo hard dicht dat ik zelf schrok van de klap. En precies op dat moment ging de telefoon. Ik staarde naar het toestel, hoopte dat het zou ophouden. Ik had dringend de behoefte om met rust gelaten te worden, zodat ik de betekenis van deze uitzonderlijke boodschap kon doorgronden, maar het ding bleef maar rinkelen, zo hardnekkig dat ik geen andere keus had dan op te nemen.

'Hallo!' zei ik boos. Er volgde een stilte van misschien tien seconden, waarna iemand zijn keel schraapte en begon te praten.

'Ik wilde alleen even checken of u mijn cadeautje hebt ontvangen,' zei Alex Darcy-Witt. 'Ik dacht dat u de herinneringen aan gelukkiger tijden wel op prijs zou stellen.'

10

Op de ochtend dat ik ontslagen zou worden uit het ziekenhuis kwam David aanzetten met een bos bloemen en een brede lach op zijn gezicht. Net als Edgar had hij me regelmatig bezocht, maar door zijn werktijden en omdat het moeilijk was om in het zaaltje een persoonlijk gesprek te voeren, was het vrijwel onmogelijk geweest om echt samen te zijn. Ik voelde me nog steeds vrij slecht, en dokter Harket – die nogal neerbuigend en onverschillig deed ten aanzien van mijn letsel – had me met tegenzin pijnstillers voorgeschreven. Maar als ik rechtop in bed ging zitten om David te kussen, leek het alsof mijn pijn op slag wegtrok. Ik verlangde ernaar weer samen te zijn in zijn appartementje, in bed, waar we volgens mij altijd op ons best waren.

'Ik heb een idee,' zei hij, maar hij klonk minder zelfverzekerd dan anders. 'Ik vind niet dat je voor jezelf kunt zorgen terwijl je nog niet genezen bent. Je hebt goede verzorging nodig.'

'O, ik red me wel,' zei ik en ik wuifde zijn zorgen voor mijn welzijn weg. 'Over een week kan ik wel weer aan het werk. Vragen ze wel eens naar me?'

'Elke dag, maar er is geen reden om je zorgen te maken. Ik moest tegen je zeggen dat je eerst helemaal moet genezen. Dus ik dacht: misschien kun je in de tussentijd bij mij intrekken,' zei hij, en ik keek hem verbaasd aan. Zijn uitdrukking verried bedeesdheid, een soort angst dat ik nee zou zeggen.

'Echt waar?' vroeg ik.

'Ja.'

'Zo'n uitnodiging had ik niet verwacht.'

'Nou, je kent me: een en al verrassing.'

Ik dacht even na. 'Maar we zijn niet getrouwd,' zei ik.

Hij haalde zijn schouders op. 'Heb je daar problemen mee?'

Die had ik niet en dat was de waarheid. Na alles wat ik in mijn leven had meegemaakt, kon ik niets trivialers bedenken dan een velletje papier waarop ik mijn wettelijke relatie met David vastlegde, en niets onbelangrijkers dan de morele verontwaardiging van vreemden.

'En de andere mensen in het huis?' vroeg ik. 'Hebben die daar ook iets over te zeggen?'

'Dat kan me niets schelen. Ze kunnen de pot op. Het is 1953, verdorie, niet de negentiende eeuw. Bovendien, als we ooit gaan trouwen, dan wil je toch dat het voor altijd is?'

'Ja, natuurlijk.'

'Dan is het toch alleen maar verstandig dat we het eerst proberen? Kijken of we bij elkaar passen. Je weet maar nooit, misschien word je wel gek van hoe ik eet of lach of snurk.'

Ik was verrukt bij het idee dat we zouden gaan samenwonen, maar ik voelde ook een beetje bezorgdheid omdat we tot dusver zo veel van ons verleden voor elkaar verborgen hadden gehouden. Ik wist niet of ik zo'n belangrijke beslissing kon nemen zonder volledig eerlijk tegenover hem te zijn. Ik had nooit de waarheid verteld aan Émile of Cait. En ik had de gruwelijkheden uit mijn verleden zeker nooit gedeeld met iemand die Joods was. Sterker nog, de enige met wie ik ooit een eerlijk gesprek over dit onderwerp had gehad was Kurt.

'Wat is er, Gretel?' vroeg David, die mijn aarzeling voelde. Ik denk dat hij had verwacht dat ik mijn armen om hem heen zou slaan en een gat in de lucht zou springen bij het vooruitzicht samen vadertje en moedertje te spelen. Uiteindelijk had ik uit alles laten blijken dat ik hoopte op een toekomst met hem.

'Niets,' zei ik. Alleen...'

'Alleen wat?'

Voordat ik nog een woord kon zeggen verscheen zuster Fenton met de mededeling dat dr. Harket me nog even wilde spreken voordat ik ontslagen kon worden. David knikte en met een lichtelijk gekwetste blik omdat ik niet enthousiaster had gereageerd op zijn voorstel liep hij de gang op, terwijl ik ongelukkig in bed zat en me afvroeg wat ik het best kon doen.

Een paar minuten later verscheen de dokter. 'Miss Wilson,' zei hij, terwijl hij vanwege de privacy het gordijn rond het bed dichttrok, hoewel dat een tamelijk zinloze actie was aangezien ons gesprek woordelijk te verstaan zou zijn voor de vrouwen in de andere bedden. 'Hoe voelt u zich? Klaar om naar huis te gaan?'

'Veel beter,' zei ik. Ik ging rechtop zitten en verbeet de pijn voor het geval hij zou beslissen dat ik langer moest blijven. 'Mijn ribben doen nog een beetje pijn, maar niet zo erg als gisteren, en mijn been...'

'We zullen u een kruk meegeven als u weggaat,' zei hij. 'Die zult u niet lang nodig hebben, maar het helpt u om zich voort te bewegen terwijl het bot herstelt. Wie is die jongeman op de gang, als ik zo vrij mag zijn?'

'Maakt dat iets uit?'

'Inderdaad. Anders had ik het niet gevraagd,' zei hij scherp.

'Een vriend,' zei ik, onzeker waarom hij nieuwsgierig was naar Davids identiteit.

'Een vrijer, bedoelt u.'

'Ja.'

'Juist.' Hij keek die kant op, hoewel hij door het gesloten gordijn de gang niet kon zien. 'En u bent niet getrouwd, u en die vriend?'

'Nee,' zei ik. 'Hoezo? Is er een probleem?'

'Alleen dat u nogal vrijzinnig lijkt te zijn omgegaan met uw kuisheid, nietwaar, Miss Wilson?' zei hij. 'Dat komt bij heel veel van uw leeftijdgenoten voor. Na de oorlog zijn de zeden totaal verwilderd. Maar ik wil niet degene zijn die een oordeel velt.'

Ik staarde hem aan, zonder het flauwste benul waar hij het over had.

Hij zag mijn verwarring en rolde met zijn ogen, kennelijk geïrriteerd door mijn naïviteit. 'U bent zwanger, Miss Wilson,' zei hij met een zucht. 'U krijgt een kind.'

Ik zweeg. Dat was wel het laatste dat ik verwacht had.

'Wist u dat niet?' vroeg hij en hij trok een wenkbrauw op. 'Had u geen vermoeden?'

'Nee,' zei ik.

'Ik vroeg me af of dit alles' – hij maakte een vaag gebaar naar mij – 'misschien een klunzige poging was geweest om van het kind af te komen.'

'Natuurlijk niet,' zei ik zacht en beheerst, terwijl ik probeerde te bedenken wat dit zou kunnen betekenen voor mij, voor David, voor onze toekomst samen. 'Ik zweer van niet.'

'Het punt is dat de meeste vrouwen voelen dat ze zwanger zijn. Alleen al door de duidelijke fysieke veranderingen.'

'Nou, ik niet dus,' zei ik en ik raakte geïrriteerd. 'Hoe ver ben ik heen?'

'Een paar maanden,' antwoordde hij. 'Die jongeman heeft nog genoeg tijd om een eerzame vrouw van u te maken en het kind te erkennen. Zuster Fenton maakt een afspraak voor u met een verloskundige, en dat moet natuurlijk op korte termijn. U hebt erg veel geluk gehad, Miss Wilson, dat de baby niet gewond is geraakt door uw roekeloosheid. Of pech misschien, ligt eraan hoe je de zaak beziet.'

Hij schoof het gordijn weer open en keek naar David, die haastig opstond van zijn stoel in de gang. Ik vond hem zo knap zoals hij daar stond, met die bloemen nog steeds in zijn handen. Jaren later, toen ik ontdekte dat ik zwanger was van Caden, moest ik om een of andere reden denken aan die bloemen toen ik Edgar het nieuws vertelde. Het waren dahlia's. En sindsdien heb ik een enorme hekel aan dahlia's.

'Wilt u dat ik het hem vertel?' vroeg dokter Harket. 'Misschien is het beter als hij het van een andere man hoort, denkt u niet? We willen niet dat hij hier op zaal tegen u begint te schreeuwen. Uiteindelijk moeten we rekening houden met de andere patiënten.'

'Waarom zou hij tegen mij beginnen te schreeuwen?'

'Om die verdomde stommiteit van u,' zei hij.

Als ik helemaal fit was geweest, had ik hem misschien een klap gegeven. Natuurlijk geloofde hij dat dit allemaal mijn schuld was, dat ik op een of andere manier alleen een kind had weten te verwekken, dat ik een arme, onschuldige man had verleid die voordat ik in zijn leven verscheen geen flauw idee had hoe een vrouw in elkaar zit. Maar ik kon me op dat moment niet focussen op mijn woede tegen de arts. In plaats daarvan voelde ik me alleen maar ellendig. Ik had altijd gezworen dat ik nooit kinderen zou krijgen, dat het mijn plicht was de bloedlijn van mijn vader bij mij te laten eindigen.

'Dank u, maar dat doe ik zelf wel,' antwoordde ik ijzig.

Hij wierp me een afkeurende blik toe. 'Zoals u wilt,' zei hij en hij liep weg.

David kwam de zaal in. 'Kunnen we nu weg?' vroeg hij.

'Ja,' zei ik en ik stond op. 'Wacht even tot ik me heb aangekleed.'

'En dan naar mijn huis?' vervolgde hij hoopvol en ik dacht even na.

'Eerst naar mij,' zei ik. 'We hebben iets te bespreken. Heel veel zelfs. En als je daarna nog steeds wilt dat ik bij je intrek, dan ga ik mee. Vind je dat goed?'

Hij trok zijn werkbrauwen op. 'Dat klinkt nogal belangrijk,' zei hij.

'Dat is het ook. Maar laten we wachten tot we alleen zijn.'

'Natuurlijk,' zei hij. 'Maar ik beloof je, Gretel, wat je ook tegen me gaat zeggen, niets zal mij van gedachten doen veranderen. Ik wil met je samen zijn. Ik heb ook dingen die ik met je wil delen. Over mijn verleden. Over mijn familie. Ik weet dat ik niet altijd erg openhartig over hen ben geweest, maar het is dan ook een moeilijk onderwerp voor me. Ik vertel jou mijn verhaal en jij vertelt mij het jouwe. En daarna kunnen we met een schone lei beginnen. Ons nieuwe leven samen. Hoe klinkt je dat in de oren?'

Ik knikte en hoopte dat het zo simpel zou blijken als hij beschreef, maar diep vanbinnen wist ik dat de wereld zo niet in elkaar zit.

11

Ik had geen andere keus: ik moest de confrontatie met hem aangaan.

Ik stond vroeg op en maakte een lange wandeling in Hyde Park om helder te kunnen denken. Daarna zou ik me passend kleden, alsof ik me voorbereidde op een pleidooi in de rechtbank waar ik de officier van justitie was en hij de verdachte in de beklaagdenbank. In mijn slaapkamer bekeek ik mezelf in de passpiegel. Ik zag er zo sterk en kordaat uit als een vrouw van begin negentig er maar uit kan zien, en ik was behoorlijk tevreden met het effect, want ik wilde de indruk wekken van kracht vermengd met precies de juiste, subtiele dosis kwetsbaarheid. Wat Alex Darcy-Witt ook over mij wist of meende te weten, het was van het grootste belang voor mijn eigen overleving – om nog maar te zwijgen over die van Caden – dat hij hetgeen hij ontdekt had nooit zou delen, met wie dan ook.

De deur van nummer 1 werd geopend door Madelyn, die onverklaarbaar blij leek te zijn om mij te zien. Tot mijn verbijstering sloeg ze haar armen om me heen en omhelsde me stevig. Ik ben absoluut geen liefhebber van knuffelen onder welke omstandigheden dan ook, en ik verstijfde in de omklemming van de veel langere vrouw.

'Gretel,' riep ze nadat ze me eindelijk had losgelaten. Ik ging met mijn hand langs mijn jurk om eventuele plooien die ze had veroorzaakt glad te strijken. 'Wat fijn om je weer te zien. Ik was al een poos van plan naar boven te komen en eens lekker met je bij te kletsen.'

'Ik ben ook blij om jou weer te zien, Madelyn,' antwoordde ik en ik vroeg me af of dit overdreven vertoon van opgewektheid langs chemische weg veroorzaakt was. Ik ben nooit het type geweest dat veel bezoekjes aflegt, wijn drinkt, het haar van vriendinnen vlecht en de echtscheidingen van beroemdheden bespreekt. 'Maar ik kom eigenlijk voor je man. Is meneer Darcy-Witt thuis?'

'Nog niet,' zei ze, terwijl ze om zich heen keek en een vinger tegen haar onderlip hield alsof ze niet helemaal zeker wist of dat wel waar was of dat ze dat van hem tegen bezoekers moest zeggen. 'Maar ik verwacht hem elk moment thuis. Wil je niet even binnen wachten?'

Ik besloot op haar uitnodiging in te gaan. Als ik alleen thuis moest wachten zou ik te gespannen worden en de hele tijd uit het raam kijken of zijn auto of een taxi stopte. Bovendien had ik nu de kans om even met haar te praten. Ik ging naar binnen en de flat leek nog steeds zo sterk op de zaal van een kunstgalerie dat ik me afvroeg hoe ze zich de hele tijd van het ene vertrek naar het andere kon begeven zonder iets om te stoten.

'Ga zitten, alsjeblieft,' zei Madelyn, en ik koos de sofa waar ik bij mijn eerste bezoek ook op gezeten had.

'Dus je voelt je beter nu?' vroeg ik, terwijl ze plaatsnam in de stoel tegenover me.

'O, ja hoor,' zei ze, heftig knikkend. 'Het punt is, Gretel, het was allemaal één groot misverstand. Het spijt me zo dat je erbij betrokken bent geraakt. Ik vind het zó gênant. Alex zegt dat ik gek ben omdat ik niet doorhad dat ik zo veel slaaptabletten had genomen. Ze werkten niet snel genoeg, snap je? Daarom nam ik er steeds meer. Uiteindelijk was ik de tel helemaal kwijt.'

'Wat heeft hij toch een goed hart, hè?' merkte ik op. 'Je zou denken dat hij wel wat meer invoelend zou kunnen zijn tegenover iemand die zojuist ontslagen is uit het ziekenhuis.'

'Alex zegt dat ik zo'n doosje moet kopen, je weet wel, zo'n klein plastic ding met de dagen van de week erop,' vervolgde ze, mijn opmerking negerend. 'Je verdeelt je pillen over de verschillende vakjes zodat je nooit in de war raakt.'

'Ik ken ze,' zei ik en ik knikte. 'Ik heb er zelf ook een.'

'Ben je ziek dan?' vroeg ze en ze keek me bezorgd aan.

'Ik ben eenennegentig,' zei ik met een flauw lachje om mijn mond. 'Als vrouw van mijn leeftijd heb je wat hulp nodig om de dag door te komen.'

'Jij bent niet oud, Gretel,' zei ze nadrukkelijk. Ik rolde met mijn ogen.

'Ik ben de levende definitie van oud, Madelyn,' zei ik. 'Laten we elkaar niet voor de gek houden.'

Haar lach verdween en ze keek gekwetst. 'Alex zegt dat ik te veel praat,' zei ze even later.

'Kan iemand te veel praten?' vroeg ik. 'Uiteindelijk, als je iets te zeggen hebt, dan...'

'Alex zegt dat ik eerst moet nadenken voordat ik iets zeg.'

'Alex zegt heel veel, hè?'

'En dat niemand wil luisteren naar al die halfgare ideeën die ik in mijn hoofd krijg. Dat ik mezelf belachelijk maak, en hem ook, als ik weer begin te kletsen als een kip zonder kop. Ik vind dat hij gelijk heeft. Ik doe echt mijn best om daar voortaan op te letten.'

Er klonk een geluid in de hal en Henry kwam binnen, blootsvoets en met een korte broek aan en een T-shirt met daarop een afbeelding van het omslag van *De reis om de wereld in tachtig dagen* van Jules Verne. Hij schrok toen hij me zag, en terecht, want hij had een blauw oog. Helaas verbaasde me dat niet in het minst.

'Henry, ik had toch gezegd dat je in je kamer moest blijven,' zei Madelyn, die opstond en met grote stappen naar Henry toe liep.

'Hallo, Mrs Fernsby,' zei hij en hij keek me aan met een droevige uitdrukking op zijn gezicht.

'Hallo, Henry,' zei ik. 'Ik zie dat je weer op oorlogspad bent geweest. Maar dat gebeurt wel vaker, hè? Je bent net een middeleeuwse ridder, altijd strijd leveren met boeren onderweg.'

Zijn hand ging automatisch naar zijn linkeroog, dat er pijnlijk en gezwollen uitzag, maar hij raakte het niet aan. Hij liet zijn hand weer naast zijn zij hangen en keek strak naar de grond.

'Hij was aan het slaapwandelen,' legde Madelyn uit, 'en toen liep hij tegen de badkamerdeur aan. Dat is toch niet te geloven?'

'Daar geloof ik inderdaad niets van,' antwoordde ik.

'Ga terug naar je kamer, Henry,' zei Madelyn, maar hij negeerde haar en wees op zijn T-shirt.

'Hebt u dit boek ooit gelezen, Mrs Fernsby?' vroeg hij.

'Jazeker,' zei ik. 'Heel lang geleden. Ik heb ook *Twintigduizend mijlen onder zee* gelezen, van dezelfde schrijver.'

'Wat een mooie titel,' zei hij.

'Ik heb het boven misschien nog ergens liggen,' zei ik. 'Ik zal straks even kijken, en als ik het nog heb dan mag je het lenen.'

'Henry, ga naar je kamer,' herhaalde Madelyn met onnodige stemverheffing, en nu gehoorzaamde hij.

Ik hoorde dat hij zijn kamerdeur dichttrok. 'Waarom schreeuwde je zo tegen hem, lieverd? Dat was toch nergens voor nodig,' zei ik. 'Hij praatte gewoon met me, meer niet. Het is heel goed dat hij van boeken houdt, vind je niet? De meeste kinderen die ik tegenwoordig op straat zie, lopen de hele dag naar hun telefoon te turen. Het is bemoedigend om een kind te zien dat graag leest.'

'Hij doet gewoon niet wat hem gezegd wordt,' zei ze. Ze wreef in haar ogen, blijkbaar was ze doodmoe van haar kind, van haar leven, van dit hele teleurstellende universum waarin zij gedoemd was haar dagen te slijten. 'Alex zegt dat hij discipline moet leren en dat ik hem niet hard genoeg aanpak.'

'Ik denk niet dat ik het daarmee eens ben,' zei ik. 'Met beide beweringen niet, bedoel ik.'

'Je hebt geen idee hoe het is,' mompelde ze.

'Ik begrijp donders goed hoe het is,' zei ik. 'Ik heb zelf ook een zoon, weet je nog?'

'Kinderen zijn zo anders tegenwoordig,' zei ze. 'Alex zegt dat als hij als jongen ook maar één keer over de schreef ging, zijn vader ervoor zorgde dat hij er spijt van kreeg, en dat soort strengheid heeft hem gemaakt tot de man die hij nu is.'

'En wat voor man is dat?' vroeg ik.

Ze keek me fronsend aan. 'Hoe bedoel je?' vroeg ze.

'Dat lijkt me een simpele vraag. Wat voor soort man is hij? Is hij een goede echtgenoot?'

Ze staarde me aan, met haar mond vol tanden.

'Ik vraag het alleen maar,' vervolgde ik, 'omdat je nogal bang voor hem lijkt te zijn.'

'Bang voor hem?' vroeg ze. Ze begon te lachen en haalde al haar actertalent tevoorschijn, en om eerlijk te zijn was dat niet van de kwaliteit waarmee je Oscars wint. 'Waarom zou ik in hemelsnaam bang voor hem zijn?'

'Nou, Henry loopt de laatste tijd nogal wat verwondingen op, hè?' zei ik. 'En trouwens: moet hij niet naar school nu? Uiteindelijk is het elf uur 's morgens op een gewone dinsdag.'

'Alex zei dat ik hem thuis moest houden totdat zijn oog genezen is.'

'Kan hij met een blauw oog niet leren?'

'Hij wil gewoon dat de zwelling eerst weg is, dat is alles,' zei ze. Ze wendde haar blik af en wrong voortdurend haar handen, haar vingers ineengestrengeld.

'Eerst een gebroken arm, daarna allerlei blauwe plekken, nu een dik blauw oog,' zei ik. 'O ja, en hij had ook brandwonden, toch? En jij hebt zelf natuurlijk ook allerlei ongelukjes gehad, toch?'

Ze keek weer op en schudde haar hoofd. 'Met mij is niets aan de hand,' zei ze.

‘Dat geloof ik niet,’ zei ik. ‘Ik denk dat als je die trui zou uitdoen, die trouwens veel te dik is met dit mooie weer, ik overal op je armen blauwe plekken zou zien. Heb ik gelijk of niet?’

Voordat ze antwoord kon geven klonk het geluid van een sleutel in de deur en Alex kwam binnen. Hij bleef even staan, keek van Madelyn naar mij en weer terug, waarna hij licht zuchtte alsof hij aanvoelde dat er iets onvermijdelijks school in dit moment. ‘Mrs Fernsby,’ zei hij. Zo te zien was hij het beu dat ik voor de zoveelste keer voor zijn neus stond. ‘Wat aardig om u te zien. Op bezoek. Opnieuw.’

‘Meneer Darcy-Witt,’ zei ik, terwijl ik opstond en me in mijn volle lengte oprichtte. ‘Ik wil u graag even spreken. Onder vier ogen, als dat mogelijk is.’

Hij leek bijna bewondering te hebben voor mijn vastberadenheid. ‘Ik neem aan dat ik weinig keus heb,’ zei hij. ‘Een wandeling in de tuin misschien?’

‘Uitstekend,’ antwoordde ik. Ik stapte langs hem heen en ging hem voor naar de achterdeur. Hij volgde niet meteen en ik hoorde zachte stemmen achter me, die van hem en Madelyn. Ik had dolgraag willen horen wat ze zeiden, maar ik liep door. Toen ik de deur opendeed brak de zon net door, zodat ik een ogenblik lang verblind was. Het was een prachtige voorjaarsmiddag, zo’n middag waarop je niets anders aan je hoofd zou moeten hebben dan gelukkige herinneringen.

12

Ik wist niet goed waar ik moest beginnen, maar ik koos voor Berlijn, de stad waar ik geboren was en twaalf jaar gewoond had, en waar op een avond een man met zijn vriendin kwam dineren en mijn vader informeerde over zijn nieuwe standplaats. Daarna zou mijn leven en dat van ons hele gezin voorgoed veranderen.

'Berlijn?' vroeg David, die zich in mijn kamer in een fauteuil liet zakken.

Ik ging tegenover hem op het bed zitten en probeerde het trillen van mijn handen te bedwingen. Ik wilde hem niet aankijken terwijl ik sprak. Ik zou het niet kunnen verdragen om aan te zien hoe zijn liefde geleidelijk aan verdween. Het was eenvoudiger mijn verhaal gewoon hardop te vertellen, alsof ik alleen in de kamer was.

'Maar je zei dat je in Frankrijk was geboren.'

'Dat weet ik, maar toen loog ik. De waarheid is dat ik pas in 1946 in Frankrijk aankwam, een paar maanden nadat de oorlog afgelopen was.'

'Maar je woonde in Rouen, toch? Was dat wél waar?'

'Ongeveer zes jaar, ja. Later. Maar tijdens het eerste jaar zaten Moeder en ik in Parijs. We verhuisden pas naar Rouen toen het onmogelijk werd nog langer in de hoofdstad te blijven. En vrijwel onmiddellijk nadat Moeder overleed ben ik naar Australië vertrokken.'

'Goed,' zei hij en hij knikte. 'Dus je bent Duitse.' Er klonk een zweem van argwaan in zijn stem, afkeuring vermengd met angst.

‘Ja,’ gaf ik toe. ‘Hoewel ik daar na 1946 nooit meer ben geweest. En ik ben ook niet van plan er ooit terug te keren.’

‘Dus je verbleef tijdens de oorlog in Duitsland?’

‘Niet de hele tijd, nee.’

Hij keek opgelucht. ‘Dus jullie konden ontkomen,’ zei hij. ‘Jullie maakten er geen deel van uit. Dat was dapper van je familie. Als jullie gepakt waren…’

‘David, wacht. Laat me uitpraten.’

‘Maar ik weet hier zelf ook het een en ander over,’ zei hij. Hij leunde voorover en probeerde mijn hand te pakken, maar die trok ik terug. ‘Ik weet dat ik je niet veel heb verteld over mijn familie, maar dat moet ik nu wel doen. Het is belangrijk dat jij weet wat er met hen gebeurd is.’

‘Daar weet ik al iets over,’ zei ik. ‘Over je ouders en je zusje in elk geval. Over Treblinka.’

Hij keek me vol ongeloof aan. ‘Hoe wist je…’

‘Hij bedoelde het goed, dat moet je van me aannemen. Hij vertelde het alleen maar omdat hij wist dat ik me zorgen om je maakte, omdat je nooit over hen sprak of over wat er gebeurd was. En toen, die avond, toen we naar die afschuwelijke film gingen…’

‘Wie bedoelde het goed?’ vroeg hij met lichte stemverheffing. ‘Wie heeft je dit allemaal verteld?’

‘Edgar,’ zei ik.

Hij verstijfde enigszins, op zijn gezicht was nu zowel ongeloof als boosheid te lezen. ‘Heeft Edgar jou verteld over mijn familie?’ vroeg hij.

‘Niet alles,’ antwoordde ik. ‘Alleen de hoofdlijnen, meer niet. Ik vind het vreselijk wat jou allemaal overkomen is, David.’

Hij zweeg een poos en dacht na. ‘Dat had hij niet moeten doen,’ zei hij ten slotte. ‘Hij had dat niet mogen vertellen.’

‘Hij is je vriend. Hij geeft om je.’

Hij gromde iets. Ik zag dat hij niet bepaald blij was, maar daar nu niet verder op wilde ingaan. Hij stond op en liep naar het raam. Toen viel zijn blik op het juwelenkistje van Seugnot op mijn nachtkastje. 'Wat mooi,' zei hij. Hij wilde het pakken, misschien om helemaal van gespreksonderwerp te kunnen veranderen.

'Niet doen,' zei ik, mijn stem nogal luid van schrik. Want ik wilde niet dat hij de foto zou zien die erin zat. Als ík er al niet naar kon kijken, dan hij ook niet. 'Dat is erg kwetsbaar.'

Hij draaide zich naar mij toe, ongetwijfeld verbaasd over de heftigheid in mijn stem, maar liet het staan. 'Zeg eens wat hij jou verteld heeft,' zei hij. Hij nam weer plaats in zijn stoel en ik herhaalde wat Edgar had gezegd. Dat zijn grootouders hem hadden meegenomen naar Engeland toen ze vermoedden dat de nazi's op het punt stonden binnen te vallen en dat zijn ouders hen zouden volgen maar het niet hadden gered. 'En mijn zusje,' zei hij. 'Je vergeet mijn zusje.'

'Ja, zij ook,' zei ik, mijn toon zo meevoelend mogelijk. 'Ze lag in het ziekenhuis, dat vertelde hij me ook. Een blindedarmoperatie, toch?'

'Nee,' zei hij hoofdschuddend. 'Dat heb ik hem verteld, maar dat was niet waar.'

Ik wachtte tot hij verder zou gaan.

'Ik wilde hem niet vertellen wat mijn ouders gedaan hebben. Hoe dwaas ze zijn geweest.'

Opnieuw zweeg ik.

'Mijn zusje heette Dita. Heeft hij dat wél gezegd?'

'Nee.'

'Ze speelde piano,' vervolgde hij en hij glimlachte bij de herinnering. 'Ze was zeer getalenteerd. Ik heb geen enkel talent op dat gebied. Mijn vader hoopte van wel, maar ik ben toondoof. Maar als Dita een melodie één keer hoorde, kon ze die onmiddellijk noot voor noot volmaakt naspelen. Ze gaf voortdurend concerten – kinderconcerten natuurlijk –, maar iedereen hoorde hoe begaafd ze was en wat een glanzende carrière ze voor zich had. Ze moest een belangrijk recital geven, een optreden dat haar nog meer bekendheid zou hebben gegeven, en mijn ouders stonden erop dat ze zou blijven om op te treden. Mijn Bubbe en Zayde zeiden dat ze gek waren, dat we allemaal samen moesten vertrekken, maar ze weigerden. Ik denk dat mijn moeder wel mee had willen gaan, maar mijn vader was een koppig mens. Een trotse man. Hij wilde zijn dochter horen spelen voor een groot publiek. Dus wij drieën vertrokken en zij zouden vier dagen later naar Engeland komen. Maar daar kwamen ze nooit aan. Ik weet niet eens of het concert wel is doorgegaan. Bubbe heeft nog lange tijd geprobeerd uit te zoeken wat er met hen gebeurd is, maar zij en Zayde zijn overleden zonder ook maar iets te weten te komen. Pas nadat de archieven van Treblinka openbaar werden gemaakt en contact werd gelegd met familieleden die nog leefden, hoorde ik over hun lot. Hoewel ik dat altijd al vermoed had.' De tranen stroomden over zijn wangen, maar hij veegde ze steeds weg.

Ik kon hem nauwelijks aankijken. Mijn schuldgevoel nam ergens diep vanbinnen reusachtige vormen aan en dreigde me in tweeën te scheuren.

'Ik droom nog steeds van hen,' zei hij, glimlachend ondanks zijn verdriet. 'Ik zeg droom,' vervolgde hij, 'maar ik bedoel natuurlijk dat ik nachtmerries heb. Ik ben steeds bij hen, naakt in de gaskamers...'

'David, niet doen,' smeekte ik.

'Brandend in de ovens.'

'David!'

'Ik voel me niet eens een mens in die dromen. Maar dat gevoel gaven ze ons, toch? Alsof we helemaal geen mensen waren.'

Een herinnering: mijn vader in zijn werkkamer. 'Die mensen? Nou ja, dat zijn helemaal geen mensen. Tenminste, niet zoals wij dat woord interpreteren.'

'Ik ben in die droom slechts een geest die in de lucht boven Polen zweeft, meer een idee dan een persoon. Een verzameling willekeurige gedachten die zich vermengt met de wolken.'

'Hou op! Hou alsjeblieft op,' smeekte ik hem opnieuw. Ik had mijn handen tot vuisten gebald. Ik wilde het uitschreeuwen. Dit was de werkelijkheid van wat mijn familie had gedaan en wat ik al die jaren geheim had gehouden.

Hij slaakte een zucht die uit het diepste van zijn wezen leek te komen. Ik zei niets. Toen hij weer iets zei klonk zijn stem zo zacht dat ik moeite had om hem te verstaan. Hij keek me niet aan. 'Je gaat me vertellen dat hij militair was, hè?' vroeg hij. 'Je vader. Je gaat zeggen dat hij vocht. Voor hen.'

'Ja,' gaf ik toe. Ik kon niet langer doen alsof.

'Dat dacht ik al. Ik hoopte dat ik me misschien vergist had.'

'Hij was militair,' zei ik. 'Maar hij vocht niet.'

'Nou, dat is in elk geval iets, lijkt me,' antwoordde hij, en ik zag een sprankje hoop in zijn blik. 'Kantoorwerk, zoiets? Chauffeur misschien?'

Ik zweeg en de stilte tussen ons werd zo beladen dat toen hij opsprong uit zijn stoel en naar het raam liep, ik van schrik ook omhoogkwam.

Hij bleef met zijn rug naar me toe staan en keek naar de straat beneden. 'Vergeef me, Gretel,' zei hij ten slotte.

'Jou vergeven?' vroeg ik en ik liep naar hem toe. Op een of andere manier en zonder erbij na te denken legde ik onwillekeurig mijn hand op mijn buik om de baby te beschermen die in me groeide. 'Wat moet ik je in hemelsnaam vergeven?'

'Vergeef me al die woede in mij. Het valt me zwaar hierover te praten. Over die mensen. Over wat ze gedaan hebben. Ik wil dat ze allemaal gedood worden. Ze lopen nog steeds rond, weet je. In Europa. In Zuid-Amerika. In Australië. Zo veel die nog berecht moeten worden. Soms denk ik wel eens dat ik mijn leven daarop moet richten. Hen op te jagen. Hen te doden.' Hij keerde zich om en keek me aan. De pijn stond op zijn gezicht gekerfd. 'Mijn probleem is dat ik nog steeds van je hou,' zei hij, en het leek alsof hij het zelfs een kwelling vond om dat toe te geven. Hij stak zijn armen naar me uit, trok ze weer terug. Hij wilde me niet aanraken, de eerste keer in onze relatie dat hij zijn handen van me af kon houden. 'Niets hiervan is jouw schuld. Dus je vader was, weet ik veel, een onbeduidende functionaris ergens op een kantoor. Wat anders had hij kunnen doen? Dat kan ik jou toch niet kwalijk nemen?'

'Het ligt gecompliceerder.'

'Maar daar kan ik nu niet aan denken. Het is veel om te verwerken. Als wij ooit zelf een kind zouden krijgen, bijvoorbeeld, wat moeten we hem dan vertellen? Of haar? Hoe moeten we ooit uitleggen wat zijn of haar opa heeft gedaan?'

'Moet dat dan?' vroeg ik.

'Natuurlijk,' zei hij en hij begon door de kamer te ijsberen. 'Ik zou niet kunnen leven met geheimen en leugens.'

'Maar wat zou het nut daarvan zijn?'

Hij haalde zijn schouders op, misschien wist hij het ook niet. 'Ik heb tijd nodig,' zei hij ten slotte. 'Gewoon om alles op een rijtje te zetten. Je haat hem, neem ik aan?'

'Wie?' vroeg ik.

'Je vader.'

Ik dacht na. Een fractie van de waarheid vertellen was hetzelfde als helemaal niets vertellen. 'Als klein meisje hield ik erg veel van hem,' zei ik. 'Hij is nu acht jaar dood, maar... Ik kan er niets aan doen, er zijn soms nog steeds momenten dat ik hem mis. Ik weet wat hij gedaan heeft, hoe hij leefde... Maar hij was dol op mij, David. Ik kan het niet uitleggen. Als ik hem nog eens kon zien, al was het maar voor een dag, als ik maar een uur met hem kon praten...'

Heel even dacht ik dat hij me ging slaan. Zijn adem was gejaagd, hij had zijn ogen dichtgeknepen. 'Ik moet naar huis,' zei hij. 'Ik kan dit nu niet met je bespreken. Ik neem je niets kwalijk, Gretel, dat zweer ik. Ik begrijp dat je van je vader hield, dat is alleen maar vanzelfsprekend, maar...'

'David, je hebt nog niet eens gehoord wat ik je moest vertellen,' zei ik. Ik voelde mijn frustratie groeien naarmate het gesprek afdwaalde van mijn eigen verhaal. 'Jij hebt me verteld over jouw familie. Nu moet ik je vertellen over de mijne. Als we echt samen een toekomst willen opbouwen, en er is niets wat ik liever zou willen, dan is het belangrijk dat je alle details kent.'

'Is er nog meer dan?' vroeg hij en hij keek me verontrust aan. 'Wat kan er nog meer zijn? Wat is er nog erger dan te weten dat je vader een of andere onderknuppel was bij die beesten?'

Ik ging op bed zitten en verborg mijn gezicht in mijn handen. 'Ga zitten, David, alsjeblieft,' zei ik en hij deed wat ik vroeg. 'Ik wil dat je iets voor me doet, en als je dat wilt doen, dan beloof ik dat ik in dit leven nooit meer iets van je zal vragen.'

'En wat is dat?' vroeg hij.

'Ik wil dat je me mijn verhaal laat vertellen van begin tot eind, zonder me te onderbreken. En als ik klaar ben, als je alles hebt gehoord en me beter kent dan wie ook ter wereld, dan mag je beslissen of je wilt blijven of weggaan. Wil je dat doen, David? Wil je naar mijn hele verhaal luisteren?'

Hij knikte. 'Dat zal ik doen,' zei hij.

'Dan begin ik nu opnieuw,' antwoordde ik kalm. Ik slikte. Haalde diep adem en begon. 'Ik ben geboren in 1931 in Berlijn,' zei ik. 'Ik woonde bij mijn vader en moeder, en drie jaar na mijn geboorte kreeg ik een broertje. We hadden een fijn leven. Mijn vader was geen bescheiden kantoorklerk, zoals jij suggereerde, maar een officier in het Reich. Een hoge officier. Ik was natuurlijk maar een kind en wist heel weinig over zijn dagelijkse werkzaamheden. Het was oorlog en hij was niet vaak thuis, maar daar hadden we verder weinig last van. En toen, op een middag, kwamen mijn broertje en ik thuis van school en zagen tot onze verbazing dat Maria, ons dienstmeisje, dat altijd met gebogen hoofd liep en naar het vloerkleed keek, in de kamer van mijn broertje bezig was al zijn spullen uit zijn kast te halen en in vier houten kratten te pakken, zelfs de dingen die hij achter in de kast had verstopt en die volgens hem alleen van hem waren en waar niemand iets van mocht weten.'

13

'Ik heb bezoek gehad van de politie,' zei Alex Darcy-Witt nadat hij zich bij me had gevoegd in de tuin. Ik kuierde langzaam van de ene kant naar de andere en hij kwam naast me lopen. Twee heel normale mensen genietend van een wandelingetje in de zon, en niet de dochter van de commandant van een concentratiekamp en een man die met enige regelmaat zijn vrouw en zoon mishandelde.

'Echt waar?' zei ik heel kalm.

'Echt waar. Maar ik neem aan dat u dat wel weet.'

'Ik had erop gerekend dat ze op bezoek zouden komen, ja,' zei ik. 'Maar ik wist niet dat ze al geweest waren. Ze zijn natuurlijk ook niet verplicht om mij op de hoogte te houden.'

'Ze zeiden niet dat u degene was die uw vermoedens aan hen gemeld had. Maar ik ging ervan uit dat u het was. Vergis ik me of niet?'

'Nee,' zei ik en ik deed mijn best om mijn stem onder controle te houden, wat tot mijn eigen verbazing niet zo moeilijk was als ik had verwacht. 'Ik wilde alleen dat ik eerder was gegaan. Dan had ik misschien Henry's laatste blauwe oog kunnen voorkomen. En ook de afschuwelijke dingen die je tegen hem zegt. Dat arme joch verkeert in een constante toestand van panische angst.'

'Hij was aan het slaapwandelen,' hield Alex vol. 'En toen liep hij tegen –'

'Alex,' zei ik met een zucht en ik stak een hand op om hem het zwijgen op te leggen. 'Laten we niet, laten we nu gewoon niet...'

Hij glimlachte flauwtjes en knikte. 'Ze zijn niet hier geweest, hoor,' zei hij even later. 'De politie, bedoel ik. Ze zijn niet naar Winterville Court gekomen. Weet je waar ze me kwamen bezoeken?'

Ik schudde mijn hoofd. 'Geen flauw idee,' zei ik.

'Op mijn kantoor in Soho. Onaangekondigd. Ze kwamen de trap op gestormd als, ach, ik weet niet, laten we zeggen als een troep ss-officieren, en zeiden tegen een van mijn assistenten dat ze me wilden spreken. Ik zat op dat moment te telefoneren met iemand in LA, een heel beroemd iemand. Wil je weten wie?'

'Ik vrees dat het feit dat jij met filmsterren werkt geen enkele indruk op me maakt, Alex. Dus nee, bespaar je de moeite.'

Kom op, dacht ik. Dacht hij echt dat ik me druk maakte over dat soort trivialiteiten? In hemelsnaam, zeg. Ik heb ooit Adolf Hitler een hand gegeven en Eva Braun op haar wang gezoend. Ik heb met de kinderen van Goebbels gespeeld en een verjaardagsfeestje voor Gudrun Himmler bijgewoond.

'Mijn kantoor,' herhaalde hij. 'Waar al mijn deals worden gesloten. Waar mijn personeel over elke kleinigheid loopt te roddelen. En dan verschijnen er onverwachts een politie-inspecteur en zijn hulpje, allebei jonger dan ik, en zeggen dat ze me willen ondervragen over mijn relatie met mijn vrouw en zoon en dat we dat daar konden doen of dat ze me mee naar het dichtstbijzijnde politiebureau zouden sleuren.'

'En wat heb je gekozen?' vroeg ik.

'Maakt dat iets uit?'

'Gewoon belangstelling.'

'Ik heb gekozen voor het bureau. Om de zaak formeel te houden. En zodat mijn advocaat er ook bij kon zijn. Een van hen, een van die agenten bedoel ik, was een Jood. Dat zit jou waarschijnlijk niet lekker. Toch ironisch, ik heb dat soort vooroordelen absoluut niet.'

'Nee, jij beperkt je agressie tot vrouwen en kleine jongens. Kunnen we even gaan zitten?' vroeg ik toen we de bank naderden. 'Nou, ik ga hoe dan ook even zitten. Jij moet maar zien wat je doet.'

'Ik kom wel bij je zitten,' zei hij en hij plofte naast me op de bank. 'Heb je mijn cadeautje nog gekregen?'

'Jazeker. Maar ik vrees dat ik het idee erachter niet goed begrijp.'

'Gretel,' zei hij lachend omdat hij me met mijn eigen woorden om de oren kon slaan: 'Laten we niet, laten we gewoon niet...'

'Ik ben inderdaad erg geïnteresseerd in geschiedenis,' vervolgde ik, zijn opmerking negerend. 'Misschien heeft Henry je verteld dat ik een biografie over Marie Antoinette zat te lezen toen we elkaar de eerste keer zagen? En mijn overleden man Edgar was een bekend historicus. Maar boeken over de oorlog mijd ik liever, omdat ik die heb meegemaakt, snap je?'

'En wel in het heetst van de strijd, zou je kunnen zeggen.'

Ik keek hem aan en besloot dat het geen zin had om spelletjes te blijven spelen. 'Je weet alles dus, neem ik aan?' vroeg ik.

'Inderdaad,' zei hij en hij knikte bijna hoffelijk. 'En eerlijk gezegd, Mrs Fernsby, Madame Guéymard, Miss Wilson, of zullen we het laten bij Fräulein...'

En toen noemde hij de achternaam waarmee ik geboren was, de beruchte naam van mijn vader, de naam die ik niet meer gebruikt had nadat Moeder en ik in 1946 de trein hadden genomen van Berlijn naar Parijs.

'Zeg maar gewoon Gretel,' zei ik met een zucht. 'Dat is waarschijnlijk eenvoudiger.'

'Eerlijk gezegd, Gretel, al het andere daargelaten moet ik toegeven dat ik volkomen gefascineerd ben,' vervolgde hij. 'Ik ben zeer geïnteresseerd in die periode, zoals je misschien weet als je bepaalde films van me hebt gezien, en dat ik hier nu bij jou zit, iemand die er echt bij geweest is...'

‘Het is allemaal zo lang geleden,’ zei ik.

‘Ik raak nooit geïmponeerd door beroemdheden, in mijn werk heeft dat geen zin. Maar nu ben ik echt geïmponeerd.’

‘Wat een belachelijke onzin.’

‘Ik wil er graag met je over praten.’

‘Ik praat nooit over die periode in mijn leven.’

‘Nooit?’

Ik dacht na. ‘Twee keer maar,’ zei ik.

‘En aan wie heb je over die tijd verteld?’

‘Aan een man genaamd David Rotheram, heel lang geleden, in 1953. En natuurlijk aan de man met wie ik getrouwd ben. Edgar.’

‘Hoe reageerden die?’

‘Gaat je niks aan.’

‘Vertel het me. Alsjeblieft.’

‘Nee,’ zei ik.

‘Waarom niet?’

‘Omdat het niet meer ter zake doet. Het is allemaal verleden tijd. Hoe ben je er trouwens achter gekomen? Ik ben eenennegentig en tot dusver heeft niemand het ontdekt. Dus vergeef me als ik een beetje nieuwsgierig ben.’

Hij haalde zijn schouders op en keek de tuin in. ‘Dat is mijn werk,’ zei hij. ‘Of liever, dat laat ik mijn mensen doen. Research. Graven in de levens en verhalen van mensen. En natuurlijk is de wereld nu heel anders dan toen jij jong was. Tegenwoordig hoef je alleen maar even achter een computer te gaan zitten en je komt heel veel te weten over je vijanden. Ik ben een zeer invloedrijk persoon, Gretel, met een enorm netwerk. Aanvankelijk wilde ik alleen maar meer over je te weten komen, dat was alles, omdat je zo bezorgd was over wat er bij mij thuis gebeurde. Maar het ene verhaal leidde naar een ander en dat tot weer een ander. Als een onderzoeker op een dood spoor zat, gaf ik iemand anders de opdracht.’

'Dus niemand anders kent alle details?' vroeg ik.

'Nee. Ik kreeg de informatie over je leven aangeleverd in verschillende delen, die ik daarna zelf aan elkaar heb geplakt. Niet te geloven wat ik allemaal tegenkwam. Ik ging naar het Britse filmarchief en ontdekte een oude film, *Duisternis*. Ken je die?'

'Die heb ik ooit in de bioscoop gezien,' zei ik. 'Na afloop ben ik de straat op gerend en heb me voor een bus geworpen.'

Dat leek indruk op hem te maken. 'Ik ben blij dat die poging mislukt is,' zei hij.

'Echt waar? Waarom?'

'Omdat jij wettelijk gezien hoort te sterven in een gevangeniscel.'

Ik dacht na. En ik kon het niet tegenspreken. 'Daar ben ik me bewust van,' zei ik kalm.

'Ik neem aan dat je de oorlog liever had willen winnen.'

Ik trok een wenkbrauw op. 'O, meneer Darcy-Witt,' zei ik, alsof ik iets simpels moest uitleggen aan een kind. 'Niemand wint ooit een oorlog.'

'Maar heb je geen schuldgevoelens?' vroeg hij.

'En uitgerekend jij stelt me die vraag?'

'Je kunt mijn gedrag niet vergelijken met het jouwe.'

'Ik was nog maar een kind,' zei ik.

'Dat zou een geloofwaardiger reactie zijn geweest als je je na de oorlog bij de autoriteiten had gemeld,' zei hij. 'Dan had je kunnen helpen om veel mensen voor het gerecht te brengen. Denk eens aan alle mensen die je had kunnen identificeren! De verhalen die je had kunnen vertellen. Al die verloren levens, die miljoenen vergaste mensen die je allemaal een beetje had kunnen wreken als je daarvoor gekozen had. Je had hun familieleden een beetje troost kunnen bieden. Maar nee, in plaats daarvan besloot je je eigen veiligheid voorop te stellen.'

'Dat doen we allemaal,' zei ik.

'Heb je geen schuldgevoelens?' herhaalde hij.

Ik stond op en liep snel naar de andere kant van de tuin. Ik legde mijn hoofd tegen de koude muur, sloot mijn ogen. Ik voelde het bloed door mijn aderen jagen, ik ademde steeds zwaarder. Hij kwam achter me staan. Ik draaide me om en keek hem aan. 'Wat ben je van plan te doen met deze informatie?' vroeg ik. 'Ik vraag het niet voor mezelf, dat begrijp je. Als je het aan anderen vertelt, ja, dan moet ik lijden. Natuurlijk. Maar er zijn anderen...'

'Eén telefoontje,' zei hij, 'en ik maak je de beroemdste vrouw op de hele planeet.'

Ik knikte. 'Dat weet ik,' zei ik. 'Maar ik heb een zoon.' En er was nog iets. Caden en Eleanor waren de vorige avond bij me op bezoek geweest en hadden me verrassend nieuws te melden. 'En hij staat op het punt vader te worden,' vervolgde ik. 'Zijn verloofde is een fantastische vrouw. Geen van beiden verwachtte dit nog, ze dachten dat ze te oud waren, maar ze zijn door het dolle van blijdschap. Dus je zult niet alleen mij kapotmaken, maar ook hem, haar en mijn kleinkind. En die zijn allemaal onschuldig.'

'Het is een lastige zaak,' zei hij en hij streek over zijn kin. 'Ik wil je graag aangeven, echt waar. Ik vind echt dat je moet sterven in de gevangenis. Maar ik moet ook aan mezelf denken. De beschuldigingen die je hebt geuit tegen de politie...'

'Wil je die allemaal ontkennen?' vroeg ik. 'Je hebt je arme vrouw tot een geestelijk wrak gemaakt. Ze kan niet normaal meer denken. Ze is voortdurend high van een of ander middel waar mensen tegenwoordig high van worden omdat ze de harde realiteit van hun leven niet aankunnen. Ze heeft al haar ambities opgeofferd omdat jij het idee niet kunt uitstaan dat ze een eigen leven zou hebben. En je hebt haar mishandeld. Je mishandelt haar, meneer Darcy-Witt. Je slaat haar.'

'Maar ze kan zó irritant zijn,' antwoordde hij en hij wierp zijn armen in de lucht alsof het een volmaakt normaal antwoord was dat ieder redelijk denkend mens zou begrijpen. 'Je hebt geen idee hoe irritant dat mens kan zijn. Ze luistert niet. Dat is haar grootste tekortkoming.'

'En dus sla je haar?'

'Bij een hond zou ik hetzelfde doen,' zei hij schouderophalend.

'En je zoon?'

'Die moet discipline leren.'

'Je hebt zijn arm gebroken.'

'Ik geef toe dat ik die keer te ver ben gegaan.'

'En dat blauwe oog? Die brandwond?'

'Hij had een grote mond tegen me. Dat tolereer ik niet. Dit is míjn gezin, Gretel. Ze zijn van mij, zoals jullie gezin van je vader was. En ik tolereer niet dat iemand zich daarmee bemoeit. Zeker niet iemand als jij. Als je al "iemand" bent. Je kunt met zoveel minachting naar me kijken als je wilt, maar kaats ook een beetje van die afschuw terug op jezelf, graag.'

Ik zei niets. Wat kon ik zeggen als reactie hierop? Hij had geen ongelijk.

'Dus ik heb een voorstel,' zei hij.

'Ga door.'

'Heb je ooit gehoord van "gegarandeerde wederzijdse vernietiging"?'

Ik knikte. Ik herinnerde me de term uit de tijd van de Koude Oorlog. Dat het zinloos zou zijn voor Amerika of Rusland om hun atoombommen op elkaar af te vuren: dan zouden ze elkaar vernietigen en iedereen zou doodgaan.

'Jazeker.'

'Nou, dat is de positie waarin wij ons bevinden. Ik kan jou kapotmaken en jij kunt mij kapotmaken. Het eenvoudigst zou dus zijn als we elkaar vanaf nu met rust laten. Misschien verkoop ik de flat wel en verhuis ik met Madelyn en Henry ergens anders heen. Maar tot die tijd heb je geen enkel contact met ons en probeer je niet dingen over ons te weten te komen. Wij zijn gewoon een gezin dat in de flat onder je woont. Niets meer, niets minder.'

'En wat staat daartegenover?'

'Dat ik jouw geheimen voor me hou. Zelfs na je dood. Ik zal je zoon en kleinkind met rust laten. Zij hebben immers geen enkele schuld. Wat vind je, Gretel, is dat afgesproken?'

Ik wendde mijn blik af en dacht erover na. Ik keek naar de ramen boven, waar Heidi ons in de gaten hield met een bezorgde uitdrukking op haar gezicht. Ze merkte waarschijnlijk dat het niet bepaald koek en ei was tussen Darcy-Witt en mij. Maar ik negeerde haar, keek weer naar Alex en stak mijn hand uit. Wat voor keus had ik uiteindelijk? 'Afgesproken,' zei ik.

Toen hij haar weer sloeg, was dat volgens mij niet zozeer om haar pijn te doen maar om mij uit te dagen, om te zien of ik me aan onze afspraak zou houden. Het was laat op een zaterdagavond en ik stond op het punt naar bed te gaan toen ik in de flat onder mij luide stemmen hoorde die op een heftige ruzie duidden. Ik deed mijn ogen dicht en hoopte dat het snel afgelopen zou zijn, maar luttele minuten later hoorde ik het geluid van een deur die werd dichtgeslagen en kleine voetjes die door de gang naar de achterkant van het gebouw renden. Ik stond, liep naar het achterraam en zag in de schemering Henry in een hoekje van de tuin zitten, de knieën opgetrokken tot zijn kin, zijn armen eromheen geslagen, zijn gezicht verborgen in zijn handen. Ik wilde afstand van hem houden, me nergens mee bemoeien, zoals ik plechtig had beloofd, maar ik kon het niet. Ik had in mijn leven te veel lijden gezien en gehoord zonder te helpen. Ik moest ingrijpen.

Ik sloeg elk gevoel van zelfbehoud in de wind, liep de trap af, probeerde het geschreeuw te negeren dat opklonk uit de woonkamer van de Darcy-Witts, en stapte de achtertuin in. Henry keek meteen angstig op, ongetwijfeld omdat hij vermoedde dat zijn vader op hem afkwam, maar hij leek opgelucht toen hij zag dat ik het was.

'Henry,' zei ik. 'Gaat het wel?'

'Ik haat hem,' antwoordde hij en hij begon te huilen.

Ik ging naast hem zitten en sloeg een arm om zijn schouder. Onwillekeurig drukte hij zijn lichaam stevig tegen het mijne aan. Ik had nooit meer zo dicht bij een klein kind gezeten sinds Caden klein was. 'Ik wou dat hij dood was.'

Een ander zou de jongen vanwege zijn afschuwelijke woorden misschien ernstig hebben berispt, maar ik wist iets over de trauma's die vaders bij hun kinderen kunnen veroorzaken. 'Waarom is hij nu weer boos op je?' vroeg ik.

'Ik had mijn huiswerk moeten maken,' zei hij. 'Maar hij betrapte me terwijl ik zat te lezen en werd woedend.'

'Vroeger verbrandden ze boeken, wist je dat?' antwoordde ik kalm.

'Wie deden dat?'

'Laat maar zitten.'

'Wie?' herhaalde hij. 'Waarom zou iemand een boek willen verbranden?'

'Slechte mensen,' zei ik. 'Die allang dood zijn. Nou ja, de meesten. Ze waren bang voor boeken, snap je. Bang voor ideeën. Bang voor de waarheid. Dat zijn mensen nog steeds, merk ik. Er is niet zo veel veranderd.'

'Stomme mensen,' zei Henry en hij haalde zijn neus op.

'Heel erg stomme mensen. Hij slaat je vaak, hè?'

Hij knikte bijna onmerkbaar en ik trok hem dichter tegen me aan. 'Is er geen enkele manier om hem daarmee te laten ophouden?' vroeg ik, niet zozeer aan de jongen, die daar natuurlijk geen antwoord op wist, maar aan het universum. Alex had de politie er op een of andere manier van weten te overtuigen dat er niets aan de hand was. Ik vermoed dat hij had staan vleien en zijn beroemdheid – of in elk geval beroemdheden uit zijn netwerk – had gebruikt om te voorkomen dat er nader onderzoek zou worden ingesteld naar wat er zich afspeelde in Winterville Court, en hij geloofde dus dat hij eindeloos zo door kon gaan. En zoals ik vaak lees in de kranten, is dit wat mannen heel vaak doen als hun omgeving de ogen sluit voor hun gedrag. Tot het moment waarop ze hun vrouw en kinderen vermoorden, dat wil zeggen het moment waarop de buren zogenaamd verrast reageren en verklaren dat hij altijd zo'n rustige, aardige man leek.

Madelyn verscheen in de deuropening en keek naar ons. Er zat bloed op haar kin, links onder haar mond, en haar ogen stonden wazig. 'Henry,' zei ze. 'Binnenkomen. Het is al laat. Je had allang in bed moeten liggen.'

'Ik wil niet,' zei hij. 'Ik kom nooit meer naar binnen.'

'Binnenkomen!' brulde ze plotseling woedend, en de woorden klonken zo hard dat we er beiden van schrokken. De jongen sprong op en rende zo hard mogelijk het gebouw in.

Even later stond ik op en keek haar aan. 'Binnenkort vermoordt hij je nog,' zei ik. 'Dat besef je toch wel, hè?'

Ze slaakte een diepe zucht. 'Ik wou dat het morgen gebeurde,' zei ze, en ze keerde zich om en liep achter haar zoon aan naar binnen.

Ik bleef een paar minuten zitten waar ik zat. Ik was boos op mezelf, ik haatte mijn buurman, verachtte zijn vrouw zelfs, omdat ze dit steeds maar liet gebeuren, hoewel ik wist dat hij haar in een toestand van doodsangst had gebracht en ze niets tegen hem in te brengen had. Enigszins van streek ging ik weer naar binnen, en tot mijn afgrijzen zag ik dat Alex Darcy-Witt in de deuropening op me stond te wachten. Hij had zijn hemdsmouwen opgerold en balde zijn vuisten, ontspande ze en balde ze opnieuw. Hij transpireerde, maar wekte de indruk dat hij genoot van de trauma's die hij bij zijn gezin had veroorzaakt. 'Je kunt het gewoon niet laten, hè?' zei hij.

'Het spijt me,' zei ik. 'Maar ik zag de jongen naar buiten komen en hij was zo overstuur. Ik moest hem even troosten.'

'Ik had gezegd dat je uit de buurt moest blijven. Bij allebei.'

'Het zal niet meer gebeuren,' zei ik. 'Dat beloof ik.'

Hij kwam dichterbij en ik rook de whiskykegel uit zijn mond. Ik vroeg me af hoeveel hij gedronken had voordat hij hen had aangevallen. Of dat het gemakkelijker voor hem maakte om gewelddadig te worden.

'Wat moet ik toch met jou, Gretel?' vroeg hij kalm. 'Je wílt gewoon niet naar rede luisteren, hè? Ik heb een vriend, moet je weten. Nou ja, ik heb heel veel vrienden, maar dit is een topjournalist. Altijd op zoek naar een goed verhaal. Als ik van jou de beroemdste vrouw op aarde kan maken, maak ik van hem waarschijnlijk de beroemdste journalist. Misschien moet ik hem toch eens bellen. Hoe heet je zoon ook weer? Caden, toch? Die naam hoor je niet vaak, die lijkt me niet zo moeilijk te vinden. Ik zie de reportagewagens nu al voor zijn huis staan. Verslaggevers die vragen naar hem schreeuwen. Zal ik hem bellen, Gretel? Wat denk je? We kunnen er nu meteen een einde aan maken. Of blijf je uit de buurt?'

'Ik zal uit de buurt blijven,' zei ik.

'Mooi,' zei hij en hij deed een paar stappen in de richting van zijn flat. 'Want dit is je laatste waarschuwing.'

Hij ging naar binnen. Ik hoorde hem Henry's naam roepen en niet lang daarna het gillen van de jongen toen hij hem weer begon te slaan. Ik rende naar de deur, maar ik kon niets doen. Ik drukte mijn handen tegen mijn oren om Henry niet te horen huilen. Daarna ging ik terug naar boven en struikelde bijna over de laatste tree. Ergens vond ik het jammer dat ik niet gevallen was. Wat zou het gemakkelijk voor me zijn geweest om achterover te duikelen en dood te vallen. Een vrouw van mijn leeftijd zou zo'n val nooit overleven. Ik begreep heel goed waarom Madelyn van deze wereld naar de volgende wilde overstappen. Ongeacht de straf die me daar te wachten zou staan.

14

David deed precies wat ik van hem gevraagd had. Hij zei geen woord terwijl ik hem mijn levensverhaal vertelde. Mijn hele relaas duurde meer dan een uur, maar zelfs toen had ik hem nog niet alles verteld. Ik verzweeg bijvoorbeeld mijn aandeel in de dood van mijn broertje. Dat was het enige wat ik niet hardop kon zeggen, zoals ik ook zijn naam niet kon uitspreken.

Toen ik klaar was leek de stilte tussen ons eindeloos te duren, en ik durfde hem niet aan te kijken. Ten slotte hield ik het niet meer uit. 'Zeg iets,' zei ik. 'David, zeg alsjeblieft iets.'

Toen hij antwoordde was zijn stem zacht en laag. 'Wat kan ik zeggen?' fluisterde hij. 'Waar haal ik de woorden vandaan om hierop te reageren?'

Ik keek hem aan. Zijn gezicht was bleek, maar hij leek beheerst.

'Wat ben jij?' vroeg hij. 'Ben jij wel een mens?'

'Ik ben Gretel,' zei ik. Ik wilde wanhopig geloven dat ik zijn liefde niet verloren had. 'Dezelfde Gretel op wie je verliefd bent geworden.'

'Niet dezelfde, nee,' zei hij hoofdschuddend.

'Ik ben in dat leven geboren,' legde ik uit. 'Ik heb er niet om gevraagd. Ik heb er niet voor gekozen. Ik kan het niet helpen wie mijn vader was.'

'Maar zijn bloed stroomt door je aderen.'

'Dat betekent niet dat ik net zo ben als hij.'

Ineens zag ik op zijn gezicht een uitdrukking van abjecte afschuw, zijn lichaam leek te verkrampen, hij wendde zijn hoofd af en braakte zonder waarschuwing op de vloer. Ik sprong geschrokken op, terwijl hij een servet van tafel greep en zijn gezicht schoonveegde. Dit had ik hem dus aangedaan.

'Het spijt me, David,' zei ik. 'Maar ik werd verliefd op je en...'

'Spreek mijn naam niet uit,' zei hij. Hij maakte afwerende gebaren met zijn handen. Ik zette een stap in zijn richting en hij strompelde angstig achteruit, gleed uit over het braaksel en viel, zijn handen nog steeds vol angst voor zich uitgestrekt. 'Blijf uit mijn buurt,' smeekte hij. 'Raak me niet aan.'

Ik huilde nu. Mensen hadden me eerder vol afschuw aangekeken – Émile op de avond dat we met elkaar naar bed gingen, mijn Parijse buren toen ze me vervloekten om mijn verleden, zelfs Kurt toen we elkaar die laatste ochtend in Sydney ontmoetten –, maar niemand had ooit bang voor me geleken. Het was alsof David dacht dat nog één woord van mij voldoende zou zijn om alle demonen van het verleden op te roepen uit de onderwereld om hem mee te sleuren naar een gruwelijk einde dat hij tot dusver met veel geluk had weten te ontwijken. Ik deed een stap terug en hoopte dat hij zou begrijpen dat ik niets kwaads met hem voorhad, en hij schuifelde weg van mij naar de muur.

'Je kunt mij hier niet de schuld van geven,' zei ik smekend. 'Mijn moeder heeft evenveel geleden als iedere andere moeder...'

'Jouw moeder zorgde alleen voor haar eigen kinderen. Maar de kinderen van die anderen dan? Iedereen die omkwam was iemands kind. Daar maakte ze zich geen zorgen om, of wel?'

'Dat weet ik niet,' zei ik machteloos.

'En jij?' vroeg hij. 'Kon het jou wat schelen?'

Ik dacht na. Het had geen zin om te liegen. 'Nee,' zei ik. 'Nee, toen nog niet.'

'Zelfs niet toen hij je daar mee naartoe nam,' vroeg hij. 'Toen je zag wat daar allemaal gebeurde?'

'Ik was twaalf!'

'Dat is oud genoeg om het verschil te zien tussen vrijheid en gevangenschap,' antwoordde hij. Hij stond op. 'Tussen honger en hongerdood. Tussen leven en dood en goed en kwaad!'

'Ik weet het,' fluisterde ik, want ik wist het inderdaad. Ik wist het al vele jaren.

'Door niets te doen, deed je alles. Door geen verantwoordelijkheid te nemen, draag je alle verantwoordelijkheid. En jij laat me verliefd worden op jou terwijl je weet waar je deel van uitmaakte.'

'Ik wist niet dat jij...'

'Je wist dat ik Jood was! Dat wist je!'

'Niet in het begin. Misschien was dat naïef van me, dat weet ik niet. Maar ik besefte het pas toen Edgar het zei, en toen was het...'

'Wat? Was het toen te laat? Als je het vanaf het begin had geweten, was je dan uit mijn buurt gebleven?' Hij liep langs me heen, maar op veilige afstand.

'David,' zei ik. 'Luister alsjeblieft naar me. Ik hou van je. Ik kan het verleden niet veranderen, maar ik beloof je een betere toekomst. Die kans moet je me geven. Ik wil die toekomst met jou delen, als je het een kans wilt geven.'

Hij schudde nee en wierp me een blik toe alsof ik krankzinnig was. 'Als je denkt dat ik je ooit nog zou kunnen aanraken, dan ben je net zo gek als je vader was,' zei hij. 'Ik wil niet meer in dezelfde stad wonen als jij, Gretel, snap je dat niet? Laat staan in dezelfde kamer. Je bent net zo slecht als al die anderen.'

'Dat is niet waar,' riep ik en ik zakte door mijn knieën. 'Dat ben ik niet.'

'Ik moet nu weg.'

'Blijf alsjeblieft.'

Ik overwoog hem te vertellen over het kind dat in me groeide, maar durfde niet. Hij was zo geschokt door mijn onthullingen dat ik bang was dat hij een mes zou grijpen en het zelf uit me zou snijden.

'Ik dacht altijd dat er niets ergers bestond dan mijn nachtmerries,' zei hij, terwijl hij de deur opendeed. Hij stond al bijna buiten. 'Maar jij, Gretel, hebt het onmogelijke gepresteerd. Je hebt ze zelfs nog erger gemaakt. Nu kom ik daar nooit meer van af.'

Ik keek hem nog één keer aan en smeekte hem te blijven. 'Wat wil je van me?' vroeg ik. 'Wat wil je dat ik doe?'

'Eén ding maar,' zei hij, terwijl hij me recht in de ogen keek. 'Samen met je vader, je moeder en je broertje: branden in de hel.'

En met die woorden vertrok hij. Ik zou hem nooit meer zien.

Precies zeven maanden later had ik een afspraak met Edgar, op zijn uitnodiging. Hij had eerder geprobeerd me te bezoeken – David had hem natuurlijk alles verteld – maar ik was niet in staat hem onder ogen te komen. En daarom ging hij me schrijven, de ene brief na de andere. Hij liet me weten dat David vertrokken was naar Noord-Amerika om daar een nieuw leven op te bouwen. In antwoord daarop had ik het verhaal van mijn jeugd op papier gezet en aan Edgar gestuurd met de mededeling dat hij met mijn bekentenis kon doen wat hij wilde. Aan de politie geven. Naar een krant sturen. Het kon me allemaal niets meer schelen. Maar wat volgde was een langdurige stilte, en hoewel ik elke dag een klop op de deur verwachtte van een politieagent of een nazi-jager, verscheen er tot mijn verbazing niemand.

Nu zaten we bij mij in de buurt samen in een kleine koffiebar van een kopje hete thee te nippen en hij was dezelfde aardige Edgar als altijd. Ik was eerlijk over alles, maar weigerde voor hem door het stof te gaan. Alle levenskracht was uit mij weggezogen door de laatste ontmoeting met David. Dat wilde ik niet nog eens meemaken.

Maar tot mijn verbazing hield hij mij niet zo verantwoordelijk voor de misdaden als zijn vriend deed, of zoals anderen misschien zouden doen. Nadat hij mijn brief had gelezen, had hij me willen haten, niet alleen om mijn verleden maar om wat ik David had aangedaan, maar toch bleek hij niet in staat de gevoelens die hij voor me had te veranderen. En dus had hij gewacht, tot hij het niet langer volhield en besloot me op te sporen en te vragen of ik wilde overwegen hem toe te laten in mijn leven, met de mogelijkheid van een huwelijk later. Hij had niet verwacht dat ik hoogzwanger zou zijn, gaf hij toe, maar dat maakte voor hem geen verschil. Hij zou het kind grootbrengen alsof het van hemzelf was.

Terecht of niet, ik besloot op zijn uitnodiging in te gaan omdat ik wanhopig, eenzaam en bang was, en omdat ik wist dat hij een goede man was die liever zou sterven dan mij te kwetsen. Na verloop van tijd trouwden we inderdaad, en we waren gelukkig. Geen enkele man kon zijn vrouw met zoveel tederheid hebben behandeld als hij.

Er was één voorwaarde die ik stelde toen ik ermee instemde om met hem een nieuw leven op te bouwen, en die betrof het kind dat ik droeg. Ik vertelde hem dat ik al stappen had ondernomen om de baby af te staan ter adoptie, omdat ik niet wilde dat het besmet zou worden door de gruwelen uit mijn verleden. Aanvankelijk protesteerde hij, maar ik verzekerde hem dat mijn besluit vaststond en dat als hij dat niet kon accepteren, hij mij ook niet kon accepteren. En bovendien had ik dankzij het ziekenhuis een kinderloos echtpaar gevonden dat dolgraag een baby wilde grootbrengen in een liefdevol gezin, en ik had hun een belofte gedaan waarop ik niet terug zou komen.

Het kind werd geboren vlak voor Kerstmis 1953. Een meisje.

'Wilt u haar nog een naam geven voordat u haar afstaat?' vroeg de vroedvrouw. 'De adoptieouders willen graag dat ú dat doet, als dank voor het geschenk dat u hun geeft. Ze zijn u ongelooflijk dankbaar.'

Ik dacht erover na. Ik had niet verwacht dat ik die kans zou krijgen, maar greep die met beide handen aan. 'Dank u wel,' zei ik. 'U kunt tegen de heer en mevrouw Hargrave zeggen dat hun dochter Heidi heet.'

15

Ik weet niet wie het meest verbaasd was: Alex Darcy-Witt die een uitnodiging ontving voor een drankje in mijn flat, of ik toen hij die accepteerde.

Ik schreef de uitnodiging op een chique kaart van satijnachtig papier die ik nog in mijn bureau had liggen en gebruikte een zilveren vulpen waar al zo lang niet mee geschreven was dat hij verstopt zat en ik de punt onder de hete kraan moest houden. Het was vele jaren geleden dat ik zoiets formeels had geschreven. Het herinnerde me aan de tijd dat mensen nog op die manier met elkaar communiceerden. De enige die nog op deze manier schreef, vermoedde ik, was Queen.

Ik nodigde hem uit om zeven uur op de dinsdagavond vóór de dag waarop Caden en Eleanor gingen trouwen, en precies op dat tijdstip, toen de grote wijzer op de twaalf stond, werd er op mijn deur geklopt. En daar stond hij, gekleed in een shirt met een knoopje los en met een bos bloemen, zoals een vrijer uit de oude tijd.

'Wat attent van je,' zei ik, terwijl ik de bloemen – de door mij verfoeide dahlia's – in ontvangst nam, mee naar de keuken nam en op het aanrecht gooide. Ik zou ze later in de compostbak doen, nadat dit smerige zaakje achter de rug was.

'Je hoeft je niet gevleid te voelen. Ik heb ze niet zelf gekocht,' zei hij, terwijl hij plaatsnam in Edgars lievelingsfauteuil. Ik wist dat hij die stoel zou kiezen omdat die de hele kamer overzag en hij het type was dat graag een autoritaire positie innam. Gelukkig voor mij zat hij zo ook met zijn rug naar de keuken. 'Dat heb ik mijn assistente laten doen. Hou je van dahlia's?'

'Walgelijke bloemen.'

'Dat is nog beter.'

'Maar goed, het gaat om het idee,' zei ik en ik kwam glimlachend de woonkamer weer binnen. 'Nou, wat kan ik voor je inschenken? Een glas whisky misschien? Gin-tonic?'

'Een koud biertje zou wel lekker zijn, als je dat hebt,' zei hij vriendelijk en ik knikte.

'Jazeker,' zei ik. 'Ik ben graag op alles voorbereid.'

Ik liep terug naar de keuken, maakte twee flesjes bier open, schonk dat in twee glazen en presenteerde die op een zilveren dienblad. We proostten en ik ging tegenover hem zitten, met alleen de salontafel tussen ons in.

'Nou, dit is heel beschaafd,' zei hij. Hij nam een flinke slok en glimlachte terwijl de alcohol in zijn bloedbaan kwam. Net als ik had ook hij waarschijnlijk een lange dag achter de rug. In zijn geval met filmsterren, in het mijne met de voorbereiding voor de feestelijkheden van de volgende dag.

'We mogen elkaar dan wel niet, maar daarom kunnen we nog wel beleefd zijn,' zei ik. 'Uiteindelijk zijn we buren, nietwaar? En misschien blijven we dat nog wel vele jaren. Als jij tenminste je flat niet verkoopt.'

'Vele jaren? Dat dacht ik niet,' antwoordde hij. 'Zo lang heb jij niet meer te leven, toch? Ik bedoel, je ziet er goed uit voor je leeftijd, maar je staat natuurlijk wel met één been in het graf.'

Ik nam een slok bier en zei glimlachend: 'Jij kunt zó charmant zijn, Alex. Ik snap wel waarom Madelyn voor je gevallen is. Met je charmante praatjes.'

Hij opende zijn armen breed en zei grijnzend: 'Ik ben een product van mijn vader. En ik neem aan dat jij dat ook over jezelf kunt zeggen. Dat is iets wat wij gemeen hebben.'

'Mogelijk,' gaf ik toe. 'Hoewel ik mijn hele leven heb gedaan alsof ik in niets op hem lijk, is en blijft het een feit dat ik zijn dochter ben. Medeplichtig aan zijn misdaden. Jij had daarentegen een heel andere man kunnen worden dan je vader.'

Alex knikte. 'Ik weet zeker dat hier meer achter zit,' zei hij. 'De uitnodiging, de drankjes, het beleefde gekeuvel. Ga je me nog vertellen wat er is? Ik wil liever niet langer blijven dan strikt noodzakelijk.'

'Ik wilde het met je hebben over schuldgevoelens,' zei ik en ik boog voorover. 'Dat heb jij me eerder ook gevraagd, weet je nog?'

'Jazeker.'

'En daar heb ik sindsdien vaak over nagedacht. Ik had jou eigenlijk hetzelfde moeten vragen, namelijk. Of jij schuldgevoelens hebt.'

'Spelen we nu open kaart?'

'Natuurlijk,' zei ik. 'We zijn hier alleen.'

Hij dacht even na, drukte zijn tong in zijn wang en zei toen: 'Eigenlijk vind ik het niet leuk om ze te slaan. Je moet echt niet denken dat ik daar genoegen aan beleef. Misschien ben ik niet het geschikte type om vader en echtgenoot te zijn. Ik kan gewoon niet leven met de gedachte dat iemand anders toegang tot Madelyn zou hebben. Op een podium bijvoorbeeld, of op een filmdoek. Ik wil haar alleen voor mezelf.'

'Maar waarom?' vroeg ik. 'We kunnen toch niet het eigendom van anderen zijn?'

'Daarin vergis je je,' zei hij. 'Dat kunnen we wel. En dat moeten we ook. Mijn vrouw is mijn eigendom.'

'Als een persoonlijk bezit.'

'Zo klinkt het alsof dat iets slechts is. Maar ben jij niet gehecht aan je eigendommen? Ik wel.'

Ik zweeg, want ik wist niet hoe hierop te reageren.

'Ik heb Madelyn vanaf het begin gekoesterd,' vervolgde hij, 'heb haar alles gegeven wat ze wilde.'

'Behalve een eigen stem.'

'Maar weet je, ik ben niet geïnteresseerd in haar mening,' zei hij en hij keek me aan alsof dat de natuurlijkste zaak ter wereld was. 'De waarheid is dat ze niet bijster intelligent is. Begrijp me niet verkeerd, ik ben geen ouderwetse vrouwenhater. Ik ken genoeg vrouwen die slimmer zijn dan ik en naar wie ik de hele dag zou kunnen luisteren. Maar Madelyn? Nee. Die heeft niets te melden wat de moeite waard is. Maar als je haar ziet...' Hij glimlachte. 'Nou, je hebt haar gezien. Je begrijpt wat ik bedoel. Ik zou de hele dag naar haar kunnen kijken. Zolang ze haar mond maar dichthoudt.'

'Je omschrijft haar als een schilderij,' zei ik, 'of een standbeeld.'

'Een standbeeld, ja,' antwoordde hij knikkend. 'Ja, dank je, dat is helemaal waar. Dat alles neemt niet weg,' vervolgde hij, 'dat ik moeilijk kan negeren dat ze de laatste jaren zo veel van haar vitaliteit heeft ingeleverd. Ik heb het gevoel dat ik bedrogen ben. Soms vraag ik me af of het niet gemakkelijker zou zijn om van haar te scheiden, maar ik vrees dat ik erg rancuneus zou worden als ze zonder mij haar oude glans weer terugkreeg. Daar zou ik niet mee kunnen leven, snap je? Dus ik zit aan haar vast. En zij aan mij.'

'En Henry?' vroeg ik.

'Henry wordt een sterke persoon,' zei hij. 'En ooit zal hij begrijpen waarom ik hem zo behandel. Ik maak een man van hem.'

'Ik denk dat jij en ik heel verschillende ideeën hebben over de betekenis van dat woord.'

'Misschien.'

'En het is zo'n zachtaardig joch.'

'Maar dat is precies wat ik eruit probeer te krijgen, snap je dat niet? Dat gevoelige van hem. Ik kan hem niet uitstaan zoals hij nu is. Ik geneer me rot voor hem. Ik heb jouw zoon ook gezien, als hij hier op bezoek kwam. Veel te zwaar, ongezond, geen gevoel voor stijl. Schaam je je niet dat hij zo geworden is?'

'Ik ben een slechte moeder geweest,' gaf ik toe. 'Ik was hem niet waard. Alle tekortkomingen die hij misschien heeft, zijn mijn schuld. Eigenlijk mag ik blij zijn dat hij nog zo goed terechtgekomen is. Dat heb ik te danken aan mijn overleden man.'

'De heilige Edgar,' zei hij.

'Bepaald niet heilig, nee,' gaf ik toe. 'Maar een heel goede man. De beste die ik ken.'

'Nog beter dan de commandant?'

'Wij weten allebei dat mijn vader een monster was,' zei ik. 'Het mag dan jaren geduurd hebben voordat ik dat kon accepteren, maar het is waar. Het zou beter zijn geweest als zijn moeder hem na zijn geboorte verdronken had.'

'Dan zou jij nu niet bestaan.'

'Een kleine prijs, vind je niet, voor het redden van miljoenen levens?'

Hij haalde zijn schouders op. 'Als hij het niet had gedaan, dan had een ander het gedaan,' zei hij. 'Je vader was niet het begin en het einde van de Holocaust. Je moet zijn invloed ook niet overschatten.'

'Maar hij speelde er wel een enorm grote rol in. En ik heb de rijpe leeftijd van tweeënnegentig bereikt zonder te hoeven boeten voor zijn misdaden.'

'Ik dacht dat je eenennegentig was?' vroeg hij.

'Ik ben vandaag jarig,' zei ik.

'Van harte gefeliciteerd,' zei hij lachend. 'En dat vier je met mij. Ik voel me gevleid. Vindt je zoon dat niet erg?'

'Nee, die gaat morgen trouwen, dus ik zie hem dan wel. Nee. Het punt is dat ik deze speciale avond met jou wilde doorbrengen.'

Zijn glimlach vervaagde ietwat en ik voelde dat onze gevatte conversatie ten einde liep.

'Ik weet zeker dat je me iets wilt vertellen, toch, Gretel?' zei hij zuchtend. 'Anders had je me niet hier uitgenodigd. Je gaat mij proberen over te halen een beter mens te worden, klopt dat? Misschien met een preek over al het kwaad dat je hebt gezien in je leven en dat ik mijn leven moet beteren of zo.'

'Absoluut niet,' zei ik. 'Ik weet zeker dat je nooit zult veranderen. Je zult je vrouw blijven mishandelen zolang ze bij je blijft, maar ik vermoed dat ze er uiteindelijk in zal slagen zelfmoord te plegen. En als het zover is zal jij met veel publiek vertoon en zolang het je passend lijkt de rouwende echtgenoot uithangen en vervolgens een ander vrouwelijk slachtoffer zoeken om te terroriseren. En wat gaat er met die arme Henry gebeuren? Een kostschool, verwacht ik. En een kleine, gevoelige jongen als hij zal daar niet gedijen, hè? Dat wordt pompen of verzuipen. En hij zal verzuipen. Dat zie ik aan hem. Ik had een broertje dat op die leeftijd is overleden, namelijk.'

'Dat weet ik,' zei hij. 'Ik heb de foto's gezien, weet je nog?'

'Natuurlijk.'

'Wat is er met hem gebeurd?'

'Er was nog een jongen,' zei ik en ik herinnerde me de dag dat mijn vader me had meegenomen het kamp in. 'Een Joodse jongen, van zijn leeftijd. Ik zag hem in het kamp. Er waren daar zo weinig kinderen dat hij me meteen opviel. Maar sommigen werden in leven gehouden, natuurlijk. Voor medische experimenten en dat soort dingen.'

'Je praat erover alsof dat volkomen normaal is.'

'Nee, het was allesbehalve normaal,' zei ik hoofdschuddend. 'Ik zag hem die dag in het magazijn. Waar ze al die gestreepte pyjama's bewaarden.'

'Die wat?'

Ik schudde mijn hoofd. Ik was even vergeten dat alleen mijn broertje en ik die term gebruikten. 'De uniformen bedoel ik,' zei ik, 'die de gevangenen droegen. Je weet wel wat ik bedoel.'

'Natuurlijk,' zei hij, want nu snapte hij het.

'Hij vertelde me dat hij een vriendje had, een jongen die hem elke dag kwam opzoeken bij het hek. En ik wist dat mijn broertje, altijd op zoek naar avontuur, op een dag het kamp in zou gaan met zo'n uniform aan. En dat heeft hij inderdaad gedaan. Later vonden we zijn kleren op een hoopje bij het hek, en begreep ik wat er gebeurd was, maar ik kon mijn aandeel in zijn dood natuurlijk nooit aan mijn ouders opbiechten. Ik ben die jongen nooit vergeten. Hij heette Shmuel. Een prachtige naam, vind je niet? Klinkt als een briesje. Had ik het mijn ouders maar verteld, dan was alles misschien anders verlopen. Ik geef mezelf daar al tachtig jaar de schuld van, wat heel lang is om iets op je geweten te hebben.'

'Jouw geweten is een overbevolkt gebied,' zei hij.

'Dat heb je goed gezien,' gaf ik glimlachend toe. Ik stond op en liep naar de keuken, maar bleef hard genoeg praten zodat hij me kon horen. 'Ik heb een erg lang leven gehad, Alex, en bewaar vele verschrikkelijke geheimen. Ik ben deels verantwoordelijk voor de dood van wie weet hoeveel mensen, en ik voel me zeker verantwoordelijk voor de dood van mijn broertje. Hoe kan ik dat alles ooit goedmaken?'

Ik trok een la open en haalde het breekmesje tevoorschijn dat ik had gekocht toen ik hoorde dat de flat van Mr Richardson te koop werd gezet. Het was vlijmscherp en met het schuifje duwde ik het lange lemmet uit het plastic handvat, dat ik stevig vastgreep.

'Ik heb geen mens kunnen redden,' riep ik. 'Niet één. En misschien ben ik ook te laat om je vrouw te redden. Maar zo waarlijk helpe mij God, ik ben wel van plan dat jochie te redden. Ik ga Henry redden. En dan kan ik misschien eindelijk een beetje vergeving vinden voor mijn zonden.'

Hij snoof minachtend terwijl ik de keuken uit kwam en hem van achteren naderde. Hij nam niet eens de moeite zich om te keren terwijl hij tegen me sprak.

'Leuk idee, Gretel,' zei hij. 'Maar ik denk dat je jezelf voor de gek houdt. We hebben dit allemaal allang besproken. Als jij mij aangeeft, geef ik jou aan. Gegarandeerde wederzijdse vernietiging, weet je nog? We kunnen niet eeuwig aan de gang blijven.'

Ik stond nu achter zijn stoel.

'Heel wat mensen hebben dezelfde uitspraak gedaan toen ze me verlieten,' zei ik. 'Ik dacht dat het nooit zover zou komen, maar nu denk ik dat ze misschien wel een vooruitziende blik hebben gehad. Het enige wat ik kan doen om mijn misdaden goed te maken, al is het maar een beetje, is om hun wensen te laten uitkomen. En weet je wat ze zeiden? Je hebt het trouwens zelf ook gezegd.'

'Nee,' antwoordde hij. 'Help me even.'

'Dat ik hoor te sterven in een gevangeniscel,' zei ik.

Epiloog

De bruiloft was een eenvoudige maar vreugdevolle aangelegenheid. Caden zag er opmerkelijk chic uit in zijn kostuum en was de afgelopen weken zelfs een paar pond afgevallen om ervoor te zorgen dat het hem goed zou passen. Eleanor droeg een eenvoudige crèmekleurige jurk, had zich bescheiden opgemaakt en haar nagels lichtroze gelakt. Hoewel dit de derde van de vier bruiloften van mijn zoon was die ik bijwoonde, vond ik deze verreweg het leukst, misschien omdat ik zo gesteld was geraakt op de bruid.

Het huwelijk werd gesloten bij de burgerlijke stand en de enige andere gasten waren Eleanors ouders en een neef die zich voorstelde als Marcus. Hij vertelde dat hij werkzaam was in het wereldje van honden trimmen. Ik wist niet dat er zoiets bestond, maar hij verzekerde me dat dat wel zo was, sterker nog, dat het booming business was en dat hij ruim tien auto's op de weg had die op afspraak aan huis kwamen. In de bestelwagens werden de honden gewassen en geknipt en kregen ze een pedicure: kortom een volledige verzorging.

'Wat bijzonder,' zei ik en ik vroeg me af wie dat soort dingen bedenkt. Ik besefte dat het me in de loop der jaren heel wat tijd en energie zou hebben bespaard als er ook zo'n soort service voor mensen had bestaan.

Tijdens het diner, dat in een uitstekend restaurant werd geserveerd, stelde Marcus me voor aan een andere jongeman, die hij zijn partner noemde, en ik begreep dat hij dat niet in de professionele betekenis bedoelde. Het deed me denken aan Cait Softly en ons korte verblijf samen in Sydney. Ik dacht niet vaak aan Cait, maar ik hoopte dat ze het naar haar zin had in Sydney en dat ze me had vergeven dat ik was vertrokken zonder afscheid te nemen.

'Nog nieuws, Mrs F.?' vroeg Eleanor toen we elkaar tegenkwamen bij het damestoilet, waar ze even haar make-up wilde bijwerken.

'Hoe bedoel je?' vroeg ik.

'Nog roddels?'

Ik keek haar onzeker aan, en wist niet wat ze bedoelde.

'Die man van beneden,' zei ze. 'Die vrouwenmishandelaar. Nog iets gehoord van de politie?'

'O ja,' zei ik. 'Ik ben gebeld door inspecteur...' Ik pijnigde mijn hersenen, maar kon niet op zijn naam komen.

'Kerr,' zei Eleanor, die duidelijk een beter geheugen had dan ik. 'Inspecteur Kerr.'

'Ja, precies,' zei ik. 'Hij vertelde me dat hij de zaak had onderzocht en gesproken had met Mr Darcy-Witt, en dat alles in orde was.'

Eleanor zei fronsend: 'Waarom zou hij dat zeggen?'

'Wie weet...' zei ik. 'Het is moeilijk om een dossier op te bouwen tegen een man als Alex Darcy-Witt. Machtige vrienden en zo. Misschien dacht hij dat ik alleen maar uit was op wat aandacht.'

'U lijkt me niet iemand die uit is op aandacht, Mrs F.,' zei ze. 'Integendeel, u lijkt me juist iemand die prijs stelt op haar privacy.'

Ze had natuurlijk gelijk. Er was zelden zoiets waars over mij gezegd.

'Hoe dan ook, we weten allebei dat hij nooit zou zijn opgehouden met wat hij deed,' vervolgde ik, 'en de politie zou pas hebben ingegrepen als het te laat was, dus ik besloot zelf maar een einde aan zijn praktijken te maken.'

'Hoe dan?'

Iets in mij wilde haar de waarheid vertellen, gewoon om te zien hoe ze zou reageren. *Ik heb zijn keel doorgesneden met een breekmesje,* had ik dan gezegd, *daarna het lijk naar de logeerkamer gesleept, de kamer waar Edgar en ik vroeger sliepen. Ik denk dat ik op korte termijn de consequenties zal moeten aanvaarden, want na een paar dagen begint hij natuurlijk te stinken. Maar ik wilde eerst vandaag gewoon meemaken. Zoals je weet heeft Caden het me nooit echt vergeven dat ik niet op zijn laatste bruiloft was.*

Maar in plaats daarvan zei ik: 'Overtuigingskracht. Het zal je verbazen hoe overtuigend ik kan zijn als iets me echt aan het hart gaat.'

Eleanor leek het niet helemaal te geloven. 'Nou, ik hoop dat ze snel een mogelijkheid vindt om bij die klootzak weg te gaan,' zei ze. 'Als ze dat niet doet, dan is het een kwestie van tijd voordat het echt een drama wordt.'

'Daar gaan we ons vandaag geen zorgen over maken,' zei ik. 'Uiteindelijk is het jouw trouwdag. We moeten ons nu alleen richten op de positieve dingen. Maar nu ik je toch even onder vier ogen spreek, wil ik je vragen om een kleine gunst.'

'Natuurlijk. En wat is dat?'

'Nou, ik word er natuurlijk niet jonger op en ik heb niet zo lang meer te leven. Mijn buurvrouw, Heidi… Je hebt haar ontmoet, geloof ik.'

Ze knikte.

'Zou je een beetje op haar willen letten als er iets met me gebeurt? Ze heeft afwisselend goede en slechte dagen, maar er moet zo nu en dan iemand even een kijkje nemen. Gewoon om te zien hoe het met haar gaat. En volgens mij ben jij de aangewezen persoon die ik dat kan toevertrouwen.'

'Natuurlijk,' zei ze. 'Op mijn erewoord.'

'Dank je, lieverd,' zei ik en ik zoende haar op haar wang. 'Kom, we gaan terug. Uiteindelijk is dit jouw huwelijksdiner. Jij hoort daarginds, in het restaurant, bij je gasten. Dit is een dag van het grote geluk, en niets anders.'

We keerden terug naar het feest. Caden bedankte me dat ik gekomen was en toen ik moe werd bestelde hij een taxi om me naar huis te brengen. Het was niet laat, tien uur pas, maar ik heb de energie niet meer om het laat te maken en verheugde me erop mijn peignoir aan te trekken, een kop thee te zetten en nog even tv te kijken voor het slapen gaan.

En de logeerkamer te mijden, natuurlijk.

Toen ik de trap op liep naar mijn flat ging de deur van Heidi's flat open en verscheen Oberon in de deuropening. Hij keek me een beetje bedeesd aan en ik knikte naar hem.

'Uit geweest?' vroeg hij toen hij zag hoe ik gekleed was.

'Bruiloft van mijn zoon,' zei ik. 'Zijn laatste, mag ik hopen. In elk geval de laatste die ík bijwoon.'

'Ik moet het u toch maar even vertellen,' zei hij, 'maar dat hele Australische avontuur gaat niet door.'

'O jeetje,' zei ik. 'Waarom niet?'

'Ze weigerden ook maar iets mee te betalen aan mijn verhuiskosten, en eerlijk gezegd zag ik niet in waarom ik bijna twintigduizend pond zou moeten dokken alleen maar om "down under" te gaan wonen. Bovendien weigert oma haar flat te verkopen...'

'Ze zei dat jij van plan was haar tot een of andere vastgoeddeal te dwingen,' zei ik.

'Dwingen is een groot woord,' zei hij bits. 'Het leek me gewoon een goed idee, meer niet. Hoe dan ook, toen het bedrijf waarmee ik in gesprek was van gedachten veranderde over de verhuiskosten, werd ik een beetje boos, er vielen harde woorden. Achteraf gezien had ik misschien wat tactischer moeten zijn.'

'Juist,' zei ik glimlachend. 'Dus je blijft in Londen?'

'Ja,' zei hij. 'En dat is waarschijnlijk beter ook. Ik krijg enorme blaren op mijn huid in die hitte.'

'Ik ben blij het te horen,' zei ik. 'Niet van die blaren... Nou ja, je begrijpt wat ik bedoel. En je grootmoeder zal ook blij zijn.'

Hij knikte en liep de trap af.

'En Oberon,' riep ik hem na.

Hij bleef staan en draaide zich om. 'Ja?'

'Nummer 3 wordt uiteindelijk jouw flat. Gewoon een beetje geduld hebben, meer niet. En je zult verbaasd zijn hoe erg je haar gaat missen als ze er niet meer is.'

Hij keek me een ogenblik aan en ik vroeg me af of hij iets onaardigs terug ging zeggen, maar nee, hij knikte alleen maar. 'Ik weet het,' zei hij. 'Laten we hopen dat het nog heel lang duurt.'

'Inderdaad, zei ik. Ik haalde de sleutel uit mijn tas, ging naar binnen en deed de deur achter me dicht. Een heel mooie jongen, mijn achterkleinzoon, maar er brandde niet veel licht in de bovenkamer.

Alex Darcy-Witt had gesuggereerd dat hij me de beroemdste vrouw ter wereld kon maken, en hoewel zijn dood me echt geen wereldfaam bezorgde, werd ik wel een poosje een van de bekendste personen in Engeland. Uiteindelijk gebeurt het niet elke dag dat een dame van tweeënnegentig in goeden doen de keel van een succesvolle filmproducent doorsnijdt, lekker gaat slapen, de bruiloft van haar zoon bijwoont, nóg een nachtje lekker slaapt en dan pas heel rustig de hulpdiensten belt, bekent wat ze gedaan heeft en zich uitlevert aan justitie.

Uiteraard werd algemeen bekend dat Alex een wrede, gewelddadige man was, en er waren mensen die beweerden dat ik de wereld een dienst had bewezen door hem uit de weg te ruimen. Maar in werkelijkheid deed ik het natuurlijk niet voor de wereld. Ik deed het voor een onschuldige jongen van negen jaar.

Om hem te redden.

De kranten maakten grote ophef over het feit dat ik oogde als een lief oud dametje dat geen vlieg kwaad zou doen. Ze speculeerden dat ik gek was geworden, wat me mateloos irriteerde. Mijn advocaat zei dat ik maar beter mee kon gaan met dat verhaal, maar dat weigerde ik. Ik vond het belangrijk dat de mensen wisten dat ik donders goed besefte wat ik deed, dat ik alles zorgvuldig had voorbereid en afgemaakt – hem ook. Als ik in die tweeënnegentig jaar iets heb geleerd dan is het dat het zinloos is de waarheid te blijven ontkennen.

Maar de rechter hield rekening met de verzachtende omstandigheden en veroordeelde me tot opsluiting in de lichtst beveiligde vrouwengevangenis die er was, en hoewel niet volmaakt is het toch het soort woongemeenschap voor senioren die mijn zoon voor me in gedachten had. Caden en Eleanor komen vaak op bezoek, en het is een waar genoegen om te zien hoe haar zwangerschap vordert. Ik kan uiteraard geen band opbouwen met dat kind, maar hij of zij zal tenminste opgroeien zonder iets te weten van zijn of haar verschrikkelijke afkomst. En natuurlijk heb ik mijn flat overgedragen aan Caden. Maar tot mijn verbazing heeft hij hem nog niet te koop gezet. Sterker nog, hij is van plan er zelf in te trekken. En daar word ik erg blij van.

Heidi, mijn oudste kind, zoekt me regelmatig op in gezelschap van Oberon, die telkens weer gefascineerd is dat hij zich in een gevangenis bevindt en door het feit dat ik daar terecht ben gekomen. Hij stuurt me regelmatig boeken en tijdschriften, omdat hij eigenlijk geen slechte jongen is. Ik heb mijn testament veranderd, zodat er voor hem ook wat overblijft. Misschien kan hij zo ooit toch nog naar Australië. (Eigenzinnig als ik ben, heb ik natuurlijk wel laten vastleggen dat hij dat geld pas krijgt na de dood van zijn grootmoeder.)

'Sinds je vertrek is er heel wat drama geweest in Winterville Court,' vertelde Heidi tijdens haar laatste bezoek, toen hij ons een paar minuten alleen liet. 'Je zult het niet willen geloven, maar die man van nummer 1 is vermoord!'

‘Ja, dat weet ik,’ zei ik. ‘Dat heb ik gedaan, vrees ik.’

‘Welnee, dat was jij niet,’ zei ze hoofdschuddend. ‘Het was de vrouw die tegenover mij woont. Ik geef haar trouwens geen ongelijk. Hij was een bijzonder nare vent. Hij behandelde zijn vrouw en kind afschuwelijk.’

Ik liet het daarbij. Het had geen zin om iets uit te leggen. Bovendien zou ze het meteen weer vergeten.

Ik heb na mijn veroordeling niets meer gezien of gehoord van Madelyn of Henry, maar als ze ooit op bezoek komen, kan ik me niet voorstellen wat ze zouden zeggen. Ik vermoed dat zij er beter uit zal zien dan ze in lange tijd gedaan heeft, maar dat Henry getekend zal zijn door zijn verlies. Hij mag zijn vader dan dood gewenst hebben, zoals hij me nog vertelde, maar ik stel me voor dat hij tegenstrijdige gevoelens heeft over het feit dat het echt is gebeurd. Ik hoop niet dat ik hem per ongeluk nog meer beschadigd heb. Deze zorg drukt zwaar op mijn geweten.

Het verblijf in de gevangenis echter vind ik geen ramp. Ik heb een paar vriendinnen gemaakt en word doorgaans respectvol bejegend door zowel medegevangenen als cipiers, vanwege mijn hoge leeftijd. Het eten is natuurlijk afgrijselijk, en ik mis het genot van mijn glaasje wijn ’s avonds, maar je kunt nu eenmaal niet alles hebben.

Mijn favoriete tijdstip is als het licht uitgaat, als het stil wordt in de gangen, ik in bed lig, aan mijn familie denk en mezelf voorhoud dat mijn straf een gedeelde straf is. Sommige avonden bid ik om vergeving. De meeste avonden doe ik geen moeite.

Maar één ding wil ik nog zeggen: dat ik spijt heb. Niet van de dood van Alex – daar zit ik helemaal niet mee – maar van al het andere. Die woorden zijn te simpel, ik weet het, en ze zullen weinig troost bieden aan wie ook, maar ik meen ze oprecht.

Ik heb ontzettende spijt.

En voordat ik in slaap val, doe ik altijd nog één ding.

Ik mocht een paar dingen van thuis meenemen om mijn cel aan te kleden. Een vloerkleedje dat Edgar had gekocht voor onze tiende trouwdag en waar ik nu elke ochtend na het ontwaken mijn wankele voeten op zet. Enkele boeken waar ik dol op ben, waaronder *Schateiland* en mijn latere keuze *Reis om de wereld in tachtig dagen*, afkomstig uit de flat op nummer 1, waar Henry het boek bij zijn vertrek had achtergelaten. Ik herlees ze en waan mezelf in verre oorden, steden die ik nooit heb kunnen bezoeken maar waar ik heel andere levens had kunnen leiden, met nog meer achternamen, bijzondere avonturen had kunnen beleven terwijl ik begraven zou blijven onder dezelfde trauma's. Als ik die boeken lees, zijn mijn gedachten bij Henry.

Maar het allerbelangrijkst is dat ik het antieke juwelenkistje van Seugnot meenam dat ik tientallen jaren verstopt had in mijn kledingkast en dat ik niet meer had durven openmaken na mijn vertrek uit Duitsland in 1946. Er zat maar één voorwerp in: de foto die Kurt Kotler van me had gemaakt op die zonovergoten dag zoveel jaren geleden, bij ons huis op die andere plek.

Op de eerste avond in mijn cel maakte ik het kistje open, pakte de foto eruit en hing die aan de muur naast mijn bed. Ik keek naar mezelf, twaalf jaar oud nog maar, zo onschuldig en zo vervuld van verlangen naar die knappe jongeman die achter de camera stond. Maar tot mijn verrassing ontdekte ik dat ik niet alleen was. Er stonden diverse andere mensen op de foto, mensen wier aanwezigheid me nooit eerder was opgevallen.

Op de achtergrond, buiten het tuinhek, stonden Vader en Moeder met elkaar te praten. In de uiterste hoek zag ik een man gekleed in het uniform van de gestreepte pyjama, die voorovergebogen een kruiwagen voortduwde, en hij keek bang, omdat hij wist dat hij in de problemen zou komen als hij niet snel genoeg werkte.

In de rechterbovenhoek een halfrond vlekje: een vingertop van Kurt voor de lens.

Maar de grootste verrassing was de persoon links van mij op de foto te zien. Hij zit op een autoband die met een touw is bevestigd aan de stevige takken van een boom. Hij is aan het schommelen, zijn benen vliegen voor hem uit. Zijn handen omklemmen het touw. Zijn gezicht straalt één en al vreugde uit.

Mijn jongere broertje.

Tachtig jaar lang heb ik zijn naam niet hardop durven uitspreken, uit angst dat die twee lettergrepen me te veel zouden worden en ik zou instorten bij de herinnering aan de afschuwelijke gebeurtenissen waar wij allebei deel van uitmaakten.

Maar nu is zijn naam het laatste woord op mijn lippen elke avond voordat ik in slaap val, wanneer ik bid dat ik, voordat de nieuwe dag aanbreekt, van deze aarde zal worden weggenomen en me in zijn uitgestrekte armen zal storten, eindelijk herenigd. Wanneer ik hem eindelijk kan zeggen hoeveel spijt ik heb.

Wanneer ik iedereen eindelijk kan zeggen hoeveel spijt ik heb.

Ik fluister zijn naam nu, terwijl de lampen uitgaan, ik mijn ogen sluit en de stilte neerdaalt over de cellen.

De naam van de jongen van wie ik meer hield dan van wie ook.

Meer dan van Kurt, meer dan van Émile, meer dan van David, meer dan van Edgar, meer dan van Caden.

Mijn broertje.

Bruno.

Nawoord van de auteur

Ik kreeg het idee voor *Toen de wereld brak* in 2004, kort nadat ik de laatste versie van *De jongen in de gestreepte pyjama* had afgerond, en ik besefte onmiddellijk dat ik dat boek op een dag zou gaan schrijven. Vele jaren lang heb ik op mijn computer een bestand bijgehouden getiteld *Gretels verhaal*, waarin ik aantekeningen maakte over Bruno's oudere zusje, over hoe ze zich verder zou ontwikkelen en hoe de dingen die ze als kind had meegemaakt haar als volwassene zouden tekenen.

Het was mijn bedoeling dat boek tegen het einde van mijn leven te schrijven, misschien als ik in de tachtig of negentig was en mijn creatieve motor, net als mijn lichaam, uiteindelijk langzaam tot stilstand zou komen. Maar toen sloeg de pandemie toe en gingen we in lockdown, en ik zat maar in mijn tuin, klaar om iets nieuws te gaan schrijven. Juist door dat isolement drong de gedachte zich op dat het moment nu was aangebroken. En dus begon ik.

Het terugkeren naar personages uit een eerder geschreven boek kan een riskante maar ook prikkelende ervaring zijn voor een romanschrijver, vooral als die personages voorkomen in het bekendste boek van je hele carrière. Maar voor mij was het fascinerend om na bijna twintig jaar terug te keren naar Gretel en schrijvend te ontdekken wat er van haar geworden was. En ook om opnieuw contact te leggen met enkele andere personages uit dat eerdere boek en te onderzoeken hoe hun optreden in de oorlog hun leven kon hebben gevormd in de jaren daarna.

Als gastdocent bij workshops creative writing, stel ik altijd de volgende vraag aan mijn studenten: vertel mij eens in een paar zinnen, zonder de plot te verraden, waar je boek over gaat. Als ik die vraag zou moeten beantwoorden over *Toen de wereld brak*, zou ik zeggen dat het een roman is over schuld, medeplichtigheid en rouw, een boek dat probeert te onderzoeken hoe schuldig een jong meisje zou kunnen zijn, in het licht van de historische gebeurtenissen die zich om haar heen afspelen, en of ze zichzelf ooit kan zuiveren van de misdaden die zijn gepleegd door de mensen van wie ze hield.

Dit zijn thema's die voorkomen in veel van mijn boeken en waarover ik steeds weer schrijf. Ik ben in het Ierland van de jaren tachtig opgegroeid en behoor tot een generatie waarvan de kinderjaren en puberteit zijn bezoedeld door degenen aan wie onze vorming was toevertrouwd. Misschien wekt het daarom geen verbazing dat ik niet zozeer geïnteresseerd ben in die monsters, maar juist in de mensen die wisten wat die monsters deden en opzettelijk de andere kant op keken.

Sinds mijn vijftiende ben ik gefascineerd door de Holocaust, en sindsdien speelt die een grote rol zowel in wat ik lees als wat ik schrijf. Sinds ik in 1986 het boek *Nacht* van Elie Wiesel las – het boek dat mijn interesse voor het onderwerp deed ontbranden – las ik decennia lang romans, non-fictie, zag ik films en documentaires. Het is een periode in de geschiedenis die mijn honger aanwakkerde om er steeds meer over te weten te komen. Net als iedereen die dat tijdvak bestudeert hoop ik antwoorden te vinden in die reusachtige bibliotheek met literatuur die de afgelopen vijfenzeventig jaar is opgebouwd. Tegelijkertijd besef ik dat mijn zoektocht vruchteloos zal blijven, want er zijn geen antwoorden. Door mijn pogingen om het te begrijpen kan ik alleen maar hopen dat ik help te onthouden, te herinneren.

Hoewel Gretel het hoofdpersonage in mijn verhaal is, probeer ik niet om van haar een sympathiek personage te maken. Net als de rest van de mensheid is Gretel een en al tekortkomingen en tegenstrijdigheden. Ze is in staat tot momenten van grote goedheid maar ook tot afschuwelijke wreedheid, en ik hoop dat de lezers nog lang over haar zullen nadenken nadat ze het boek uit hebben, en zich wellicht zullen afvragen wat zij zouden hebben gedaan in haar plaats. Want als een historische periode maar ver genoeg in het verleden ligt, kun je makkelijk beweren dat je heel anders zou hebben gehandeld dan die anderen, maar het is veel moeilijker om die basale medemenselijkheid aan de dag te leggen op het moment zelf.

Behalve het heden heb ik drie periodes gekozen om terug te keren naar Gretel. Het eerste is Parijs in 1946, en ik ben dank verschuldigd aan Antony Beevor en Artemis Cooper voor hun boek *Parijs na de bevrijding, 1944-1949* voor de inzichten die het geeft in die periode. Het tweede is Sydney in Australië in het begin van de jaren vijftig. Als gepassioneerd Australofiel die dat land talloze malen bezocht heeft, koos ik Sydney niet alleen omdat ik van die stad hou, maar omdat je er echt zo ver van Europa verwijderd bent als maar mogelijk is. Ik had het gevoel dat dit een aantrekkelijk vooruitzicht zou zijn voor Gretel, die wanhopig probeert haar verleden uit te wissen. En ten slotte Londen in 1953, met een nieuwe koningin op de troon, een vrouw die even oud is als Gretel en wier vader ook een belangrijke, zij het aanzienlijk humanere rol heeft gespeeld in de oorlog. Hier is na de oorlog een generatie van jonge Joden opgegroeid van wie de families op de meest afschuwelijke manieren zijn omgekomen en die daarvan nog de verschrikkelijke littekens dragen. Ik wilde onderzoeken wat Gretel zou doen als ze oog in oog zou komen met die trauma's, hoe ze zou reageren op hun pijn en of ze daar enige verantwoordelijkheid voor zou voelen.

Schrijven over de Holocaust is een beladen bezigheid, en iedere romanschrijver die zich daaraan waagt, neemt een enorme verantwoordelijkheid op zich. Niet voor het overdragen van kennis, wat de taak is van de non-fictie, maar voor het onderzoeken van emotionele waarheden en authentieke menselijke ervaringen, met in het achterhoofd de gedachte dat het verhaal van ieder individu dat stierf in de Holocaust de moeite van het vertellen waard is.

Ondanks alle fouten in haar leven, ondanks al haar medeplichtigheid aan het kwaad dat is geschied en ondanks haar grote spijt, geloof ik dat het verhaal van Gretel de moeite waard is om verteld te worden.

Het is aan de lezer om te beoordelen of het de moeite van het lezen waard is.

John Boyne
Dublin, 2022

Van *De jongen in de gestreepte pyjama* zijn al meer dan 350.000 exemplaren verkocht in Nederland en Vlaanderen, en anderhalf miljoen exemplaren wereldwijd – met 57 vertalingen is dit de meest vertaalde Ierse roman aller tijden.

De negenjarige Bruno weet niets over de Jodenvervolging en de cruciale rol van zijn vader daarin. Alles wat hij weet is dat hij uit een fijn thuis in Berlijn weg moest en toen verhuisde naar een uitgestorven oord, waar niks te doen is en niemand om mee te spelen. Tot hij Shmuel ontmoet, een jongen die in een parallelle wereld leeft, aan de andere kant van het naastgelegen hek met prikkeldraad en die, net als alle mensen daar, een gestreepte pyjama draagt.

Als Bruno bevriend raakt met Shmuel wordt hem steeds duidelijker waar hijzelf al die tijd deel van uitmaakte, en wat voor vreselijk lot zijn vriend te wachten staat. Zonder weg terug.

John Boynes aangrijpende klassieker neemt de lezer mee in de hoopvolle vriendschap tussen Bruno en Shmuel, en toont hoe ze hun onschuld verliezen tijdens een van de donkerste periodes van onze geschiedenis.